一寸还成千万缕

高万麟 著

群众出版社
·北京·

图书在版编目（CIP）数据

一寸还成千万缕/高万麟著 . —北京：群众出版社，2017. 3
ISBN 978-7-5014-5650-5

Ⅰ.①一… Ⅱ.①高… Ⅲ.①散文集—中国—当代②诗集—中国—当代
Ⅳ.①I217.2

中国版本图书馆 CIP 数据核字（2017）第 055621 号

一寸还成千万缕

高万麟 著

出版发行：群众出版社
地　　址：北京市丰台区方庄芳星园三区 15 号
邮政编码：100038
经　　销：新华书店
印　　刷：北京市泰锐印刷有限责任公司

版　　次：2017 年 3 月第 1 版
印　　次：2017 年 3 月第 1 次
印　　张：22.75
开　　本：787 毫米×1092 毫米　1/16
字　　数：338 千字

书　　号：ISBN 978-7-5014-5650-5
定　　价：68.00 元

网　　址：www.qzcbs.com
电子邮箱：qzcbs@ sohu.com

营销中心电话：010-83903254
读者服务部电话（门市）：010-83903257
警官读者俱乐部电话（网购、邮购）：010-83903253
公安综合分社电话：010-83903341

目　录

此生一本书

每天每天，即使在花朵和星星也都睡了的时候，仍有一条河在醒着，在无声地流淌。这条河的名字不叫黄河、恒河、幼发拉底河，也不叫多瑙河、尼罗河、密西西比河，它的名字叫时间。"无情乌乌兔，催人早老，暗里换了绿鬓。""今朝大家一岁添，不是人间偏我老。"（北宋·陆游），时间都到哪儿去了呢？"渐"送浮生。害怕时间的流逝，我们发明了钟表；为了与之对抗，我们发明了更多的东西：药、酒、戏剧、文学……

人生四季。苏堤春晓，曲院风荷，平湖秋月，断桥残雪都是美景，各美其美。深秋初冬，庄稼虽已黄熟，到底只能僵立田间，不复如青葱时那样摇曳生姿；树上的红叶虽然灿烂如霞，一旦朔风骤起，就要纷飞飘落。但是，落叶也有落叶的景致。哥廷根秋天的落叶让季羡林和他的同伴们，"意趣不由得飞动起来"，康德在森林里散步哲思，双肩常常洒满落叶，家门口有一堆梧桐树叶，就如同一堆密集的乡情。

不知不觉中就像中国象棋里的那枚将，地位是有，但不到非常时候，是不会轻易劳驾他了。但是，年过七十，也不是全盘皆输，老了有人尊敬，老人做事没人再提什么要求。年轻的时候，人人在向外求索，好像天少不了他们撑，地少不了他们蹬；七十以后，撑不了了，蹬不动了，转而向内心求索。由此，爱与憎，偏好爱；坚与韧，偏好韧；攻与守，偏好守；巧与拙，偏好拙，不知不觉，就在"为无为，则无不治"了，年过七十，都是半个哲学家。一个老人，到前边的海上垂钓，黄昏时就是提一只空篓，也会轻松地哼着小调回家；一个老人，胯下的竹马虽然已成为手中的拐杖，也会从容地走完暮色中的归程。人生的剧场里，年轻人坐在前排看戏，老年人退居后排，因为他们眼睛花了呀，保持一段距离才能看得更为真切。老年的美，在于散淡、通达和睿智。

这一生，我们会扮演各种角色，到什么山上唱什么歌。活着，就是一个不能毕业的学习的过程，来到晚年，我们仍然还有许多应做的功课。"活到老，学到老"这是中国的古训。已经快到了赛场的终点，再去精通骑术还有什么用吗？一个外国贤者说："我们不要忘了苏格拉底所以以智慧闻名于世，并不是因为他无所不知，而是由于他在七十多岁时，认识到他还什么都不知道哩！"萧伯纳说："六十以后才是真正的人生。"就以阅读来说，同一本书，青年、中年和老年时代阅读，其感悟就大不一样，读书是需要用人生阅历去铺垫和开掘的。老年人最能"温故知新"，他的新知，已不是为了教育开导别人，而是为了认识自己。

自己还需要认识吗？当你怀忆起童年少年青年中年的桩桩个人经历，当年的情景可能还历历如昨，但不知不觉间你已经加上了老年的审视和思辨，一次次更加全面地加深认识着自己。认识自己？更多地还是从自身的个体去思考人生。佛家说人生如电光石火，古人说人生如白驹过隙，一瞬间自己已垂垂老矣。地球已存在 46 亿年，如果用长度来衡量，地球的生命是 46 公里长，人即使活到 100 岁，其生命长度也只相当于一毫米。但是，芸芸众生的你和我，日子是一天天过的，炒菜的盐是一罐子一罐子用掉的，盐罐如沙漏，人生漫长。想想人生，往往是艰辛多于顺利，付出多于收获，事与愿违多于心想事成，也许人世间并没有完美，而只有对完美的世世代代的追求。回望独自一个人的人生，尚且是变幻曲折、绚丽缤纷，千百年来古今中外的恒河沙数般的人生，该如何去思索，去归纳，去概括？于是人们有了诸诸般般的人生譬喻。

人生如河，了在川上，经历了源头的清澈、上游的湍急、中游的汹涌，终于来到平稳舒缓的下游，眼前的景色越发开阔，离海已经不远。人生如海，有轻波漾翠、素月盈怀的时候，也有惊涛险浪、巨鲸恶鳄的岁月；海也如人生，每日放飞希望之浪，去寻找理想的彼岸，纵然粉身击碎也在所不辞，人生昂扬而壮丽。丰子恺说，人生好像坐火车，一站一站地行走，有人在这站下车了，有人在那站下车了。李白说光阴是过客，丰子恺说的是每个人都是过客。李白说"天地者，万物之逆旅"，人也住在天地这个大旅店里，所谓"浮生之旅"，"人生无根蒂，飘如陌上尘"，"人生忽如寄"，人生渺小而短暂。

但人们并不是在浑浑噩噩混日子，而是"日暮荒亭上，悠悠旅思多"，千百年来深刻地体验着旅的人生哲学。一首美国歌曲中唱道："让人生不要白跑一趟"。人生的旅途中驿站连连，旅人中书生的长衫和强者的旌旗，都在风中舒展着姿态：风尘风潮风景，风雅风流风华。人生如车，不断加载；人生如舟，"浮生已是一孤舟，更被孤舟载出游"；人生如歌如箫，要跟得上生命的节拍。围棋元老陈祖德的一生，恰如一盘棋，有过开局时的大开大阖，有过中盘时的奋力拼杀，有过收官时的不屈不挠。黄宗江读过燕大，痴迷演剧，当过水兵，写过剧本散文随笔，做过文化使者出访过十四个国家，他 10 岁写剧本，87 岁还演戏，《十五贯》在美国演出，他用的是英文，在话剧《戏剧春秋》里他一个人饰演了三个角色，他简直是一部善本奇书。喻人生如书，我最点赞，每年 365 页，一页一页翻过去，每个人都是孤本书，可能相似，绝无相同。各有它的谋篇开局，章节段落，艺术风格独特，意境旨趣各异。有的艰涩玄奥，如杨度；有的鸿篇巨制，如陈寅恪……人有千千万，书有万万千。一位美国小说家说，他终生喜欢短篇小说，因为人生不是一部长篇，而是一连串的短篇。这话深刻，因为极少有人会按照自己当初的全部构思去生活一辈子。但我更想说，人生是一连串的散文，非虚构、有真情的一连串散文。

朱自清在《匆匆》中写道："燕子去了，有再来的时候；杨柳枯了，有再青的时候，桃花谢了，有再开的时候……过去的日子如轻烟，被微风吹散了，如薄雾，被初阳蒸融了；我留着些什么痕迹呢？"如果以"出入"二字概括人生这或长或短的过程，"入"不管曾多么卑微，"出"都是恋恋不舍的，仿佛曾经的每一步都思谋着要留痕迹，"出"的全部意义在于"留"。著名的故宫专家朱家溍先生曾一边用葵扇扇着小火炉子烧茶，一边对来访者说过这样一段话："人生就像一只蜗牛，在阴凉处安全，使劲地爬，到太阳暴晒处就死。人生，也只能像蜗牛慢慢地爬，留下一道淡淡的水痕，已经是不错的了。"啊哟，淡淡的水痕！每个人都有自己那道淡淡的水痕。曾经有过的青春，可以是压在箱底的一张大学时的图书馆借书证；曾经奋斗过的中年，可以是被遗忘在某个角落的一本记事本……

时间的印记在在皆有，老来享闲，不禁一一翻寻。譬如晒霉，晒的都是怎么也舍不得丢弃，但平时又用不着的旧物，打开的箱笼里弥漫着不甘心遗忘的往事的气味。一缕缕丝线，都极普通，但经纬起来，却可以是一匹锦绣的绸缎。一片片往事的碎片拼凑出往昔生活的映象，里面大部分是平淡的记忆，但也埋藏了个人的爱恨情仇喜怒悲欢。"且将余事传佳句"，我是力不能及，但有时也想写点东西。这种写作没有任何的外在功利，只是为了自己的心灵慰藉，业余时间的自娱自乐。陆陆续续地，竟也累积了六十余篇散文，超过三十万字，写作的时间跨度断断续续地竟已半个世纪。"拿文章来写生活"终究还是比"拿生活来写文章"来得容易些。

袁世凯的儿子袁寒云擅诗。早年诗作随写随扔，连 1914 年自行刊印的《寒云诗集》也一部不存。他的老师方地山设法为他找到一部，且题诗："人间孤本寒云集，初写黄庭恰好时。手叠重残还付与，劝君惜取少年诗。"劝君惜取少年诗！我于是想把自己的旧作整理集册成书，但又犹豫迟疑久久，原因有三。一是胆怯。曹丕《舆论·论文》中说："盖文章经国之大业，不朽之盛事。年寿有时而尽，荣乐止乎其身，二者必至之常期，未若文章之无穷。是以古之作者，寄身于翰墨，见意于篇籍，不假良史之辞，不托飞驰之势，而声名自传于后。"无论是陷身图书馆，还是流连于书店，只见书籍浩如烟海，满目美色，名作云集，崔颢题诗在上头，哪里有我辈置喙之处？二是惺惺相惜。浩如烟海的书籍，有许多在书架上蓬头垢面，无人问津，无人眷顾，如白头宫女。茫茫沙海一微粒，无人问津也罢，但其中自有沙中金、蚌中珠，有许多书籍是作者多年的呕心沥血之作。这样的作品落此下场，情理何堪？三是不愿混同。浩瀚的书海里，也有相当多的泡沫浮萍和顺流而下的朽枝败叶，现今有的作者，把写书当产业，键盘一敲，移花接木，东挪西凑，一年就出好几部长篇，到处是稻稗混杂，我又何必再去凑趣？"抽毫汗漫题襟易，镂板商量问世难"（清·李葂），犹豫迟疑久久矣。

先前的作家，把著书看作名山事业，有的作家一辈子甚至只写一本书，把他一生的思想感悟放进书里，甚至书我合一。"花花叶叶各生平，写得渠成我亦成。万物从知原是我，红鲜绿湿总同情。"（旅美学者林同济的诗）陆游活了86岁，死于腊月二十九，第二天就是除夕了。他一生耽酒，晚景凄凉，"敲门赊酒常酤醉，举网无鱼亦浩歌"，他更有乐趣无穷的事要做，便是读书和写诗。"挂墙多汉刻，插架半唐诗"，"古纸硬黄临晋帖，短笺匀碧录唐诗"。"体倦尚凭书引睡"，常常是看着看着就睡着了。他一生写了近万首诗，就在他86岁这一年，还写了481首诗，几乎每天都写，而且有时不止一首，读书和写诗不再是安身立命的功名事，而是他生活生命的一部分。

据说黄巢一生只写了三首诗，第一首是："飒飒西风满院栽，蕊寒香冷蝶难来。他年我若为青帝，报与桃花一处开。"写这诗时他才七八岁，心胸自不凡。第二首是："待到秋来九月八，我花开后百花杀。冲天香阵透长安，满城尽带黄金甲。"写这首诗时他正率领几十万农民起义军围困长安。第三首是："记得当年草上飞，铁衣著尽著僧衣。天津桥上无人识，独倚栏干看落晖。"从这首诗来看，也许他并没有战死，而是削发为僧，我宁愿如此，因为在我看来，黄巢也好，李自成也好，他们若是事败后遁入空门，其人生感悟一定非寻常人所能及。波澜一生，三首诗足矣。

我心目中的作者，就像他们这样。

当越来越多的电子书籍、网络互动、线上阅读，正在深刻改变着人们的阅读习惯，正在抹平书与书的差异，摧毁每一本书的神情和个性、灵韵与气息，正在越来越将人与书隔离，似乎顺乎潮流是大势，但那些都非我的所强和所好，侧目看去，坚守爬格子的也大有人在。借着书，我们看得见从周口店一路下来的祖先的脚印，现在，也就借这本书，回望一下自己身后的那道淡淡的水痕吧。我走上人生的大道，走入了熙熙攘攘的人群，一忽儿就找不着我的人影了，奄乎泯然，那又怎样？要紧的是我确实在那条大路上实实在在地走了一遭。万人如海一身藏，我人如此，我书亦是。

此生一本书。如果硬要把自己的一生比作一本书，那也顶多是浅白薄薄的一本，仍属攀附，惶恐惶恐；说自己此生只写了这么一本书，倒是实话。敝帚自珍，惭愧惭愧。

写于 2014 年 2 月 25 日至 3 月 2 日

读史撷思

无限沧波觅渡河

常州是江南水乡，河流密如织网，如果不是读了梁衡先生的文章《觅渡，觅渡，渡何处?》(《新华文摘》，1996.10)，我根本不会知道那方土地上的千百条河流里，有一条小河叫觅渡河。它实在太小了，连省级地图上都不能标出；它实在太普通了，很难把它与周围那些同样曲折同样青碧的小河区别开来。可是，当我刚刚读了一遍梁先生的这篇文章，我就一下子被这条小河所吸引、所浸润，心为之动，神为之飞，肠为之热。再读三读之际，这条小河竟迅速阔大起来。它和一代伟人瞿秋白紧密相联着。它实在太不普通了，先是它的名字就让人心中惊慑，而当你也去拜谒了屹立在这条河边的瞿秋白纪念馆，当你心头也掠过当年的风云，当你也用心去解读瞿秋白那博大深邃多棱镜似的人生，你就更会感到这条纤细柔秀、波澜不惊的江南小河，其实翻滚着人生和历史的无限沧波，能把你的心头冲刷出浪的曲线、涌的寒白、漩涡的深槽。

觅渡河就在瞿家祠堂前边。"觅渡，觅渡，渡在何处?"青年时代的瞿秋白自走出家门从这条小河的渡口出发，就义无反顾地踏上了一生觅渡、毕生求索的漫漫长路。他出生没落世家，少时家贫破产，母亲在绝境中自杀，体会到世态冷暖炎凉，以往的信条在他的心底激起一连串的问号，促使他决心探索人生的道路。辛亥革命时他在家乡那一带最早剪掉了辫子，翌年国庆他却悬挂了写着"国丧"两个字的灯笼，因为这时袁世凯当了大总统，"民国"已名存实亡。五四时期他成为俄文专修馆的学生领袖，不久又参加李大钊创办的马克思学说研究会，后来又怀着寻找"光明之路"的冲动到苏俄考察，终于成为一名坚定的共产主义战士。他对革命的追求，对人生的探索，反映了那个时代的最强音。出生于民族忧患之秋，受命于革命危难之际，就义于风华正茂之年，生活和历史向他提出了太多太大太艰深的问题。他没有躲避，更不想麻木，他迎了上来，终生在思考，在探索，在寻觅，在追求。觅渡一生，矢志不渝。

思想者总是与痛苦相伴。常人和哲人的差别不在于是因痛苦而思想还是因思想而痛苦，而在于思想着什么，思想出了什么。瞿秋白短短的一生有着诸多痛苦：少时家贫丧母受四处飘零之苦；出生旧营垒投身革命历精神脱蜕之苦；身居高位却觉得抑长用短"以犬耕田"感心力不适之苦；受尽王明集团迫害打击遭心力交瘁之苦；敌人悬赏围追残杀罹血肉之苦；挚爱文学而不能遂愿施展，抱终生遗憾之苦……这些痛苦磨砺着他的心灵，激扬淘洗着他的思索。他困惑消极过，彷徨苦闷过，有过错误，有过"田园将芜胡不归"的嗟叹，但他从来没有停止过思索。在与厄运的搏击中，他始终是有自己的思想的。如果仅仅是戚戚于个人自身的痛苦，他或者会学得圆熟通泰些，那就不会在高呼口号慷慨就义之前再有一篇《多余的话》；他也可以忘情山林弃政从文，那就不会有威胁利诱皆不能动而凛然从容赴死，"以柔弱之躯演出了一场泰山崩于前而不动的英雄戏"（梁衡文句），瞿秋白的思索总是超越个人的。爱文学他想做"以文化救中国的功夫"，当他目睹人民沉浮于水火，目睹党濒于灭顶，他又抛弃个人爱好和安危，跃向浪涛。"只要能为社会的前进照一步之路，他就毅然举全身以自燃。"（梁衡文句）他说过："只要对党有利，对人民有利，其他的都是枝节问题。"苟利国家，生死以赴。这正是他不断思索的原动力。对人生和社会真、善、美的执着与追求，贯串着他短短的一生。

如果说慷慨就义是他的人生绝笔，《多余的话》可以说是他的人生伏笔，引起身后种种非议鹰啄雀噪，睿智的瞿秋白会想到这些，他本可以不写这篇《多余的话》的，但他不管不顾不讳。出于在敌人面前不宜过多抛露，他也许仍未能尽吐心曲，但他剖白了自己的内心，讲了真话。提倡讲真话的人太多了，但像他这样实实在在讲真话，而且是把解剖刀插向自己，插向本可以高坐神坛的自己，袒露自己的内心世界，自我揭发自我否定，古今能有几人？对于为贤者忌为尊者讳的传统，这无疑是一个挑战，对于被说成"没有历史只有对历史的表述"的面貌诡谲难辨的历史，这无疑是一道慧光。在临终前，他用非凡而对他来说又是十分自然的行动向人们表现了在利害与是非，虚名与做人之间该如何选择，向人们提倡讲真话，提倡对人生做更高层次的追求，这不能不说是瞿秋白独特的贡献。

鱼龙曼衍，陵谷变迁，会有很多很多东西被岁月湮没，但瞿秋白的觅渡河不会，就像屈原的汨罗江、项羽的乌江一样，留给人们无尽的宝藏，留给历史永远的回味。

写于 1997 年 5 月 26 日至 29 日
刊登于《新华文摘》1998 年第 1 期，获二等奖

黄钟大吕　和鸣激荡

延安，结系着一个风云际会的时代；延安，沉积着一段波澜壮阔的历史。一提起延安精神，就会浮想起筚路蓝缕的拓荒者和匍匐前行的纤夫，当年延安的那种清新的社会风貌和蓬勃的革命生机，其气咄咄有若朝日，至今令人怀念令人神往。在中国，不知道延安是不可思议的。但是，在知道延安的人们中，特别是中青年，不知道在 1945 年 7 月初的一个下午，在毛泽东的家中，曾经有过一场关于如何永葆革命生机，跳出"其兴也勃焉，其亡也忽焉"的历史周期率的历史性对话，甚至不知道黄炎培的，大有人在。而在知道这场"窑洞对"的人们中，又有多少人仅是知道而已，并不去深思在夺取政权前夕，以毛泽东为代表的中国共产党人和一些爱国民主人士，对即将到来的掌握政权何以会有如此沉重的思虑和深刻的警醒？毋庸讳言，在宣传延安的大量史、论、诗、文、歌、舞中，涉及到这场对话的实在太少了，专门介绍和研究的文章更不多见。而在延安时代留给我们的精神宝库里，这场对话以它重大之内容深远之意义，无疑有着不容忽视的重要地位。尚丁先生的《千秋"窑洞对"》（刊于《新华文摘》1997 年第 8 期，以下简称尚文），就是一篇专门阐扬这场千秋对话的近年少见的令人盼望的好文章，读罢确感意味深长。

高屋建瓴，大论是弘。尚文介绍了这场对话的基本内容，逼视历史与现实的深层沟通，着力去阐发这场对话的现实意义。写黄炎培"熟读史书"，写毛泽东"站在绝顶高处"，写两人都能"展视历史长卷"。黄炎老从历史展视中悟出存在着一个无情的周期率，真何谓思深哉，何忧之远也，非有忧国忧民的博大襟怀，焉能若是？老人一生的信念，是"看不清真理所在，绝不盲目服从"，他倾心相谈于毛泽东，正是寄希望于"中共诸君"能找到一条新路。对黄炎培所说的历史周期率，毛泽东理解，也是心有所思的。此前几年，他就号召全党学习郭沫若的《甲申三百年祭》，稍后几年，在西柏坡村口，他讲过"上京赶考，不要做李自成"。进京的路上，在保定逗留了八个小时，其间他四次动情地谈到李自成，"明天，我们就要进北平喽，有一个人我想了很久，很久，李鸿基——李自成"，让毛泽东心中想了"很久很久"的，岂止是李自成个人的命运？此时，煦暖的夏日阳光照耀着这间普通的窑洞，窑洞里两位杰出的人物俯视着历史长卷，促膝长谈着一个无比重大的命题，黄钟大吕，和鸣激荡。

为什么会有这样的周期率，黄炎培未诉诸阶级，而是对历史过程作出概括：既而环境渐渐好转了，精神也渐渐放下了；惰性发作，由少数演为多数，到风气养成；有的为功业欲所驱使，强求发展；干部人才渐渐竭蹶，艰于应付；环境越加复杂，控制力薄弱。回顾一下历史，就不难看出，这些现象不仅频频出现在中国漫长的历史中，新中国成立以后的各个时期也都有发生。读近日《人民日报》评论员文章《把心思和精力用到工作上来》，耳闻目睹社会上种种腐败现象，令人痛感黄炎老的这些概括依然有着非常中肯的现实针对性。

"把跳出历史周期率的'能'变成永恒的现实，这一历史重任，仍然摆在今人面前"，指明这一点正是尚文的立意所在。文中有好几处写道，"当时毛泽东说这个'能'字的时候，只是举出新路的目标和决心，而要真正做到它，可就不那么容易了"，"'能'，但谈何容易"！为了阐述这个立意，作者还捕捉了一个意味深长的历史特写镜头。在开国大典前夕，毛泽东抵窗远望，却哭了，毛岸英不解，他回答说："此时此刻我想起了1945年在延安窑洞中和黄炎培先生的一席对话"，说他此时此刻，心情从没有过的沉重！作者还秉笔直书道"回顾建国以来的几十年，不正是在这'勃焉''忽焉'的历史周期率中翻滚吗？"反复着笔，大海回风，理则布帛菽粟，气则山走海飞，规世警世之情，一如黄炎老。当然，也可以说新中国成立以来的几十年，我们党一直在作着跳出历史周期率的不懈努力，可惜的是七十年代末以前"左"的指导思想占上风，不止一次违背客观规律，使"能"的主观愿望搞成了经济崩溃文化浩劫的内乱。改革开放以来，指导思想路线方针政策实现了拨乱反正，但是正如党的十五大报告所指出的，反对腐败关系到党和国家生死存亡，富国、立法、养德、去奢、选贤、惩贪、治标治本的道路仍然曲折而漫长。

"'窑洞对'比《隆中对》深远多了"，"窑洞对"产生于中国革命走向社会主义的第一次历史性转折的前夜，绝非汉末的朝代更替所可比拟。现在，建设社会主义现代化的第二次历史性转折正在中国大地上发生，在这个伟大的年代里，让我们的干部和人民，特别是中青年，知道"窑洞对"比知道《隆中对》的人多，那是一件十分应该的事，这其中，尚文自有一份贡献。

写于1998年5月4日至6日

百年潇湘两昆仑

我上中学的时候，历史还是独立的一门课，几十年过去了，年迈的中学历史老师在讲到"火烧圆明园"、"戊戌变法"时那发颤的声音、眼中的泪光，至今仍清晰在记。青年以后，每当触及晚清的这段历史，心头总感到格外沉重，一股悼惜和忧愤的情绪就迅速弥漫开来，萦绕不去。整整一百年前的那场"戊戌变法"，只进行了一百零三天，一切才刚刚开始，甚至还没有真正开始，而仅仅是发了一些"文件"，就惨遭扼杀，好比一卷鸿篇巨制的锦绣文章刚刚开头，就被残酷地折断了笔，怎能不叫后人望文而兴叹。"戊戌变法"失败于旧制的顽固和残忍，更失败于新法的幼稚和轻率，但毕竟是一场奋斗后的失败，单单从这一意义上说，它也是中国近代史百年画面的一片铅灰上，极为亮丽的一抹。"出师未捷身先死，长使英雄泪满襟"，悲剧往往有着极为深刻的内涵和极其巨大的感慨力，进而赋予那段历史以特殊的含蕴，使其闪耀出一种悲壮美。"戊戌变法"失败后不久，张之洞就说："提到戊戌之变，在事诸臣，无不痛心，不过此案是非，只有付诸千秋史评"，这场"百日维新"虽然只不过百天，却惹得万千史家的"千秋史评"一直未断，至今仍在引起人们纪念、研究，足见它有着巨大的历史价值。我以为，它的最重要价值在于它所带来的历史思考和精神升华。

作为历史风云人物，康梁谭等人都是魅力各具的。"鞭石千峰上云汉，连天万里压幽并"，"且勿却胡论功绩，英雄造事令人惊"（康有为：《登万里长城》），早年的康有为就有着"鞭石上山"、"英雄造事"的不凡气概，"公车上书"的次年，他出走国外，在《出都留别诸公》中，更写了"眼中战国成争鹿，海内人才孰卧龙。抚剑长号归去也，千山风雨啸青锋！"的诗句，抒发了对列强瓜分祖国的忧思和继续为变法图强奋斗的抱负。作为维新派的首领，他有着冲天的气势，也未免失之于过分自矜。梁启超热情奔放，学富五车，"戊戌变法"失败后他亡命海外，船行至太平洋上遇大雨，他对天长歌曰："一雨纵横亘二洲，浪淘天地入东流。却余人物淘难尽，又挟风雷作远游。"境界宏阔，意气飞扬，毫无沮丧之色。作为变法维新派的首领之一，他奔走呼号，笔挟风雷，但也有些失之于虚矫。更由于个人的弱点和局限，他们日

13

后都走上了另外的道路。真正能够有始有终，最完全的变法维新人物当属谭嗣同，他是浏阳人，字复生，在青年时代，就有"四望桃花红满谷，不应仍问武陵源"，想干一番事业的抱负。"终古高云簇此城，秋风吹散马蹄声。河流大野犹嫌束，山入潼关不解平"（谭嗣同：《潼关》），大河的不可羁勒，群山的兀立争胜，正是他的个性象征。他投身于康梁变法事业，富于理想而又意志坚定，重然诺，从一开始就做好了牺牲的准备。他曾对友人说："变法，革命，都要流血，中国就从谭某开始。"他1898年七月初五（农历，下同）进京，好友唐才常特意为他设宴饯行，酒至半酣，谭嗣同取出凤矩剑和崩霆琴，舞弄一回，又口占七绝一首，后两句为："三户亡秦缘敌忾，功成犁扫两昆仑"，有泪如倾，"虽千万人吾亦往矣"。七月二十被光绪帝召见并授四品卿衔，八月初六慈禧发动政变，八月初十被捕，八月十三，仲秋节前两天，被杀于菜市口，前后仅38天。康梁出走，他是赞同的，他自己可走而不走，决然挺身赴难。他觉得，如果维新派的首领一人也不死，只让一个孤苦伶仃的光绪帝独当其中，这不是与人共患难的一种态度，同时维新一幕在历史上的地位也将大大贬值，对后人更不能产生一种有力的感召作用，于是谭嗣同死矣！"我自横刀向天笑，去留肝胆两昆仑。"这是谭嗣同《狱中题壁》中的两句诗。在刑场上谭嗣同曾向围观的人群大声呐喊："有心杀贼，无力回天，死得其所，快哉快哉。"这样的临刑绝唱，一百多年来一直震慑着中国人的心。一个有血有肉而又一身凛然的谭嗣同形象，终于使整个变法史有了耀目的闪光，他以自身的死予变法以壮烈，唤人世以警醒，实现了自己人格的完成，铸起了一座精神的昆仑。

谭嗣同的故居在浏阳"大夫第"，里面曾经住了十多户人家，几经询问之下，竟无人知道"大夫第"为何物，烧柴的灶烟把已经破烂的百年老屋熏得黑了又黑，眼见之下，实在令人感慨系之。谭嗣同死后，孙宝瑄在挽联中写有这样两句话："可怜变法须流血，莫让先生血独流"，"莫让先生血独流"，不会没有人记得先生与先生的事业和精神，但这样的人不能太少！总会有人忘记先生，但这样的国民不能太多。后来，经多方努力，其浏阳故居得以妥善修复，列为全国文物保护单位。

谭嗣同临牺牲前，曾与梁启超有过一席长谈，并把一生文稿交付于梁。梁启超后来在他的《饮冰室诗话》中评介谭的早年诗作《晨登衡岳祝融峰》"身高殊不觉，四顾乃无峰。但有浮云度，时时一荡胸。地沉星尽没，天跃日初熔。半勺洞庭水，秋寒欲起龙"时说："浏阳人格，于此可见"。左舜生在谈到谭嗣同挺身赴死时也说过："这是湖南人性格的表现"。究竟什么是"湖南人性格"呢？我再三思考，不能准确地概括，想来想去，总觉得其中少不了富于正义，敢于挺身而出这一条。是"任气节，内行修洁，好直谏"，是"守节死义，难惑以非"，是"宁鸣而死，不默而生"。中国各地方人也都崇尚这种优秀品质，为什么单单冠之以"湖南人性格"呢？大概是湖南人表现得更为广泛更为突出吧！"西南云气来衡岳，日夜江声下洞庭"（陈毅诗句），是三湘的山水养育了一代代刚直之士、优秀儿女。

　　"戊戌变法"那一年，谭嗣同赴难后26天，在西距浏阳不到八十公里的湘潭的一个小山村，诞生了一个男孩，他叫彭德怀。性格即命运，他一生的七十六个春秋波澜壮阔而又曲折坎坷，堪称壮怀激烈。历史不会忘记他横刀立马的赫赫战功，那些都已经凝固在共和国的史册里。老百姓、农民、知识分子更记住了那个刚正不阿，为了老百姓敢于犯颜直谏而一夜之间被打倒的彭老总，与史册中文字的冷峻不同，亿万心灵中的爱戴、同情和记忆永远是温热的。当他离开北京上庐山，看到车窗外一群群失去希望的"盲流"，衣衫褴褛，蓬头垢面，他的眼圈湿润了，仿佛看到了他的老祖母带着小弟弟外出讨饭，看到弟弟活活饿死。"谷撒地，薯叶枯，青壮炼铁去，收禾童与姑。来年日子怎么过？请为人民鼓咙胡"。在那"人有多大胆地有多大产"举国放卫星的年代，敢说不同的话吗？就在两年前，中共八大召开，米高扬率苏共代表团参加，米高扬说，留给他印象最深的是"兼有牛一样结实的身躯和令人敬畏的面孔"的彭德怀元帅。其实，真正令米高扬敬畏的，不是彭德怀的面孔，而是他们之间的那场对话。"米高扬同志，为什么斯大林生前你们都喊他天才、英明、万岁，可他死后你们又骂他漆黑一团？"，"当时谁敢提呀……"，"这是对党对人民对领袖负责的态度吗？"，"谁提了就要掉脑袋"，"怕死还当什么共产党员！"……"四面江山来眼底，万家忧乐到心头"，人民的疾苦像一阵阵风暴在他心头鼓涌，他终于挺身而出，为民"鼓咙胡"。

　　尽管怀着善良和忠诚，尽管采用了合法的做法，尽管看到"万言书"后，庐山上相当多的高级干部私下里喊彭老总万岁，可是当一个声音发出而党作出了相应决议的时候，彭德怀仍然坦然地面对了突然改变的命运。从庐山一回到北京，他就主动举家搬出了中南海，他把崭新的蔚蓝色的元帅礼服、领章统统上缴，只带了一点换洗衣服一点资料和自己多年买的二十多箱书，来到了象征"解甲归田"的京西挂甲屯，"严生戎马无暇日，老来偷闲学种桃"，他的闲是被贬来的，他怒而不怨，蛰居在此，他读书，读史，读名人传记，读农技书。1962年七千人大会后，他日以继夜，通宵达旦，倾注了他的全部心血和希望，写下了八万二千多字的"八万言书"。以他的丰富的政治生

15

活经历和当时的处境，他不会想不到这样做能带来什么，但他挚爱着人民，忧思着国家的命运，咽不下人民的疾苦，他的内心有着汹涌澎湃的波涛。他有着至真至善的纯洁和赤诚，他学不会圆滑，学不会明哲保身，学不会说假话，"若是为了我彭德怀自己，写不写，申不申冤，都没有多大意思"，"杀头都不要紧，但事情要弄清楚。"他还是写了。他人亦能为而不敢为，何以他独敢为？"士宦几人能强项"？这就是"德怀性格"吧！为了老百姓而犯颜直谏而横遭逆境，他不怨不悔，赤诚未减，刚正如初。1965 年 11 月，在他本想以种田度尽余生的心情下，他被派任为西南三线第三副总指挥，不准他接近军事工业，但他还是全身心投入工作，一个七旬老人坚持下矿井，钻坑道，不知疲倦地奔走于巴山蜀水。1966 年 12 月，在江青、戚本禹指使下，他被北京"北航"红卫兵从成都押回北京，关押、批斗、拷打，他被打伤了脑袋、肋骨……1974 年 11 月 29 日下午 3 时 35 分，他在凛凛寒风中含恨辞世，骨灰盒上写的名字是"王川"，那是"四人帮"一伙人决定的，是"亡命四川"的谐音，还是让人们"忘川"，忘记他？"好在历史是人民写的"，好在历史是公正的。浩荡长天里，他大写下一个让所有善良的灵魂震撼，让所有未泯的良心敬畏的名字——彭德怀，苍茫大地上，高耸起铁脊钢峰一昆仑！

戊戌变法和庐山会议都已成了历史，谭嗣同和彭德怀都已成了历史人物。忽然想起一篇文章，"戊戌变法"失败后，"有族中的所谓长辈也者教诲我，说：康有为是想篡位，所以他的名字叫有为；有者，'富有天下'也，为者，'贵为天子'也。"（鲁迅：《华盖集·忽然想到之五》）庐山会议期间，毛泽东对他的卫士说："彭德怀原来叫彭得华，就是要得中华。"……从历史里缓步出来，外面是五光十色的大千世界，"忽然感到"现今的许多状况，诸如官场浊气、世态歪风、社会陋习，竟与史书上所记的，何其相似之甚！还有这许多"古已有之"的弊病每日每时各地各处地翻新和滋蔓到现在，因此就更感到改革开放的事业任重而道远，万万动摇不得，而谭嗣同、彭德怀两位先贤先烈的为民请命挺身而出，苟利国家生死以赴的精神永远值得我们继承和发扬，我们赞美和依倚中华民族这两座精神上的昆仑。

写于 1998 年 11 月 2 日至 11 日

追寻鲲鹏之境

古人喜欢登高。他们登台、登亭、登楼、登阁、登关、登山，眺览山川风物之时，往往吊古思今，思绪万千，逸兴遄飞，借以遥吟俯唱，抒发久久积郁在心的家国兴衰的感叹、人生宇宙的思索。他们登高致远，所致的实际上是一种襟抱和境界的追寻。

看古人登高的诗文，极少有单独写景的。武则天时代的陈子昂，终生抱着"感时思报国，拔剑起蒿莱"的理想而不能实现，他登上古老的幽州台，眺望着苍茫寥廓的宇宙和祖国北方广阔壮丽的河山，慷慨而歌："前不见古人，后不见来者。念天地之悠悠，独怆然而涕下。"虽有个人际遇的因素，但诗中弥漫的力量，大大突破了一时一事的拘限，以无限的时间和无穷的空间为背景，高耸起一个自我、一个崇高的理想人格，骨气端翔，有金石声。南京的赏心亭，王安石来过，陆游来过，辛弃疾来过，登临之下，三人竟有着相同的感触："千古凭高，对此漫嗟荣辱"，"孤臣老抱忧时意，欲请迁都泪已流"，"可惜流年，忧愁风雨，树犹如此。倩何人唤取，红巾翠袖，揾英雄泪？"此间有宋朝的时代烙印自不必说，知识分子忧国忧民的心是如此相通。登亭登楼之际，凭栏凭窗之感，是岳飞的"怒发冲冠"，是杜甫的"戎马关山北，凭轩涕泗流"，是辛弃疾的"阑干拍遍，无人会，登临意"，是范仲淹的"先天下之忧而忧，后天下之乐而乐"……

文人的心是敏感的，他们的忧患情结又是如此执着浓烈，像盱眙附近的龟山、襄阳的岘山这样一些不高的小山，辄一登临都能一触即发，至于登临那些天下名山，更禁不住云水襟怀风雷激荡向天长啸对海浩歌了。就说泰山吧，数千年间，它以高尊雄阔的磅礴之概、旷逸超拔的浩然之气，廓涤着多少登临者心灵上的湫隘。从山脚到玉皇顶，有6293个台阶，人们沿着台阶一步步攀升，也在一步步地提升着自我。汉武帝七次登泰山，赞曰："高矣、极矣、大矣、特矣、壮矣、赫矣、骇矣、惑矣"，连用八个"矣"。之前秦始皇来过，之后乾隆来过十一次，他们想在这里寻找天人合一受天所命的感觉，借天成以治民；而仁人志士来这里，是为了追寻抱负的开张，自我境界的至高。孔子"登东山而小鲁"，登泰山则"小天下"，杜甫"会当凌绝顶，一览众山小"……泰山的一块石头上刻着一首诗:"眼底乾坤小,胸中块垒多。峰顶最高处,拔剑纵狂歌"。没有刻上作者的名字,我想,千百年来登过泰山的无数仁人志士,都是这首诗的共同作者。

孔子"小天下",因他胸怀着以"仁"指点江山治理天下的宏伟抱负;杜甫"众山小",因他胸怀着"致君尧舜上,再使风俗淳"的远大理想,他们心中的"大"是一脉相承的,这就是在中国知识分子中贯串几千年的忧国忧民、立志报效国家、建功立业的优秀传统,一个永恒的情结。作为知识分子,要实现自己的抱负,他们只能"以道事君",于是,少数人变得唯利禄是求,多数人则千百年来不断重复着"有道则出,无道则隐"、"用之则行,舍之则藏"的生活轨迹。浩浩千万篇登高诗文中所咏叹的日月迁流、仕途坎坷、家国忧患、人生苦辛,其源盖出于此。

在"立登要路津"的时候,他们大多能有所作为,同时也饱尝着"凌烟阁一层一个鬼门关,长安道一步一个连云栈"的艰难和险恶,而失意或不得志的时候似乎更多些,或者表露得更多些。恰恰在这种时候,他们往往会来一番人生的回视,在回视中找回自我。在功名路上脚步匆匆时极少出现生命的冥想,此时才能好好坐下来去思索生命的含义,方才发现自己的人生受着如此深重的名利的束缚,一顶乌纱帽把人搞得精疲力竭,有身如桎,有心如棘,人生的境界被牢牢地局限在这山重水复的围栅里。于是,他们对酒长歌出"糟腌两个功名字,醅淹千古兴亡事,曲埋万丈虹霓志。不达时皆笑屈原非,但知音尽说陶潜是"。如果说苏轼写出"长恨此身非我有,何时忘却营营?夜阑风静縠纹平。小舟从此逝,江海寄余生"是那些身在棘围心处湍濑的人的一种心灵歇乏,更进一步的,是李白仗剑而行,"安能摧眉折腰事权贵,使我不得开心颜",是陶潜拂袖而去,隐入他那"不知秦汉,无论魏晋"的桃花源——他们转向了另一种人生追寻:以逃隐求解脱。

桃花源离常德约60公里,"秦人村"里曲折地架着几公里长的竹廊,走在这条长竹廊里,有一种久坐闷热拥挤的火车里一下子打开车窗的感觉,苍郁翠微的沅湘烟岚之气氤氲着一股翩然的古意。沅湘一带是屈原晚年流放之地,他壮志未酬,受了极大的委屈甚至污谤,仍然不渝高洁之志,他神驰四方,意接万物,问过苍天,就在这一带还遇到了那位渔父,发生过那场动人心弦的对白。"沧浪之水清兮,可以濯吾缨;沧浪之水浊兮,可以濯吾足。"渔父的人生观是出世的、超然的,是感时忧国的屈原所学不会的。但是这个高超出世的渔父,是虚构的呢,还是真有其人?渔樵耕读的隐逸之美,会不会都只是文人的想象和寄托呢?就说渔者吧,还有"君看一叶舟,出没风波里"，还有"千山鸟飞绝，万径人踪灭。孤舟蓑笠翁，独钓寒江雪"，年逾古稀的老人为了谋生，只得在冰天雪地里捕鱼糊口，可是雪中无鱼，只有"钓雪"，教人不由地为他的温饱担心。樵者呢，有那位卖炭翁；耕者呢，有"锄禾日当午，汗滴禾下土"的众人。像屈原所遇的那样的渔父，"世上如侬有几人"？

　　仕途还算顺利的白居易，写过这样一首诗："蟭螟杀敌蚁巢上，蛮触交争蜗角中。应是诸天观下界，一微尘内斗英雄。"其中有一个寓言典故：在蜗牛的左角上有一个国家叫触，右角上也有一个国家叫蛮，双方为争夺地盘而战，以致"伏尸数万"，这是对逐利蝇营的辛辣讽刺，蜗牛的两角之间，有何空间可争呢？用天神的眼光看下界，人间许多世事不也如此？这个寓言是庄子编的。从超脱上讲，没有人能像庄子那样漠视一切藐视一切。功名利禄得失生死等被人们执着不放孜孜以求的所谓价值，在他看来都不屑一顾。楚威王闻他贤名，派人以重金相迎，许以为相，他一笑拒之，"子亟走，无污我。我宁游戏于污渎之中自快，无为有国者所羁"。他的为文也和他的为人一样，汪洋恣肆，千汇万状，变化无端。不像孔子那样严正而间或幽默，不像孟子那样正义在胸咄咄逼人，不像荀子那样平和公正循规蹈矩，"其言洸洋自恣以适己"。他在蔑视这个世界的同时，又对这个世界有着极为细密的观察，他笔下那些草虫树石，大鹏小雀，怒气冲冲挡车的螳螂，在河中喝得肚皮滚圆的鼹鼠，无不生机勃勃，意趣盎然，充满了生命的诗性光辉。他与这个世界有着最缠绵的体察，因极端失望而摒弃一切，又因所留恋的已逝去，所向往的迟迟未能到来而无奈，他独来独往，坚持让自己的思想自由翱翔，他充满去意，怀着永远的乡愁去追寻值得归去的家园。

　　庄子所见的大鹏，背若泰山，身大几千里，翅膀若垂天之云，击水三千里，扶摇而上九万里，飞往南海，以游无穷。庄子登到什么地方才看得这么远呢？他是站在这个世界的对面。站在对面就难免对立，"以出六极之外"就难免循入荒茫和虚渺。大千世界，是非美丑长短大小，事所固有，本有等差，硬要漠视难免堕入虚无。"是鸟也，海运则将徙于南冥"，连那令人人无限景仰的大鹏南飞也要海动风吹，庄子所追求的绝对自由只能是理念上的，现实生活中不可能实现。"弱水三千，不过取一瓢饮耳"总还要饮一瓢的，人类生活在现实里而非缥缈之中，面对现实，庄子提供的道路却只是逃避社会矛盾。但无论如何，庄子所推崇的那种冲决传统束缚的鲲鹏精神开启了对于人生境界的空前美丽的追寻，至今仍让人们感悟不尽，那种超越的精神和精神的超越，永远闪耀着人类思维的悟性之光。

人生的舞台为一，人生的道路多多。所有的选择都绕不开个人与社会的关系。一切精神向上的人都有着生命价值的思索和人生境界的追寻。共产党人不仅追求社会理想，也追求个人人格的修养和人生境界的真善美，更追求两者的完美结合。敬爱的周总理就是一个典范。他为了崇高的社会理想奋斗终生，鞠躬尽瘁死而后已。他立入世之赫功勋业而摒除名利之累，怀出世之淡泊而力挽世事之狂澜；处庙堂之高而体察民间之苦，居锦绣之位而操布衣之行。他不是站在世界的对面去负手冷笑而超然，也不是躲在世界的外面去袖手旁观而超脱，他深入到世界的内心去抚摸，挽着社会的手并进，他站在世界的上面去覆盖关爱而超越世俗。在千万人的心中，他高耸起一座精神的泰山。在辽远的时空中，他铸就了一种震撼古今的人格力量，迅如光速而追附万物，穹庐空间而超越时间。在追寻人生的鲲鹏之境的漫漫长路上，他凸现出一个前所未有的人生境界，为人类树起了一个崭新的标高。

写于 1999 年 1 月 21 日至 29 日

尔命如钟

今年是陈独秀逝世 60 周年。

1942 年 5 月 27 日陈独秀客死在四川江津县郊鹤山坪，死在他寄居的清末二甲进士杨鲁丞的宅第石墙院里。这所宅第虽然是青瓦泥墙泥土地，但院落有一千多平方米，四周是条石砌成的三米多高的院墙，共二十多间房舍，当年还是很有气派的。只是年代久远，墙皮脱落，斑斑驳驳，一切已陈旧不堪。1938 年 7 月陈独秀随逃难的人流从武汉来到重庆，受友人接济在这里落脚，度过了他人生的最后四年。

陈独秀死时，《解放日报》和《新华日报》未予报道，国民党中央社只发了三句话的消息，对其一生事业只有一语："曾任北京大学文科学长"，连他领导的五四运动也没有提及。其他报刊倒是发表了一些悼念和评论文章。《时事新报》、《新民报》等发了消息，并评论说"青年时代的陈独秀，向宗教宣战，向偶像宣战，一种凌厉之气，不失为一个先驱者。""是一个有操守者。"胡秋原著文说："他是近三十年来中国文化政治史上的一颗彗星"、"不能不算是开山人物"。《大公报》的悼念短文说："这一代人杰之死，此时此地，无论在国家或其个人，均不胜寂寞之感。"

6 月 1 日出殡这天的情景，高语罕写过一篇简短的记事文章，文章说："是早，灵柩由鹤山坪移至双石桥附近登舟下驶，左右乡邻壮丁不期而会者一二百人，沿途护卫，且鸣放鞭炮以示景仰惜别之意。舟抵鲤鱼石登陆，由其亲属前导，随之而来者有友人十六人，此外则有先生之戚党同乡数十人而已。"静尘发表在《古今》月刊上的文章中写道："假使陈独秀死在 10 年前或 20 年前，噩耗传来，无疑将引起全中国甚至是全世界的大冲动。可是这个时候，他的死不过像一片小小的瓦片投到大海里……死非其时，这情景对于一位怪杰的陨落真是最凄惨不过的。"

独秀之死自然是会寂寞的，这不仅因为他在政治上已经没落了多年，早已不再是叱咤风云、揭橥树纛的人物，更因为他生前就集大毁大誉于一身，评说莫衷一是。陈独秀病势沉重时，他的老友高语罕预挽一联："喋喋毁誉难凭！大道莫容，论定尚须十世后！哀哀蜀洛谁语？彗星既陨，再生已是百年迟！"陈独秀逝世时，曾代理过国民党行政院长，1949年9月出席中国人民政治协商会议的陈铭枢拟的挽联是："言皆断制，行绝诡随。横览九州，公真健者！谤积丘山，志吞江海。下开百劫，世负斯人！"此联的大意是：您的言论和文章对传统重新评价，都是决断性的。您不随波逐流，反传统而行之。遍看中华大地，唯君独秀！社会上对您的诽谤堆积如山，可您的志气宏大欲吞江海。您为后世作了很多开拓，世人却太对不住您！

两幅挽联都对他备极推崇，也都指出了他终生集毁誉于一身。功几分？过几分？毁当否？誉当否？陈独秀的一生，特别是他前五十年的人生，实在太值得研究，因为那实际上是辛亥革命前后到中国共产党成立早期这段中国历史的一个缩影。循着前面提到的静尘文章中的那句话去追想，假使陈独秀早死十年或二十年，不仅会有我们想到的完全不同的热烈的殡仪场面，更会追怀出波澜壮阔的整整一个时代。

陈独秀的童少年，正处在清王朝末期内忧外患的民族危难之际。他聪颖早悟，独立不羁，关心国家大事。17岁考取秀才第一名，却自辟新径，18岁写出《扬子江形势略论》、《扬子江筹防刍议》、《湖中水师》三篇文章，已显露出其眼界和志向的不同凡响。此后他出安庆，经芜湖，过南京，到上海，又五下东瀛留学。他年方弱冠便在安庆组织岳王会，创办报刊，到处演说。后来他参加了辛亥革命。

辛亥革命失败后，中国的先进分子沉浸在极度的苦闷和彷徨之中。原来的梦幻破灭了，现实是残酷的：人们在做出了那样大的牺牲之后，换得的竟不是当初所期待的，这种痛苦的经历激发了中国先进分子的怀疑与思考。在陈独秀看来，辛亥革命为什么失败？为什么它所缔造的中华民国只有民国之名而无民国之实？这是因为没有思想上的革命。对于先觉者的奋斗，国民"若观对岸之火，熟视而无所容心"乃根本原因。不进行彻底的思想革命，"不但共和政治不能进行，就是这块共和招牌也是挂不住的。"

1915年9月，陈独秀在上海创办《新青年》，在创刊宣言中，他首先打出科学和民主两面旗帜，认为两者对于中国命运，"若舟车之有两轮焉"。1917年陈独秀把该刊迁到北京，同时在北京大学任教，北京大学和《新青年》编辑部成为新文化运动的主要阵地。面对北洋政府的压迫打击和社会上的攻击笑骂，他在1919年年初写了《本志罪案之答辩书》，申言"我们认定只有'德'、'赛'这两位先生可以救治中国一切的黑暗。若因为拥护这两位先生……就是断头流血，都不推辞。"巴黎和会后，陈独秀对帝国主义瓜分中国的现状和辞令愤怒难平，他对夫人高君曼喊道："把自来水笔给我拿来，

《每周评论》要出第二十期，我要敲钟了！要拿威尔逊（当时的美国总统）的腿骨来敲钟！"1919年5月3日之夜是一个不寻常的夜晚，学生们黑压压地聚集在北池子箭竿胡同9号陈独秀的院子里，陈独秀重病在床，夫人尽量压着声音说："我知道，我全知道，我知道青岛要亡了，我知道山东要亡了。可我更知道陈先生病重，这会儿他烫得像块炭，同学们，他要再这么劳累下去，他也得亡！"学生们七嘴八舌喊起来："中国遭殃了，节骨眼上了，我们要听陈先生的声音！""师母，陈先生是我们的旗帜！"在这重大的历史关头，中国思想界巨人的声音对他们而言是至关重要的。召唤的力量，有时候实在是至高无上的，一点烛光可以照亮一条黑暗中的出路，一粒火星可以引爆缄默已久的导火索。"我要出去！"陈独秀吼道，在门口昂首而立，脊背上三只小火罐微微颤动。其声如钟，其音如剑，穿透了学生们的心，激荡起一场历史的风暴。"我知道你们是为巴黎而来，同学们，中国的外交不会断送于巴黎，而只会断送于沉默！""中国不能没有声音，你们就是声带！中国只有你们是声带了！""你们要喊，你们要喊！"只要钟声持续响着，什么都会起变化的。钟声在大地上传播的速度，可能谁都始料不及。五四运动这场风暴是属于整个民族的，自鸦片战争以来的民族屈辱，终于选择了一个直接的爆发点，这个爆发点，就是北京街头青年学生们的呐喊！

京城五月，陈独秀每天都在家中或骡马市大街米市胡同《每周评论》发行所会见学生，学生们像朝圣一样聆听着他的教诲。进了六月，京城大开杀戒，大批学生被捕，连一些校舍都被作为临时监狱。陈独秀第一次感到了笔力的软弱。"我也要直接行动了！"他写了《北京市民宣言》。6月11日一大早，李大钊就来敲门取走一些，赶回后闸胡同一带散发，胡适也来取走十数张。陈独秀不肯平分，把大部分《宣言》都塞在两肋间，一套白西装撑得鼓鼓涨涨的，"你们不要劝我，我造的炸弹，我岂能不多甩几颗？"他在繁华的新世界娱乐场撒《宣言》时被捕。

中国共产党组建之前，张太雷为俄国共产党人伯特曼引见李大钊会面前说，中国的马克思主义者，舍李大钊先生还有谁？可李大钊曾对夫人赵纫兰说："说实在话，我得了什么想法，第一个想与之交流的，就是仲甫。""他说他想念我，我知道这是为什么，他不是想我个人，而是在想一种道理。他以前鼓吹德先生赛先生，这是对的。但是他找不到一种切实的方法、一种交通工具，可以让这两位先生登陆中国。"1920年4月，经共产国际批准，俄共（布）远东局海参崴处派维经斯基等人来华，了解中国革命情况，并同中国的先进分子讨论建党问题，他在北京会见了李大钊，会谈中，李大钊请维经斯基务必去上海会见一下陈独秀，李大钊说："不，我跟陈独秀还是不一样。陈独秀先生是中国最有号召力的刊物《新青年》的创办人和主编。"

如果说李大钊是在中国大地上举起十月社会主义旗帜的第一人，那么说陈独秀是新文化运动的开山人物和思想领袖则毫不为过。"南陈北李"正是当时政治格局的真实概括，"但陈独秀应属首位"（见萧克将军纪念建党六十周年的讲话）。毛泽东在延安说过："陈独秀是五四运动的总司令。"1920 年夏，毛泽东到上海，到处打听陈独秀，他觉得陈独秀是孔子之后的"集大成者"。在又新印刷所，毛泽东见到了陈独秀，毛泽东说"陈先生的言谈和文章，始终犀利如青锋之剑。"陈独秀答说："世界上最犀利的东西，莫过于主义。"陈独秀站了起来，走了几步，"润之，我已经抱定一个信念，四万万中国同胞要站起来，所倚仗者，必马克思主义无疑！"毛泽东望着陈独秀，胸中似有闸门开启之感。十六年后，毛泽东在延安与斯诺的谈话中，还回忆了这次不寻常的会见，这次颇具震撼力的谈话。"陈独秀给我的影响超过了其他任何人。"从 1915 年创办《新青年》开始，陈独秀影响了何止千百万青年，像鲁迅先生这样伟大的思想家也先后受陈独秀及陈延年多方面影响而树立了阶级观点，形成无产阶级革命文学思想，也是史有定论的。从中共第一次代表大会到1927 年，陈独秀连任五届党的总书记，他更是影响了十几年的中国历史！

1917 年，陈独秀到上海龙华寺访谈，龙华寺的法印和尚曾送给他四个字：尔命如钟。《新青年》的声音，陈独秀的声音，确如全国学界的思想之钟，一座大吕黄钟。这钟声振聋发聩，"冲决过去历史的网罗，破坏陈腐学说的囹圄"。陈独秀曾是一面旗帜，大旗之下，不是草莽乌合之众，而是云集着"国家的精英民族的精英"（蔡元培语）。查《辞海》，"如"字还有顺遂、依照、遵从的意思，这比似、像、及、比得上等意思更进了一层，而这层意思似乎更能凸现陈独秀的命运。1919 年秋，陈独秀出狱后，形势险恶。李大钊雇来骡车扮作车夫，护送装扮为下乡收债的店家掌柜的陈独秀取道天津走上海，车上两人谈论了建党和走俄式道路的问题。陈独秀说："守常先生！我这个人倔，天下任何人物、任何旗号，我都不会对之投降，但是有一样东西，我是要投降的，俯首帖耳是也！""什么东西呢？""钟声。""钟声？""真理的钟声。一闻真理之钟声，我这个人的血就活了。俯首帖耳，欢呼雀跃，冲锋陷阵，万死不辞。我陈独秀就是这等货！"他到上海后，得知两个儿子陈延年陈乔年要赴法勤工俭学，他在上海一家小图书馆的工场找到他们，满地板的刨花，满眉毛的木屑，兄弟俩正在那里拉大锯。他送给兄弟俩三样东西：继母变卖首饰换来的一百六十元大洋；两册《新青年》第六卷第五号第六号，"虽已出版两个月，但由于有李守常的《我的马克思主义观》一文，便觉得常读常新。知道你们看过，但我请你们多看几遍。"第三样东西，是一句临别赠言："到了国外，不比国内，当街一站，便有八面来风。风中有沙，风中有叶，风中有腥，风中也夹有横贯宇宙之气。人类生存之道的善丑，眼下看来，都集大成于欧洲了。望两位小同志万勿拘泥于一得之见，若遇真理所在，便要顿生见异思迁之心，如此，头脑才不至于僵化。"陈延年1919年赴法，1922年入党，1924年回国，曾任中共广东省委组织部长、区委书记、中共第五届政治局候补委员，1927年6月被捕，7月4日在上海就义。陈乔年1919年赴法，1922年入党，1923年去莫斯科东方大学学习，1925年回国，曾任中共北京地委组织部长、中共中央组织部副部长、中共湖北省委书记、第五届中央委员，1928年2月被捕，被杀害于龙华。陈独秀为真理献出了两个儿子。

西安事变发生，陈独秀难抑激动，在狱中的他托人从狱外打了一点酒买了一点菜，与表弟同饮，"我生平滴酒不沾，今天为了国仇家恨，我要痛饮一杯！"他先为大革命以来牺牲的烈士们奠酹了一杯，接着他斟了第二杯，未开口就已老泪横流："延年啊乔年，为父的为你俩酹此一杯！"再也说不下去了，失声痛哭。尔命如钟！法印和尚送给他的这四个字，莫非真是预示他命运的禅机妙谛吗？

陈独秀一生曾五次被捕。每次生死关头都表现出一位革命家视死如归大勇无畏的气概，却都由于他的勇敢机智、社会威望、多方营救，当局不敢杀他，而化险为夷。民国初年，他由安徽省都督孙毓筠、柏文蔚聘为秘书长，他积极反对袁世凯复辟帝制，遭到军阀倪嗣冲的通缉，在芜湖被捕，要求速死，险遭枪杀。1919年6月11日他在北京被捕，得到了全国各界的声援。孙中山对徐世昌说："谅你们也不敢杀他！他这些人，死了一个，就会增加五十个、一百个，你们要做，尽着做吧！"毛泽东说："陈独秀入了大牢，我们就是要抓紧地救援他。我们救他，就是救民主！就是救科学！就是救中国！"李大钊对夫人说："现在，他每天摸着牢狱的铁窗，开始懂了，知道非得用铁的手段来砸碎旧有的国家机器了。"1919年9月16日，迫于全国舆论的压力，京城监狱的一扇牢门打开了，陈独秀踏出了这道高高的门槛，全国的报刊喊哑了喉咙。坐在李大钊来接他的车上，陈独秀说："守常，我这研究室生活整整九十八天。你可知道，这九十八天里，我最大的研究心得是什么？""达摩面壁悟道，我是做了一回达摩啊。我做达摩之时，手里握着一篇经，就是你的《我的马克思主义观》。我今日可以告诉你，你信奉的主义就是我信奉的主义，我决意加盟布尔什维主义了！"1932年10月15日晚，上海租界总巡捕房派中西探员在岳州路永兴里11

号逮捕了陈独秀，很快被引渡到上海国民党公安局，旋即被押解到南京军政部军法司，由何应钦直接审讯。10月23日，蔡元培、杨杏佛、柳亚子、林语堂、潘光旦、董任坚、余增嘏、朱少屏八人联名致电南京政府，请求释放陈独秀。电文说："此君早岁提倡革命……而五四运动期间鼓吹新文化，对于国民革命，尤有间接之功……伏望矜怜耆旧，爱惜人才，开其自新之路，学术幸甚，文化幸甚。"此举距陈被捕仅仅一周时间。与此同时，杜威、罗素、爱因斯坦等世界知名学者也纷纷致电蒋介石，为陈说情。

1934年4月，国民党政府江苏地方法院以"以文字为叛国之宣传"罪判处陈独秀有期徒刑13年。对此，陈独秀始终表现了伟丈夫气概。在押解去南京的火车上，他上车不久就入睡，一路上鼾声如雷，一觉睡到天亮。在法庭上，当审判长问到"你何以要打倒国民政府？"时，陈独秀慷慨答道："这是事实，不否认。至于理由，可以分为三点：（一）现在国民政府是刺刀政治，不合民主政治原则。（二）中国人已穷至极点，军阀官僚只知集中金钱，存放于帝国主义银行，此为高丽亡国时的景象。（三）全国人民主张抗日，政府则步步退让，始终还是不抵抗。"听了陈独秀的答辩，旁听席上一片赞叹："好一个陈独秀，仍不减当年！"1934年4月20日，陈独秀写了一份《辩诉状》，让友人带出监狱传抄和印发。在《辩诉状》中，他痛快淋漓地怒斥国民党的黑暗和投降政策，"宁至全国沦亡，试问谁为'叛国'？""以刺刀削去了人民的权利，试问谁为'叛国'？"陈独秀在《辩诉状》中大声疾呼："我生平言论，无不光明磊落，无不可公告国人。我无罪！如果有罪，那就是罪在拥护中国民族利益！罪在拥护大多数劳苦人民！罪在得罪了国民党之缘故。我只有为民族、为民众忍受一切之牺牲，以待天下后世之评判！"人们争相传看着陈独秀的《辩诉状》，读后大有一种久郁在胸一吐为快之感。

陈独秀的书法名播天下，在监狱中常有人向他求取墨宝。他为上海公安局侦缉队长挥毫写了"还我河山"和"先天下忧"，为何应钦题写了"三军可夺帅也，匹夫不可夺志也"，表达了他身在囹圄而心系民族危亡的心迹。刘海粟去狱中看他，送他一幅已画好的画，他回赠了一幅字，写的是"行无愧怍心常坦，身处艰难气若虹"，实为他自身风骨的写照。1937年7月全国抗战爆发后，周恩来董必武迫使蒋介石兑现其在和平解决西安事变时所许下的释放全国政治犯的诺言，8月陈独秀提前获释。陈独秀出狱后曾多次表示"愿意重新回党工作"，并派他的私人代表与中共驻南京、武汉、西安办事处的代表博古、叶剑英、林伯渠等人接触，中央以毛泽东张闻天两人的名义给予复电，此时王明康生却造谣说日本每月给陈独秀的"托派中央"300元津贴，当时在阜平晋察冀司令部的聂荣臻听到后说："陈独秀是 300 块大洋能买得了的吗？"尽管纯属捏造，尽管有许多人站出来鸣不平，但悲剧已经造成，最终无情地割断了这位离党多年的，"在文化史上有不可磨灭的功绩，在党的历史上也有别人不可比拟的地位"（张闻天语）的老战士回党工作的情愫，从此他就像一只残破的小舟，在凄风苦雨中漂泊。1938 年 7 月他流落到江津县郊鹤山坪，在此度过了潦倒的残年。但陈独秀毕竟是陈独秀，即使政治失意，贫居乡间，他仍然受到国内各派政治力量的关注：蒋介石曾派胡宗南戴笠登门问政，有意请他出山；毛泽东要他写个检查即可去延安颐养天年；托派指责他背叛；康生败坏他是特嫌；胡适赞赏他大彻大悟；至爱亲朋惋惜他斗志消沉。他均不为所动，尽管老守田园，但他对最先举起的民主、科学、社会主义三面旗帜至死不渝。

陈独秀所生活的时代，就像恩格斯所说的，是一个需要巨人并产生了巨人的时代，许多政治家思想家同时又是大学者。陈独秀从青年时代起即致力于社会改造，一生漂泊，但对文字学、诗词和书法都有极高的造诣。陈独秀是一个革命家，是个政治人物，对杜诗独有偏爱。著名学者马一浮曾对人说："君知当年寄居杭州萧寺时，有一人能背诵《杜诗》全集而不遗一字乎？此人即今日之陈独秀是也。"他写的好多诗都是针对现时政治的忧国忧民之作，雄浑、沉郁、气势很大，如早年的《哭汪希颜》、1934 年写于南京狱中的《金粉泪》56 首等。他寄居杭州期间写的《存殁六绝句》，每首绝句以奇数两句怀念一友，以偶数两句歌颂一友，言辞凝练，音律铿锵，所歌赞的不仅是自己的挚友而兼战友，而且都是"有道德，有诚意，有牺牲精神，由纯粹之爱国心而主张革命的"仁人志士。这六首诗曾在革命者中广为流布，直到二十世纪五十年代，有一次章士钊见到周恩来，因"偶及小事"，周恩来对它仍能背诵，一字不误。陈独秀于 1939 年写的五言古诗《告少年》，长达 350 言，对强权政治的种种表现作了细致入微的刻画与诛讨，其情感之愤然、言辞之激烈、态度之峻厉，几臻绝致。他以深邃的辨思劝勉青少年应有所作为，"毋轻涓涓水，积之江河盈。亦有星星火，燎原势竟成。作歌告少年，努力与天争。"那时他贫居乡间，寄人篱下，仍雄心不泯。

"孤桑好勇独撑风，乱叶颠狂舞太空。寒幸万家蚕缩茧，暖偷一室雀趋丛。纵横谈以忘形健，衰飒心因得句雄。自得酒兵麈百战，醉乡老子是元戎。"这是陈独秀流离江津时的晚年诗作《寒夜醉成》，抒愤之慨力透纸背。黑暗凄寒之下，贫困塞滞之中诗酒遣怀，纵横激昂，傲然撑风的心态跃然纸上，读来却不免悲怆！陈独秀在致台静农的信中写道："中国文化在文史，而文史中所含乌烟瘴气之思想，也最足毒害青年。弟久欲于此二者各写一有系统之著作，以竟《新青年》之未竟之功。"可惜天不假年，他的文字学著作《小学识字教本》以未完成面貌在台湾出版，书名被改为《文字新诠》，总算流传下来，中国史他竟未来得及写上一字。

陈独秀青年时代曾练过书法，无论行草隶篆，均粲然可观。凡为人题写，大体浑然天成。他早年的书法，风流倜傥，意气昂扬，让人振奋不已。其草书行云流水，龙腾虎跃，透出一股蓬勃之气。在南京狱中时，向陈独秀求字者很多，其中一位看守先后向他要了两回字，转身拿到外面卖高价，可见陈之书名远播。他书赠刘海粟的那副对联，单就书法而言，字写得纵横恣肆、大气磅礴。隐居江津后，心境相对平静闲淡了些，内心仍不乏矛盾冲突的苦闷，激越的壮心不能完全归于平静，冲天的豪气未肯消融于田园。其书法风格，"左右跌宕盘转，一任倾泻，缭绕的笔画走向见出不羁的艺术风采。"范敬宜先生曾写过一篇文章，大意是书法有书家之书，有学人之书，有贤达之书，有诗人之书，有英雄义士之书。书家之书其贵在功；学人之书其贵在品；贤达之书其贵在神；诗人之书其贵在情；英雄义士之书其贵在气。陈独秀的书法从青年到晚年，始终溢射出一种元气，"跃裂而为火山流金，汇聚而为大海回波"。这元气，绝非一朝一夕可有，乃是他心系国家民族的胸怀、尔命如钟的命运所养成，发而为书，则有"海鸥云鹤，独来独往"之致。

陈独秀活了63岁。从18岁写出那三篇不同凡响的文章起，他就一直投身于反清救国改造旧社会的事业。1904年他25岁，曾天天跟杨笃生他们试验炸弹，一心暗杀慈禧，曾遭到军阀倪嗣冲通缉逮捕。像当时的许多有志青年一样，为了寻求救国图强的道路，他五次留学日本。1915年他36岁，在上海创办《新青年》，逐渐成为新文化运动和中国近现代史上第一次思想大解放的开山人物伟大旗手。他与李大钊创建了中国共产党，连续担任了五届中央总书记，直到1927年。可以毫不迟疑地说，中国革命在这段时期内，面对艰难险阻，干得轰轰烈烈，有声有色，翻江倒海，披荆斩棘，开辟了中国人民解放事业的新道路，写下了峥嵘辉煌的一章。这12年也是他生命的鼎盛时期。离开了党中央的领导岗位后，他寓居上海，曾组织托派，但他体弱多病并不过问具体事务，很快就被指为"背叛"，他赞同我党的联合抗日方针，怒斥蒋介石的不抵抗政策。

在1927年以后直到他辞世的15年中，寓居上海前后6年，在狱中5年，流寓江津4年，生活颠沛流离而风骨未减。毛泽东在延安时说过："将来我们修中国历史，要讲一讲他的功劳。"但事实上并非如此，反倒给后人造成了他过大于功的印象。由于苏联和共产国际历史档案的公开，更由于改革开放后思想桎梏的冲破，人们已经认识到，陈独秀对错误所承担的，比他所应该承担的要大得多。必须承认，在整个二十世纪二十年代，中国共产党还是幼稚的，对马克思主义的了解还是很肤浅的，还没有来得及造就一位真正成熟的领袖，因此，在相当长的时间内还必须听命于共产国际，包括其一些错误的指导，也为此付出了沉痛的代价。此外，中国共产党自成立以后，一直处在激烈的斗争中，其残酷与复杂世所罕见，史无前例。那是血火交织铁血交融的年代：前进与倒退，革命与反动，壮烈的献身与可耻的背叛，残酷的镇压与英勇的斗争，动摇彷徨与坚忍不拔，这一切构成了复杂而壮观的历史画面。李贽有云："读史时真如与百千万人作对敌"，"殊有绝致，未易告语"，真若面对那个时代，真若置心于那前后历史的全程，真若设身处地去体味党所面临的激烈复杂和卓绝，恐怕谁都会为领袖系安危于一身的重负而敬栗，焉敢轻率喋喋？欲平视那些本应仰视的事情，唯有攀上足够的高度。那毕竟是一个无产阶级革命家所犯的错误，我们无权责备前辈，苛求先贤。

对陈独秀，也许不仅仅是功过评价，重要的是缺少对他的深入研究。相比之下，我们党历史上的另一位领袖瞿秋白的情况要好得多。瞿秋白英勇就义后，中共中央文件和领导人正式讲话或题词中曾五次评价他。第一次是1945年六届四中全会通过《关于若干历史问题的决议》，对瞿秋白问题做出了正确的结论。第二次是1950年12月31日，毛泽东为《瞿秋白全集》题词。第三次是1955年6月18日，中共中央在八宝山革命公墓举行瞿秋白遗骨从福建长汀迁到北京的安葬仪式，周恩来主祭。第四次是经过"文革"红卫兵砸碑后，1980年6月17日对他被捕就义情况进行了复查，写出了《调查报告》，再次予以平反。第五次是1985年6月18日，瞿秋白就义50周年，中共中央在中南海怀仁堂举行了纪念会，政治局委员杨尚昆代表中央发表了讲话，"扫除在他生前身后横加给他的一切诬陷的灰尘，恢复和发扬秋白同志作为中国共产主义运动史杰出领导人的光辉。"

社会上怀念和研究瞿秋白的文章，1950年到1965年共222篇，1978年到1984年336篇，1985年到1994年500多篇，研究专著和传记40余种，参观瞿秋白纪念馆者每年五六万人。虽然如此，我们还是可以看到，对他的定论是多么曲折多么困难！从1931年到1945年，经过了14年，距他英勇就义也已10年，怎么会经过这么长的时间呢？这同历史上我们对共产国际的迷信有关，也同当时处于战争环境，情况复杂，有些事情不容易弄清楚有关。到了1985年，已是瞿秋白牺牲之后50年，为什么过了这么长时间才能做出全面的如实的公正的评价？这不能不让人们感叹，不能不令人们深切思考。而更为直接的感触是，我们更加愧对了陈独秀！

经历过风起云涌惊涛骇浪的二十世纪，我国出现了陈独秀这样一位重要历史人物，在我国近代史和中国共产党早期的历史上，陈独秀的作用和地位是无人可比拟的。他胸怀大志，奋斗一生，光明磊落，无私无畏，骨头最硬，学识渊博，品格不凡。作为新文化新思想和马克思主义的启蒙人物，作为中国无产阶级革命的英勇开拓者和中国共产党的创始人，作为对五千年中华悠久文化传统批判继承发展而使之跨入现代化门槛的伟大思想家和文化伟人，他是当之无愧的！我们不仅需要从中共党史和中国现代革命史的角度来研究他，而且应从中华民族历史、世界无产阶级革命运动史和东方民族解放运动史的背景来评价他。陈独秀的经历独特，古往今来，也许只有一个人可与他相比。正如毛泽东在党的七大期间说的："我说陈独秀在某几点上，好像俄国的普列汉诺夫。"列宁在1903年至十月革命期间，曾多次批评过普氏思想上、政治上的错误，又对他的贡献评价极高，说普氏的著作哺育了整整一代无产阶级革命家，不读普列汉诺夫的书，"就不能成为一个觉悟的、真正的共产主义者。"斯大林在希特勒侵苏的当年纪念十月革命的大会报告中将普氏与列宁并列。他列出俄国历史上二十个杰出人物，将普列汉诺夫排在首位。在恢复和发扬了实事求是思想路线之后，今日之陈独秀研究者，一定不会再来做"世负斯人"的事了吧？

1942年5月27日陈独秀辞世后，江津名绅邓燮和、邓蟾秋叔侄力排众议，认为"不能让坚决抗日的陈先生死无葬身之地"，坚持将他葬于四川江津大西门外鼎山山麓之康庄邓氏墓地，并承担了全部入葬费用。次年元旦，北京大学同学会发起捐款，在墓地举行了"陈独秀先生墓道竖石纪念"仪式。1947年6月，陈独秀之子陈松年遵父遗嘱，从江津迁灵柩回原籍怀宁（今安庆）入葬于安庆西北隅的浅山之中，与独秀山不过一箭之遥。1989年，安庆市政府拨款二万元对陈氏墓地加以扩建，成为一座直径约三米，围以块石的圆形墓冢。自1995年始，又分三期对陈氏墓地进行总体扩建。"豪杰何心后世名，材高遇事即峥嵘。"历史有着不可思议不可轻视的还原作用。

再生百年已是迟，
论定何须十世后？！

写于2002年8月12日至20日

仰望他那远行的背景

黄万里先生走了。2001年8月27日，他走完了自己九十年的人生，离开了他终生割舍不下的祖国的江河。他走得简朴。作为一位水利专家，一个清华大学教授，在水利界高教界之外很少有人知道他。一介书生本色，理应走得简朴，但想不到在他临终前去世后的两三年里，却受到了社会的关注，有多篇关于他的长篇专访和报告文学见诸报刊。在70岁到90岁之间，他曾身患几种癌症，四次开刀，大难不死。2001年8月20日，在他的生日聚会上，他亲见了《黄万里文集》如期散发到前来祝寿的人们手中，可刚刚过了一星期，8月27日，黄万里博士竟溘然辞世。在最后告别仪式上，人们把所剩不多的文集一本不留地带走了。他走得平静。"但教莫绝广陵散"，"留取丹心照旧邱"，正如黄万里先生的这两句诗一样，他的一生经历，他从青年时代立志改行直到临终不渝的执着的治河追求，他的屡遭磨难而九死未悔的忧国忧民之心，他的净士风骨，还有他"可入史"的有着浓郁离骚遗韵的大量诗词，在人们心底激起了长久的不平静……

黄万里先生是著名民主人士黄炎培的儿子。1932年从唐山交通大学毕业，但是他和另外两位同学却毅然放弃了桥梁工程师的职位，立志改学水利。他曾回忆说，1931年长江发大水，只湖北云梦县一下子死了七万人。1933年黄河决口十几处，六省六十七县受灾，饿尸遍野。水患震惊了年轻的黄万里，他立下志向："黄河水最难治，我改学水利就为了治黄河，我就爱做最难的事！"他1934年赴美，先后读了三所大学，是伊利诺大学的第七个博士和第一个中国人工程博士。1937年他回国，婉谢了东北大学、北洋大学、浙江大学同时送来的聘书，"到了四川，到了长江，当水利工程师。"在四川一带，他们徒步踏勘三千公里，跟他一起踏勘乌江、嘉陵江、涪江的三个留学归国硕士从山崖跌落被巨浪卷走。在四川、甘肃、东北，他自愿从实际工作做起，长年奔波于荒山野岭，水利工程之外，还主持过多个农田水利工程，放水之日，农民欢声雷动。他曾说过："中国社会最底层的贫苦农民，要喷出热血地爱他们，一生努力为农民做一两件好事。"1953年他来到清华大学任教授，乃至终身。

做了清华教授，本可以过一种清明平实的生活了，但黄万里不，一篇

《花丛小语》和一个三门峡转折了他的命运。1957 年他响应大鸣大放号召，在《新清华》第 182 期发表了一篇文章《花丛小语》，作为小说，它没有什么情节，只是三四个知识分子就城市道路质量不好而发的议论，涉及了马寅初及人口问题、纳税人的权利以及对政府的监督等敏感话题。清华的校长把这期《新清华》拿给毛泽东看，毛泽东很看重很反感这篇文章，把黄万里打成右派。但又说："黄万里的诗，总还想读"。黄万里的这首右派"成名作"是《百花齐放颂·调寄贺新郎》：

> 绿尽枝头蘖，怎当他，春寒料峭，雨声凄切？
> 记得梅花开独早，珠蕾偏曾迸裂！
> 盼处士，杳无消息。
> 桃李临风连影摆，怯轻寒、羞把嫩芽苗。
> 静悄悄，微言绝。
> 忽来司命护花节，乘回风，拨开霾气，宇清如激。
> 人世乌烟瘴气事，一霎熏销烬灭。
> 翻激滟，芬香洋溢。
> 好鸟百花丛里舞，这当儿，鼓起笙簧舌。
> 心自在，任翔逸。

黄万里成了 1957 年 6 月 19 日《人民日报》上毛泽东亲自撰写的《编者按》中的大右派，一右 23 年，全国最后一个摘帽。1957 年 6 月，水利部在北京召开《三门峡水利枢纽讨论会》，与会七十位专家学者教授，有理有据公开反对修建三门峡大坝的苏联专家方案的惟黄万里一人。但是，"他们没有听我一句话"，三门峡工程截流拦洪后，潼关以上渭河大淤，毁良田 80 万亩。蓄水后一年半，15 亿吨泥沙全部铺到从潼关到三门峡的河道里，从无水患的渭河两岸不得不筑起了防洪大堤，富饶的关中平原年年减产，整个三门峡工程造成的损失不下百亿元，15 万人民来回迁移十几次。这时候的黄万里，还在清华教书，他头戴右冠，边改造边工作。而挥之不去的是缠绕他毕生的黄河情结。

1962 年 8 月，"闻黄河中游淤塞，三门峡水库不能蓄水，一如当年愚言，怅惘之余，诠次为七言长句"，他写了二百八十言的《念黄河》，"终记愚言难蓄水，可怜血汗付沧溟。"那时，他正带着学生在黄河三门峡实习，骄阳之下，别人都戴草帽，惟独他不戴，有同学问他，他答曰："我没帽子"，意味深长。你能把黄河也打成右派吗？1963年8月，"癸卯伏雨，闭户披览各家改建三门峡坝工意见，顿起无穷之虑，怅望禹功，泪垂禹已，"他又写了《哀黄河》。"莫使禹功坠如此"，他等待着报效祖国的机会，但他的等待是无望的，在无望的煎熬中他益发坚贞。1964年他写信给董必武副主席，不久水利部召见他，要他拟出三门峡坝工改建计划。60天内他昼夜工作，写出《改修黄河三门峡坝的原理和方法》，完成之后他写了三首诗，"两月伏书寻思苦"，"哪识乃翁欣喜心"，"秦川锦绣应无虑，有计拿鳌拯陆沉"，结果却是"未得批复"。1971年他到三门峡劳动改造，在这里度过了六年时光，"上午参加学习班，俯首听批，下午扫地"，60岁的老人晚上可以休息了吧？他没有，"晚上可以想黄河的事"。1973年年初他就三门峡改建的事上书周恩来总理，没有回应。是年春，准许他考察黄河、渭河，他目睹了中游人民遭受的"从下游移来的苦难"，1973年夏，华县毕家公社报告三门峡坝造成后的灾难，他听后泪流满面，赋诗记道："听罢毕家遭害苦，不禁簌簌泪交颐"，"平生积学曾何用？愧对苍生老益悲"。在三年的黄渭之行中，在监视下，边干杂务边考察的业余时间里，他完成了《论治黄河的方略》等专著，还写了《论分流淤灌治理黄河》，1985年呈文国务院总理要求面陈此策。赴美讲学回国后他继续上书，再上书。2001年8月8日，当预感到将不久于人世时，他没有给家人和子女留下只言片语，却用他那颤抖的手向来看望他的学生写下了这样的遗嘱：治江原是国家大事。"蓄"、"拦"、"疏"、"控"四策中，各段仍应以"拦"为主，为主。汉口段力求堤固，堤水面宜打钢板桩，背水面以石砌，以策万全。盼注意，注意。黄万里遗嘱2001-8-8。

　　一个人的命运若是这样地与祖国的江河相缠结，他必将整个儿渗透和浸泡在其中而不可分离。被冷落的观点不会被学界忘记，被践踏的梦想必将会成为种子。2003年6月26日，中国工程院召开的座谈会上，钱正英院士等专家提出了"重新认识黄河"，其中许多观点与黄先生吻合。"他们没有听我一句话"，黄万里的可贵，黄万里的令人肃然起敬，正在于在没有听他一句话的近半个世纪的漫长岁月里，他继续说着自己该说的话！他一生的治理方略壮志未酬，不能算是一个成功者，但是有一种人生的意义是不能用成功和失败来衡量的。比如忧愤国难行吟《离骚》，其志"虽与日月争光可也"的屈原；比如才可"任公卿之位"而志不得伸，早逝长沙的贾谊；比如三呼"过河"吐血而死的抗金名将宗泽；比如郁孤台下只能"梦里挑灯看剑"的辛弃疾，还有呼吁保护古城的梁思成，主张控制人口的马寅初，最早提出社会主义市场经济的顾准……似乎从石器时代到现在，同一个以天下为己任的灵魂，同一个"哀民生之多艰"的灵魂，同一个追求真理的灵魂，在不同的时代不同的躯体里，忍受着冷遇而凸现着执着，经历着坎坷而抱持着坚贞。

黄万里先生于我是前辈，是恩师。他曾为我们讲授过《水资源综合利用》课程，黄先生讲授水文概率统计皮尔逊三型曲线时，显示出他深厚的数学功底。流云逝水，转眼间已是四十年了，但我还清晰地记得他高高的身量，方面大耳，上海川沙一带的款款南音，记得"文革"初期他看批判他的大字报时的样子，平静，沉毅，有一股凛然不可辱之气。握笔沉吟之间，忽然意识到已临近黄先生逝世两周年。黄先生远去的地方是千古哲人揣摩不透的地方，那是一个无尽的遥远吗？

推窗远望，正是初秋晴朗的星空。夜色苍茫之中，我分明感觉到在汉口大堤上，在云梦县城里，在回响着涛声轻吟着涟漪的祖国江河畔，黄先生那高大的身影正在款款而行。我仰望着他那远行的背影，注视那背影渐渐隐入灿烂的星空，默默地献上一炷心香。

写于 2003 年 8 月 18 日至 20 日

荷 塘 思 语

四月底，乘着明媚的春光，穿越三千里路的桃红李白深绿浅绿，我从武汉回到清华大学，参加母校校庆和大学毕业三十周年的学友聚会。

无论是景物还是同学，一切都还是那么熟悉而亲切。母校有了很大的变化，但昔日的风貌依然鲜活生动，正像同学们尽管已两鬓染霜，而举手投足间仍会显露出当年的风韵和神采。人的记忆宛如幽静的深潭，这个深潭平素微波不兴涟漪不起，一旦有感应的石子投进来，就会波翻浪叠，让人追思联翩。就在对母校的一瞬一瞥之间，在同学们的一颦一笑之间，我的脑海里竟一下子浮上来许多往事的幢幢之影。阔别三十年了，为什么竟然会没有通常应有的那种浩荡的疏离感？我不禁愕然。从母校回来之后的几个月里，我的心头常常萦绕着返校那五天的情情景景，也常常思索着，想把那个在心底里时隐时现，若明若暗，说不清楚而又久久濡润着我的心田的感受捕捉出来。能够经受得起风月磨洗的东西是些什么呢？

是永存于记忆之中的校园之美吗？是的。清华园的确美。"寒裳顺兰沚，水木堪清华"，"松风水月未足比其清华，仙露明珠讵能方其朗润。"那工字厅里缦回的廊腰，连引着一处处画庑彩栋，院内馨华秀草、异木怪石，厅后四时变幻的林山，环拢着一泓秀水，山林间掩映着两座玲珑典雅的古亭，与巍峨的罗马式建筑大礼堂俯仰错落。与它毗连的"西花厅"，院内紫藤冒架，棂外红莲映窗，著名学者吴宓为之取名为"藤影荷声之馆"，一笔点睛，二三十年代这里常有名人雅集。俞平伯曾有诗曰："明灯促膝坐移时，为惜兰言酒不辞。偶忆廿年尘梦残，藤荫摊卷日初迟。"佳景嘉会，或晨雾朦胧，或夜雪皎洁，这一方土地总给人一种儒雅氤氲的感觉。

西行不远，就到了朱自清先生笔下的荷塘，芊草花丛间有一条逶迤的步道把我引上一个山丘小岛，岛的四周环绕着荷塘，池水湛绿清澈，池中高高低低，浓浓淡淡，都是婆娑的树影。四月并不是赏荷时节，只有些瘦弱的荷叶尖子刺破了平静的水面，张开的圆叶很舒适地平躺着，荷根都藏在水下吸纳养分，等待着夏日某晨一鸣惊人地蹿出水面，那将是怎样的芳姿啊："叶子出水很高，像亭亭的舞女的裙，层层叶子中间，零星地点缀些白花，有袅娜地开着的，有羞涩地打着朵儿的；正如一粒粒的明珠，又如碧天里的星星，又如刚出浴的美人"。湖水清碧，荷芰清芬，树木青翠，远山青苍，还有那清和的月光、清隽的文章，在这里，人的灵魂才会感受到什么是清净和圣洁。

走在清华园里，看那庄严的教学楼、端雅的二校门、静静的校河，还有那烂漫满园的近八万株花木，熙攘而有序地演绎着春之嫣红姹紫，夏之荷钱榴火，秋之红枫丹桂，冬之梅红松茂，你一定会感到很难用一句简短的话确切地说出她的美。青年时代在校六年的偎依，三十年后带着不少的人生阅历再次来拜谒，我始终觉得清华的美是整体的、内在的和多维的、多层次的。她氤氲着一种气息，营建出一种氛围，构筑成一种精神，积淀了一种文化，汇合为一种魅力，浸润你，熏陶你，春雨润物般随时随地地泗入你的性灵。

我也算到过一些地方见过一些世面的人了。就说园林吧，附近的颐和园远比这里富丽，苏州的园林远比这里精雅，但都不像这里让我感到亲切。在这里不是那种单纯的游览欣赏，但又不像回到自家小院那样随便而亲昵，好像是回到一株古老的大树下，孩提时曾在树下玩耍，青年时曾在树下读书，而今回到树下，想偎依它的慈祥，想贴近它的睿智，但又似乎不完全这样。我走在校园里，不是感官上的百感交集，而是内心里有一种感受，这种感受像世界上许许多多妙不可言的事物一样，只可意会不能言传。母亲、故乡和母校，那灯下的针线，那飘升的炊烟，那晨读的石凳，总在我心中有不可释然的情怀。今天，在经过了三十年的远行的期冀、生命的搏动、精神的漂泊，生命的底色经过了不断地涂抹之后，我一个人又单独面对荷塘，久久地枯坐着，静静地享受和品味着这种母校情结，在这里怀想往事，感受亲情，回归真诚，也一任我的思绪信马由缰，收桨放舟，我益发觉得清华园蕴含着更大的幽邃，她不像母亲那么淡朴，不像故乡那么裸实，她是一本读不完的大书。要读她，你很难省略它那幽深阔大的历史和人文背景。

二

今天的工字厅和荷塘，当年曾是清代皇家园林熙春园的东部和西部，熙春园原是康熙皇帝的行宫，三百年前，人道玄烨曾住。道光初年，为了分赠子女，把熙春园分割为东西两部分，东部名为清华园，赐给皇五子即袭爵惇亲王的奕誴；西部名近春园，赐给皇四子奕詝，即后来的咸丰皇帝。熙春园与大名鼎鼎的圆明园只一路之隔，建园时间也大体相同。1860年，英法联军入侵北京，火烧圆明园，咸丰皇帝逃亡承德，他的近春园也毁于兵火，沦为荒岛。1900年，八国联军打进北京，此时清华园的主人是奕譞的儿子载濂，因其弟载漪在园内"设坛举事"招集义和团而获罪，载漪被发配新疆，载濂被革职，清华园被皇家收回，长期荒芜不用。从繁华到凋敝，正是这个王朝变迁的缩影。

清华大学是庚子赔款的产物。当时中国驻美公使梁诚在美国国务院阅读了有关秘密档案，又查阅了美国国会图书馆的各种记载、文件得知"索取过多不合道理"，他多次向美国国务卿海约翰直言婉言。1908年，美国参众两院通过决议，认为庚子赔款在美国名下的2400万美元大大超出了美国参战的实际费用，应退还给中国1100万美元。从1909年到1940年，每年从它所扣留的那部分关税中拿出一小部分还给中国，但有一个附加条件，这笔退款只允许用来资助选送中国学生留学美国。清华园被选为留美预备学校校址。1909年开工兴建，1911年春第一批校舍建成，4月29日游美肄业馆开学，取名清华学堂，是为清华校史的纪元。

这是一个不平常的年代。这是一个弱不禁风痛苦无奈的时代，也是一个志士堪悲拔剑而起的时代；这是一个千山日暮风雨飘摇的时代，也是一个云水浩荡新生阵痛的时代。两千年的封建制度正将落下帷幕，积贫积弱的祖国挤在世界上的日子艰难而屈辱。清华诞生的这段历史令人难堪令人尴尬，让人心酸让人悲怀，但是，也正是清华和其他学校的庚款留学生，成为中国现代教育和现代科技的开路人。清华最初称游美学务处，只派考赴美留学生，基金由美国公使掌管，派考由外交部承办；后来觉得有一部分学问在国内也能学到，可先在国内学习，于是就创办了留美预备学校——清华学堂；以后又进一步，觉得美国大学也不过如此，中国教育界认为中国可以自己办大学，于是把留学预备学校改办成中国自己的大学，这就是清华大学。这三步，其发展过程反映了中国近代学术的发展过程，是中国近代学术走向独立的过程。冯友兰先生说："清华校史不仅有一校的意义，而是反映中国近代学术逐渐走向独立的历史"。这是两个多么重要的"觉得"，这是两个多么值得记载的"于是"，它们表征着两次伟大的飞跃，开拓了一条自强之路。

八十六年前的这个时节，校河就这么无言地流淌着；五十二年前，灰色的清华学堂就每天目迎目送着梁启超王国维陈寅恪赵元任"四大导师"来楼里讲述"国学"；四十九年前一个冬日，贴上了中国人民解放军布告的西校门，今天依然那么端凝朴厚；三十年前"文革"中被推倒又重新建起来的二校门面貌依旧而有了新的意蕴：使得凡是能感受它跌倒爬起的气概的人，也都能想起推倒它的那个年代的荒唐……我不能再这样边走边想了，清华的山水楼舍亭碑与历史的牵连太多了，我感到有些不胜重荷。读外国的历史，读千年前的历史，也会令人感慨吁叹，也许是太遥远大久远的缘故，它们往往会显得有些缥缈有些玄奥。而当你重游故地，触景生情，联想起亲历的往事和贴近的历史，在很短的时间内浓缩密集于你的心头，所生发出来的历史感就会格外有分量。

最有代表性、最浓缩地反映清华的变化的，要属荷塘。它从当年公子王孙歌舞升平的亭台楼榭，到二十世纪初的荒疏凋敝；从清华大学建校后朱自清先生笔下的清逸的荷塘，再到六十年代中期被"红卫兵"斩尽掘平，再到今天的"近春园遗址"，几起几落，反映了动荡的中国在近现代百年兴衰中的喜怒哀乐。一方小小的自然山水，浸淹了多少历史的哲理啊！八国联军的炮火可以把它焚毁，日寇的暴虐可以使它安放不下一张平静的书桌，"文化大革命"的疯狂可以使它疮痍满目浩劫一空，但是荷塘仍在，荷塘告诉我们：风波总会过去，文化不会灭亡。

三

把荷塘"荒岛"整建为近春园遗址公园，是 1979 年开始，历经几年完成的。在这之前历届学校当局曾多次拟议均未能实现，一个多年的企划终于在改革开放的最初几年就得以完成，这不能不说不无意味。眼前的近春园遗址公园，蔚然深秀，风物清雅，假山瀑布草坪鱼池错落和谐，晨昏之际朦胧犹如梦幻。临水建"临漪榭"一座，是按原有同名建筑仿建的，按清宫法式，歇山起脊，金线苏彩，是遗址内唯一象征性的旧物恢复。在这一带原有一座"荷塘月色草亭"，那是朱自清先生 1948 年 8 月 12 日因贫病交加逝世后，清华中文系师生修建的，冯友兰先生书写的匾额，后因学校建设而拆除。这次整建时，东山上新建了"荷塘月色亭"，亭额是朱自清先生的手迹，挺拔清秀，见字如见其人。

朱自清先生是一辈子教书的学者。作为文学家，他的最大特点是真诚。他的诗文，处处表现了他的诚挚和坦白。不是至情人，他就写不出《毁灭》那样的长诗；不是至情人，他就写不出《背影》那样的散文。《匆匆》中那种感于时光飞逝而自己还无所作为的心情，《给亡妇》中那种对于前妻的深挚怀念，晚年许多散文中对人民革命特别是对学生运动的真诚支持和深切同情……他那毫不做作的真情实感，深深地打动了读者，有些中学教师给学生讲《背影》，讲《给亡妇》，讲到最后，常常是一片唏嘘声。他在《毁灭》中责备自己"不中用"和"由怕而木木然",《哪里走》中分析自己在政治风暴中的"惶惶然"……更表现了他赤子般的坦白,这在一般人是难以做到的。他的许多作品之所以被人历久传诵,主要在于这份真诚和坦白。作为教师和学者,他的最大特点是认真。"老泉发愤","惟竞惟业"。他离开好几所中学时,都一再受到学生的集体挽留。在清华23年,他至少开了十四五门课,一些名家学者在回忆做他学生时的情景时,还记得他在课堂上讲得满头大汗的情形,他们说,对朱先生的课不肯马虎,不是为了分数,是为了要对得起他的认真。他为人钟情真诚,为文又是那样谨慎细心,写文章一天只写五百字。严谨负责,一丝不苟,一直到死,他都一秉初衷,从未纷乱过。

朱先生生于1898年,其时,正是中国被列强蚕食,亡国灭种的危机极其严重的年代,也是国内社会黑暗民怨鼎沸的年代。他作为一介书生,远不是一位革命家和先行者,但他的爱国之心执着和深沉。把"理想"的、完美的中国作为明确的追求,终生不渝,肯于为此作出个人牺牲,是他人生的特点。"焉得如深井,回风不起澜?"他是这样写的,也是这样做的。他是五四爱国运动和五四新文化运动的积极参加者;"3·18"惨案时,他走在游行请愿的学生队伍中,又一连写了三篇文章,在民族大义面前,即使个人可能受到伤害,他是没有犹豫的。"九一八"事变后,他写了许多爱国歌词:

> 百余年间蹙国万里,舆图变色切中肠。
> 青年人,莫悲伤!
> 卧薪尝胆,努力图自强。
> 献尔好身手,举矢射天狼。
> 还我河山,好头颅一掷何妨?
> 神州睡狮,震天一吼孰能量?

据朱夫人陈竹隐先生回忆:新中国成立前夕,国民党政府每次抓人,我们家都很为学生担心。我们家也成为一些进步学生躲避追捕的地方。在胃病严重、体重不到80斤、全家月薪只够买三袋面粉的情况下,他毅然决然地在拒绝领取美援面粉宣言上签了名。在这天的日记上,朱先生写道:"此事每月须损失六百万法币,但余仍决定签名,因余等既反美抗日,自然直接由己身做起。"一个多月后,他就在贫病交加中逝世,在逝世的前一天,还念念不忘地叮嘱夫人:"有件事要记住,我是在拒绝美援面粉文件上签过名的。"

忠厚笃实的朱先生一辈子都过着穷教授的拮据生活,沉重的生活负担压得他喘不过气来，贫穷像毒蛇一样缠着他。在西南联大，他吃的是积存多年的多沙粒和稗子的配给米，冬天，他甚至只能买件赶马人用的毛毡披风裹身御寒。在清华，他当上了国文系教授，成了知名的作家，一家人却常常吃稀粥度日。在中国现代文坛，先生的散文像一片迷人的荷塘，谁能想到这荷塘竟是如此的清贫。但他从来没有为换得稍好的生活而向旧势力屈服，直到在苦难中带着满腔正直的骨气穷困而死。郑振铎先生敬挽朱先生的挽词说：

　　呜呼！君虽死于病，实死于贫与愁，一代学人竟贫愁以死，君不负所学，国实负君，呜呼！

　　每个中国的知识分子，每次读到这个挽词时，心中会是什么滋味呢？
　　朱自清先生逝世时还不满五十岁。在他的正直的、有强烈正义感的、有骨气的爱国知识分子的一生中，体现了一种最完整的人格。陋巷箪瓢不折腰，若论中国现代知识分子的气节，朱自清应是一个典范。1948 年 8 月，朱自清逝世不久，毛泽东在一篇文章中写道："我们中国人是有骨气的……闻一多拍案而起，横眉怒对国民党的手枪，宁可倒下去，不愿屈服。朱自清一身重病，宁可饿死，不领美国的'救济粮'……我们应当写闻一多颂，朱自清颂，他们表现了我们民族的英雄气概。"毛泽东是朱自清先生的同代人，他了解朱自清。
　　1988 年 10 月，为纪念朱自清先生九十诞辰，江泽民同志写了一首诗和一封信给朱自清先生的儿子朱闰生，诗是这样写的：

　　　　背影名文四海闻，少年波老更情亲。
　　　　清芬正气传当世，选释诗篇激后昆。

　　江家和朱家是世交，江泽民的父亲与朱自清朱物华兄弟都在扬州八中上过中学，江泽民与朱闰生曾是同班同学，少年时常到朱家，经常看到《背影》中的那位老人（朱自清的父亲小波老）。江泽民是朱自清的同乡人，他了解朱自清。

　　　　从此我不再仰眼看青天，
　　　　不再低头看白水，
　　　　只谨慎地看我双双的脚步；

> 我要一步步踏在泥土上，
> 打上深深的脚印！

这是朱先生早年的长诗《毁灭》中的几句，印着朱先生的脚印，望着他的背影，感受着他那最完整的人格的力量的感召，起码我们这一代人还会这样，以后呢？

朱自清逝世后一个月，四册八卷精装的《闻一多全集》出版，尽管开明书店加班加点，朱自清还是没能亲眼看到他抱病带领清华同人在一年零几个月里，呕心沥血编辑成的这部300多万字的文集面世。那可以说是他和闻一多十多年深挚友谊的生动写照。当人们阅读这部巨著时，总会情不自禁地缅思这两颗光芒耀人的双子星座！

人们之所以总是把他们两人联系起来，仰之为双子星座，不仅仅是因为他们在同一个历史时期双双共同地表现了我们民族的英雄气概，还因为他们之间有着多年深挚的友谊，也许还因为他们两人具有两相迥异的鲜明的个性。1946年7月15日，闻一多在昆明被国民党特务暗杀身亡，朱自清当时在成都，他是17日才从报上得知的消息的，他顿时泪流满面，愤怒声讨，并立马给闻夫人高孝贞女士写了慰问信。他冒着生命危险在成都连着参加了几场追悼大会，愤然发表正义凛然激人落泪的讲演。闻一多先生的血，在朱先生心上点燃起满腔仇恨的火焰，他奋笔抒怀：

> 你是一团火，照见了魔鬼，烧毁了自己！遗烬里爆出个新中国！

闻一多是一团火。浓密的大胡子下，口衔着一只不熄的大烟斗，诗中从红烛闪光到火山爆发，诗风秾丽，感情炽烈。所从事的专业，诗文治印美术金石古典研究样样有声有色，崇尚庄子，讴歌屈原，弘扬离骚，1919年5月4日晓，城内爱国示威游行遭到残酷镇压的消息传到清华园，他当即笔录岳飞《满江红》贴在高等科学生食堂门口。他一生嫉恶如仇，气势高张，不断进取，拍案而起，壮怀慷慨，连他的死也是那样壮烈！

朱自清是一泓水。清癯的面庞整洁的衣着，笔下从荷塘流到桨声灯影里的秦淮河，自然而清奇。为人为事认认真真分分明明，真诚坦白清澈见底。外柔内刚，正直持节，决不同流合污，即使是那伟岸的骨气也是以柔韧的方式来实现的。

中国的知识分子有着狂狷的传统，慷慨长啸，蔑视权贵，狂者如李白；

淡泊名利，内养高洁，狷者如介之推。朱自清逝世后，人们评论说，如果说闻一多先生是个狂者，朱自清先生就是狷者。这个评论作为对两人一生的评价恐怕失全失确，用来简括两个人的个性倒还接近。水木清华的山林里，掩映有"闻亭"和"自清亭"，并在1986年10月和1987年4月先后建成了闻一多雕像和朱自清雕像。前者通体用红色大理石雕成，热烈蓬勃如火；后者用汉白玉雕成，洁润清隽如水，十分形象地矗立着两颗伟大的灵魂。在炒作明星的喧嚣市声中，这两座纪念碑两座雕像，自是一块儿共同完成了一阕无声的闻颂和朱颂。"夫子循循然善诱人，博我以文，约我以礼，欲罢不能。"这是两千五百年前颜渊讲及他的老师孔子时说到的话，其间的道理、感情，在任何时代，都如同亲身体验一样，使万万千千有志气有良知的人，吟咏心间，对"仰之弥高，钻之弥深"的伟大德行与才识信服与向往。闻朱两人身上，共同结合着完整地全面地代表了中华民族历来所推崇的优秀的道德品格，精神品质，与先贤之风遥相呼应，双峰并立，共同构架起中国知识分子的精神和人格的高原。

清华明镜里，教授有三亭。也是在荷塘这块地方，在"荷塘月色亭"西边不远，还有一座"晗亭"，是1984年10月，吴晗惨死狱中十五周年时建成的，亭内匾额"晗亭"二字是邓小平手书。吴晗比闻朱二师小二十岁，在从爱国学者走向革命的道路上他走得更远更前。李公朴闻一多相继被害后，他被反动派列为第三个暗杀对象，只因提前离开昆明北上，才幸免于难。1948年8月，他赴河北平山解放区，受到毛泽东周恩来的接见。北平解放后，他以军事管制委员会代表的身份参加接管清华大学，后调任北京市副市长。1969年10月11日惨死于"文革"狱中。没有看到他在狱中留下什么文字，我们无法知道，在生命即将结束的时刻，他是如何回望人生，是如何向往着铁窗外的世界。

知道吴晗的人，都知道他如何满腔热忱地投身于革命，如何在不同场合感激和钦佩毛泽东对他的《朱元璋传》提出的修改意见，并由此而直接感受到一代伟人的伟大。这样一个早就献身于革命的学者，一个担任政府要职的领导人，一个以崇拜心情仰望毛泽东的人，说他有意识把海瑞和彭德怀联系起来，用几百年前的往事影射现实，于情于理都难以成立。可是，如果没有了现实的影子，没有了现实的感应，没有了影射的意味，《海瑞罢官》的价值，或者说吴晗悲剧的价值，又如何体现？吴晗有一部著作，名字就叫《历史的镜子》，吴晗的悲剧也是一面历史的镜子。邓小平为晗亭题写了匾额，作为同是"文革"的受害者过来人，他比一般人更了解吴晗；作为"文革"后拨乱反正的伟大人物，由他来题写这个匾额，更注入了明镜高悬的深意。

环绕着水木清华工字厅，还有三座碑：王国维纪念碑、"3·18"断碑和施滉纪念碑，分别纪念我国清末民初国学大师王国维、"3·18"惨案中牺牲的烈士韦杰三和清华最早的共产党员施滉。三座碑纪念的人是完全不同的，但在事件的时间上却成为一个序列。顺着这个时间序列，你可以看到，从清末民初到本世纪二三十年代，中国知识分子所走过的足迹，那是人格、良知、学识、信仰与时代的结合。无论是陷于矛盾而精神痛苦，不惜以生命去祭奠一种正在衰落的文化，还是向往未来而奋然前行，甘愿为壮丽的事业抛洒青春的热血，中国的知识分子总是高扬着以天下为己任的旗帜。在这个旗帜下，他们对生命价值的诠释和实践，形成了一个相袭悠久的传统，这个传统是：奉献。王国维、韦杰三、施滉、闻一多、朱自清、吴晗……

四

握手、拥抱、注视、端详，阔别了三十年的老同学重聚，热烈之中透着几丝苍凉。头顶微谢，两鬓染霜，昔日年轻俊逸的面庞上，镂刻了不少岁月的沟壑。三十年的岁月里，有说不完的激流和涩滞，平庸和高远，但最让人难忘，见面时谈得最多的，是最初那十年。我们这茬人，反右，学九评，搞四清，而最摇撼人心，急剧地改变了我们生活，留下了终生思索的，自然是"文化大革命"。一场历时十年的运动，对于全国人民，是一场深重的灾难。灾难，对常人来说也就是灾难而已，但对知识分子来说就不一样了。在短暂的困惑和紧张后，很快就被诡秘而有来头的政治传闻煽惑得热血沸腾。当最初的壮言豪语华章血书金刚怒目过去之后，那理想化的政治热情又很快就被翻云覆雨的拨弄和波诡云谲的残酷击得粉碎，许多人的良知和文化意识又重新苏醒，而一旦洗刷掉那些曾经让人激昂的虚浮层面，心头里就只有难耐的迷茫。昨天还同坐在一个课堂里，怎么突然就变成了敌对的两派，使得他们对立的有多少政治意识呢，除了念叨社论和道听途说的政治传闻，他们有多少政治主张和政治主动性呢？一年过后，我们每个人都或多或少地体味过一种幻灭感：原有的已经轰毁，将来的一片迷蒙；体味到一种被愚弄感：这场否定运动打头阵的人们，正在开始受到否定。愈是去索解"为什么"、"何处去"这样一类的命题，就愈是因不得其解而迷惘和痛苦；愈是去寻求现实的底蕴和个人命运的未来，就愈是陷入深深的困顿和无奈。

当接受再教育的"最新指示"传下来，一夜之间就把冷酷严峻的生存现实摆在了我们的面前。去农场种稻，下煤井挖煤，在天工开物水平的小作坊浇铸铁饭锅，在只有一位老师的山村小学教书，在县里街道工厂当车工铣工，在豆腐房磨豆腐，在食堂卖饭票……短的三五年，长的有十多年。大学时代的种种设计黯然褪色，变成了永无机会施工也无收藏价值的旧图纸而被人们随手抛弃。可对于我们自己，偏偏这段岁月竟那样难以忘怀。我至今忘不了离开农场时上火车的那一刹那，那抽动的双颊、盈眶的泪水，清晰地记得在了无生气的月台上，那些孑然孤立的身影是多么单薄而瘦弱。那天正在下着春雨，料峭而凄寒。

作为一种人生经历，这绝不是我们想要有的，但却是已经拥有的。"文化大革命"这段中外罕有的历史，对于中外的近现代史学家，恐怕永远是个诱人的课题，对于研究人类政治思想史和国际共产主义运动史的学者来说，也是一个不能放过的热点，在作家的笔下更涌起过伤痕文学的思潮。而对于亲历了这段历史的大众百姓，特别是对我们这些刚刚步入社会、正当敏感多思的年龄、自认为肩负着天下兴亡的热血青年，它就不是干巴巴的决议和文件，不是大事记上的几行字几页纸，而是一种亲身切肤的经历、刻骨铭心的感受、一茬年轻的心的复杂搏动，从某种意义上说，也是一种特殊的人生财富。今天，我们仍然忘不了这段历史，卸不下它所加给我们的沉重。总有一个巨大的问号盘踞心中：这一切怎么可能？

1976年秋，哀乐未尽之时，这场历时十载的劫难终于落幕。举国上下对之给予了公正的历史性的否定和谴责，人们一点儿不费事地就跟上了潮流，这当然没错。但我总觉得有一点问题，就是人们在审视历史的时候很少把审视的目光投向自己。那些当年复杂格局下的心路历程，那些迷信的狂热、盲从的幼稚、自我保全的怯懦、换取发达的投靠、昧着良心的揭发、争先效忠的投机、攫取权力的野心，那些人性中卑劣一面的顺势膨胀以及人与人之间的差异，统统被抹掉了。可如果在十年之后，谁都只会指责别人，谁都只会在历史责任面前把肩膀闪开去，那么除去那几个渐渐抽象成符号的恶棍之外，这场十亿人的历史剧居然会没有众多的角色，这组悲怆的交响乐居然会没有多重的和声。如果事情只能如此，那么，历史的灾难，将失去任何重量。除了发动、领导者，除了社会、历史等主要原因之外，不能不承认，这场灾难能动员那么广持续那么久，国民素质上也不无原因，比如封建主义的奴性。一个民族不能没有审视人性的诚实和忏悔错误的勇气。我们的人民，特别是青年，应该从历史的灾难中感悟出不再走进灾难的智慧和办法。假如（当然只能是假如），今后再遇到类似情况，我们的青年会不会还和我们当年一样

44

呢？人们不会忘记 1989 年初夏的那场风波吧？看着大操场上龙腾虎跃锻炼身体的年轻校友，我羡慕他们风华正茂，也祝祈他们比当年的我们成熟些。

我们毕业离开母校已经三十年了，在我们的身后，栽种下的端正或歪斜的树木已经沿着来路长成茂密的森林，林中挂满枯荣兴衰世事，挂满悲欢离合记忆，挂满酸甜苦辣情怀，我们转过身回头望望，心情平常、自然、轻松，串起来一连串的层层叠叠的忆想和深深浅浅的幽思。在我们前方，余下的路虽然已经不算太长，但依然充满了未知和预想。阔别了三十年后重归母校，重返荷塘，感觉着好像又受了一次人生的洗礼。在母校无言的点化下，我看到了流动的历史、直贯的精神、薪火相传的代代清华人的追求，更有了一层新的感悟，感受到了一种心灵的回归。

写于 1997 年 10 月 6 日至 31 日

面 对 长 者

在我们的人生之旅中，时时处处会遇到老人。养育我们的父母泥土般平凡，油灯下的针线、老屋顶的炊烟，泥土般厚德载物的父慈母爱呵护着我们一生。即使他们不在了，这呵护还留在我们的血液里，时时从我们的记忆中复现温暖。看着我们长大的街坊叔伯，一路注目着我们一路走好。从小学到大学的几百位老师，给予我们的教诲终生受用不尽，一堂课一席话一件件蓝尔往事，几十年后依然在在萦怀。还有许许多多从书刊影视中读到的老人，与我们毫无交往，素不相识，他们历经霜雪而不减松柏之姿的非凡品格、坎坷跌宕而多棱多彩的人生经历、对人生的睿智的参悟，每每震撼着我们的心扉，影响着我们的人生。大森林因为有了高龄的大树而具有哲思和深邃，我们的生活因为有了老人才正常而完美，在我们的周围有了高贵、高尚、智慧、乐观的老人，我们的人生才不断地得到提升和调谐。

每当我面对长者的时候，心里总生出一种莫名的情绪：敬畏，感动、深思，甚至震颤，仿佛深入到十分幽邃而又十分真实的人生深处，有一缕动情的光拓开了理性的苍茫。

1998 年，朱自清先生百年诞辰，江泽民同志有贺诗：

> 晨鸣共北门，谈笑少时情。
> 背景秦淮绿，荷塘月色明。
> 高风凝铁骨，正气养德行。
> 清淡传香远，文章百代名。

在校读书期间，我最喜欢的地方就是荷塘，当年只把这里作为一个悠游好去处。今天，我又来到荷塘，单独地久久地面对荷塘。我忽然意识到，我仿佛正面对着朱先生，面对着朱先生前前后后的一个长长的长者队伍，这队伍太大太长了，望不到边，望不到尽。队伍中，有隐姓埋名的两弹元勋邓稼先，有拒绝姨父戴季陶多次劝告不去台湾才华超群惨死于"文革"的中国卫星第一功臣赵九章……在中华民族的历史上，中国知识分子的精英总是高扬着以天下为己任的旗帜，在"立人报国"的路上，他们给自己选定的命运，总是奉献和牺牲。这是他们忧患意识最富深度的特质。阵阵清风从荷塘上吹来，是那种温润和煦的长者之风。临水人洁，近荷心香，面对荷塘，俨然面对长者，面对这样一个相袭悠久的伟大传统，这是应该战栗着去彻悟的一种感觉，这是应该亢奋着去领会的一种意境！

还记得八十年代罗中立先生的一幅画《父亲》，它也许最集中最典型地描绘了我们心目中普通劳动者父辈的形象和神韵。我们的一辈子劳作在田野里矿井下山林里讲台上的农民矿工种林人小学教师的长辈们，就是这样经年累月在寒风烈日的旷野里、潮湿阴暗的矿井下、远离人烟的荒山上、清贫枯燥的油灯前，因艰辛劳作而忘情。一束稻谷、一颗矿石、一株树苗、一本作业，记录了父辈的漂泊与泥泞、艰辛与收获，记录了他们的泪与歌汗与血的人生。当母亲费力地用她有些僵直的手指，将六十多年的朝云暮雨轻轻地抿进枯疏的发际，当种树老人对着记者的发问只是简言短语或淡淡一笑，你在这一刹那，从那"轻轻"、"淡淡"中会顿悟到什么呢？只能是平凡的伟大。这些老人虽然生活在社会最底层，面容枯槁，身躯干瘦，却舞动着生命的大彩练，作了一首人生大境界的诗。楚图南先生曾为旅法艺术家熊秉明先生的一件雕塑作品《老牛》题了一首诗："刀雕斧凿牛形成，百孔千疮悟此生。历尽人间无量劫，依然默默自耕耘。"面对着父亲蛛网般的额纹，面对着母亲霜雪般的两鬓，面对着小学第一位班主任的干枯的身躯，总会让我想起这尊雕塑和这首题诗，而此时此刻，我的心、我的魂魄，只皈依奉献的崇高，只膜拜朴素的深刻。

长者代表着历史和传统，面对长者，会让人生发出一种接力传承的责任感。长者与时代同行，面对长者，会让人得到革故鼎新顺应时代的启示。曾去拜谒过黄帝陵，陵园内古柏参天庄严肃穆。传说是黄帝轩辕氏亲手种植的那株老柏，它皱褶扭曲的树身青筋暴露，记载着被风剥雨蚀的痛苦，但却更犹如虎卧龙蟠，植物学告诉我们，连同毛细根须在内，一株稻谷的根系竟然长达一公里，轩辕柏呢？它的根须遍布了全中华。五千年岁月迢递，它精壮的血，正翻涌在我们身上跳动的脉管里。把耳朵贴在它的树干上，便听得见日起月落的声音；把眼睛盯在它的叶子上，便看得见星星闪耀；把骨头挨在他的虬根上，便变得嶙峋而坚强。它的强大的精神和灵魂，从它古铜般的枝干间透出来，磅礴于雄风和云天之上，给我们深刻的昭示和鼓舞。自古以来，长者的知识、长者的经验、长者的智慧、长者的德行和情操，千河入海般汇入，中华民族的优秀传统，就像慷慨无私的阳光和润物无声的雨露，哺育了一代代中华儿女。长者之风无所不在，它不仅写在书本里，流动在薪尽火传的祖训中，还弥散在酒楼茶肆市井里巷，更在每个人的用心汲取和参悟中。

"重厚自尊，谓之长者。"（《韩非子》）长者的地位，贡献、学识、个性千差万别，他们的磊落、坦荡、忠贞、高尚、淡泊、智慧、善良。清明，令我们"赫赫具瞻，高山仰止"。面对长者，就像面对瑰玮灿烂的星空。"对于伟大的真正理解，不在于仰视他，膜拜他，而在于与他对话"。那么，就让我们去面对长者，亲近长者，多与长者对话吧，并当面祝愿他们长寿！

写于 1999 年 8 月 9 日至 12 日

东方之日兮

　　1949 年，我刚上小学一年级。开国大典那天，我们在土坯平房围拢的泥土地小操场上举行了升旗仪式，在六只口琴合奏的国歌声中，全校师生仰望了学校的第一面五星红旗在高高的木杆上冉冉升起。从那个铺满白霜的秋晨开始，我在东北的偏远县城，在首都北京，在河南军垦农场，在陕西古豳之地，在鄂西三线山区，在不同的地方、不同的国运、不同的心情下度过了四十九个国庆节。回首起来，印象最深、感受独特的，要算在天安门广场看日出的那一次。那是 1961 年，我刚考入清华大学。国庆节那天，我们凌晨三点起床，乘火车到西直门，再步行到天安门广场，精心地挑选好一块地盘，观察东方地平线上那一部分天空中光和色彩的变化，再过一个多钟头，巨大的太阳就要从那里慢慢露出来了。

　　日出使得每一个新的日子的诞生都充满了壮丽和庄严的气氛。一开头，既没有铜号，也没有鼓，没有热情洋溢欢腾雀跃的呼声——只有光，只有色彩。东方，夜晚的浓郁的深蓝，仿佛慢慢地浸上了水滴，逐渐变成了海蓝宝石色，海蓝宝石色又变成了淡蓝色的柔和的微光，笼罩着大半边地平线，把最初出现的浓郁的深蓝挤到了天边。这仿佛是长笛奏出的乐章的首句，随后，黑管也轻轻地加入到这声音里来了。后来，在隐晦的、沉思般的蓝湛湛的底色上，洒下了最初的几滴蛋白色的水珠，并且逐渐浮泛开来，于是出现了小号的声音。它们逐渐变得宏大，变得清朗，使玫瑰黄愈聚愈浓。天空中，那金黄色的，一路上扫荡了一切的，火焰般的箭矢似的喷泉，扇形地向上飞起，这是一千支铜号在齐声高奏，于是，在锣鼓的轰隆声中，在金黄色的光焰中，出现了太阳。开头，它只在地平线上露出自己的额头和眼睛，好像在询问：在大地上有什么新事物？只是在这时，他才抬起自己那灼热炫目的脸庞。这一刹时，"青阳开动"，"霆声发荣"，"烈腾八荒"，"既阜既昌"，满眼是飞闪跃动的金光，满耳没有一个轻音符，满心是金戈铁马，鸾羽龙鳞！天上人间，贯通一体，仿佛融成了一个鲜活的新生命。八点钟，我们汇入了学校队伍，参加了庆祝游行和国庆之夜的广场狂欢，彼此共享着、相互感染着共和国庆典的欢乐，度过了终生难忘的一天。

"日月光华，旦复旦兮。"太阳每天恪尽职守，东升西落，把它永恒的光照布满人寰大地，从不爽约。山峦千载耸立，江河万古流淌，我们习惯了这一切。而当金秋的桂香又一次如酒如潮般飘来，当国庆的乐声又一次迢遥而嘹亮地奏起，我们的心总不禁陡然一惊，在蓦然回首中发现面对了一段曲折的历史，惊叹于发生在我们身边的历史巨变。1976年国庆日凌晨，我正在北去的火车上。火车驶过一座山峰，忽见东天青灰黄红染作一团，凝视间，只见唐山站台一片瓦砾，一辆货车侧翻着，一根根铁轨扭曲着，两个月前的地震使大地塌倾山岩爆裂。扭曲的铁轨仿佛一页写错了的文字，记录着那个飞沙走石黑白颠倒动乱浩劫的年代。二十多年过去了，我总忘不了那铁轨扭曲的十分痛苦的情景，忘不了我们一行几十人当时因巨大的郁闷和压抑而全都缄默无言。是的，历史是不该忘记的，几多坎坷几多艰险，几多昂奋几多辛酸。穿越茫茫的历史风雨，在阴晴变幻的命运苍穹下去体验历史的壮阔，人生的庄严，扬芬逝水，一瓢江水一瓢情，该用怎样的情怀和思索去面对共和国五十年的这首立体的交响乐，这幅层次丰富的风景画，这部节奏铿锵的英雄诗？又有什么样的巨笔能够挟带如此多的雄浑、刚劲、血性和搏杀，磅礴和深邃，风的宣言和雨的倾诉，浩茫之气和史诗之美？

　　在祖国的东西南北中，我多次观赏过日出，颇有"钱塘郭里看潮人，直至白头看不足"的感觉。先是东方一点发亮的灰，灰扩散成白，白变成光，光升成霞，霞托起一轮红日。我们常说的"升华"，就是这个意思吧。在国庆之晨看共和国的日出，怕很难只观赏风景而心中无所思。《诗经》中说："周虽旧邦，其命维新"，早在两千多年前，中华民族就为自己提出了如此重大的历史命题，这部鸿篇巨制大文章也一直作了几千年。汉柏秦松骨气，商彝夏鼎精神，有过多少"闻鸡起舞"、"中流击楫"的志士壮举啊！在世纪之交的千年门槛上，我们和一千年前的大宋一样，同样面临着的严峻的挑战和激烈的竞争。在《清明上河图》时代，欧洲正处于"中世纪"的黑暗，而我们是丰富的发达的，在各方面都昂首于世，后来却落后了。陈寅恪先生说："华夏民族之文化，历数千载之演进，造极于赵宋之世，后渐衰微，终必复振"。我想，这话绝不仅仅只适于文化。二十世纪初，梁启超先生以他的风雷之笔写下了热情奔放的名文《少年中国说》，"红日初升，其道大光"，"潜龙腾渊，鳞爪飞扬"，时近百年后读之，依然光彩夺目，令人亢奋不已。

　　今天，在世纪之交的千年门槛上，江泽民同志代表中国发出了一个最强音：把建设有中国特色社会主义事业全面推向二十一世纪，"命之不易，无遏尔躬"（《诗经·大雅·文王》），完成伟大的历史使命不容易，不要停顿在你身上。作为华夏子孙，我们每个人都绝不会让共和国前进的列车在自己这里晚点的！

写于 1999 年 9 月 6 日至 8 日

刊登于《湖北日报》1999 年 11 月 12 日

乘龙兮鳞鳞　高驰兮冲天

　　并不是每一代人都能有幸躬逢世纪之交、千年之交的历史性时刻，世纪龙为首，三百年才一次；千禧龙年，要三千年才有一次，所谓"千载难逢"也已不能形容。我们都有过这样的经历：有时候，一片熟悉的歌声，一缕午后的斜阳，一阵春风，几丝秋雨，都会激起绵绵一篇遐想，拖出累累一串回忆，甚至拽出整整一个时代。因为情结的渊源和文化的积淀深深地潜藏在我们心中，当新的千年新年的钟声遥遥而雄浑地响起，当龙年初一凌晨的鞭炮齐鸣的时刻，千百万华夏子孙心中涌起的，定然不是那绵长的淅淅沥沥的春风秋雨式的婉约情怀，钩沉而出的也绝不是那小桥流水小巷人家式的不尽柔肠，而是一种不约而同的历史幽思。

　　这个夜晚，上去千百年，下来也千百年，甚至更长更久；这个夜晚，眼前是万家灯火，眼前是万里星光，天上人间都辽阔得让人敬畏。我的思维一下子坠入了岁月的苍茫，不由得涌起一种遥接万代的感情。屏气闭目想上一想，真是令人震撼，令人惊叹，令人感慨，令人振奋。三千年前，商纣王囚文王于羑里，"笃仁、敬老、慈少。礼下贤者"的周文王日后终成王业。两千年前，公元之始，是西汉末平帝元始元年，汉朝的强大自不必说，单是年号中的两个"元"字，就是多么有意味的巧合。一千年前，剽悍勇武的丹麦人刚刚征服英格兰，"大英帝国"国尚不国；才结束游牧生活的诺曼人刚刚在法国北部建立诺曼底公国，百废待兴，整个欧洲正处于"中世纪"黑暗；广袤的北美大地，还只能看到印第安人狩猎的身影。而我们，是宋真宗咸平三年，正是《清明上河图》的时代，国力强盛，各方面都昂首于世。就在这一年，发明活字印刷术的毕昇呱呱坠地，名传千古的包青天来到世间……再往后想，心就一阵阵发紧，上一个世纪龙年，是康熙三十九年，盛而生衰，五六十年后曹雪芹写出了《红楼梦》。一百年前的1900年，英法联军火烧了圆明园。

　　我在清华读书期间，因为只有一路之隔，不知去过多少次圆明园。快近四十年了，那里的残荷、稻田、蛙鸣、星空，早已变成了我心中遥远的梦境，而那些残存的石柱有如巨大的惊叹号孤兀地伫立在苍茫的天地之间，令我终生难忘。也是在这一年，因戊戌变法失败，梁启超东渡日本，"却余人物淘难尽，又挟风雷作远游"，他以如椽大笔写下了《二十世纪太平洋歌》，面对列强环伺，鹰瞵虎视，他不相信："我有同胞兮四万五千万，岂其束手兮待僵！"他把目光投向未来："吾欲吾同胞兮御风以翔，吾欲吾同胞兮破浪以距飔！"几个月后，更写出慷慨激昂的名文《少年中国说》："潜龙腾渊，鳞爪飞扬"，切盼"泱泱哉吾中华"，"二十世纪新世界雄飞宇内"！一百年前，就在二十世纪的钟声敲响的那一刻，一位朝气蓬勃的美国作家杰克·伦敦说，他已经知道那钟声的重量以及自己心头所应承受的一切了。今夜，当二十一世纪的钟声敲响，当千禧龙年的钟声敲响的时刻，我们分明在钟声里听到了武王伐纣千军万马的杀喊，青铜器出炉时的欢呼，在纤夫背上嘎嘎绷断的川江号子，被饥民击哑的凤阳长鼓，还有那雄飞宇内的惊雷呐喊，黄河涛声里的虎啸龙吟……

在吾中华，龙是无所不在的。龙在飞檐雕甍上，在秦砖汉瓦中，在彩绘饰物里，在节日广场上；龙在老人的拐杖头，在蹒跚学步的孩子的鞋面上；龙在古老神秘的故事里，在博大精深的诗文中。龙飞在天，云蒸霞蔚；龙行于地，风雷激荡；龙游于水，江海扬波。龙庄严，威武，尊贵，"能幽能明，能细能巨，能短能长"。龙"血目生威，朱须激发，鳞介藏烟"，龙"采色玄耀，炳炳辉煌"。龙是工笔之精，龙是写意之灵。龙是三皇五帝，龙是黄河长江，龙是华夏神州八千年历史，龙是中华民族的精神意象。

在距今8100～7300年前的新石器中晚期，在内蒙古敖汉旗兴隆洼文化的房屋聚落中发现了用石块堆垒的龙形图案。从那时起，以龙为象征的黄河文化长驱南下，扩散到长江流域和更加广阔的边境，与以凤、鸟为主要图腾的长江文化纵横交错，相互融合，构筑了华夏文明。在此过程中，龙的形象也不断得以综合提升，"角似鹿，头似驼，项似蛇，腹似蜃，鳞似鱼，爪似鹰，掌似虎，耳似牛"，是中华远古各个部落动物图腾的综合构成，成为中华民族公认的文化标志，也是中华民族逐步走向融合统一的文化标志。龙是中华民族的图腾。世世代代世界各地的华夏子孙都公认自己是龙的传人，每个人内心都驻扎着一个永远的龙魂！是要在世界民族之林中有大作为："龙翻瀚海波涛壮"（唐·韦庄《寄薛先辈》），是团结奋进永远向上："奋髯云乍起，矫首浪还冲"（唐·无名氏《骊龙》）。历史的长风吹过，伟大诗人屈原衣袂飘飘立在云头，他的诗句肃然地回到今天的旗帜上，那崇高的理想，深深地走进我们的血液："乘龙兮鳞鳞，高驰兮冲天"！（《九歌·大司命》）。

三千年前，被商纣王囚禁于姜里的周文王，曾修《周易》八卦为六十四卦。《周易》中乾卦六爻取龙为象以明变化。"飞龙在天，夕惕若厉"，昭警着后人戒慎兢兢地来迎接第三个千年。"人猿相揖别，只几个石头磨过"，青铜器上的夔龙纹饰早已绿锈斑斑，但是三千年沉积的黄土并没能使他们窒息，这些来自时空深处的奇幻而又真实的生命，周身放射出令人敬畏的美丽和庄严。他们一个个大张着口，满怀心事地凝望着我们这些后人，他们要说些什么呢？是那永恒的嘱托："腾飞呀，腾飞！"劳动和科学，就是我们在新世纪腾飞的翅膀。

写于 2000 年 4 月 17 日至 19 日

刊登于征文专集散文卷，获二等奖

再谒红楼

几次来到武汉红楼。这一次，是我在游历了大连和广州之后，怀着一种强烈的感受来特地拜谒的。

大连是美丽的。旖旎宜人的海滨风光，异彩纷呈的城市广场，令人赞叹。但从大连归来，让我久久耿耿于心的，却是旅顺的东鸡冠山。1904年，为争夺旅顺大连乃至辽东，日俄两个帝国主义在这里开战，而清政府却声明"中立"。两伙强盗为抢夺自己的孩子闯进自家院子里大打出手，母亲却说与我无关，这位母亲要么是麻木了人性，要么是陷入了深重的无奈，或者兼而有之。看到这块蔓丽的土地上，俄军修筑的兵营堡垒暗道遗迹，还有那座日本人修造的"战事纪念碑"，我直觉得像是双手捧着母亲被伤害的血衣！可竟然还有不少游客在那碑下照相。

自1894年中日甲午战争以后，列强们再也耐不住鹰瞵虎视，开始疯狂瓜分中国。德国把山东，日本把福建，法国把海南云南及两广大部，英国把长江沿岸各省，沙俄把东三省等纷纷划作自己的势力范围，来晚了点的美国则叫喊着"机会均等"，我们的祖国"伤心又是榆关路，处处风翻五色旗"。马关条约、辛丑条约、租界条约、拉萨条约、日俄战后东三省事宜条约等一个个条约，一次次丧权辱国。在自己的家里被人家闯进来抢劫打伤，却还要下跪求饶割地赔钱，那种屈辱近百年后想起来都叫人拊膺顿足，羞愤难当！

国家贫弱若此，国朝腐朽若此，国魂自在民间。中国人民的反抗斗争一天也没有停止过。"抗捐"、"抗税"的农民暴动有加无已，从1907年到1910年，仅长江中下游的"抢米"、"抗捐"事件，较大规模的就有八十多起；安源矿工萍浏醴起义、川汉铁路工人起义等工人运动风起云涌；争回铁路建筑权、争回开矿权的斗争、抵制美货运动等爱国运动一触即发；武装起义前仆后继：邹容写出《革命军》，"号角一声惊睡梦，英雄四起挽沉沦"。喻云纪研制炸弹炸开广州督署后墙，被俘牺牲，"成仁烈迹惊环宇，起义欢声壮故园"。龙鸣剑引吭悲歌满座大恸，"举座沉吟感慨深"，他奔忙起义积劳早逝，"病榻遗言速灭清。"最惨烈最悲壮的是辛亥四月的广州起义，死难烈士72人，平均年龄26岁，葬于黄花岗，我去广州时，专门去拜谒了黄花岗烈士纪念馆。除了上面提到的喻云纪，著名的烈士还有林觉民。他在起义之前就报定了赴死的决心，写下了震古烁今的《与妻书》。信中写道：

> 回忆后街之屋，入门穿廊，过前后厅，又三四折，有小厅，厅旁一屋，为吾与汝双栖之所。初婚三四个月，窗外疏梅筛月影，依稀掩映，吾与汝并肩携手，低低切切，何事不语？何情不诉？
>
> ……
>
> 然遍地腥云，满街狼犬，称心快意，几家能够？
>
> ……
>
> 吾辈处今日之中国，
>
> 吾牺牲百死而不辞！

壮士喋血，百姓揭竿，起义前仆后继，革命在血泊中匍匐前行，经历了无数次的重创，经历了无数次的失败，辛亥十月武昌起义终于成功了！

只有通览历史的链条才能抓住关键的环节，只有把握历史的关联才能看清历史的变幻，只有触摸历史脉搏的律动才能探究辛亥革命的精魂，只有了解首义之前和首义之后的历史，才能深刻理解辛亥革命的首义之功。它是无数次失败之后的首次成功，在它的鼓舞和影响下，各省纷纷发动起义，到11月下旬，全国二十四个省区就已经有十五个省宣布独立，终于推翻了清王朝，最后地结束了长达两千多年的封建君主专制制度。

走进红楼，看见黎元洪会客室里那些古香古色的桌椅，让人深深地感受到历史的意味。从很多意义上讲，辛亥革命都是不完全的革命，比起后来的新民主主义革命，它似乎是幼稚的、不完善的，像临时抓来黎元洪作领导，甚至是可笑的。但是如果我们只知对这些一味加以指责和嘲笑，那么我们较之前人，就更加幼稚可笑，更加值得指责。因为辛亥革命，以及那无数个不成熟的救国方案和失败了的斗争实践，不仅凝聚了前辈志士仁人们的智慧热忱和心血，而且是最终成功的必经阶梯。辛亥革命的失败，使"五四"运动成为不可避免。辛亥革命的成功，为中国的进步打开了闸门，它是近代中华民族觉醒的一个重要的里程碑。从此，"中国的政治生活沸腾起来了，社会运动和民主主义高潮正在汹涌澎湃地发展。"（列宁《亚洲的觉醒》1913年）红楼外，矗立着中山先生铜塑像，像座上刻着"精神不死"四个大字，万古不死的正是这红楼所彰显的百折不挠的革命精神，敢为天下先的首义精神。

红楼静默地矗立着，在高处，迢迢地召我走近，楼前广场的路，让我昂然向崇高踏去。也许，时间再久远些，我会记不清张难先、刘敬安、杨王鹏、蒋翊武、詹大悲、彭楚藩、刘复基、杨宏胜、熊秉坤这些英灵的名字和事迹，但在中华民族的史册上永远可以读到，广场上的树木葱茏芳草芊绵，莫非就是他们的流芳么？虽然如今硝烟已散，史诗谢幕，狂飙巨澜隐去，但典范仍在，馨香长存，首义精神不死。虽然辛亥革命不再能融入我们的生活，但能够也应该融入我们的思考。当我被喧嚣的市声吵闹得太久，生活和心绪有些发轻发软的时候，我定会又一次来再谒红楼，在它面前默立，在它的无言中再一次找回历史的震撼。在这里为自己喊魂，喊回我已经有点消散了的唐魂汉魄！

写于 2001 年 5 月 28 日至 31 日
刊登于《湖北航天报》

大西北归来

在西北，有许多地方可以号称"塞外江南"，像宁夏的银川平原、陕西的汉中盆地等等。今年 7 月，我去青海，从西宁往东南方向去黄南藏族自治州，一路所见，山上是葱郁的树林，田野是茂密的庄稼、大片的油菜花，还有黄河上游那许许多多支流的清清流水，宛然一派江南景色，难怪当地有"小江南"之称。但大片灰绿的庄稼不是水稻，而是青稞和小麦。说来也怪，不管景色如何相像，你心里的感觉却绝不是江南。或者是因为西北还有更大面积的黄土高原、戈壁和沙漠；或者是因为这里离开中原已很遥远；或者是因为这里是多个少数民族聚居，民风民俗大不相同；或者还由于长期以来受传统文化的濡染。

总之，到了西北，你不再能感受到青山绿水的温柔情致，不再能感受到那诗酒风流的人文氤氲，而总是会浮现出天涯孤烟、大漠落照、烽火逝川、苍茫寥廓的悲壮意象，浮想起唐朝的边塞诗、左宗棠的西北镇守、林则徐的西北放逐……，与江南的小桥流水小巷人家小家碧玉不同，西北的风貌凸现出一个"大"字。辽阔的草原一望无际与天相接，更辽远更宽阔的群山脚下左缠右绕着中华民族的母亲河，兀立在如此阔大的尺度之下，一种天地间的终极之美会一下子就把你攫住。

青海的巴颜喀拉山是黄河、长江、澜沧江的发源地，古人称发源为"滥觞"，充其量是浮起一酒杯，三条江河在其源头果然是涓涓滴滴清澈无尘，从巴颜喀拉山走下来，却都有着惊天动地的作为。及至峡中，山恶水怒，已是没有了平和、流畅、温润之音，而只有逼仄、滞激、奇崛森耸之声了。像青海李家峡两岸的山，或直立若削，或兀立若思，更有一个苗条的孤峰，上端若髻，宛如一个望夫归来的倚门村妇。山形多变，但都给人以奇崛之感。进了黄土高原，更是一派莽苍苍。西起祁连山，东至太行山，北沿长城，南止秦岭，连续分布面积 40 多万平方公里，黄土堆积厚度从数十米到四百多米。站在黄土高原上遥望，你看见的是，黄河流域无处不在的文明的久远、生活的斑斓、历史的壮阔、精神的博大！著名的青海湖，"万顷碧波苍穹下，千里草原望无涯。自古水草丰美地，青骢牦犏羊人家"，有碧海蓝天、万鸟翔空、瑶台临风、西山霁云等景致，也无不显现出一种"大"模样。阳光照在海拔5291米的岗格尔肖合力峰上，峰顶是常年不化的晶莹冰雪，山腰是古老的红崖峭壁，山麓湖泊星星闪烁，接下来是辽阔的草原，色彩缤纷，层次深邃，蔚为壮观。青海湖封冻之初，如值夜晚气温骤降，冰体常炸裂，发出巨响，似滚雷连绵不断从湖心传来，夜深时闻，令人惊骇，"每岁冬至前数日，水无纤冰，一夕，闻轰轰大雷声作自海中，震天地。诘朝视之，满海凝冰，如万顷琉璃。迨至立夏前数日，轰响如前，一宵解冻，水光澄碧。"来去都绝不肯文文静静。

盛夏时节，青海湖美丽宜人，湖畔山坡上那大片大片的油菜花正在盛开，不是内地的几畦小片，而是连续绵延数里十几里。"夏云流转天放晴，风吹黄花万点金"，连绵十几里的耀眼金黄可不是一般的气魄。在西北，大自然极少有摩崖雨花石那样的婉约情怀，极少有对太湖石那样的精雕细镂，在这里，大自然多是用豪放雄健的手笔，挥洒着元气和雄风，在巨大的幅面上勾勒出好一个"大"西北。

大西北居住着许多个少数民族和汉族，有着多种不同的风俗习惯，信奉着几种宗教。黄河的发源地在青藏高原巴颜喀拉山中北麓著名的约古宗列盆地，这个盆地四面环山，水源丰富，牧草繁茂，当地的牧民亲切地把这个盆地称为"约古宗列"，意思是——炒青稞的锅！好大的一口锅！举世无双，亘古无再。蜿蜒曲折的黄河，素有"九曲"之称，它在青海境内的阿尼玛卿山和四川的若尔盖之间，完成了第一个"S"形，造成了九曲黄河第一曲的阿尼玛卿山，在藏语中意为"伟大的祖先"。长期以来，它被藏族果洛部族奉为自己的图腾，这与东夷吴越等南方远古部族以鸟为图腾，似乎是一种文化渊源上的差异。在我国南方少数民族中，流传着一大批原始性创世史诗和迁徙史诗，而在西北则流传着一些鸿篇巨制的英雄史诗。蒙藏民族史诗《格萨尔传》规模宏伟，气势磅礴，可以说是青藏先民生活的历史画卷、青藏文化的百科全书，更主要的是它透射着一个民族的英雄崇拜。

1379年（明洪武十二年），藏传佛教黄教创始人宗喀巴的母亲，在宗喀巴降生的地方建成一座莲聚宝塔，并修一瓦屋以覆塔身，1560年（明嘉靖三十九年）在此处始建塔尔寺，日后规模渐大。我去参观了这里的如来八塔、小金瓦殿、大经堂、大厨房、弥勒殿释迦殿金刚殿、文殊菩萨殿、陈列馆、密宗经院和酥油花展览馆。富丽堂皇的殿宇内，佛像栩栩如生，壁画万象纷呈，真是"天衣飞扬，满壁风动"。拥裹在种种神秘面纱中的佛像、壁画、堆绣、经卷、经轮，无不带着某种神圣的力量，令人敬畏，令人虔诚。在院内，有不少磕长头的人，老人和孩子，男人和女人。磕长头不同于普通磕头，不是双膝跪地，而是全身卧地磕头，叫"等身头"，据说磕满了十万个长头可以了却心愿，要磕上几个月的。他们风餐露宿，为着心中一个执着的信仰，凸现出一种令人震惊的精神力量。

在青海，到处都竖立着经轮经幡，在风中翻转飘动，让人感到这是一方人神错综的土地。无论是在寺院参观，与导游交谈；在青海湖畔与藏族儿童照相；在西宁东格尔藏家酒店，被那一轮又一轮热情奔放、亲切欢快的敬酒歌舞感染而频频饮下青稞酒，捧接他们赠送的雪白的哈达；在藏族青年过生日的酒席上为他们举杯祝贺生日，听他们时不时地讲上几句藏谣藏谚；还是在乡间小馆吃手抓羊肉，喝放了青盐的奶茶，吃藏族妇女自制的糌粑和酸奶；甚至与店主谈来谈去买上一块奇石一把藏刀，你时时处处都能感觉到这里的人民是多么质朴，多么豪爽，多么仗义，多么大气！他们的生命样态较少矫饰，你很快就会爱上他们。

百川东流，自从盘古开天辟地以来，滋润华夏大地的水源都来自西北，西北是中华民族的摇篮之一。黄帝死后就葬在他的故乡陕北，至今黄帝陵下有他亲手栽植的古柏仍根深叶茂，森森然一派古意。在远古，这里有蓝田猿人。当人类进入文明的门槛，先民们在这里创造了半坡文化、马家窑文化、齐家文化等多谱系的文化形态。纵观上下五千年，西部的历史传统更是一个"大"字。秦始皇"东向扫六合，挥剑决浮云"，开创了中国空前统一的大格局。书同文，车同轨，度量衡统一，直至今日还在对中国的文明进步起着积极作用。汉高祖刘邦虽是东部人氏，帝业却成于西部，一曲大风歌豪情万丈流传千古。汉武帝雄韬大略，一生开拓，将广阔西域归入中国版图，建立了丰功伟业。大唐盛世，更是中国古代史上的精彩华章，长安道上各国使者纷至沓来，争先恐后地要来亲眼看一看世界东方这个泱泱大国。

西部的广阔地域和历史文化传统，养育了一种影响中国历史进程的大气魄。历史上，西北部兴起过几个大朝代，这些大朝代都干成了一系列大事业，更无须说我们党的历史上那个永放光芒的延安。在青海、在甘肃、在西安，到处都矗立着许多的脚手架，许许多多的大型施工机械轰鸣着，西部大开发的势头正如大潮涌起，这个"大"字，气魄超越古人，好呵，一个昌盛繁荣辉煌的大西北正在归来！

写于 2001 年 9 月 3 日至 5 日

驻足回马亭

湖北远安，山区小邑，地僻名微。但这里却有一处世界上独一无二的所在，这就是县城以北二十多公里的关公回马坡。

我又一次来到这里，登高四望，驻足遐想。

时维九月，序属中秋。华实蔽野，黍稻盈畴。山虽非绝壑万仞，却峰岭突兀，夹立壁陡，仿佛刀削斧劈。山上树木驳杂，巨石嶙峋，有如熊视虎踞。稍远处，一条飞瀑遄飞而下，垂帛悬帘，散珠溅玉。重岩叠嶂之间，有一条溪河顺着山脚逶迤东流，澄碧清浅，河底的石子游鱼历历可数。傍河而筑，是一条宽阔的水泥公路，通达宜昌、襄樊。一览之下，只感到飞瀑溪水在山的奇峻中添加了鲜活灵气，公路在山的凝穆中开拓出想象和活络，山是这里的主角、龙头。而那座小小的碑亭，却是画龙点睛，是这一带山川的灵魂。

亭六柱六角，上下两层，蓝脊黄瓦，飞檐尖顶，木石构造，十分普通。内有一石碑，花岗石质，建于同治七年，距今已近一百二十八年。这碑亭虽很平常，所建的位置却颇具匠心。只见这亭，翘然依山，翼然临流，揽山川入襟怀，含风云于喉腭。这碑亭阔六七米，高六七米，毫无巍峨气概，苏东坡有云："物非有大小也，自其内而观之，未有不高且大者也。"自其内观之，石碑正面镌刻着"呜呼此乃关圣帝由临沮入蜀迁吴回马处也"，背面则镌刻有"汉末三国鼎立，建安二十四年冬吴蜀大战，蜀将关羽至此回马被擒遇害，享五十八岁，后人有诗叹曰：汉末才无敌，云长独出群。神威能奋武，儒雅更知文。天日心为镜，春秋义薄云。昭然垂万古，何止冠三分。"隶书阴文，一派端肃。绕碑三匝，乃知此碑亭"高且大者"，并不在碑亭本身，而超然于碑亭之外也。

站在这碑亭内，不由你的思绪不回溯到那久远的年代，不由你不去遥想那一幕幕旌旗蔽日、戈刀厮绞的壮阔场面，那一个个童叟熟知的惊心动魄的故事，不由你不去追怀那个美髯飘动武艺绝伦战史煌赫威震华夏的绿袍战神。你的眼前会有一桅大旗凌空而立，临风猎猎飞动，那个怒目而视的关字，再现着当年的雄姿，你的心会去走进那一段隽永的历史，会去亲近那一幕近乎神圣的悲壮。

"玉可碎而不可改其白，竹可焚而不可毁其节"，公"身虽殒，名可垂于竹帛也"！麦城一战，明知其不可战而力战，更显其"忠义"本色。从关公个人的视角看，麦城一败，不是一般的英雄遭逢不顺，而是一首千古绝唱，永失了收拾旧部重振神威的机会，曾经沸腾的热血如何能够彻底冷却？显圣于玉泉，索命于吕蒙，分明是亡魂不甘，更显得格外悲壮；以关公熟读春秋的眼光看，失掉荆州对蜀汉事业造成了这么大的损失，未了平生事业，不能不说是一个悲剧。若从历史的角度看，有了悲剧才会有悲壮，有了悲壮就会有崇高。此正是碑亭"高且大者"处吧。

　　一个社会的人历史的人真实的人，总有社会的历史的真实的人生，即使圣贤名人，"也不能说毫无可议"（鲁迅：《中国小说史略》）。除了大意失荆州一事，关羽一生受人非议的，还有拒绝以女配孙权之子和华容道捉放曹操两节，但也有人婉释："慨释非徒报德，只缘急国计而缓奸雄，千古有谁共白"，"拒婚岂曰骄矜，明示绝强援以尊王室，寸心只在自知"。是耶非耶，我真不知该怎样认同，但失荆州捉放曹两节对蜀汉事业带来巨大损失则自不待言。关羽死后极受后人尊崇，凡有华人的地方，就建有关庙，历代帝王对他的亡灵一再追封，"侯而王，王而帝，帝而圣，圣而天，褒封不尽，庙祀无垠"。

　　文孔子武关公，他成为至高无上的武神，成为儒释道共同尊崇的超级偶像，还被港台澳东南亚华人商界作为财神而奉祀。这是一个值得思索的历史文化现象，苏东坡（《东坡志林》六）谓："王彭尝云：……至说三国事，闻刘玄德败，频蹙眉，有出涕者；闻曹操败，即喜唱快，以是知君子小人之泽，百世不斩。"受儒家学说深远影响的民心，恐是其一吧。富贵不能淫，威武不能屈，贫贱不能移，在跌宕生姿的个人遭遇中显露出熠熠生辉的品格和血肉情感，关公一生之为人，人格的魅力或是其二？"汉封侯，晋封王，有明封帝，圣天子非无意也"，历代帝王把他作为忠义的样板不断加封也是自有深意的吧？……这些事哪里是我能乱想清楚的！小小的碑亭背负上历史的重轭，出了一道令人索解的历史命题。以忠勇礼义为其精华的关帝文化，已成为中华民族精神之河的一条水系，渗透到炎黄子孙的精神和日常生活中，寓乎寻常之中，塞乎四海之间。这正是此碑亭"高且大者"超然于碑亭之外者吧。

　　和煦的秋风吹拂着山野和岸边的枝条稻穗，摇曳着高远而深邃的天空，我站在这块多血质的土地上，俯仰之间，思绪由纷纭而变得纯净起来。回马亭，在历史的驿道上突兀起一个悲壮的高峰，也镌刻下隽永的思索，世纪的风烟流过，该遗弃的遗弃了，该湮灭的湮灭了，也留下了不朽的遗痕。但脚下这块土地，却不管世间的兴衰，依然故我。土地上的人民延续着，延续着民族，延续着历史，延续着使命。一条现代化的公路穿过这里，在回马亭的瞩目下，直达襄宜巴蜀，通向远方。我的思绪也重新掠回现实，不无感慨地透过回马亭这扇岁月的窗口，欣慰地看到今人新鲜的梦境在窗外飞舞。再过几百年，也许还会有人再来这里驻足，那时此亭不知还在否？或许重修，或许整修，或许不复存在，变成一片荒草野田，然则"盖世有足恃者，不在乎台之存亡也"（苏轼《凌虚台记》），回马亭是永不泯灭的。

写于 1996 年 9 月 23 日至 26 日

麦 秀 渐 渐

　　读史，最令人心灵震慑，最富于"历史意味"的还是那些改朝换代的篇章。虽然一个旧王朝的衰败，一个新王朝的孕育，都不是一朝一夕的事，正所谓"明虽亡于崇祯，实亡于万历"，但当历史巨变发生的此朝此夕，历史所展现的总是一个惊心动魄风雨苍茫大悲大喜光怪陆离的巨大画面：新旧更替，美丑交织，崇高与卑鄙角逐，无耻与庄严周旋，新生与守旧拉锯，前进与倒退碰撞，分娩伴随着血水，裂变引出奇观，这是一个风云激荡的年月，颠倒、错位、裹卷、涡漩、复旧、超前，几乎一切都是可能的，什么也不用奇怪。天下各个角落无不荡漾着这一巨变的波涛和涟漪，宇内所有人无不受到这场巨变的影响，黄山谷诗云"三十年来世三变，几人能不化鹑蛙"，鹑化蛙，蛙变鹑，变化何其大也。乱世间世人的种种行为诸端变化，无不因烙印着特殊的时代特征而格外具有了历史的品位。

　　细读改朝换代时历史的这个横剖面，会读出许多在清平岁月笙歌场中根本读不到的东西。因此，我很喜欢琢磨生当末世的众生相，揣摩那种年代各类人物的人心的复杂搏动。末世天子们的百无聊赖、奋发中兴和无可奈何；朝臣们的励精图治、钩心斗角和别有所图；宦官们的把持朝政、滥杀忠良和反奴为主；诸侯藩镇的各霸一方、分裂疆土和淡化中央；百姓的离乱背井离乡之苦；士子的忧怀社稷生民的啼血长叹……古人创造一个词来概括这一切，曰"乱世"，真是恰如其分。但假如设想我们自己去做一回那乱世的寻常百姓、穷苦文人，乃至中枢大臣，或者索性当一把末代皇帝，那身之所受心之所感，恐非一个"乱"字就可以了得吧。真的去掇拾那个时代的社会生活的画片，再放在现代文明的视角下观察，我相信那一定是一个极为丰富的世界。

　　乱世最惨是国君，乱世最苦是黎民，乱世最难是旧朝的忠臣。难就难在勉力去为那不可为之目标。面对着或昏庸或刚愎或暴戾或优柔寡断的国君，他们腹有奇谋报国无门之悲，胸有勃然不可磨灭之志，对一艘行将沉没的大船又有"城存我存城亡我亡"之忠，从而演绎了一部跌宕多姿可歌可泣的忠臣传。商末的历史已经显得十分渺远，但微子、比干、伯夷叔齐和箕子的故事，可以说十分全面地代表了全部中国历史上末世忠臣的四种样态。商纣王

"资辨捷疾，闻见甚敏，材力过人，手格猛兽"，并非无能之辈，但他好酒淫乐嬖于妲己，以酒为池，悬肉为林，使男女裸逐其间，已经到了一塌糊涂的地步。诸臣忧心如焚，纷纷谏劝，但他"知足以拒谏，言足以饰非"，先是醢九侯，脯鄂侯，囚西伯，后又拒听祖伊，使祖伊长叹"纣不可谏矣"，但忠臣是不会停止努力的。

微子是纣的庶兄，他数次上谏，纣不听，微子欲以死谏，将决未决之时乃问于太师和少师。太师说，今天降灾于殷，你不必畏惧，等到国治之日身死才能不抱遗恨，你今日死了，国终不得治啊，不如逃走吧，于是微子逃走。后来武王伐纣克殷，微子持其祭器造访其军门，"肉袒面缚，左牵羊，右把茅，膝行而前以告。"武王乃释微子，复其位。周公旦代政当国时，封微子于宋，代表殷王遗族奉其先祀，算是保存了殷王族的一点血脉。"父子有骨肉，而臣主以义属。故父有过，子三谏不听，则随而号之；人臣三谏不听，则其义可以去矣。"这是微子的君臣观。

比干是纣王的叔父，他眼见到一个个谏臣的险恶下场，毫无畏惧："为人臣者，不得不以死争"，乃直言强谏，纣果然大怒，曰："吾闻圣人之心有七窍，信有诸乎？"遂杀比干，剖视其心。"君有过不以死争，百姓何辜！"这是比干的为臣原则。

伯夷、叔齐，是孤竹君的两个儿子。孤竹君死后，二人互相推让王位而双双逃去，他们听说西伯昌"善养老"，就去投奔，刚到那里，西伯就死了。武王继位后东伐纣，伯夷叔齐叩马而谏："父死而不葬，爰及干戈，可谓孝乎？以臣弑君，可谓仁乎？"左右的人要杀他们，姜太公说"此义人也"，扶而去之。当武王平定天下后，伯夷叔齐以食周粟为耻，隐于首阳山，采薇而食之，作《采薇歌》曰："登彼西山兮，采其薇矣。以暴易暴兮，不知其非矣。神农虞夏，忽焉没矣，吾适安归矣！吁嗟徂兮，命之衰矣！"终于饿死。

箕子是纣王的叔父，他一直关注着纣王的为政。当纣王刚刚开始使用象牙筷子，箕子就担忧地说：他今天用象箸，明天必想玉杯，有了玉杯，则必思远方珍奇之物求之，辇马宫室之渐自此开始，终不可振也。多么明智的警告啊。纣果然不听，愈来愈耽于淫乐，箕子数次劝谏仍无效，别人劝箕子远走高飞，箕子说："为人臣谏不听而去，是彰君之恶而自说于民，吾不忍为也。"于是佯狂而奴，而当他独处时却鼓琴以自悲。周武王克殷后两年，问箕子殷何以亡，箕子"不忍言殷恶"，于是周武王封箕子于朝鲜而终不为周臣。其后箕子朝贡周朝，过故殷墟，感宫室毁坏，长满禾黍，"箕子伤之，欲哭则不可，欲泣为其近妇人"，乃作《麦秀》之诗以歌咏之曰："麦秀渐渐兮，禾黍油油，彼狡童兮，不与我好兮。"纣王你这个狡童啊，为什么不听劝谏啊。"殷民闻之，皆为流涕。"

在这四类贤者中，我最尊敬比干，最佩服微子，最歆羡夷齐，最亲爱箕子。

比干是最壮烈的。山可崩，木可朽，石可碎为齑粉，铁可化为流液，只因念及"百姓何辜"，我比干就绝不会畏死而不言！一股浩然正气苍茫而来，不可遏抑，他以大忠大烈去撞击时代，从而为中华民族留下了舍身赴义的永久性造型。但其结果，不过是使淋漓的鲜血更加淋漓，为行将沉没的王朝增加了几缕悲壮的尾音而已。

微子是最清醒的，他在数谏遭拒之后及时地认识到纣王已无可救药，殷国已无希望，他深深地失望而离去；待周武王平定天下后，他又及时地看到天下大势已定，投奔新兴王朝而保留了殷族的一点血脉。他先谏后离，不是靠出卖或背叛殷朝而助周，只是在周已平定天下后表示支持，他不是叛臣，在社会大动荡大纷乱的时代，他具有审时度势的睿智眼光，具有识时务顺乎历史大潮的大明智。只是"肉袒面缚，左牵羊，右把茅，膝行而前以告"的字样永留在太史公的《史记》中，每每读之，总是感到十分刺眼身心不适。

伯夷叔齐是最高逸的。他们是礼让仁谦、"积仁洁行"的大贤者。他们的理想社会是已经过去了的"神农虞夏"，当这样的理想社会"忽焉没兮"，他们觉得一切都已过去，没有什么再值得恋栈，"吾适安归矣"。在他们眼里，周伐殷不过是"以暴易暴"，因此他们举世混浊清士乃见，"从吾所好"，决不与之同流合污，避开尘寰，隐于深山，宁肯采薇饿死，绝不食一粒周粟。一曲《采薇》，悲愤历落，流利抑扬，实为"歌骚之祖"也。读此，遥想伯夷叔齐两贤者长髯飘飘、衣裾翩翩、清扬高蹈的神韵，直觉清风习习，高节凛凛，逸气飕飕，高标如许者，千古有几人？但再细思之，自古圣贤，得其道，必不敢独善其身，而必以其道兼济天下，孜孜不倦，死而后已。像大禹过家门而不入，孔子席不暇暖，他们岂不知自适之为乐，诚忧社稷而怀百姓也。况且"神农虞夏"早已一去而不能复返，依旧对之怀想念念并视为理想社会，总透出一股遗老的霉腐。其"从吾所好"的高逸，养心则可，处世不通，羡则羡矣，何堪以学？

箕子是最感人的。对社稷忧怀如焚，他沉默不得；谏时怕伤害了天子，他大声争不得；数谏拒听之后他本可离去，他说离不得，那样会表白了自己而有损于君王的名声；装疯为奴后他内心何等痛苦，但他在众人面前发抒不得，而只能私下里抚琴以自遣；武王问他殷国衰亡之因，虽已时过两年，他仍"不忍言殷恶"；过故殷墟他心伤已极，但他心有大悲不能失态而哭不得，耻于像妇人而泣不得，"心思不能言，肠中车轮转"。他真是忠肠百转啊！这六个"不得"、两个"不忍"，让我们永远面对一颗对国家忠贞挚爱的伟大心灵！那雄阔的生命激情和昂扬的人格力量，令人荡气回肠、肃然起敬，而又能让我们探窥到这爱是何等地令人亲切令人感动，细腻得无微不至，深挚得如捧如含，执着得九曲十回！那首《麦秀》歌，心有大痛大悲而加以克制，虽哀之思忧之深却如诉如咽。如水鸣峡，如种出土，风骨昂藏，寓意隽永。难怪"殷民闻之，皆为流涕"，不言歌者苦，但见知者众！

据《史记》载，箕子佯狂为奴时，"遂隐而鼓琴以自悲，故传之曰《箕子操》"。操者，琴曲也。我推想，这琴曲一定是特别凄怆沉郁的。看来，这首也许是中国历史上最早的琴曲后来失传了，但太史公说"传之曰"，可见在当时曾流传一时，那凄怆沉郁的琴声飘动在大地上，缭绕在人民的心头，在民间兴许一直流传下来了吧。"彼黍离离"——那位周朝大夫行役过宗周镐京，见旧时宗庙宫室已是一片田禾，心中涌起了和箕子一样的哀伤："彼黍之实。行迈靡靡，中心如噎。知我者谓我心忧，不知我者谓我何求。悠悠苍天，此何人哉？"这是谁呢？行在深深草木中，忧怀社稷生民，"中心如噎"，他是谁呢？是那位行吟在沅湘泽畔，"哀民生之多艰"，"虽九死其犹未悔"的三闾大夫；是那位登临南京赏心亭，"阑干拍遍"的辛稼轩；是那些洛阳街头月光下唱着童谣的孩子们："小麦青青大麦枯，谁当获者妇与姑，丈夫何在西击胡。吏买马，君具车，请为诸君鼓咙胡"，是那位1959年在平江参观展览时递给彭德怀元帅一张字条的老红军："谷撒地，薯叶枯。青壮炼铁去，收获童与姑。来年日子怎么过？请为人民鼓咙胡"……朴朴实实的大地，平平常常的稻麦禾黍，承载了多少忧国忧民之心、至善至美之情、大彻大悟之思！其滥觞者，《麦秀》也。

鲁迅先生写道："历史上都写着中国的灵魂"。灵魂也者，总是只能感受感悟而不能具象具形的。曾听过一首古琴曲的老唱片，那琴音抑扬顿挫变幻起伏，急者凄然以促，如崩崖裂谷，高山出泉，风雨夜至；缓者舒然以和，若怨妇自叹，雌雄相鸣。"其忧深思远，则舜与文王孔子遗音也；悲愁感愤，则伯奇孤子屈原忠臣之所叹也。"风送鹤鸣，韵来天外，如痴如迷之中，我不禁坠入了绵绵遥思。冥冥间恍惚看见一老者长髯飘动，身体俯仰，十指飞动着抚琴操弦，他全神贯注，旁若无他，无天无地无人无我。定睛一看，原来抚琴者是箕子老人。

写于1999年11月10日至17日

诗意小孤山

乘江轮过小孤山，正逢冬晨。凭栏眺望，血红的太阳刚浮出水面，在江面上燃起道道赤霞。极目向长江北岸远望，只见一团淡淡的黑影，同行的当地人告诉我，那就是小孤山。

云霞烟霭之中，我看不见它孤峰独立的"海门天柱"雄姿，看不见它依山而建的亭塔楼阁，看不见山上的启秀寺（小姑庙）和小姑梳妆的那个梳妆亭，甚至连它形如妇女发髻的大轮廓，也没有看清，心中不免有些失望。失望之下，反倒使临行前的期望更加强烈，期望着有一天一定要踏上它那盘绕的石阶，登上它的顶峰，遥看江天寥廓，感受那"极顶观涛"的胜状。

初识小孤山，是读苏东坡的诗《李思训画长江绝岛图》：

> 山苍苍，水茫茫，大孤小孤江中央。
> 崖崩路绝猿鸟去，惟有乔木参天长。
> 客舟何处来？棹歌中流声抑扬。
> 沙平风软望不到，孤山久与船低昂。
> 峨峨两烟鬟，晓镜开新妆。
> 舟中贾客莫漫狂，小姑前年嫁彭郎。

在苏东坡的大量诗文中，这首诗自然不能与他的《念奴娇·赤壁怀古》和前后《赤壁赋》相比肩，但这首诗却具有它们所不具有的另一种美丽。远山苍苍，江水茫茫，沙平风小，小孤山可望而一下子到不了。奋行之中，浪头把船掀高而觉得孤山低下去，浪头把船抛低又觉得孤山高起来，而船工的号子抑扬激越，一直唱个不停。"孤山久与船低昂"，一个"久"字写尽了舟船的奋力跃搏和舟客对小孤山的向往。是什么独特的魅力吸引众多的船客竞相前来呢？却原来"峨峨两烟鬟，晓镜开新妆"，那里有位美丽的少妇正在对镜照着新梳的两个发髻。只是她前年已嫁给对岸的"彭郎"（澎浪矶）了，舟中的贾客们切莫再想入非非了吧。这里没有了"大江东去"、"惊涛裂岸"的历史的壮阔，没有了"天地曾不能以一瞬"、"物与我皆无尽也"的人生宇宙的参悟。一幅静止的画面洋溢出鲜活的动感，一个谐音的民间传说定格为千古的美丽。千年沉重的哲思变成了生命情趣的灵动，万物浩茫的感叹化作了才思遐想的翩飞。

这首诗是在 1078 年冬，苏东坡在徐州看到这幅唐朝名画后写的，那年他42 岁，早已过了青春年华，而且正值他因为反对王安石变法而出汴梁谪杭州过河南下徐州的宦海失意的年月，距 1079 年 7 月 28 日因所谓"乌台诗案"朝廷派人到湖州州衙来逮捕他还不到一年时间。在这样一个人生侘傺命运蹇困的险恶处境下，苏东坡还能写出这样瑰奇婉丽的诗篇，其不同寻常的人生境界可见一斑。苏东坡一直就是不同凡响的。他出生于相对和煦富足的四川，接受了各种思想流派的影响，既不乏黄老清静之学，也沾染了纵横机辩之气，喜好佛教，精通禅理，又是个典型的性情中人，情感丰富任性旷达之外，又有些狂傲不拘。人生和仕途的侘傺蹇困并未改变他的这些禀性。征服世界和逍遥人生的矛盾两端，使得他的诗文时而豪放激越，慷慨悲歌，时而深沉缠绵，旖旎多姿，却都能打动人心。教人感慨不已，味之无极。

他走南闯北，见多识广，眼界极高，能引起他诗兴大发的画品和画家肯定也绝非等闲。一查资料，果然，这李思训是中国画史上一个极为重要的人物，也是一个非同凡响的人。他于唐宗室、唐高宗时任扬州都令，武则天当政时他弃官潜匿，待中宗朝又出来为官，玄宗开元初官右武卫大将军。他的不同凡响，在于他开创的中国画青绿山水金碧山水的画风轰动当代影响后世而一直蔓衍至今。他绘写"湍濑潺湲，云霞缥缈"之景，还常用神仙故事来点缀幽曲的岩岭。苏东坡看过的他的那幅《长江绝岛图》已经失传了，是兵燹、火灾、水淹、虫蛀、鼠啮，还是流失到了海外？万分可惜。这才是真正意义的不可挽回的损失！李思训的画作有没有流传至今的呢？万幸，还有一件，那就是现今收藏于台北故宫博物院的《江帆楼阁图》，长 102 厘米，高 55厘米，绢本设色。

前不久我在红旗出版社印行的《中外名画鉴赏大典》中看到了这幅画。此画表现游春情景。近景山岭间有苍松桃竹掩映，山径间露出殿廓楼阁，其间有数人乘马或步行游赏春日景色。山外江天空阔，烟水浩渺，江上漂动着几只如叶的小舟，意境深远。山石林木以曲折的细笔勾勒，画树交叉取势变化多姿，山石着色以石青石绿两种浓重色彩，显得金碧辉煌。山水构图的整体大势与局部"豆马寸人，须眉毕露"的精致描绘统一在一起，达到了极高的艺术成就。一边品读此画，一边不断地想那幅已失传的《长江绝岛图》，叹息着它的失传，猜想着它的画面内容，这样一支伟大的画笔会怎样描绘苍山茫水下的小孤和澎浪呢？他们的真挚坚贞的"爱情"是怎样氤氲于画里画外，竟能拨动了诗人的灵感之弦，激荡起人们的千古共鸣呢？

唐宋以来游小孤山的名人络绎不绝，其中有白居易、苏轼、王安石、陆游等文人学士，也有彭玉麟这样的将军。彭玉麟（1816~1890），字雪琴，湖南衡阳渣江人，咸丰三年（1853年）他随曾国藩创办水师，从无到有，纵横大江。"旌旗常带潇湘雨"，"戎马书生少智略，全凭忠愤格苍穹"，一时间威名忠毅震扬天下。他率水师征战太平军攻下小孤山后，曾在小孤山的石壁上题了一首七绝，诗云：

书生笑率战船来，江上旌旗耀日开。
十万貔貅齐奏凯，彭郎夺得小姑回。

作为战胜的将军，这诗中充满了对这场战争的自豪和喜悦，而如果你也曾经读过他的那一段令人心碎的爱情故事，就更会击案惊叹这最后一句是多么妙语天成。他十岁那年，正住在芜湖外婆家。一个冬日的下午，放学回家的路上，他绕道一座小山去看腊梅。刚到山脚，见山沟边躺着一个十三四岁的女孩，脸色青白，两眼微闭。玉麟吓了一跳，心想：这女孩一定是病倒这里，天气这样冷，若不叫醒她，病会加重。他喊醒了女孩，扶她回到外婆家，把情况跟外婆说了。外婆赶紧熬了稀饭，待她狼吞虎咽后又收拾床铺让她暖和休息，那女孩激动地喊了声娘，双膝跪了下去。原来这女孩姓梅，名叫梅小姑，浙江嵊县人，父母双亡，弟弟又得天花死去。一个远房亲戚骗她到合肥说是到越剧团学戏，实际上卖她去妓院，她偷听到后只身逃出，跑啊跑啊，又急又怕，又冷又饿，走到山沟想掬口水喝，刚弯下腰就晕倒在水沟边……，知悉她的遭遇后，外婆收养了梅小姑。时间一天天过去，玉麟和小姑也一天天长大，耳鬓厮磨，他和她产生了深深的感情。

一次，玉麟感风寒病倒在床，一连七八天吃药不见效。这天，小姑端来一小碗汤，汤上浮着几个油圈圈，碗中有一块一寸长三分宽的肉条。玉麟望望小姑惨白的脸，有点怀疑，他放下碗，抓起小姑的手失声说："你把手臂给我看！"小姑两眼含泪水，死死把手缩紧。玉麟明白了，带着哭腔说："傻姑，割臂疗疾，那是古人心诚的表示，哪里真的就可以治病呢？你怎么下得手，割自己的肉。"小姑眼里的泪水流了下来，喃喃地说："即使无用，表示我的心诚也好啊！"当初，外婆为什么不认小姑为干孙女，却偏要认作养女！两人在一起，又快乐又痛苦。纯真的爱情，被这人为的大石板压着，却又执着地

70

热切地弯弯曲曲地萌生着。

玉麟十七岁那年，祖母痛逝，父亲辞官，全家要回原籍奔丧，行前写信玉麟，要他在芜湖等候。小姑听到将要分别的消息，哭得两眼红肿。她请玉麟给她画一幅画，玉麟按她的构思画了。那一夜，小姑房里一盏油灯一直亮着，她用彩色丝线绣了这幅画，那一夜，玉麟也直到天明未合眼。第二天晚上，小姑推门进来，默默递给玉麟那幅绣好的麒麟梅花图，只见一只麒麟用脸摩挲着身旁盛开的花，互相依依不舍，玉麟情不自禁地把小姑紧紧抱住，一股热血在胸中奔涌……"三四年后我一定回来，和你洞房花烛。""莫这样急，妈妈今年七十多岁了，待她老人家百年之后我们再成亲，我不忍心在老人家生前不做她的女儿而做她的外孙媳妇！"

几年后，玉麟把外婆小姑接到渣江来住，自己则开始了戎马生涯。谁知，这一别竟成永诀，小姑身染肺病不治而去。玉麟捶胸打背呼天抢地，但一切已经晚矣！在小姑的坟前，玉麟栽下一棵柏树，那夜，玉麟用泪水为墨，写了两首七律：

> 少小相亲意气投，芳踪喜共渭阳留。
> 剧怜窗下厮磨惯，难忘灯前笑语柔。
> 生许相依原有愿，死期入梦竟无缘。
> 斗笠岭上冬青树，一道土墙万古愁。
>
> 皖水分襟整七年，潇湘重聚晚春天。
> 徒留四载刀环约，未遂三生镜匣缘。
> 惜别惺惺情缱绻，关怀事事意缠绵。
> 抚今思昔增悲哽，无限心伤听杜鹃。

他又拿出那幅麒麟梅花图，失神地久久凝望着，喃喃低语："小姑，我要画出一万幅梅花来纪念你，纪念我们生死不渝的爱情。""小姑，待日后大功告成，我决不贪恋富贵，一定回渣江守着你的孤坟。"他是一个至情深义的人，即使在带兵打仗的日子里，每有余暇，总是研墨展纸，画梅不辍。他曾被授兵部右侍郎，加太子太保，又擢兵部尚书，终以衰病为由辞去。布衣回籍后，他终日粗食淡饭，读书习画，长伴着小姑的孤魂，细嚼往事，"倘能于人生有一番深悟顿彻，则胜过蟒袍玉带多矣！"像他这样以恂恂儒者而投笔从戎立业的人，古来可谓多多，像他这样心性专一深情重义的奇男子，今世能有几人！而这样凄婉哀绝的爱情悲剧，闻之能不动容，读之能不垂泪，思之能不摧心肝？

当年，彭玉麟护送外婆和小姑从芜湖回湖南，船到彭泽，玉麟指着长江中高高耸立的小孤山，给她讲小姑和彭郎相恋不成隔江相呼相望的故事。梅小姑听着听着，脸上泛出红晕，笑着说"这是你瞎编的。""不是的，书上有记载。""那为什么也叫彭郎，也叫小姑呢？""那我就不知道了。"一个民间的传说会比真实的故事流传得更久远，是因为它比一个具体的个例更有灵性，更能勾动人类内心深处所共有的那根隐蔽的心弦，一经碰撞，钩沉而出的是那剪不断理还乱的不尽柔肠。彭玉麟和梅小姑的故事，也不知历史上是否真有其事，但它如此完整，如此精致，如此哀婉，如此动人，我深信，所有的人都会我和一样，从中感受到一种超越历史的美丽、一种超越时空的永恒的震撼。

小孤山是美丽的，但苏东坡时代的风景，今日已难实指，而其文字心情，仍可一贯，意境深深，惹人叩弹深吟。山川非复旧时容，诗和画所定格的自然之美却永存下来。小孤山本不算名山，因为有了与这三位不同凡响人物的因缘，在我的心目中，它永远是独然特立的。薄雾中的小孤山弥漫着某种梦幻的气息、某种缥缈的诗意，望着雾霭中那依稀的一团淡影，遥远的遐思就一点一点暗香浮动起来，像花香，像法雨，可感受而触摸不到，朦胧而真切，缥缈而清晰，遥远而亲近。

小孤山，一个千古美丽的遐想！

写于 1999 年 12 月 23 日至 29 日

蛙　鸣　赋

云间鹤，檐下雀，百鸟皆鸣。山中虎，栏内羊，百兽有声。天有雨击雷震，地有风啸水奔。万物如此，人类亦然。蹈舞歌吼，是发乎形体之鸣，诗文书画，是寄托内心之鸣。世有万物，物种各异；世有万籁，其声不同。世上本有蛙，蛙也有其鸣。耳闻蛙鸣，山溪田野处处可闻，普通得不能再普通。心谛蛙鸣，可感其抑扬顿挫，可教人激奋怡情。

每当春雷响过，大地复苏。忽一日，会有一个沉厚雄壮的声音传来，呱呱，呱呱，此外，彼处，一声、两声……那是蛙们在发出严冬之后的第一声鸣叫，翻过了严冬的沉寂，宣告了大地回春，此时万虫犹寂而蛙声先动，真可以说是春回地暖蛙先知。只要我蛙不开口，那个敢先吭一声，显出一种我为天下先的勇者之风。

"杏花春雨江南"时节，新芦出水万竿摇曳，湖荡水网细雨霏微，一群群孵化不久的小蝌蚪正满怀惊喜地游动在小河里池塘中，摇头摆尾嬉戏追逐，一副天真活泼的样子。临水观溪，一群轻盈可爱的小精灵，会让人想起白石老人为老舍先生命题"蛙声十里出山泉"所作的那幅画，意味隽永，生机永恒。到了海棠铺绣梨花飘雪的暮春，"鹧鸪声住，杜鹃声切"，而蛙声成阵，蛙声如鼓。夏夜纳凉，有蛙声相伴，会让你觉得双脚踏在泥土上，心中踏实，会让你感到身处田园，有一种豆棚瓜架、松风晚窗的清凉心境。溪水流仍静，蛙鸣野更幽。及至盛夏过去金秋初来，十里荷花，菱舟采月，更是"稻花香里说丰年，听取蛙声一片"。

一入深秋，不再听见蛙鸣。但那是戛然顿止，决然而去，没有悲秋草木的萧瑟，没有"更那堪冷落清秋节"的"寒蝉凄切"，乐天知命，凛然归隐，全无忸怩缠绵哀戚的小儿女态。非其时也，索性不鸣，养精蓄锐，以待来年。至若井中之蛙，亦有所鸣，虽不免失于孤陋寡闻，但直抒己见，吾口鸣吾心，不也率直可见？由蛙想到人，生也有涯，知也无涯，敦能知之无限？既然皆有所囿，不也滔滔不绝世说纷纭？只要能实话实说，直抒胸臆，表达真见解，显露真性情，虽然不会达到"绝对真理"境界，甚至可能不正确，可世上会去掉多少虚伪和浮嚣！

蛙鸣中有历史。元朝的吾丘衍在他的《学古编》中说："上古无笔墨，以竹挺点漆书竹上，竹硬漆腻，画不能行，故头粗尾细，似其形耳"，这就是我国古代的蝌蚪文。无笔墨时代即有蝌蚪，可见蛙鸣早于我国古人文字之鸣，早于"关关雎鸠"。

蛙鸣中有机锋。于此《韩非子·内储说上》及《太平广记·卷473》上都记载：昔年，越王勾践战败，在吴服劳役三年回到越土，闻蛙声一片，乃备办香烛牲礼，揖祭怒蛙。勾践说："你看那青蛙，胸中若有所积郁，一双怒眼，满腹怒气，哇哇而鸣，声闻十里。蛙且知怒，性灵可敬，何敢不揖，何敢不祭？"勾践手拈线香，酹酒于地，对着怒鸣的青蛙，口中祝词曰：

> 蛙鸣如怒，春风普度。
> 蛙而知怒，大地复苏。
> 酹酒长揖，感蛙知怒。
> 我敬怒蛙，拈香一柱。

众人则赞叹说："妙哉，揖祭怒蛙，大王岂非身在平畴，志存高山；耳听怒蛙，心怀鼙鼓乎？"于是有十年生聚、十年教训，卧薪尝胆，终于战胜。

从童年起，鸡啼蛙鸣就使我深深感到乡土的可亲可爱，岁月如梭，工作奔波，蛙鸣伴我西北中南。蛙鸣频频忆故村，常常会唤起我童年的回想，唤起那如诉如梦如丝如缕的岁月忆想，闻蛙怒鸣而感奋，闻蛙清鸣而慰情，见蛙率真而及人，知蛙寻常而亲近。且喜蛙鸣常伴我，好诗总说眼边情！

写于 1996 年 10 月 7 日至 8 日

千 年 钟 颂

世纪之初，千禧伊始。

武汉千年吉祥钟，落座江芷。鸣响于黄鹤楼畔，仁立于蛇山之巅。喜云鹤之翱翔，驾灵蛇之蜿蜒。采山秀以滋养，登巅峦而驰望。瞻高天云走霞飞，览大江百舸千帆，看大地人头攒攒、芳草芊芊。朝沐春兰之坠露，夕披秋菊之落英，历四时之节候；日承丽日之光华，夜映星月之熠耀，感天地之浑然。极目收楚山苍黛，一身裹千湖烟雨。山川之大，草木之微，无不尽收眼底；黄鹤之渺，乡佬之亲，全都了然于心。

轸石崴嵬，磊磊环列，若聆听尊师论道；松竹葳蕤，簇簇侧立，如静侍智者哲思。论道则万里阳光道路，哲思则千年秋水文章。身临斯钟其境，虽咫尺而觉万里之势也。及近睹之，巍巍其高，敦敦之重，永乐之后，唯此为尊。

宝钟见兮色缤纷，焕其炳兮被龙文。制荷芰以为裳，缀梅朵以为裙。龙骧凤翔，降福穰穰。执夔龙感念中华传统，饰裙边且采西洋所长，解铸技紧握高新科技。

三千五百年历史长卷，浩浩莽莽，熙熙然铸就十幅图案；几千万楚人世代梦想，沧沧浪浪，昂昂然凝结千字铭文。至宝至尊，亦书亦典。

观斯钟也，则令游者驻足眷慕，乐不能去，思不能止矣。每逢吉日良辰，三镇可闻钟声。或如鹤鸣九皋，诗韵清绝；或如湍流狂奔，大论是弘。有金石之铿锵，有溪泉之琤琤。顿挫抑扬，或韵或否，其临风所发者，皆楚声也。迎风而立而听者，岂不闻《离骚》之深，《九歌》之美，《天问》之奇乎？

自古至今，楚人尚钟。鬲、镈、彝、鼎、随州编钟……"贲鼓维镛，於论鼓钟"，"击鼓其镗，踊跃用兵"。

千年此钟，继其嫡脉，渊渊古意，郁郁新风。煌煌伟立，穆穆厥声，震乎耳目，谋之心胸。昭警国人，奋进前行。鸾凤轩翥，中华复兴。逢此盛世，善哉此举。

爰记为纪，伏维祀颂。

写于 1999 年 12 月 8 日至 10 日

刊登于《武汉晚报》，2000 年武汉市铸立千年钟，向社会各界征文，遂投此稿

酒　颂

　　"载获济济，有实其积。万亿及秭。为酒为醴，烝畀祖妣，以洽百礼。"《诗经·周颂·载芟》从远古"山猿酿酒"、"空桑秽饭"的偶得天然，到仪狄旨酒杜康秫酒的人工酿造，迄今中国造酒的历史起码上下五千年。酒融进了历史的流脉，浸润着文化的积淀，透视了生命的"物化"。

　　有了酒，华夏文明从此内涵更为淳厚，神采愈加飘逸。尧饮千钟开太平盛世，孔子百斛发千古宏论，刘邦醉斩白蛇一展雄才，李杜酒助诗兴名垂青史，赵匡胤一杯薄酒释兵权，清康熙千叟大宴定中原。

　　翻开卷卷史册，页页散发酒香。"旨酒欣欣，燔炙芬芬"、"钟鼓既设，举酬逸逸"，帝王将相宾筵彻夜；"有酒湑我，无酒酤我"、"虽无旨酒，式饮庶几"，布衣百姓以酒相亲。品不尽"开琼筵以坐花，飞羽觞而醉月"的雅致高逸，享不够"开轩面场圃，把酒话桑麻"的古风乡情。案上所置，是爵、卮、卣、角、斝、觚、觥、尊、杯、盏般般酒器；器中所注，是清酤、芳醑、金波、绿蚁、寒泉、粱醁、琼浆、玉液，是"钓诗钩"、"扫愁帚"、"醉流霞"诸多酒称；环几而座，是酒仙、酒神、酒星、酒圣、酒徒、酒龙、酒狂、酒侯，"酌以大斗"、"会须一饮三百杯"的一群饮者；觚哉之间，行呼着雅俗兼备的酒令酒牌酒鼓酒史，"既立之监，或佐之史"；市井望中，更有那"酒旆闪闪"、"酒旗斜矗"……

　　酒，神品也。倾之在胸，则有七情迸发之真；滴之在心，则有一吐块垒之快。发而为诗，是"俱怀逸兴壮思飞，欲上青天览日月"之李太白；发而为剑，是"来如雷霆收震怒，罢如江海凝清光"之公孙大娘；发而为书，是骤雨旋风奇势飞动之癫张醉素；发而为鼓，是声彻绛霄气袭三川之崔宗之。豪壮则横槊赋诗酾酒临江，"把酒酹滔滔，心潮逐浪高"；婉隐则"芦花开落任平生，长醉是良策"。范仲淹老人忧乐岳阳楼，却又"明月高楼休独倚，酒入愁肠，化作相思泪"。老人的心，千古相通。虽然，元代戏曲大家白朴曾苦叹出"糟腌两个功名字，醅淹千古兴亡事，麴埋万丈虹霓志"，那忧患传统和家国情怀终究还是挥之不去，千古绵延以迄于今。

　　酒之意蕴，本不在酒，"在乎山水之间也"，"一樽还酹江月"；山水之美，亦美如酒，"山为樽，水为沼"，"尽挹西江，细斟北斗，万象为宾客"。人之所醉，不独在酒，明末清初的郑日奎，醉于书淘不异于刘伶之于酒；酒之所醉，不唯于人，在苏轼眼中，红梅正是饮了酒，"酒晕无端上玉肌"，才在寒风里显示出"欲作小红桃杏色，尚余孤瘦雪霜姿"的高贵梅格。

酒，真神品也。

"疆场翼翼，黍稷彧彧，曾孙之穑，以为酒食"，百谷百花百果百根均可酿酒。"稻垂麦仰阴阳足，春风入髓散无声"，酒之精气，来自高天降落的太阳之气，来自深渊升起的大地之气，因之经久不绝。酒之魂神，得大山之灵气，汲大河之膏泽，借大地之春风，纳大人之情怀，因之自古垂今。酿酒之花，曾与蜂蝶交换过心跳；酿酒之叶，曾吮吸甘露入肌体；酿酒之果，曾凝聚日精月华；酿酒之根，曾藏蕴大地的韧性和母爱。酒一入口，万水千山就将进入你的身体。

把酒问盏，会引起你无尽的遐想：想起地老天荒的远古，想起藏龙卧虎的大地，想起屈原李白也曾享用过手中这杯酒！面对初升的太阳，屈原歌曰："暾将出兮东方"，"援北斗兮酌桂浆"，让我们也跟着屈子，举杯迎接二十一世纪！

写于 2000 年 12 月 19 日

长　城　颂

　　千里来寻长城，长城吹我一日风。

　　风从千山万壑吹来，风过处一片苍莽。千年的风读白了骨笛，读失了楼兰，却读不尽这眼前的蜿蜒，读不透这望中的绵延。巨龙般逶迤于万里群山上，纵舒于万仞陡崖间，跃身于万顷碧海中，挟山而舞，抱海而饮。一排霹雳般响亮的雄关，一列声名铿锵的要塞，一串燔苣燃薪般火急的烽燧，一行头角峥嵘的雉堞，一道系安危于一线的伟大屏障，一条引百代人凝思的历史边墙。

　　风，齐天吹来。爽硬，苍凉，高远。爽硬是石器的磨砺，苍凉是黑陶的碎裂，高远是青铜的铮钑。抟砖坯的手，虬道的脉管，把汉子的精血和这雄风一起抟进了砖坯，装进窑窑，丛生的荆棘高举成火，炉火熊熊，把生命燃烧得慷慨淋漓，惊心动魄，千古屹立。风掀动着我的衣角，它也曾翻卷过蒙恬征伐北漠的猎猎旌旗？风吹送着流行歌曲，它也曾吹送过日中鸣镝夜半刁斗？

　　要乘长风破万里浪，就要乘这样的风：霍去病得胜班师的风采，王昭君慷慨以赴的风华，蔡文姬胡笳十八拍的风云，苏武牧羊北海边的风骨……登高临风而立，就要临这样的风：筘鼓羌笛的合奏，秦筝琵琶的交响，饮马长城"将军令"的雷霆钲鼓，孟姜女儿"箜篌引"的吁天倾诉，哪一个音符不是天籁，哪一支曲调不是经典？

　　长城上的风，是从历史深处吹来，未肯卷帘拂槛，不屑昵柳狎桃，直是掀冠竖发，沦肌浃髓！

　　千里二临长城，长城示我一川雪。

　　长城内外，惟余莽莽，一望关河无尘，晶莹满目凭堞久。雪是上天说给大地的语言，圣洁而玄奥。可用脚步丈量，可用眼睛打量，可用鼻子辨嗅，可用嘴巴品咂，可用肌肤感触，可用心灵感悟，但却无法破译，面对这雪，唯有默契。看皓色千里澄辉，直教我肝胆皆冰雪！

　　长城的雪，覆盖过古战场的白骨，覆盖过平型关的血肉。风雪后，酒樽深，是一杯悲壮老酒，使中国醉了千载，醒了千载。秦统一，比耶稣降生早

79

二百多年，秦虽未能万世，统一的理念却传之万世，无论处分裂，暂偏安，壮士匹夫视国家统一为职志，救国拳拳心，创业烈烈举。堕名城，销锋镝，战火曾经千次，和平乃是人心。奈何取之尽锱铢，用之于沙场，使负战之勇，多于垄亩之农夫，催鼓鸣金，多于市声之笑语！苍穹低垂，大地浮升，眼前是一片辽阔。更辽远更雄阔的是群山，群山脚下是几朝的都城，共和国的首都。长城望雪，满目浩荡，一襟遐思。

"惘怅东栏一株雪，人生看得几清明"。长城的雪，覆盖在历史的高处，深思应对长城雪！

千里三登长城，长城内外一片绿。

满山，满野，满目，满腔。深浅浓淡，相因层层，翠苍墨黛，滋润盈盈。一碧千里，排版着绿的诗篇，万簇新芽，葳蕤着春之魂灵。山川苍翠，烘托着你巨大的亮彩：淡蓝色的晕圈环抱着地球，与黑色的天空交融，地球上有一条浅色的带子，那是宇航员在太空中唯一能看到的人类工程——中国的长城，世界的长城，我们奉献于人类的中华文明。每一级步阶都长满了歌谣，每一块砖石都揉进了故事，永恒地雕塑着秦的统一、汉的荣耀、唐的功勋、明的企盼、今日的憧憬，迢递地铸造起砖石的长城、血肉的长城、信念的长城！

长城内外的万簇新绿啊，从古老的沃土中萌生，吸纳着历史的醇薰，洋溢着生机的清芬。是那几千年的风云！几千年的姻缘！几千年的承诺，驱使我千里而来，千里追寻，只为了对你的氤氲化生而感动，对你的勃勃生机而歌颂。

千里而来，我不想再踏归程，就在此化作一芽绿，一片雪，一缕风吧！

写于 2001 年 5 月 11 日至 14 日

刊登于香港《中国散文诗》2001 年第 3 期，获优秀奖

读书品艺

悠然心会　一寸还成千万缕

——剪报集成后记

　　我喜欢看报。"此兴平生难遏"。

　　少时家贫，衣饭尚且勉强，何谈家庭订报。但家父素喜看报，每每在傍晚下班时携公家一摞报纸回家补读次晨再携还，我也就常常蹭在旁边叨光。我的家乡至今仍名列全国贫困县，但三四十年前县文化馆却办得有板有眼，在当时我们几个中学生眼里显得很丰富很红火。那时我们三五个同学共同约定每周内至少去一次县文化馆看报看杂志看书，还写读书笔记，集体评卷，虽是口头约定，却也都很用功。

　　上大学后，每个学生宿舍发一份"参考消息"，七八个人你争我抢从中午看到晚上。记得一个上海同学常常抢先吃完午饭第一个跑回宿舍拿起"参考"就去蹲厕所，等到他办完事也看完了报回到房间，我们早已进入白日梦乡。清华素重体育锻炼，每天下午四点半广播就响起了充满青春活力的《运动员进行曲》，召唤着莘莘学子离开书堆奔向操场。我几乎每天下午四点左右跑到校图书馆一楼报刊厅，在报栏前恭立一个多小时浏览报纸，然后再去体育锻炼。"文革"开始后，我所喜欢的几种报刊，如《文汇报》、《光明日报》、《文史哲》、《诗刊》、《中国青年》等，或被喝令封刊退隐世外，或被钳制阉割面目全非，但被时代风潮所裹挟，又正当热血青年，看报仍是不间断而又主动认真的。初时红卫兵小报蜂起，一刹时铺天盖地群犬欺虎，眼花缭乱之后，即使个中人，其厌倦厌恶之感也是渐从中来与日俱增。在全国抄两报，两报抄梁效的年代，对于读报人更是一种苦涩的无奈，但我也渐渐地增长了不少读报的小智慧和狡黠。

　　改革开放后，报刊渐呈百花齐放缤纷烂漫的盛景，学术界也渐显百家争鸣畅所欲言的盛况，我也随着担任工作的几次变动，接触的报纸渐渐增多，因公务繁忙，下班把报纸拿回家补看的时候也越来越多了。但是公务再忙，看报也要补上，出差回来，办公桌上积下的报纸有时厚盈一尺，依然要利用休息时间浏览翻阅，未尝怠懈。

　　就这样，一下子竟走过了三四十年，"一箭风快"，"回头迢递便数驿"。

在我执笔写了上面一段忆旧的话时，我更加感到，在所有文字作品中，报纸是最直接反映时代和社会的，翻阅报纸，你一定会聆听到时代的脚步声。

常访名山大川的人，每每会为天造地设的一方山水惊羡赞叹：缥缈朦胧的雾岩云岫能使你仙化，心中浮起一阵冥想；明丽妩媚的小桥流水会让你流连，心中漾起一股温馨；雄浑恢宏的高山飞瀑可令你振奋，胸中涌起一腔阳刚；宁静淡泊的清风明月，将教你怡悦，养得一身的安宁和逸气。一株虬松、一枝疏梅、一丛瘦竹、一座黛峰、一泓碧水，一排茅舍，门前菜畦里几颗滴翠的露珠，屋后池塘中几群欢跃的蝌蚪，老屋顶上几缕落日时的炊烟……只要你留意观察用心体味，都会使你如品春茗，感受到生活的那丝丝甜意。于是画家会师法自然挥毫泼墨，摄影师会按下快门珍摄留忆。看报多了，情况也很相似。好像晶亮的群星闪耀在苍茫的夜空，好像珍贵的文物存留于厚重的土层，好像奇花异卉杂生在百花簇拥的山野，许许多多的精篇佳作时时地出现在浩淼的报海中，可读可亲可藏。

一些文章，篇幅很小，躲在报旮旯里，稍不经意就会失之交臂，而一经注目便会如拾珍奇喜出望外爱不释手。有一些鸿篇大作，更是编辑苦心经营、作者披沥心血之作，细细读来又使你如面对黄钟大吕肃敬如师，犹如引大鼎以为镇室之宝。一些生活短文，诸如青春风铃、中年咏叹、灶边闲话、如烟往事、两代情深、夫妻忆恋、古道送别、故友重聚、冬闲场院、笼袖神聊、夏日松下、纳凉杂话、人生世相、横无际涯、蕞尔小事，在在萦怀。这些文章常由眼前事身边事生发出来，生活语丝，闲情小记，看似琐碎，看似单调，但由个人际遇个人情绪所辐射出的人生诸题，往往触及到人心流着血流着泪的地方，或者映照出千种风情万般旖旎的一幅幅生活画图，不由你不浩叹出人生百味。一些读书文章，诸如诗话词话、书札序跋、文评书评、戏剧电影音乐书画的赏析评论等等文谈艺谭，一些佳作往往相知甚深，见识独到，寄兴深远，而又笔调隽永，涉笔成趣，显露出英雄惜英雄的丰厚的书生胸臆。

一些学者名家，笔下如行云流水，信笔所至，随笔成篇，看似发乎自然，并不刻意矫饰，然而都锦心绣口，隽思妙谛，议古今，论是非，说文化，侃科学，针砭时弊往往有宣泄胸中块垒倾吐在喉骨鲠的痛快淋漓，谈笑风生每每有思入微茫机锋敏锐的睿智识见，人生、艺术、词采、心情调和一鼎，乃熔冶出百家随笔。在篇篇记游文章中，你会随着作者们的屐痕处处，去拜访名山大川、远村近郭、园林名石、古迹名胜、佛寺道观、亭台楼阁、都市旧景，胡同小巷的馄饨担，十里长街的大排档，改革开放后的古邑生辉，面目全非的老街拆迁，新树起高楼商厦立交桥，消逝了梅兰芳的吉祥戏院老舍的茶馆。你在缱绻之旅中或面对古台石碑发思古之幽情，或在风味小吃街品味着市井风情，或在街心雕塑前比较京味海派欧式的城市风格，或在故地母校追寻着往昔的岁月心路的历程，也可能会为三峡宏伟工程的开工而欣喜又担心，也可能会为满城的精品屋歌舞厅而眩晕又疑惑。不管你涌起欣赏、赞叹、倾倒惋惜眷恋顿足或者说不出确切滋味的般般心情，你总会有一个突出的认知：建设是中华大地的主旋律，进步是中华民族的主题曲。中华儿女正在从自然和人工这两头去逼近美，在编织着彩色的梦，追求着一个更加美丽魅力永存的锦绣中华。心随文思，轻步漫旅，剪报存文，日后重游，快哉快哉！传统文化，浩繁古籍，考古新证，儒道墨易，文物国宝，汉字汉语，文房四宝，书画琴棋，民俗民艺，徽班京剧，赋诗词曲，楹联碑题，酒茶文化，花鸟虫鱼，金石刻印，家具瓷器……构筑起博大精深恢宏灿烂源远流长的华夏文明，遇有此类文章，焉可不取？

一些史实文章，史海钩沉，去伪存真，撷拾史实，澄清面目，揭开历史谜案，披露历史秘闻，足能正视听，明史理，醒醐醒豁，鉴往知今，岂非颇有存留价值？在中华民族近百年来波澜壮阔的历史长河中，出现了多少伟大的政治家、军事家、文学家、科学家、艺术家，他们或者站在历史的前列时代的高点叱咤风云乃至改写了历史，或者不求闻达求高格潜心治业痴心不改而成为各行各业的大师，或者磊落风流自铸灵魂，一生肝胆人间照，清芬正气传后世。他们大多数在年轻时意气凌霄，一生奋斗，历经霜雪而不减松柏之姿，到了壮翁暮年则是林间花满天心月圆，走过了风雨历程，铸就了辉煌人生，德无量，艺无垠，功无边，生命有声有色，他们宛若灿灿银河星光照寰宇，是一座座耸立的丰碑。非凡的经历，非凡的品格，非凡的奋斗，非凡的成就，谱写出非凡的名人春秋（个别明星式人物似应不在此列），这类文章倘若见到岂可放过？

一些专写名人轶事的文章，大多短小简练，或故交忆旧，或往事掌故，二三事几百字，错落别致，玲珑乖巧，意趣横生，唤名人走出光环，写名人大食人间烟火的百态，勾画出名人的酸辛甘苦多面多彩，于细微处入笔，见微知著，这也是我很感兴趣的一片芳草地。

不知何时起源而近二十年风云涌起的报告文学，融新闻与文学于一体，以其及时、典型、真人真事为特点，贴切地报告着社会的焦点时代的风貌，向人们介绍了风云事件风云人物社会现象社会问题。作为生活在这一时代的一位知识分子，我关注这一切，遂将读后的报纸上的报告文学剪辑下来，将它们作为一束时代的笔记而存留。音讯隔绝了四十年的台湾究竟怎么样，那里的老百姓真的生活在水深火热中吗；经济发展物质丰富了精神势必全下贬吗，同属儒家文化圈的新加坡乃至韩国日本解决得如何；苏联歌曲、苏联电影、苏联文学曾那样强烈地激励过我们这一代人的青春理想，给我们留下了终生的情结，由古老的俄罗斯而苏联而又俄罗斯之后卓娅的纪念碑还矗立吗，莫斯科郊外的夜晚还那么迷人吗，冰雪彼得堡还记得列宁吗，俄罗斯人还像以前那样爱读书吗，普希金、柴可夫斯基、罗蒙诺索夫、"老"、"少"托尔斯泰还常和人们见面吗？我们农场插队三十年后的今天，青年学子趋之若鹜洋插队的大洋彼岸是怎样的光怪陆离呢？政坛大选的关节何在？波黑风云的来龙去脉怎样？曾经那样欺侮过我们的东洋怎么有时和我们亲熟得像儿女亲家，而每年都去朝拜靖国神社？流淌着美妙旋律的多瑙河引起了人类几百年来的遐思，古老的欧洲还屹立着多少伟大幽灵之屋，还有那缤纷迷离的海外风情……这一切，又怎能不教你眼热心痒，以人步代己步，依文章而神游，做一番纸上的海外博览？如此这般，处处留心，满眼皆宝，"一丘一壑也风流"。

1978 年科学大会召开后，以徐迟的"哥德巴赫猜想"为代表的写科学家的一大批报告文学问世，我读后甚为珍猎，如果在众人读后弃之废纸堆实在可惜，于是就剪下来存起来，"入手风光莫流转"。从那时起至今一晃十八年，竟剪存了三十多个档案袋，约有五六千篇文章。去年春大病后病休，幸得闲暇，于是搬出旧存，按照自己的意愿分门别类，粘贴装订，竟有十一类十三大本之多。兴之所至，还自鸣其意地自取了书名，计有：百味人生、文谈艺谭、百家随笔、锦绣中华、华夏文明、历史秘闻、名人春秋、名人轶事、报告文学、海外博览、报海拾贝，总计 1300 多张（至 1995 年 9 月 6 日）。当然，有些文章的归类未必那么妥帖，有些文章现在看来可留可不留，但是当时既然剪下存起至今，也就敝帚自珍，照留罢了。至于和我本职工作有关的，诸如改革、管理、市场、金融、经济等，因大多是政策解说，易时过境迁，也就剪而不集，用过拉倒。

近二十年的积攒，这些从故纸堆里被发现的，差一点被别人作为过时之物当作废品处理掉而被我找回的文章，经过集中剪辑装订，就都有了自己的大家庭，它们不再是散落四处的"孤儿"，而是成了有人疼爱的"宠儿"。平心而论，我对它们的感情丝毫也不亚于任何一本购来的或朋友馈赠的书，因为在它们身上，倾注了我的劳动和心血，也倾注了我的爱好和追求，"一枝一叶总关情"。

这类自剪自编的营生，完全不是为了出版，纯粹是一种自我消遣、一种读书兴趣的延伸。当我全部装订完毕后，翻开这一本本根本谈不上装帧精美的自编书，我完全沉浸在一种美妙的感觉之中——像与朋友聚会那般海阔天空而惬意满怀，像与学者交谈那般广博睿智而受益匪浅，像与鉴赏家欣赏一件杰出工艺品那般啧啧赞叹而心满意足，像与伴侣散步那般轻松闲适而身心愉悦，像与老人畅谈人生那般禅意空灵而坦荡旷达，像与亲人回首往事那般乡音乡情而柔蜜亲切……我和它们的关系，并不是单向的输出和奉送。我使它们由"弃儿"变成了"宠儿"，赋予它们生命，它们则像老朋友，陪伴我度过了大病之后难过的几个月，令我日后回想起来定会回味无穷。从今以后又会差不多天天和我见面，不断关心我，充实我，给我精神养料，个中所生发出来的感慨和乐趣，将伴随我的读书生涯。它们也将成为我们家庭的共同的朋友，以及我的朋友的朋友，各捧一册，灯下围读，"我醉君复乐，陶然共忘机"。这些自编书，没有出版社，没有书号，也是无价的。

写于 1995 年 9 月 6 日至 23 日
刊登于《文汇报》1996 年 4 月 23 日（节选）

书房春夜醉

乔迁新居后，我有了一间自己的书房。

儿时的牛背上、村头的谷草堆、日夜兼程的火车上、客居小店的床头，都曾是我读过书的地方。少时读书，全随兴趣，是看书里的故事，是玩书；青年读书，往往是为着一个现实的目标，是从书里找知识找梯子找工具，是攻书；中年以后读书，多了心灵的交流，是与书交友与书对话，是品书。因此，中年之后对读书的心境和环境就越来越注重了，对于拥有一间自己的书房，也从一般的盼望渐渐变成了明确的目标。

历史上，中国传统文人，无论是学而优则仕做了官的文人，还是"忍把浮名，换了浅斟低唱"的山野文士，对读书藏书的书斋书楼颇多讲究，佳话亦多。我曾想，如果把历代著名的书斋，藏书楼做一次较完整的普查，钩沉史籍，实地调查，就它们的斋名题记、盛事雅集，所藏的孤珍善秘，所历的兴衰变迁等等加以研究，予以整理，一定会是一部能够广受欢迎的既有学术价值又有文化品味的专著，可惜至今还未见到。单单是历代书斋的斋名就可编成一本饶有韵味的册子。听雨斋，静虚斋，透出斋主营造孤独的恬适；高斋临海，诗斋接虹，显示了斋主阔远的心志。缘缘堂是画家丰子恺的书斋，起而遭落，落而复起，恰当地显示了老画家的灵感与那江南的水乡缘缘不解；蝈笼斋是刚刚故去的作家刘绍棠的书斋，状其窄仄而独选此名，也许是表明他的身心像田野里的蝈蝈一样紧紧地贴伏着京郊大地。

清朝嘉庆道光年间江南常熟有座名楼：铁琴铜剑楼，它并非兵库武馆，而是藏书家瞿绍基的藏书楼。收藏多为宋元刻本，兼及金石。楼名似乎表达了斋主搜集前朝古籍、烛薪传火、文化传承的一片剑胆琴心。稍晚的湖州人陆心源，竟筑有三处藏书楼，曰皕宋楼，曰守先阁，曰十万卷楼，分别收藏宋元刻本明清刻本和普通书，为当时海内最大的藏书家。苦心搜收，自奉俭薄，一生积蓄尽在书中。但他的儿子陆树藩不能守业，以十万银元成交，将三幢楼里的藏书全部卖给日本的"静嘉堂文库"，陆树藩此举，将他自己永远锁在败家子和中华民族不肖子孙的另册中。

我当然不是藏书家，也不去搜寻什么珍本善本孤本秘本，一来学养不够，二来钞票无多。但却喜欢买书，买我喜欢的书。平时上街，出差外地，总喜欢逛逛书店买几本书。鲁迅著作单行本、泰戈尔散文诗单行本等等，都是在湖北北京四川辽宁等地先后凑齐的。买书和喝酒一样，也能成瘾。有时本无买书计划，一进书店满目琳琅，总禁不住眼热心痒。书价和工资赛跑，无论是过去还是现在，一进书店总是感到阮囊羞涩。近读报上有首杨逸明先生的题为《购书戏作》的诗，颇引为同道，兹录如下：

徜徉书市且逍遥，抚来翻去不觉劳。
忽见所思心已醉，未逢相爱渴难熬。
藏多渐患蜗庐小，囊涩烦忧纸价高。
食淡依然一生足，几千卷是最佳肴。

　　每次买来新书，翻之抚之，浏览翻看，一睹为快。有时买到心爱的书，晴窗展读，看那纸白如玉，墨润如脂，总要兴奋好几天。还每每在书的扉页上写上某年某月某日购于某地，以为纪念。在我国古代，读书人习惯在自己的藏书上加盖私章。相传宋朝宣和年间的鉴赏印，除书画碑帖以外，已经通用于图书专集，可以说是我国藏书印的先声。一方书印，纯然古风，各显出藏书人不同的意趣。西方则流行藏书票，方、圆、三角、椭圆形的都有。图案变化，各具巧思。据说世界上第一张藏书票的制成远在 1500 年前。美国第一任总统华盛顿的藏书票，画着一只雄鸷的老鹰，立在王冠之上。德国作家诺贝尔文学奖获得者托马斯·曼的藏书票是一张黑白画：春树初芽，野花已放，人犬列坐，纸墨俱全，好像正在构思，完全是作家的本色。无论是古代还是现代，无论是中国还是外国，读书人对书籍的爱是相通的。
　　解开几十只纸箱，把几千册书整理好，一一摆上书柜，这件单调的事情我做起来却深情而亢奋。这本《逸梅杂札》是买自北京隆福寺旧书摊，书页中没有一圈半点，那书的原主人是否像以前的帝王那样，后宫养蓄佳丽三千，而从来未宠幸过它呢；这本泰戈尔《茅庐集》是买自蛇口都乐书屋，还记得那小书屋就在海边，屋里的书每日陪着主人和读者呼吸着海风，聆听着潮声。看到这些书，如逢旧日的友人，唤起了桩桩记忆，悠长而芬芳。这次整理，发现有不少书，当时爱不释手，来之不易，却只读了一遍，甚至没有读完，后来却打入冷宫，多年不见。摸着这些书，感到特别对它们不起。有些格外心仪的书，想方设法买回家，却舍不得读，在日常生活中，我们不是常有愈是深爱的宝贵的，就愈舍不得说舍不得碰这样的事吗？凡是读过的书，就都成为有生命的了，就像一个个朋友，我熟悉他们的情感，它们每个珍贵的细节，那些曾把我的思想燃亮的每一句话；那些未读过的书，无论新买的还是以前买的，都是一片神秘的诱惑人的森林，充满了神奇和智慧。人埋在书堆里理书，我真像酒鬼泡在酒缸里，醉了。

人类所创造的精神财富是通过各种物质形式得以保存的，其中最重要的一种形式就是文字。在我们日常的精神生活中，读书占据着很大的比例，很难想象一个注重精神生活的人会对读书毫无兴趣。宋代诗人黄庭坚曾说："人如三日不读书，则尘俗生其间，照镜则面目可憎，对人则语言无味。"林语堂先生也说过，凡是不读书的人，"简直是等于禁锢在周遭的环境里边。他的一生完全落入日常例行公事的圈禁之中，他只能看见眼前的景物。"一个不甘于平庸的人是不能不读书的。悬梁刺股那样的读书大多是抱有极端功利主义的目的，为一种现实的欲望所驱使，唯有刻苦而已。当读书成为一种嗜好，不仅仅是长知识、受教育、解疑难的一种手段，而是成为一种精神享受。这时读书就把生活大大艺术化了，成了审美人生的一个组成部分，而喧闹快节奏的现代社会的确时时需要获得审美抚慰。

书海苍茫，良莠杂陈。地铁里火车上那些随买随看随扔的形形色色的报刊，地摊上那些"擦边儿"印刷品，它们只是外表像书而已，不能提供任何精神的启示、艺术的欣赏或有用的知识，是毫无价值的印刷垃圾。还有许多书籍，是作者们信笔千言信口神侃出来的，多矫情而少性情，滥声色而吝心血，尚轻浮而泯庄严，即使少男少女，也是读了就忘。就提高一个民族的素质而言，读书不仅是一种娱乐，也是一种建设；就提高一个人的生命素质来说，把时光消磨在那些不该读的书上，贪读了那些可读可不读的书就是浪费了生命。正如对货物挑剔的人才是真正的买家，一个认真读书的人对书是应该有所选择的。

荀子曰："冠弁衣裳，黼黻文章，雕琢刻镂，皆有等差。"从一个人的读物大致可以判断他的精神品级。一个在阅读和沉思中与古今哲人文豪倾心交谈的人，与一个只读明星逸闻和凶杀故事的人，他们肯定有着完全不同的内心世界。作为滚滚红尘中的一粒，芸芸众生中的一个，我读我喜欢的书。我喜欢那些能开启我已经幽闭的想象，能燃亮我将要熄灭的思想，能使我精神上升的书。我喜欢那些探索人生，探微人心，掘深拓广，表现了人类精神的某些永恒内涵的书。我喜欢那些意境高雅文字华彩语言优美的书。经典是哺育一个民族乃至全人类的温床，我的书橱里也永立着一些中西古典书，这些书是百看不厌的，诚如海涅所誉，是"真正的书"。

温暖的春夜，那远近不绝的蛙声不啻是悦耳的音乐，潇潇春雨，浸润着大地，浸润着绿叶。书墙拱卫，灯辉如洒。我坐在新买来的转椅上，面对环壁而立的群书，通身感到惬意。马路上的汽车噪声大作，四周旁屋的装修声此起彼伏，但都与我无关，书籍为我构筑了一个无嚣无尘的心理单间。坐拥书城，从容恬静地读，世界似乎又变得宁静，心地也一片空明轻远，像蓝空的月，似舒卷的云，飘洒着灵智，舒卷着遐思。

我仿佛被一方魔毯轻轻地托升着，在无数熠熠闪耀的智慧星座之间游弋，在一条穿越岁月时空的走廊里旅行，时入智慧仙界，时入人间万象；时入异国异俗，时入远古蛮荒。我的心灵在这里展翅翱翔，与书共舞，与书对话，与苍茫的历史同行，与高贵的灵魂交谈。

那也是一个春天，四匹雪白的骏马拉着一辆马车，在大野上撒开腿飞跑，驭者不断挥动着丝鞭。车上载着一个廿岁的青年，他眉清目秀，衣着整洁，长身玉立，他是司马迁，在做一次游历。他到了长沙，又亲眼看了屈原投水的地方，徘徊沉思，不禁伤心落泪。到了江西，考察了夏禹疏浚九江的情况，在山顶独坐，恍惚看到平原上浊流滚滚洪水滔天，老幼妇儿随波呼号，牲畜家具互相挤撞的惨相，又仿佛看到了一群短衣赤脚的汉子中一位身材高大的人正在指手画脚，摩顶放踵十三年终于战胜了洪水。他接着到了浙江会稽，参观了传说中的禹穴，心中一片钦敬。他游览了五湖，领略了烟波浩渺一望无际的内湖景色。来到淮阴，采集了许多有关淮阴侯韩信的民间佳话。来到苏北丰沛，访老谈旧，参观了汉初功臣萧何、曹参、樊哙、滕公等人的故居。在大梁之墟，他探寻信陵君时代的夷门原来就是城的东门，驻足门下，仿佛看到当年车骑簇拥，夷门监者侯生，在车上高坐，信陵君亲自执辔，路人聚观，从骑窃骂的情景。他来到山东，从泰山到琅琊到海边，看到千里沃野，学者高冠博袖，人民很有气概。到曲阜时，还看了孔子的庙堂和保存着的车服礼器，看到学生们在那里按时学习礼节，仪容端正，队伍齐整，看了又看，竟舍不得走。

漫游回来不久，他仕为郎中，又奉使到过四川、云南，以后因侍从汉武帝巡狩封禅而游历了更多地方。他的足迹几乎遍及全国各地。他注意地理环境、人民生活习惯、历史传说和著名人物的逸闻轶事，随时记录，细心观察，通过长期的游历，展开了眼界，开阔了心胸，丰富了资料，壮大了气势，眉宇间益发飞扬出轩昂的神采，心中铺满了锦绣。37岁那年，他继任太史令，此后他孜孜不倦地阅读国家藏书，研究史料，潜心于著史。

司马迁的时代，正是我国历史上最杰出的皇帝汉武帝在位的时代，但鼎盛的朝代，绝非没有横逆，专制的权力总是和不可理喻紧密相连。一场巨大的灾难发生了。他46岁那年，李陵抗击匈奴，力战之后，兵败投降。消息传来，武帝大为震怒，朝臣也纷纷附随斥骂李陵。司马迁愤怒于安享富贵的朝臣对冒死赴难的前方将领如此毫无同情心，便站出来陈说李陵投降乃出于无奈，"提步卒不满五千，深践戎马之地""转斗千里，矢尽道穷，救兵不至，士卒死伤如积"，而且"彼观其意，且欲得其当而报于汉"。李陵兵败，实由汉武帝任用无能的外戚李广利为主帅，"救兵不至"所致。他的辩护，自然触怒了武帝，因此受到了"腐刑"的惩罚。对于司马迁来说，这是人生的奇耻大辱，远比死刑更为痛苦。他一度想到自杀，但他不愿宝贵的生命在毫无价值的情况下结束，于是"隐忍苟活"，在著述历史中求得生命价值的最高实现。这也正是一位学者对君主淫威和残酷命运的有力的抗争。他终于在 52 岁时完成了《史记》这部空前的巨著。

在他尖锐冷峻的眼光和生花如椽的巨笔下，帝王、诸侯、卿相、将帅、后妃、宦官、文人、学者、刺客、医师、卜者，个个显示出人类生活的不同侧面，又共同组成色彩斑斓而波澜壮阔的历史画卷。而那些奋起草莽而王天下的起义者，那些看上去怯懦而胸怀大志的英雄，那些不居权位而声震人主的侠士，那些无往不胜的将帅，那些血溅五步的刺客，那些智慧迭出的书生……那些非凡的、具有旺盛生命力和出众才华的人物，那些"倜傥非常之人"更得到他的"偏爱"，构筑出精彩的篇章。开国皇帝刘邦巨大的历史功绩和他那乡村无赖相与自私、刻薄的心理；汉武帝成一代雄主之伟业和他任用酷吏、残害人民、压抑人才、迷信求仙的种种行径；官僚阶层中种种钩心斗角厚颜无耻的现象，种种不合理不公道的社会现象，更是纷呈毕现于他的尖锐的笔下，即使当朝皇帝也毫不隐讳。

他的爱憎何等分明，他对是非毫不含糊。他赞赏为了求取不凡的成就而甘受一时屈辱的人，韩信不耻过胯，曾经勇冠三军的季布甘为奴隶，在司马迁看来，都是"烈丈夫"才能有的壮举，这里面，也包含着司马迁为完成《史记》而忍辱不死的人生体验吧。那些英雄人物的悲剧命运，他写得最为壮丽动人，写项羽最后失败自杀，就用了近两千字，淋漓酣畅。项羽兵败，虽前有渡船，却拒不渡河，拔剑向颈，只因无颜见江东父老；李广无必死之罪，横刀自刎，只因不愿以久经征战的余生受辱于刀笔吏；屈原抱石沉江只为了崇高的理想……在这种反复出现的悲剧场面中，司马迁表现了崇高的人对命运的强烈的抗争，即使命运是不可战胜的，人的意志也同样是不可屈服的。《史记》不正是司马迁自己这种壮烈的人生精神的璀璨结晶吗！

如果司马迁当时也像那些朝臣一样，附随皇帝，或者事不关己保持缄默，不仅不会惨遭横祸，还会仕途亨顺。以司马迁的身份，官阶低微，况且那时史官已经跌落到"主上所戏弄，倡优蓄之"的地位，本不是必须讲话的人；以他与李陵的关系，"素非能相善也，趋舍异路，未尝衔杯酒，接殷勤之余欢。"并无深谊，本无须双肋插刀。但司马迁站出来了。他认定"人臣出万死不顾一生之计，赴公家之难"乃是"国士之风"，他怀着"诚欲效其款款之愚"的善良愿望、"拳拳之忠"的一片热肠。出事之后，"家贫货赂不足以自赎"，"交游莫救视，左右亲近，不为一言"，无权无财无势无伙，他是个柔弱的书生啊。他当然非常清楚地知道，迎合皇帝、迎合世俗的人，往往得到幸福，反之则容易遭遇不幸，他常常用比较的方法，表现他的这种看法。如《苏秦列传》写才能杰出的苏秦被人刺死，他的平庸的弟弟苏代、苏厉却得享天年；《平津侯主父偃列传》写主父偃锋芒毕露遭到灭族，公孙弘深衷厚貌却安享富贵尊荣……但司马迁绝不赞美平庸、苟且、委琐的人生，他以自己的行动塑铸了他的人生之美、人格之美。

如果司马迁也像许多气短的英雄那样，"士可杀而不可辱"，一死了之，那么恐怕历史也早就忘了他。太久的历史，太多的人物，死去一个卑微的史官，即使是屈死冤死，也不过"若九牛亡一毛"，"与蝼蚁何以异"吧。司马迁没有去死，他在奇耻大辱之下采取了直面人生的磊落态度，表现了一种不屑去死拒绝逃脱的大勇。他把这口气咽下去，让它郁结，让它交愤于胸臆，借纸笔以抒发，"述往事，思来者"。他"沉溺缧绁之辱"，"交手足，受木索，暴肌肤，受榜箠"，"幽于粪土之中"而坚强地活下来，是为了文采表于后世，为了"究天地之际，通古人之变，立一家之言"的崇高理想。这个理想支撑着他的生命，滋养着他的生命，这个理想高于他的生命。

历水火灾，历虫鼠啮，历兵燹厄，历焚禁劫，《史记》流传了下来，成为中华文化的经典。他的卓绝的文采才华成为中华民族永恒的骄傲，如果当时那一闪念成了事实，他那超凡的才华岂不是深埋于黄土，为我们留下无法填补的缺憾。司马迁的生命凝融在《史记》中，多么奇伟的人生，多么瑰玮的生命！他的世世代代的后来者中有成千上万个任安，我、你、我们都是任安，我们理解他，尊重他，懂得他的心，他随时都可以向我们倾诉他的胸臆，司马迁永远促膝坐在我们的对面。

那又是一个春天，五十四年之前朱生豪和宋清如带着莎氏全集，来到嘉兴东米棚朱生豪老家。1937 年和 1941 年，朱生豪的译稿两度在日军炮火中被毁，为了躲避日军的骚扰，他们躲到常熟，再来到嘉兴。一张榉木帐桌、一把旧式靠椅、一盏小油灯、一支破旧不堪的钢笔和一套莎翁全集、两本辞典、编织了他们亦苦亦甘、亦泪亦诗、艰难坎坷、不同凡响的译著生涯。收入低微，生活十分拮据，刷牙用盐代替牙粉，家里没有钟，起床以天明为准，电灯当然没有，灯油也是省着用。朱生豪头发长了，便由宋清如修剪，宋清如还帮工做衣，贴补家用。朱生豪闭户译作，到了"足不涉市，没有必要简直连楼都懒得走下来"的地步。在翻译到《亨利四世》时，他突然肋间剧痛，出现痉挛。经诊治，确诊为严量肺结核及并发症，这在当时是不治之症。朱生豪生前的最后一封信是写给二弟的："这两天好不容易把《亨利四世》译完。精神疲惫不堪。……因为终日伏案，已经形成消化永远不良现象，走一趟北门简直有如爬山。幸喜莎剧现已大部分译好……已替中国近百年翻译界完成了一件最艰巨的工程……不知还能支持到何时！"1944 年 11 月 26 日中午，朱生豪忽然叫道："小青青，我去了！"英年早逝，这一年，朱生豪和宋清如都还只有 32 岁。

朱生豪在杭州之江大学四年级时就被誉为"之江才子"。宋清如出身富裕之家，她自小有奇志，拗着母亲进了洋学校，又进了之江大学国文系，她付出的代价是向母亲保证不要嫁妆钱。她颇有诗才，当时著名的《现代》杂志主编施蛰存先生为她一首诗的发表曾亲自回长信给她，称她"一文一诗，真如琼枝照眼"。他们俩终生保持着火样热烈酒样浓醇真挚深沉的爱情，朱生豪写给宋清如的那些动情的诗和信，即使今天翻读，仍会使无关的人为之感动。一次，宋清如有事回了趟娘家，朱生豪竟每天站在门口青梅树下等候，捡一片落叶，写一首诗，"同在雨中等待，同在雨中失眠……"宋清如回来，心疼得流泪。

以他们两人的学历和资质，以他们两人的情怀和才藻，他们本可以谋一份比较优越的差事，可以教书、写诗，像当时不少文人知识分子那样过一种优裕安稳、浪漫温馨的生活，但他们没有，而是选择了一种清贫寂寞、枯渴得必须相濡以沫的艰苦生活；他们本可以做轻松些的翻译工作，工程别这样浩大，难度别这样高艰，但他们没有，他们选择了中国近百年翻译界一件最艰巨的工程。而一经选择，就全身心投入、焚膏继晷、足不涉市、呕心沥血，直至倾注了整个生命。

如果朱生豪不这样选择，不这样投入，不这样为着一个崇高的信念而奋斗，他大概会得享天年，也许现在还健在，也会成为一个同样著作等身的不错的作家诗人。但是，那一套莎氏全集赫然地立在上至国家领导人下至普通工人万众人家的书架上，几代中国人都在承叨着朱先生的恩光、勇敢的选择、非凡的奋斗，使得朱生豪获得远远超出一般诗人作家的成就，他的生命在莎士比亚全集的流传中得到永生，得以升华，变得高尚，他的生命的质量是出类拔萃的。

这就是书籍。凡是能够千百年来流传下来的书，哪一本不是作者心血的结晶、生命的倾注。当我自己也动笔写些东西之后，煮字烹句之间、搜索枯肠之际，颇能体味只言片语来之不易；更何况那些发抒心中郁结、探索人生真谛、阐发人心幽奥、展望人类理想的书。能在茫茫书海中茫茫人海中两相接触，真是人生的一大缘分。从总体上说，现实生活的世界要比书中的世界丰富深刻辽阔，但从每个人的生活视角说，书中有一个更为丰富深刻辽阔的世界。那里收藏着许多你所未见过的人物的悲欢和人生感悟，收藏着你所未去的地域的民俗和美丽风光，收藏着你出生之前的许多久远年代的故事和历史画卷。它所赋予你的知识许多是你从自身生活中不能获得的，它所赋予你的思想远比现实生活赋予你的更为深刻更加明确，正如湖水里反射的湖光山色总是比真实的湖光山色更加美丽迷人一样。虽然现实生活不会完全像书本那样，人不能照搬书本去生活；虽然人生而孤独，最紧要的几步都得自己去走，书并不万能，但是，读史书如对渊博师，读诗文如对风雅友。书籍与我，已经是亦师亦友，时切时磋，有辩有谐，不弃不离，须臾不想分开了。

双手抚过一排排笔立的书脊，那好像是一组琴键，在我双手的触抚下，一个个或轻灵或沉郁的音符在书页和书页之间窜跳着，追赶着，汇合成美妙的交响乐。一生贫穷如洗，后来又半身不遂双目失明的法国作曲家亨德尔曾经说过："假如我的音乐只能使人愉快，那我很遗憾；我的音乐的目的是使人高尚起来。"他说得多好啊！几十年与书相伴，正是书籍不断地引我上升。

蛙声仍在此起彼伏有如轮唱，春雨还在淅淅沥沥，滴得清脆，飘得清逸。春夜，温暖的春夜，给人一种静中萌动、栖鸟思飞的意境美，春天象征着青春，焕发着活力。

我在书房里翻卷遐思，掩卷冥想，品味古今，感受中外，全无边际。陶醉忘机，竟不觉天已微熹。

写于 1997 年 5 月 5 日至 16 日

真为魂美为神净为贵

我喜欢散文。散文宽宏大量，天文地理山川家国无所不容。散文是高品位的文学，易学难工。散文是含情量最高的文体，它最具个性。如果说小说诗歌展示的是艺术化的生活，散文则流露的是一种没有矫饰的生活，渗透着作者的气质修养和人生的智慧。于诗歌小说之中未必能够尽窥作者心路之虚实，而读散文篇章，写手之人品风貌大抵可一目了然。

散文以真为灵魂，真情，真性，真话。

没有感情的投入，万难措辞下笔。假使感情衰退苍白，以至要倚重矫饰、扭捏矫情，因而失去本色，其为文就不足道了。散文不是供掸掸烟灰的玻璃缸，不是装潢考究玉照半本的礼品书，也不是只供自己咀嚼的口香糖。没有真情积淀，渴望倾吐，不要碰散文。司马迁的《报任安书》反复曲折，一咏三叹，感慨啸歌，豪气逼人，忧愤幽思，愁肠百转，真情流泻千古。李密的《陈情表》，无一字虚言假饰，天真诚款，至性之言，自然悲恻动人。朱自清的《背影》，作者不只眼睛看见老父的背影，他的心，也就是他的真情倾注在那背影上，才能让百代以下的读者的心也为那背影感动。散文最讲究味，一个人写散文，是因为他品尝到了某种人生滋味，而生命的炽热、情感的真挚、襟怀的坦诚，恰是沟通的前提。

散文讲究美，意趣之美，个性之美，智慧之美，文字之美。

庄子的《逍遥游》，汪洋恣肆，纵横排宕，文思泉涌，想象瑰奇；鲁迅的文章，严峻峭拔，质朴遒劲，抉剔世情，圆熟老到；苏轼的前后《赤壁赋》，超尘脱俗，飘飘欲仙；徐志摩的《我所知道的康桥》，性灵自在，轻灵幽雅，意趣优美，文笔绮丽；柯灵的散文，谨重端直，风格凝练，煮字烹句，精雕细琢。梁实秋、黄裳的散文，平朴淡雅，恬淡之中氤氲着对生活的热爱。

散文世界斑斓璀璨，美不胜收。尽管风格各异，备具真情洞见，又都是讲究美言的。文学是语言的艺术，散文更为苛求。与结构相比，散文更重语言。通过词句的音韵、抑扬、节奏、色彩的匠心排遣，运筹出典雅清隽、自然流畅、丰富灵动、浑然天成的语言，才能具有摄心传神的神采神韵神思神态。散文之"散"，最忌散乱杂沓，美在率意随心，舒卷自如。

散文笔触古今，墨涉大千。有正言诡论，也有梁间燕语；有惕钩史实，也有品藻人物；有激浊荡污，也有扬清育秀；有隽思深悟，也有人情泪雨。可长可短，总以得体为宜。无论长短，总以简练干净为贵。

现实生活冗长、混乱而琐碎，人的感悟则应明净而单纯，人生最本质的东西终归是单纯的。平庸的唠叨和真诚的倾诉往往只有一线之差，但却霄壤有别，因为所差的是品位和美感。余秋雨的散文长数万言，视角高远，议论深阔，都是想说应说的话，并不觉冗赘；王安石的《读孟尝君传》，说的是大题目，全文只88个字，一句"孟尝君特鸡鸣狗盗之雄耳"流传千古。长短无拘，关键是文字磨洗熔冶的功夫。要能写得简练干净，文字功夫之外，尚需真知灼见，能抓住真谛；心静养逸，去尽浮躁玄虚。

所谓"笔老则简，意真则简，辞切则简"，所言极是。

写于 1997 年 9 月 29 日至 30 日

载燔载烈　以迄于今

——关于"火与文化"的随笔

点燃起一大堆积柴，投进去香蒿和牛脂，在火上悬架起整只的牡羊，火光亮起来了。火焰旺起来了，香气升起来了，一群身穿葛布粗衣的人们，围火而立，屏息静思，虔诚地祭祀上天，祈望丰年。"载燔载烈，以兴嗣岁"，由后稷点燃的这堆火就这样烧下来，"后稷肇祀，庶无罪悔，以迄于今"，这堆火就这么一直烧了三千年。

在野兽出没的丛薮中，一位勇士御马弯弓，又赤膊搏虎，四周燃起了助威的火把，"叔在薮，火烈具举"，"火烈具扬"，"火烈具阜"，那四周是多宽多长呢？后来人不知道，只知道那火把向四周扩展着，绵延着，燃亮到人类生活的各个角落。

天子举行朝会，入朝的大臣们陆续前来，先是听到鸾声锵锵，直到走近了才旌旆可辨，庭院里燃烧着麻秸或苇绑成的火炬，朝会通宵达旦，从火光照人到烈焰冲天到只见烟气，"庭燎之光"，"庭燎晰晰"，"庭燎有辉"，这烟气飘到什么地方去了呢？不知道。只知道今年新春佳节的时候，千家万户的庭院里灯火通明，弥漫着爆竹的幽微的火药香……

1929年，在北京周口店的山洞里，发现了北京猿人的头骨、牙齿、下颚骨和躯干骨化石，猿人洞里的灰烬成堆，有的厚达六米，在猿人洞鸽子堂底部的灰层中，还发现过一块木炭，这厚厚的灰层和这一小块木炭有着大不寻常的意义，它表明人类那时已经从不知道用火的"无火时期"迈入了利用和保存天然火的"用火时期"。北京猿人（"北京人"）的年代大约在五十万年前，按照人类漫长的进化过程，"北京人"已经超过了一般动物的阶段，而且也脱离了人类的婴儿期，正在蹒跚学步。更后才进入了"造火时期"，其开端也在十万年前，火的使用，对于人类和社会的发展，具有非常重大的意义。

火是人类改造自然的一种强有力的手段。它给人类带来熟食、温暖和光明，用火驱兽，用火攻敌，用火焚书，用火烧死布鲁诺……"钻燧取火，以化腥臊"，从老祖先打击火石溅出的第一颗火星，从钻木摩擦生出的第一缕火苗，从阳燧铜镜聚焦日光燃起的第一粒火种，到1997年"索杰纳"号火星探

98

测器发射火箭喷射出的那一股劲火，该用什么样的情怀去感悟这几万年的火的历史呢？它肯定不会像史官的几行字那样干巴，它绝对会比几千年的典籍更为厚重和丰富。面对着后稷的那堆祭天的燔柴，仰视着围火而立的那群人的"载谋载惟"的庄重面容，该用什么样的笔触来书写火的文化呢？你的笔肯定不会再流连于那温柔妩媚的曲曲弯弯，去刻意追逐那一方青绿的水乡，那水乡的一湖菱藕，那菱藕中一双双采摘它们的纤纤玉手，你只会恨你的笔笨拙轻飘，挟带不了那么多的炽烈、刚健、沉郁和雄浑，磅礴和深邃，浩茫之感和史诗之美。

本文的题目和开头的三个关于火的画面，都取自《诗经》，关于《诗经》似乎无须再说什么，但我对它却有一种奇异的感觉。本来，《诗经》里的作品产生在陕西、山西、河南、山东等黄河中下游广大地域和湖北北部的江、汉、汝水流域，不知为什么，我却总是把《诗经》单单和陕西联系起来，是不是因为诗经产生在周朝呢？说不清楚。反正每当我捧起《诗经》，眼前就会浮现出那广袤的黄土高原，那些绿锈斑驳的青铜器。

我曾经在陕西工作过，后来又多次到过陕西。遥望无边无际的黄土，那被水切割形成的塬、梁、峁、沟，你不能不感叹眼前的地貌所历经的沧桑，观览看那些形状端古而名字怪异的青铜器：鼎、彝、簋、簠、觯、觥、鬲、镂，细读那饕餮、夔龙、鸷鸟的纹饰和图腾，你不能不惊叹那些远古生命的奇幻和神秘，情不自禁地被它们拉回到三千年沉积的历史中去。历史的结账，不能像数学一般精密，只能四舍五入，记下一笔笔整数。中国历史的整数里边，出现频率最多的是两个字：刀与火。恐怕很难说准确中国历史上究竟有多少次重大的火，但粗略分析起来，大致可分为两类：打江山时的火、坐江山后的火。

而中国历史上最有名的两把火，就发生在陕西。一把是秦始皇焚书的火，一把是项羽烧阿房宫的火。而更加耐人寻味的是，这两把火相距的时间竟如此之近。以为烧掉了异己的书籍，钳禁了不同的言论，涂改了历史的面目，销毁了天下的兵器，杀掉了知识界的豪俊，就可以巩固了统治，坐稳了万代江山，实在是大错特错。"族秦者，秦也，非天下也"。就以《诗经》而谈，虽遭秦火，而至今仍在流传，秉文明薪火而传者自有人在，更何况"人所讽诵，不独在竹帛"！帝王的宫阙纷纷坍倾，可青铜器却倔强地留下来；赤壁的战船早已灰飞烟灭，可"大江东去"的诗篇却传下来。朝代更替，凤凰涅槃，文化不灭。一代代血火熄灭之后，人类便走向成熟。

后来，中国的历史上又有了另一种火：外来的火。我在清华读书期间，因为只有一路之隔，不知去过多少次圆明园，那些残存的石柱有如巨大的惊叹号伫立在苍茫的天地之间。令我触动最深的是看见一尊石狮子歪倒在路边的荒草里。石狮子是中国的象征，它歪倒在荒草里正隐喻着那段被动挨打、惨遭瓜分的历史。现在那里已修成为游乐场所，名为"遗址公园"，实则嬉戏喧闹早已湮没了凭吊沉思。我们太应该保留这片火的废墟了，置身于这片废墟，我们就会回望残腿蹒跚、一拐一拐走过的百年弯曲的路，更会坚定改革图强之志，而正直的异邦人想必也会在此地默祷：人类不要再有野蛮之火。

"火烈具举"，"火烈具扬"。一个"具"字写尽了火在走向四方。火走到仰韶，焙烧了面红里光而粗犷的彩陶；火走到龙山，焙烧了乌黑光亮而薄巧的黑陶；走到湖北，熔治出青铜的编钟，在三千年后的香港回归之日，发出了一个长者的浑厚之声；走到吴越，熔炼出干将莫邪宝剑……那数不尽的瓷器遗珍，那写不完的紫砂流韵，是我们值得骄傲的文物瑰宝，展现了我们灿烂的华夏文化。可以毫不夸张地说，这些文化都是火焙烧熔治出来的。历史中不断出现火，生活中不能离开火，自然而然就会产生和发展关于火的文学及各种门类的文化艺术和传统民俗，火灾的地方志记、火攻的战例分析、战火硝烟中的离乱画卷和诗篇，各种各样或热闹或虔诚的灯火焰火篝火社火民间节会……还特别应该提到的一点，是战火以它特殊的方式急剧地促进了各民族多种文化的交流和融汇。

在我所看过的关于火的文字中，有一篇文章非常别致，印象很深，它是柳宗元《贺进士王参元失火书》。人家失火而祝贺，并非幸灾乐祸，是因为柳宗元非常推崇王参元的经纬之才，只因为王"家有积货，士之好廉名者，皆畏忌不敢道足下之善"而久居人下，"乃今幸为天火所涤荡，凡众之疑虑，举为灰埃"，"而足下之才能，乃可以显白而不污"了。闻始骇，中而疑，终大喜，盖将吊，更以贺，行文取径幽奇险仄，盈虚倚伏，见识独树，快语惊人。

当然在关于火的文字中最让我铭记的，还是苏东坡的《念奴娇·赤壁怀古》，雄伟壮丽的一方山川，轰轰烈烈的一段历史，都成了诗人临江酹酒的至醇至美的酒菜。当你来到黄州赤壁，俯瞰那浩渺大江中飘荡的小船，再乘上江中小船，仰望那赭红色的陡峭石峰，这一俯一仰之间，立马就比照出伟大与渺小，永恒与短暂。这时再高吟这首千古名篇，你自然会格外体味出历史的壮阔和人生的深邃。

说起火，总不免要想到普罗米修斯，想到燧人氏，也会联想起那些"举火为号"的农民起义，联想起使我们不再在黑暗中徘徊的马克思，联想起毛泽东的"星星之火，可以燎原"，联想起拨乱反正，为我们照亮了历史航向的邓小平……"地火在地下运行,奔突;熔岩一旦喷出,将烧尽一切野草,以及乔木,于是并且无可朽腐。但我坦然,欣然,我将大笑,我将歌唱。"在那风雨如磐的黑暗旧社会,鲁迅先生是这样大声呼唤着地火和熔岩。闻一多也热烈地讴歌着红烛,"红烛啊!既制了,便烧着!烧吧!烧吧!烧破世人的梦,烧沸世人的血——也救出他们的灵魂,也捣破他们的监狱!"诗人"鞭着时间的罡风,擎一把火"赶来,却发现是一场空喜,"这不是我的中华"。但他坚信,总有一天,火山会忍不住了缄默,五千年没有说破的一句话终于说破:"等到青天里一个霹雳,爆一声:咱们的中国!"烧毁一个旧时代,迎来一个新时代,火就是这样的角色。

处于世纪之交的今天,已经进入了高科技时代,火的具体形态面目一新日新月异,但是,咱们的中国仍然需要火的精神,需要领头的火炬,需要每个人有一分热发一分光,需要燃烧向上的热情去艰苦奋斗埋头苦干,需要不留情面、无畏无忌地去焚旧耕新,需要把火把火烛火炬火脉一代一代传下去,创一个我们的中华的火红的新世纪。

写于 1998 年 3 月 23 日至 27 日

刊登于《天津消防》1998 年第 6 期,获二等奖

关关雎鸠几千秋

——关于"鸟与中华文化"的随笔

一

《文汇报》1998年9月11日版上刊载的一则消息说，在陕西扶风县法门镇召陈村出土了一件青铜甬钟，高35厘米，重8.7公斤，根据钟上的铭文，定名为楚公豪钟。据郭沫若早年考证，公豪即熊鄂之子熊仪，亦即楚国国君若璈，故可断定此甬钟是若璈时期的楚王室礼乐器。专家们发现此甬钟上的纹饰与周原一带以往出土的周人钟有多处不同。例如常见的西周青铜器上凤鸟嘴为尖钩嘴，而此钟右鼓上的凤鸟嘴却呈扁圆形，酷似鸭嘴；又如舞部纹饰周人钟上呈阴文，而此钟有里外两圈阳文界隔，且云纹形状也不同于周器；再如此钟篆间的双重龙纹，线条单纯流畅，都为以往出土的西周器物上所未见。这就出现了一个问题：熊仪执政元年为周宣王38年（公元前790年），卒于周平王7年（公元前764年），而这一时期西周已衰微，诸侯国一般已不进贡给周；同时以当时的状况，周已无力对楚作战，不可能是战利品，因此，专家们说，此楚甬钟在周原遗址出土，提出了一个历史之谜。

一切久远的深邃的事物总是有解不尽的谜的。对于如此精微的考古我是门外汉，对历史也没有专业知识，但从这则消息，我却想到了另外一个问题：鸟与中国文化。礼乐器主要用途是祭祀天地和祖先、宴享宾朋、赏赐功臣、纪功颂德，为天子诸侯所专用，显示着主人的尊贵身份，表现着当时的社会理念。周器和楚器尽管有着诸多不同，但却都文有凤鸟，先秦文献中记载的青铜器中有"鸟彝"，还有一件太原出土的青铜器名称即为"子之弄鸟"。以青铜器的重要性，仅仅从青铜器与鸟的联系就不难看出，鸟在华夏文明中有着重要的位置，顺势上溯下联，更令人深深感到鸟与中华文化的关系是如此源远流长。

二

大约一万年前，华夏大地从采集渔猎时代进入了农业时代。农业生产要

102

求对气候时段作出划分，我们远古的先民"仰则观象于天，俯则观法于地，观鸟兽之文"，鸟的生活是重要的物候之一。我国第一部农书《夏小正》，虽然经过孔子的"正"，又经过许多人的"传"，基本内容还是夏代的。其中极多鸟候指导农事的记述，如"正月，启蛰，雁北乡，雉震呴……囿有见韭，时有俊风……柳稊、梅、杏、杝桃则华"，时隔几千年，至今读来仍感到生动而贴切。《诗经》中此类描写也很多，如那首有名的长篇国风《幽风·七月》中，"春日载阳，有鸣仓庚。女执懿筐，遵彼微行，爰求柔桑"，"七月鸣鵙，八月载绩"，春三月，莺歌草长，有女采桑；七月伯劳叫叽叽，八月丝成把麻绩，当时的农事很有一种闻鸡起舞以鸟为号的劲头。"老扈鷃鷃，趣民收麦"，"雉雊麦苗秀"，布谷催春播，这类民谚一直流传至今。

古代的人们对自然现象既崇敬又畏惧，他们相信，每个民族都与某种自然现象或物类有亲缘或其他特殊关系。因此每个民族部落都有其信奉的图腾，《诗经·商颂·玄鸟》有句"天命玄鸟，降而生商"，《史记·殷本纪》也说"玄鸟堕其卵，简狄取各之，因孕，生契"。契是汤的先人，尧时封于商，玄鸟就是燕子，它很可能是商的图腾。远古时东夷族也是以鸟为图腾，其首领少昊甚至以鸟作官名，如以凤鸟氏为历正，主管治历明时；以玄鸟氏为司分，主管定春分秋分等等。周的始祖后稷，传说其母因践踏了巨人足迹而有孕生他，以为不祥，曾被弃之于渠中冰上，有火鸟以其双翼复暖而生存下来……

像契和后稷诞生的传说，很可能是母系社会只知其母不知其父的反映，而另一些远古传说，如"精卫填海"，乃至后来的"鹊桥相会"，则反映了人民借助于自然力的美好愿望和中华民族锲而不舍众志成城的精神向往。"精卫衔微木，将以填沧海"，以弱小之躯经年累月衔西山木石去填东海，那种巨大的意志力怎能不令万世敬畏！传说满族祖先布库里雍顺的儿孙们暴虐，导致部属叛变，要杀尽其子孙，逃到旷野的樊察因喜鹊覆盖而得救。清朝历代皇帝为了不忘祖先创业之艰难，都曾以鹊为图腾。这些古神话、古传说和图腾文化，是中国最早的文化体系，许多文化现象都渊源于此。

鸟崇拜鸟图腾离不开鸟造型。远古的人类凭想象虚构了许多神鸟，凤凰就是最有代表性的一种。凤凰又称鸑鸟、鸾、鷩等等，传说中凤凰是五方神鸟之一，"东方发明，南方鹪明，西方鹔鹴、北方幽昌，中央凤凰"。在当时人们的心目中，它的形象是"鸡头、蛇颈、龟背、鱼尾、五彩色，高六尺许"（《尔雅》），"其状如翟而五采文，见则天下安宁"（《山海经》），翟就是长尾的野鸡，人们把日常生活中所常见的鹰、雉、鹤、燕、孔雀等鸟的最美部分组合成了理想中凤凰形象，色彩斑斓，惊彩绝艳，而且志向远大，品格超群，"凤凰不与燕雀为群"。在甲骨文中，"风"、"凤"字同而音通，是一个形状像鸟的象形文字，"风"大概是因风声而得音，依鸟形而成字。古代陶器上的风纹，往往是由鸟目为核心的众多弧线构成，犹如大风旋风骤起，"凤凰"最初或许是原始先民神化自然力——风的产物：能够掠地腾空，振翅生风，跃起如飞电，滑行似轻燕，视乎渊薮，翔乎寥廓。在这些神鸟身上，倾注了他们对神灵的虔诚尊崇和对吉祥的殷切祈愿。对于远古先民如此丰富的想象和如此高标的审美境界，我们除了心中惊羡赞叹之外，余下的只有肃然敬立，谔谔无语。

"人心之动，物使然也"。人类在稼稷、狩猎和日常生活中与鸟共处，鸟儿牵动着人们的意念，超越了自然的层面，进入人类的精神领域，甚至形成为某种文化。人们感于鸟而心动，摹音于声，拟应于乐，仿变于舞，拟迹于书。青海出土的一件彩陶盆，彩绘主题是三组舞蹈画面，其中有模仿鸟类飞翔的姿态，人物形象逼真；汉代华佗创编《五禽戏》，曰虎曰鹿曰熊曰猿曰鸟，一直流传下来。关于鸟鸣的音乐很多，如琴曲《秋鸿》，是现存篇幅最长的琴曲，全曲分 3b 段，以飞翔凌空的秋鸿为喻，摹其鸣而慕其飞，抒发了清高寄远的心绪。书法中有一种形似鸟迹的篆书，叫"鸟篆"，亦称"鸟籀"。还有一种"鸟虫书"，字体很像虫鸟之形，在春秋战国时代就有这种字体，大都或铸或刻在兵器和钟镈上。

现存的鸟类，总共 90000 余种，我国有 2145 种及亚种。就像鸟类遍布大地一样，我国到处都有以鸟命名的地名山名水名。鹤城、鸭溪、雁翅、燕子矶、莺歌海，还有许许多多以鸟命名的峰谷湖港墩砭，不胜枚举。西安事变后，1938 年 10 月至 1939 年 12 月，张学良将军曾被羁禁于湖南沅陵的凤凰山。以一支生花妙笔写尽了茶青橘绿的湘西山水、弯弯石板路上的边城故事的文学大师沈从文，其故居就在湘西凤凰县。江西铅山的鹅湖，为八百年前南宋理学两大师朱熹、陆九渊论异同之地，史称"鹅湖之会"。鹅湖地处丛山深径中，山顶是智源禅寺，山麓是鹅湖书院，之间有一座斜塔。这座斜塔洽是禅寺和书院的分界线，也正是佛与儒的分界线。大而言之，朱陆异同之外，还有着禅宗和理学的异同在。鹅湖斜塔崩坍那年，马寅初正幽居于此地，抗战中期，他因发表了抨击蒋介石当局腐败的讲演，不能容身于重庆而来此地避乱。冬日的鹅湖，叶落草枯，四野萧然，而茶丛沉静，与苍松翠柏相间，山茶花盛开皎洁如雪。诗歌如春，散文似秋，冬则属于哲理，此地此景，引人入于深思，一隅鹅湖，有着无尽的深邃。

在汉语语汇中，取意、缘典于鸟的极多。恩爱如"鸳侣"，雄威似"鹰扬"，难行若"鸟道"，器小比"鸡肠"。衣服破旧，形容为"鹑衣"，敝衣短结有如鹑鸟尾秃；居室简陋，自谦为"鸠居"，不善营巢有如鸠鸟！以不正当手段谋官或居官不称职，被讥为"鹈翼"，"维鹈在梁，不濡其翼"，当濡而不濡其翼，占着茅坑不屙屎；"脊令在原，兄弟急难"，"周公吐哺，天下归心"皆典出于鸟。当年清代大思想家龚自珍辞京南下，一路上看到国象凋衰，人民苦难，心绪难平，文思泉涌。他在一首《金缕曲·癸酉秋出都述怀有赋》中写道："我又南行矣，鸾飘凤泊，情怀何似?"，"鸾飘凤泊"四字，浸透了壮志未酬雄才不展的悲愤！

三

对大自然的感念，是人类的敏感处。在人类的文化中，最敏感的要属文学。"晴空一鹤排云上，便引诗情到碧霄"。翻开一部中国文学史，可以毫不夸张地说，中国文学与鸟共飞了几千年，从开卷首篇《诗经》的第一句"关关雎鸠"开始，中国文学与鸟共鸣了几千秋。最能代表中国文学成就的，要算《诗经》、先秦散文、《楚辞》、唐诗、宋词了。

《诗经》三百零五篇，风雅颂赋比兴，写有鸟的不下数百处。写男女情爱的"关关雎鸠"，怀念丈夫的"雄雉于飞，下上其音"，送别归妾的"燕燕于飞，差池其羽"，催丈夫早起劳作的"女曰鸡鸣"，诅咒徭役的"鸿雁于飞，哀鸣嗷嗷"、"萧萧鸨行，集于苞桑"、"翩翩者雏，载飞载下"，反对殉葬的"交交黄鸟，止于棘"，陈古讽今的"鸤鸠在桑，其子在榛"，赞颂主帅出征的"鴥彼飞隼，其飞戾天"，谏议纳贤的"凤凰于飞，翙翙其羽"……当你平心静气，涵咏其诗，恍听农夫村姑役夫士兵，三三五五，于平原、旷野、工事、战场，边劳边歌，群歌互答，人鸟和鸣，厥声载路，若近若远，忽断忽续，而不知情何以移其神之何以飞也。

《豳风·鸱鸮》又是其中非常别致的一篇。通篇用一只母鸟的口吻，诉说她遭受的迫害、育子和营巢历尽的艰辛和目前处境如何艰难危殆。这是最早的"禽言诗"，可能是以鸟拟人，别有寄托。但即使作为单纯描写鸟类生活的诗，也是很有艺术价值的，带有童话的风味，是歌谣中特有的境界。《诗经》大量采用了双声、叠字、叠韵、叠章的艺术手法，简单的语言、短促的节拍、不断重复的韵律，颇近鸟鸣的神韵，产生了巨大的感染力。

读先秦诸子散文，如聆金钟大镛，如睹万马列阵，元气淋漓，精神壮旺。列子御风而行，在大风中滑翔着自由之翼，庄子写"大块噫气，其名为风。

是唯无作，作则万窍怒号"。而《逍遥游》中那只硕大无比的大鹏，"鹏之背，不知其几千里也；怒而飞，其翼若垂天之云"，大鹏直上云天翱翔万里，令人神思飞扬，大鹏千汇万状变化无端，捭阖出人意表。这大鹏正是先秦时代以庄子为代表的那种冲破羁绊、纵浪大化的人生哲学与自由翱翔飞动飘逸的生命境界的真实写照。

与《诗经》中的泛鸟倾向不同，《楚辞》则十分突出地崇尚凤凰。被流放于沅湘的屈原，忧愤交于胸臆，始终坚守着自己的自尊和高洁，宁死也不改变自己的理想与人格。"鸷鸟之不群兮，自前世而固然"，他坚决不肯同流合污而宁肯远走高飞。只见他派鸾鸟为他开道，"鸾鸟为余先戒兮"；只见他驾神骏乘凤凰，"驷玉虬以乘鹥兮"，夜以继日地一路疾飞，"吾令凤凰飞腾兮，继之以日夜"，终于来到目的地。凤凰的双翅插着云旗，为胜利到达而舞动翩翩，"凤凰之翼其承旗兮，高翱翔之翼翼"。他把自己高傲的个性和崇高的理想寄托在凤凰身上，凤凰载着屈原精神高高飞翔。这种为理想而奋斗的精神，是照耀人类前进的永恒的光芒，恰如凤凰那样，永远赤羽辉耀，金光璀璨。

唐代的天空是辽阔的。百鸟在唐诗的千峰万峦中飞鸣，吟唱出山光水色田园逸兴，咏叹出人生悲欢世代兴亡。"几处早莺争暖树，谁家新燕啄春泥"的早春清景，"漠漠水田飞白鹭，阴阴夏木啭黄鹂"的田园恬淡，"鸡鸣茅店月，人迹板桥霜"的行旅苦辛……一首"昔人已乘黄鹤去"使诗坛百家踌躇，一句"旧时王谢堂前燕"把所有沉重的历史轻轻翻过。韦应物叹"野渡无人舟自横"时，有黄鹂为伴，而鹧鸪那栖居南国志不北迁的习性以及那悲苦的叫声，又勾起了多少诗人的离情别绪。跟唐代其他诗人相比，郑谷吟咏鹧鸪的诗篇极多，时称"郑鹧鸪"。他的七律《鹧鸪》传诵一时：

> 暖戏烟芜锦翼齐，品流应得近山鸡。
> 雨昏青草湖边过，花落黄陵庙里啼。
> 游子乍闻征袖湿，佳人才唱翠眉低。
> 相呼相应湘江阔，苦竹丛深日向西。

诗中把鹧鸪的体貌啼声、天涯游子的羁旅愁情、高楼思妇的断肠相思，以及歌女所唱的悲调融为一体，余音袅袅，蕴意无穷，给人们美的享受。韩愈在被贬潮州客行途中曾写道：

韶州南去接宣溪，云水苍茫日向西。
　　客泪数行先自落，鹧鸪休傍耳边啼。

　　他当时的心情恰似云水苍茫，再受不了鹧鸪的悲声。像这类以鸟抒怀的诗作也贯串在杜甫一生的诗作中。杜甫的一生大部分是在忧伤和痛苦中度过的，其个人的遭遇同时代的苦难紧紧纠结在一起。他写年老、写穷困、写衰病、写离乱、写命运、写时代，以诗成史，忠实地描绘出唐代由极盛走向大衰这一历史转折过程中时代的风貌、社会的现象和个人内心的痛苦，笔端蘸满了血泪和沉重，诗风沉郁顿挫，感情深沉苍凉，意境开阔壮大。鸟儿常常适时地飞入他的诗篇，助他写风骚之义，表天地之心。早年登泰山那种"决眦入归鸟"的远大情怀只是短暂的流鸣，大半生是"恨别鸟惊心"的破碎的山河破碎的心；"自来自去堂上燕，相亲相近水中鸥"、"舍南舍北皆春水，但见群鸥日日来"的怡然自得，只不过是一个忧时忧世老人丧乱之余的暂时宁静，怀济世之心而终饥寒之生，抱报国之志而处穷迫之境。他终生飘零颠沛，"飘飘何所似，天地一沙鸥！"他终于死在流寓的路上，暂葬于平江县南三十里的小田村。四十三年后才由其孙杜嗣业扶柩归葬于巩县故乡邙山顶上。这邙山，自东汉光武帝刘秀之后，有十一个皇帝及无数后妃亲贵聚葬于此，而今独有高居山顶的诗圣陵园修葺一新。陵园迎门的雕像高 4.7 米，杜甫背着双手独立于浩荡天风中，展眉眺望着中州大地，眺望着山南山北的千万间广厦。

　　与汉唐有过廓清四合荡涤天下的雄威不同，宋朝从立国开始就是文弱的。对付外族差不多是屡战屡败，苟和求安。宋词中所填的，也大半是楼馆幕帘、莺语燕喃、低吟浅唱、鸿来雁去，"数声鹈鴂，又报芳菲歇。……天不老，情难绝，心似双丝网，中有千千结"之类，"燕鸿过后莺归去，细算浮生千万绪"而已。多年飘摇的宋王朝，到了南迁临安之后，更进入了畸形残缺的时代，一边是湖山歌舞尽事逍遥，一边有志士堪悲拔剑而起。

　　辛弃疾的《稼轩长短句》中，有几十次写到杜鹃啼声。"将军百战身名裂，向河梁，回头万里，故人长绝。易水萧萧西风冷，满座衣冠似雪。正壮士，悲歌未彻。啼鸟还知如许恨，料不啼清泪长啼血。"世间悲鸣至痛者，也不过鹃啼猿哀了，值此国家倾危之际，元兵铁蹄所到之处，有多少精魂民魄都化作了无家可归的杜鹃！

　　靖康二年（1127 年），宋徽宗被金人掳去，途中有感：

彻夜西风撼破扉，萧条孤馆一灯微。
家山回首三千里，目断山南无雁飞。

　　他过了九年耻辱的俘虏生活，囚中曾叹曰："者双燕，何曾会人言语。天遥地远，万水千山，知他故宫何处。"此燕已非昔燕矣，江山依旧，故国全非，留下了千秋史议不说，又怎能不叫心灵敏感的人们悲呼怒吼出"最可惜，一片江山，总付与啼鴂"！

　　"徐行不记山深浅，一路莺啼送到家"（明·杨基《天平山中》），我们古老的民族一路走过来可没有这么悠游自在。"只知秦塞远，格磔鹧鸪啼"，中华历史之车在钩辀格磔声中磕磕绊绊，从"风雨如晦，鸡鸣不已"到"雄鸡一唱天下白"，从浮言虚语的"莺歌燕舞"到改革开放的大鹏展翅，道路是多么曲折，历史是多么漫长。

　　青铜器上的鸷鸟、凤凰纹饰早已绿锈斑斑，但是三千年沉积的泥土并没能使他们窒息，这些来自时空深处的奇幻神秘而又真实的生命，周身放射出使人敬畏的美丽、凝重和庄严。他们一个个大张着口，满怀心事地凝望着我们和今天这个世界，他们要说些什么呢？他们要说的，几千年前就说过了，现在要说的还是那句话——"鸷鸟轩鴑而翔飞"！凤凰涅槃死而又生，中华腾飞的理想一代传一代，传了几千年，直到现在，从二十年前的改革开放开始到即将到来的二十一世纪，正是我们把这个理想变为现实的时候！

初稿写于 1998 年 11 月 26 日至 12 月 4 日

二稿写于 12 月 7 日至 11 日

远 望 之 美

你曾有过这样的经历吗？

站在草原上，勉力纵目前眺或向后瞭望，四周全是一样的辽远无际。人在这样的辽远面前，难免会感到寂寥，甚至惊慌，内心的情思和眼前的景象融成了一片苍茫，给人一种极空灵的美感。这时，是遥远的距离替情思美化了草原，替草原渗浸了意境。草儿一直延伸到天际，那广袤的绿色在阳光照耀和随风起伏之中，不时地幻化出锡白、翡翠般的深碧或雾色的淡蓝。但如果你仅仅观察脚下，就只不过是根根草儿簇立，重复而单调，全无了半点神奇。

初春时节，细雨无声，草木初芽，站在草原的任何一点四望，都是一片弥漫的嫩绿，而低头细看，只见茎茎枯黄，针芽似有若无，那绿色只在远望中铺展飞动，只宜远观不宜近看，只宜意会不宜训诂。

你也有过这样的记忆吗？

遥看远处的青山，苍葱佳色，烟霞变幻，激起了你无尽的悬想和憧憬。终于某日邀二三好友攀登而上，待走近了，空翠渐减，只见平淡无奇的道路，平淡无奇的树石，跟山下并无太多的不同。原来的悬想和憧憬的美丽顿时消释，何如不曾走近？

四川乌龙山，山影苍郁影影绰绰。远远望去，颇似巨人头颅，依稀而又分明地可以看出宽大的额顶、浓浓的眼眉和细长的睫毛。接着便是先凹后凸的眼窝和眼瞳，再连下去，是那挺直的鼻尖，下巴和脖颈，五官的排布和大小非常合乎人头的比例。紧紧挨着的凌云山脉，则显现着从胸膛到腿的整个身躯、饱满壮实的胸膛、大腹便便的肚皮，腰部明显较腹部瘦，再往下，是唐代修建的十三级灵宝塔矗立峰顶，远远眺望恰如巨人的那具阳物。

接下来是离江畔极近的龟城山，其形宛如一双趾尖朝上的大脚，坦然置于江面之上。三山连体，俨然而为一尊睡佛，头南脚北，仰卧江畔，身长一千多米。过去人们所熟知的乐山大佛，就位于这尊睡佛的心胸部位。每当夕阳落照，睡佛的全身金辉灿灿，似乎披上了一架特制的锦缎袈裟，更显得灵气满身，佛光冲天。佛只显形于远望之中，近观只此山彼山毫不相关，山石而已，只看眼前的人看不见佛。

曾读过一篇文章，说董源的《夏景山口待渡图》和《潇湘图》"神采奕奕"，而他的《夏山图》"经多次装裱，已伤神采"。近日，有人在上海博物馆观画，在灯光下看《夏山图》墨色很淡，而且绢保存得非常好，不像经过多次装裱而受伤的样子。疑惑之下，这位观画者按宋人米芾的指点，退后十几步，"远观"了一下，避开玻璃的反光，心中突然一跳，《夏山图》微笑着露出了真容，淡淡的墨色，烘托出一片宁静秀润的江南。与《夏景山口待渡图》和《潇湘图》一比，后两图的相对明快，反而有"显而不藏"的感觉，不如《夏山图》中那种扑朔迷离的阴晦的山水更使人沉醉恍惚，"近视几不类物，远观灿然"！

距离是美的必要条件。远望得幽胜之趣，它不一定有明确的思想主旨和稳定的层次结构，而其所唤起的心理活动，于审美之形态，更具流动性和创造性。远望之美，是那种展读元代黄公望山水长卷《富春山居图》，看峰峦树石村落亭台渔舟小桥平沙溪瀑在你眼前回环聚散，萧散旷远，景随人迁，人随景移，任你的意绪脱缰驰骋的平远之美；是那种仰望元代王蒙《青卞隐居图》，依山水之外形，随水墨的变化，直觉那山水树石浑然一体，如火焰一般盘旋而上，直摩云天，极细微处也见无穷力量，引起你的内心一种强烈激荡的意象高远之美；是那种登上古老的幽州台，眺望苍茫宇宙和辽阔山河，"念天地之悠悠，独怆然而涕下"的意蕴悠远之美；是那种孔子登泰山而小天下的意境深远之美，远望之美，意趣无穷焉！

倚门远望，会让我们细细地品味牵挂中亲情的绵长。登高远望的视野，会给我们居高临下的气势，缺陷淡化为小小的局部，让美覆盖了全局。许多近看是苦难和烦恼的东西，远望却是奇观。只要有青翠的佳景在远方，脚下的崎岖自不在话下。

人生不能没有远望。

写于 1999 年 3 月 30 日至 4 月 1 日

110

空 白 之 美

"空白"的妙用，是中国写意艺术的点睛之笔。它是艺术家镶嵌在艺术大厦上的精致的窗棂，从窗口远眺，我们看见，落日沉到鲜花覆盖的大山后面的缥缈中，一叶扁舟隐没于远方岛外的浩渺里，一群雁穿行出没于云层的缥缈间……一派清疏空远的韵境，悠然而意远。

观赏谢时臣（1488～1567）的《武当南岭霁雪图轴》，此画峰峦山石皆有留白，天空用淡墨烘染，屋宇亭台均不见瓴，以示积雪之厚，起到了以无写有，以虚为实的艺术效果。中国画写意的笔法，更多的还是化实为虚，通过简练纵放的笔墨，写出物象的形神，表达作者的意境。

南宋画家马远和夏圭的山水画，只出现山之一角或水之一涯，其他景物略去不画。"或峭峰其上，而不见顶；或地壁直下，而不写脚"，时称"马一角"、"夏半边"。

马远的《寒江独钓图》，除了一叶扁舟上一个渔人垂钓以外，只画了寥寥几笔水波，其余画面皆是空白，营造出一种辽远空旷萧疏荒冷的意境。其《秋水廻波图》，水波前粗后细，渐渐隐入大面积空白，相浸相濡，给人以无边浩渺之感。他的《梅石溪凫图》，所绘梅枝斜出石上，"瘦硬如屈铁"，山石坚实有力，水波微漪生动，一群野凫在幽僻的崖涧下自由嬉戏，水面大面积使用空白，让人感到这是一个无人打扰的宁静天地。夏圭用笔更为简率，"如塑工所谓减塑者"。他善于表现简淡而雄秀的景色，用平远法布局，大面积使用空白，极简约地在空白中描绘远山和对岸的空蒙隐约，形成空寂秀雅的神韵。他的《临流赋琴图》表现一士人抚琴吟诵之状，远山隐逸，临流独坐，水面空阔，观之如闻铮铮然水声和琴声。

徐渭的一组山水草卉小画，极简约疏淡，其中一幅把放风筝的小孩刻画得风趣无比，寥寥几笔山石树木意境幽远，右边的大片空白把画面烘托得无限深远而辽阔。明代王谔的《隔江远眺图轴》，师法马远笔法，画面中部为大片空蒙无边的水面，水天相接，加强了远眺的主题。这些画，流泻着一种溟蒙恍荡欲说还休的意绪，让人不由得想象纷飞，余念无尽，深感一种空灵之美。

中国书法是一门独特的艺术。虽然是抽象艺术，但不是抽象的逻辑思维的结果，而是来自书家对自然万物的审美感受，讲究"骨、肉、筋、血"和"气"。书法之美在气韵，而气韵的关键在布白。"疏可走马，密不透风，计白当黑，奇趣乃出"，字与字之间，行与行之间，笔画与笔画之间，不能全部安分守己，有空白才会有摇曳生姿、迤逦而去的风神。"如树木之枝叶扶疏，而彼此相让。如流水之沦漪杂见，而先后相承"，才能有一种整体美。

书法如此，诗文亦然。《随园诗话》说："凡诗文好处，全在于空"。设想房间里塞满了家具，人无处容身，是何滋味？"虽金玉满堂，而无放此身矣，又安见富贵之乐耶？"中国古典诗文文笔洗练如沙淘金，字数很少而内涵极为丰富，经受了世世代代的中外读者反复咀嚼，构筑起让人神思飞驰的无限广阔的空间，沉积了文化阐释的无限丰富的宝藏。元稹的小诗"寥落古行宫，宫花寂寞红。白头宫女在，闲坐说玄宗。"只描绘几个白头宫女在旧宫颓址上闲谈的画面，至于谈些什么，不着一字，令人遐思如云：凄凉的身世，哀怨的情怀，盛衰的感慨，人生的短暂……空白之下含藏着浓墨的悲凉。

"空白"在音乐上的运用，便是休止。当音乐奏到休止符时戛然而止，往往是音乐的最精彩处，"此时无声胜有声"。"弦凝指咽声停处"，常常使听者有"别有深情一万重"的感受。

就连满腹思辨一脸严肃的哲学，也瞩目于"空白"，德国存在主义哲学家梅德格尔为了阐述他的理论，就打过这样的比方："壶借助空无进行容纳，借助容纳并赠送水和酒。壶在献祭时倾注水和酒，能把世界变成神圣的世界"。

空白之美表现于人生，是奋然前行中的养精蓄锐，是锐意改革前的韬光养晦，是骄恣浮躁间的修静养逸，是失意失败后的自慰自省……秦始皇武则天在世时叱咤风云称一代之雄，却都留下了无字碑。不是不立碑，而是立了碑却偏偏不镌一字，反比定论的墓铭更给后人以不尽的追索，给历史永远的回味。周恩来邓小平一生功业泽被百代永垂史册，死后却都不留骨灰，形骸的大无、空白，却正是精神财富的大有，人生境界的至高。

写于 1999 年 4 月 2 日至 6 日

奇 谲 之 美

艺术上的变形夸张、丑拙不羁，使物象变得怪异奇谲，造成特定的意境，常常能"出奇制胜"，取得独特的艺术效果。庄子笔下的"承蜩"能手"佝偻"，《巴黎圣母院》中的那个形象丑陋心地善良的撞钟人，面目凶煞丑怪的钟馗图像，断臂的维纳斯雕像，给人留下的意象都是非同一般的。

唐末画家贯休（832~912）所画十六罗汉图，大都粗眉深目，丰颊高鼻，所谓"胡貌梵相"，殊不类世间人。他们个个"状貌古野，黝然若夷獠异类，见名莫不骇瞩"。正是在这一片"莫不骇瞩"之中，显示了作者鲜明独特的创作个性，也使这些受佛嘱咐、不入涅槃、常住世间、济度众生的罗汉格外增了几分令人敬畏的神力。

南宋画家梁楷的意笔人物画代表作《泼墨仙人图》，全图用墨"随意"涂抹而成，不着一色，用寥寥数笔绘出一个不衫不履的仙人形象。他神态诡秘，抿着嘴，耸着鼻，双眼惺忪，似讥似笑，仿佛看穿世间百态。作者用夸张的艺术手法，夸大仙人的高额，将五官用浓墨勾出，并最大限度地集中于一团，再用淡墨染出虬髯。仙人的身材肥而不臃，夸张其腹部，他开怀袒肚，缩颈耸肩，整个造型简化为一具长方形。仙人的步态蹒跚带着醉意，选择了变换脚步改变重心的一刹那，显得生动诙谐。全图用笔一气呵成，从酣畅中见笔力，于淋漓处透精神，奇谲夸张的造型和放逸简括的笔墨正是此作的精粹之处：似乎是信手拈来，却能捕捉到对象的内在本质特征，不求形似求生韵，具有十分传神的效果，令观画者觉得其画与人物的内在精神是那么贴切、和谐和自然，毫无矫揉造作和过分张扬之感。

宋人李士达的《三驼图》，作于万历年间。画中三个驼背老人，前边一个提盒持杖，正四面而顾；中间一个拱手向前，似在问候；最后一个紧紧跟来，拍手大笑。三人的形态和动作各异，笑态可掬，情调诙谐，画面上部下部均大面积空白，只有三驼位于画面中间，显得寓意深长。画上有钱允治的题诗：

> 张驼提盒去探索，李驼遇见问缘因。
> 赵驼拍手哈哈笑，世上原来无直人。

还有文谦光的题诗：

> 形模相见更相亲，会聚三驼似有因。
> 却羡渊明归思早，世途只见折腰人。

题诗对画作的构思和思想内容是极好的注释，真可谓是珠联璧合。艺术上的怪诞只有与深刻的内容相结合，才会有其独特的艺术感染力和审美价值。

古代有书法家说："若平直相似，状如算子，上下方正，前后并平，此不是书，但得其点画耳。"看来，这位书法家是追求奇谲之美的。有一种近乎儿童写字的书法，笔画蝥屈，字体歪扭，在看似初学的稚拙中营造着天真的童趣，没有很深的功力是很难达到这种"大巧若拙"的境界的。徐渭的书体不论书法论书神，他为自己的《墨葡萄图轴》的题诗：

> 半生落魄已成翁，独立书斋啸晚风。
> 笔底明珠无处卖，闲抛闲掷紫藤中。

其书为行草，字势敧斜跌宕，令人联想到画家的不平经历。

中国的玺印艺术，讲究错落有致，挪让有绪，纵横有趣。举世瞩目的战国古玺，有的印面安排上倚斜挪让，错落奇肆，格外耐人品赏。如私玺"孙瘦"，"孙"字左部似有醉意而右倾，幸好有右下部做依托；"瘦"字左伸右缩，全印的两个字好像都是有性格的生灵，富有动感。"事罗"一印文字安排自然天成，无法有法，笔画悬殊的二字，犹如一胖一瘦的两位相声演员同台演出，并未使人感到占地不均而不协调。有一个单字印"悲"形体为心形，一个三字印"士君子"则为三个形体组合，状如青铜器，令人惊异之下，叹为观止。

自从《尚书·禹贡》将青州岱畎所产的"怪石"列为贡品以来，奇石文化在我国已绵绵流延两三千年。历史上多少达官显要、文人雅士和平头百姓与奇石结下了不解之缘。拳石可纳五岳，具有山川形胜的奇石，可使人极邀游之趣；有坎坷际遇者，可在嶙峋奇石上寄托不平；胸怀高远者可在雄浑奇石上追寻雄奇；有修身养静之心者面对奇石，能产生"顿悟妙得"之感；诗人和画家可从奇石中获得空间艺术美的感知和共鸣。赏石，讲究"皱、瘦、漏、丑、透"，奇石之美，全在一个"奇"字中。

卓异不群的艺术作品往往出之于卓异不群的作者之手。首先，是这些作者在艺术上能大胆变革，"韵度冲远，往往出寻常笔墨畦町之外。"其次，是这些作者大都个性鲜明，无视利禄，放达不羁，"胸中磊磊落落者发为怪怪奇奇在笔端。"像梁楷，人戏称"梁疯子"，宋宁宗赵扩曾赐他金带，梁楷不受，挂于院内，引起院内画家的惊骇。《泼墨仙人图》实质上就是作者本人内在精神的真实写照，更是对封建礼教窒息人性摧残性灵的抗争和嘲讽。正因为徐渭对腐败的封建统治和腐朽的封建科举不满，他才力张革新，提倡独抒性灵的创作个性，创立了大写意花鸟画一派画风；清初的八大山人，明亡后，以佯聋作哑远避人事……

他们个性鲜明的艺术作品宣泄了内心深处的痛苦，生活上的不合时宜和艺术上的不重法度达到统一，如实地再现客观形象的外形无足以表达受到了严重扭曲的心灵世界，因此，一个个狂怪、奇谲、幽默、诙谐的艺术形象便从笔端奔泻而出，直扑观读者的心灵。

丑，是人的本质力量受到破坏和歪曲，或者畸形表现。怪诞，是反常的超现实的，它背离自然的可能性，但不背离内在的可能性。在艺术上把生活中的丑典型化，使丑的本质得到揭示；运用怪诞的艺术方法描露外部世界的反常和病态，揭示精神世界的扭曲和贫乏，往往具有独到的审美功能和艺术魅力。

清代大思想家龚自珍，面对列强瓜分风雨飘摇的国家，忧患之心切切，图强之意殷殷，遂写了一篇《病梅馆记》，为梅枝被扭曲而悲哀，并渴望解放其束缚。那时，江浙一带，梅以曲为美，直则无姿；以欹为美，正则无景；以疏为美，密则无态。"予购三百盆，皆病者，无一完者"，面对这满目疮痍，他"既泣之三日"并且"乃誓疗之，纵之，顺之"。他相信，"以五年为期，必复之，全之"，他理想着"安得使予多暇日，又多闲田，以广贮江宁、苏州、杭州之病梅，穷予生之光阴，以疗梅也哉！"

他名为泣梅，实为泣国；口说疗梅，志存疗国，定庵先生疗梅救国、除弊图强的伟大抱负，便随着《病梅馆记》这篇文章的流传，永远闪耀着光辉。

写于 1999 年 4 月 7 日至 12 日

朦 胧 之 美

曾多次过山海关，唯有那一次印象最深。

三十八年前我从东北去北京读大学，列车过了绥中之后，我就眼巴巴地渴望着尽快看到山海关。哪知列车驶近山海关的时候，我才知道，原来这车站离山海关还有相当远的距离。我从车窗探出头去，用力张望，心想能远远地眺望一下那雄关的影子也好。可是非常遗憾，因为这时已是黄昏时分，苍茫的暮色笼罩着大地，任是瞪大了眼睛竭力张望，也望不见山海关，只能隐隐约约地望见远处一抹如烟似雾的淡影，和从四野里升腾起来的炊烟暮霭融合在一起，像三春烟雨中的景色似的，迷离难辨。我失望地转回头，脑子里却一下子翻滚起无数种山海关的图像：这山海关，耸立在万里长城的脖颈之上，进出关东大地的咽喉之地，地势该是何等险要，不由得记起了"两京锁钥无双地，万里长城第一关"的古句；这山海关东临滔滔沧海，西依连绵群山，手牵万里长城，气象该是何等巍峨；顺着长城向西北，那一座座屏藩要塞，烽台烟墩，雉墙箭楼，在想象中联翩而出千百个历史故事，孟姜女，吴三桂，"恸哭六军俱缟素，冲冠一怒为红颜"……在纷繁的意绪里，在想象的朦胧中，那雄关竟变幻莫辨，扑朔迷离，既无限止的巍峨，又无穷尽的幽邃。

后来几次登临山海关，看那"天下第一美"巨匾，看那心仪已久的关楼，精神振奋，心胸开阔，却全然没有了当年暮色中远眺时那种朦胧中的神奇，那种妙不可言的感觉。

曾有过雾游高山的经历。按原计划登山那天，刚近山顶，忽然雾起千幛，近路杳然，一时雾霭溟浊，蒸满山谷。上不知这雾降于何峰何岩，下不晓这雾生于何潭何溪，举目茫茫，整个世界是"山在虚无缥缈间"，大有沉沦深海之感。沉浮之间，不禁遐思纷纷，想起雾中的黄山、云海中的奇松、云深处的寺院。而当雾门缝开，碧天一线，烟霭蒙蒙中远峰浮出，宛若仙境，我此时的感觉，可以毫不夸张地说：恍如再生。是云雾，兴起雄滔伟浪，浩浩天海；是云雾，活了怪石，润了翠峰，染了花丛，育了青松。有了云雾，高山才有了水汪汪灵气，震魂摄魄的神奇，使之融贯一体，疏密有致，幽峰梦谷，奇景变幻。难怪清代王灼在黄山，因不见云气雾雨而怅然若失。

登泰山的诗文多如牛毛，李健吾先生却独独写了雨中的泰山："是烟是雾，我们辨识不清，只见灰蒙蒙一片，把老大一座高山上上下下裹了一个严实，古老的泰山越发显得崔嵬了"。山在雨中显得越发崔嵬，人呢？"一路行来，有雨趣而无淋漓之苦，自然也就兴趣盎然"。

这种独特的感受是雨的迷蒙所赐予的，而且为许多作家画家所同感。六十年前冯沅君先生乘正太线列车西行，恰逢大雨。"雨益大，雾益重，凭窗望去，只见远山近村都隐入虚无缥缈的境界，依稀古代神话中所说的阆苑蓬岛。这种迷离徜恍的景物，在自然的美中最称蕴藉，较之天朗气清时所见者，格外美妙"。在这样一种境界中，人"也疑置身云端，学古列子御风而行"了。

暮色、雨雾中的景色是一种朦胧之美，是一种特殊形态的美，它在内容上含蓄不露，具有多义性特点，具有不确定性。在形式上扑朔迷离，虚实相生，有时甚至变幻莫测，诡谲离奇，以诱发人的想象力和好奇心，使人获得特殊的审美享受。在艺术中，往往运用比兴、象征、隐喻、借喻、曲笔等手法，创造朦胧的形象或意境，达到独特的艺术效果，展现独特的艺术魄力。

南宋画家米友仁的《潇湘奇观图》，全图完全用不同深浅的墨色点染而成。画中峰峦起伏连绵，云雾出没其间，层林也在烟霭的笼罩之中，朦胧缥缈。画中的山头先用淡墨皴染，上加浓浓墨点"落茄点"画成，树木有干无根，好像悬浮在地上。整个画面没有明显的线条、笔触，墨与水相融，浑然一体，"信笔作之，树石不取细意"，却展现出一派"烟云掩映"，"意趣高古"。元代钱选的《浮玉山居图卷》，以勾皴法表现山石的阴阳向背，笔法取涩势，含而不露，树叶淡渲汁绿，呈现出生拙的意趣，使画面上的家乡山水和隐居的心境相映相谐，画乃"心画"，捕捉到了山水的"真意"。

达芬奇的《蒙娜丽莎》，画中人物的笑神秘而朦胧，旅法画家熊秉明写道："是一种未确定的两可的笑。并非暗示也非拒绝，不含情也非严峻的矜持。她似关切而又淡然"。而正是在这样一种模棱不定的飘忽里，在这样一种有情无情的邈然中，你感到一种无穷的诱惑，激发你无穷追逐之心去捕捉，去刻画。熊秉明先生继续写道："在生存层次具有无穷诱惑的魅力的东西，也必定有无穷尽的诡谲微妙"。去追寻，去想象，就能获得"无穷寻觅的大满足"。朦胧之美，美在不确定性。唯其不确定性，才激发了人的无尽的想象。幻化缤纷，耐人寻味，阳光下的景是白描的散文，能使人兴奋，而雾中月下之景是写意的诗，让人遐想玄思，乃至物我冥合。

古人有云："凡诗不宜逼真。"

诗追求一种"羚羊挂角，无迹可求"，即不能从具体文字追寻而必须从整体上去体味，富于言外之韵的浑然高妙的境界。唐代的边塞诗，往往不拘于哪个具体战役、哪个时间地点，而是在广泛的时间空间上把边塞作为一个整体来歌唱。这样，边塞诗的引人入胜之处并不在于哪个战役、哪个战场，而主要的是一种悲壮的豪情、异域的情调、昂扬奋发的意志气概、发扬蹈厉的进取精神；李商隐的无题诗，用精美华丽的语言、含蓄曲折的表现形式、回环往复的结构，以构成朦胧幽深的意境，来表现心灵深处的情绪与感受。这些诗中，其意象往往神秘谲诡，其意境多写得朦胧迷幻，给人一种"蓝田日暖，良玉生烟"、可望而不可即的诗景。虽然不大容易读"懂"，却有很强的感染力，千百年来受到人们普遍喜爱，正是因为它有真实的艺术生命。

> 促漏遥钟动静闻，
> 报章重叠杳难分。
> 舞鸾镜匣收残黛，
> 睡鸭香炉换夕薰。
> 归云定知还向月，
> 梦来何处更为云。
> 南塘渐暖蒲堪结，
> 两两鸳鸯护水纹。

《促漏》全诗从静夜钟漏声写起，在朦胧中将读者牵入一个幽渺隐秘而宁静的世界，这里闪烁着浓艳而凄凉的色泽和气息，给人以虚幻和神秘的感觉。而后点出一场幽会已经过去，归去之人却仍在月下徘徊难眠，来日悠悠，更不知这样的云雨梦幻在何处重现。最后画面转为明亮，写南塘中蒲草结，鸳鸯游，水波荡漾，更令人触景伤情。全诗一层一层渲染，回环往复，首尾回应，在朦胧幽凄的氛围里烘托出寂寥孤凉之情，以朦胧的形态表达内心深层的人生体验和性灵情感，读来令人感念殊深。

"秀隐"、"含蓄"一直是中国传统艺术所追求的目标，一路溯源而上，也许可以追觅到老子的"大象无形"，庄子的"形形之不形"。西晋郭象注《庄子》第一条说："鹏鲲之实，吾所未能详也。夫庄子之大意在乎逍遥游牧，无为而自得。……达观之士，宜要其会归而遗其所寄，不足事事曲与生说，自不害其弘旨，皆可略之耳"。他所讲的"取旨略形"与后来顾恺之的"以形写神"的画论，元代倪云林的"逸笔草草，不求形似"的画风，严羽《沧浪诗话》的"羚羊挂角无迹可求"的诗论，都可以说是朦胧美学历史上的一脉相承，研究中外艺术史的人，大概都不会忽视这一脉的吧。

　　人类历史上之朦胧大美，那就是一代一代相传承而又有所不同的人类梦想。它境景绚丽而不确定，森罗万象而不具体，通远近古今之变，极大小否泰之致，立理想之旗帜，具幻想之神奇。不能设想所有的梦境都在日后复制为生活的现实，梦想不像设计方案那样周密，不像行动计划那样严谨。千百年来，他表达着人类的憧憬，突破和冲决，召唤着激励着人类为之创造，为之奋斗，在人类面前永远闪示着神秘而朦胧的美丽。

写于 1999 年 4 月 25 日至 28 日

人在草木间

——关于"植物与中华文化"的随笔

我猜想，茹毛饮血的先民们，一定是尝遍了他们周遭的草木，经历过无数次的腹泻、便秘、狂躁、兴奋，根茎叶花果，最中意的一定是更耐饥些的果。

"于以采蘋"，"于以采藻"，"采葑采菲"，"采薇采薇"，但是，自然的采摘缺乏保障，于是，游猎之外，遂有稼穑。

靠天吃饭的日子谈何容易。看日，看月，看星，看云，"多识于鸟兽草木之名"，最大量最贴近最关乎农作的物候，还是草木。"打春三天，草芽钻尖"，"春在溪头荠菜花"，于是，遂有了《夏小正》，有了南北各地的农谚，有了二十四番花信风。农作的要紧在于春，从小寒到谷雨，共四个月，每月两节气、六候，共八节气二十四候。每候五日，以一花之风应之：小寒，一候梅花，二候山茶，三候水仙；立春，一候迎春，二候樱桃，三候望春；清明，一候桐花，二候麦花，三候柳花……

风雨寒暑湿瘴，老少四时病生。于是，"神农尝百草"。中药的用材十分广泛，但十有七八为草木，故曰《本草纲目》。多味草本和木本的药物混合成又苦涩又芳香又朴素又高贵的温暖气息，它是渗透性的，而非进攻性的；是商量的，而非断然的；是徐徐弥漫的，而非气势汹汹的。这些药材，它们曾经生活在大野幽谷深山泽畔，受过雨洗霜打雪欺风拂。曾经是花，蜂蝶和它交换过心跳；曾经是叶，露水为它设定了血型；曾经是果，日月赋予了他的内涵；曾经是根，大地培育了它的坚韧。它们以久炼成精的风神和德行进入病体，洗涤我们脏腑的污秽，超度我们心神的沉沦，每一剂中药都是一片云水襟怀、大地苦心。一片苓菅是儿孙满堂的祈愿，整本《本草纲目》漫山遍野地疯长、盈香。

肚子吃饱了，身体舒泰了，于是有了闲心。周遭的草木不再只是可能的食物，而又是风景，观树，赏花，聚坐竹篁里，山腰听松涛。人非草木，焉知草木无情？许多植物对色彩和光影有及时的反应，同属同种的植物之间肯定还有许多我们尚未解读的感情密码。橘生淮南为橘，生淮北为枳；水松生于盛产众香的海南不怎么香，到了岭北则其香殊胜于南方时，"植物无情也，不香于彼而香于此，岂屈于不知己而伸手知己者欤？物理之难穷如此"，此处的"无情"二字，好比骂人的意思，"你真无情"，正是"有情"之谓也。常言艳花不香，香花不艳，花的香或艳，不过是为了吸引昆虫传粉，达到目的就行了，不需要花费双倍代价去讨好小工。一代一代人观察着，"细数落花因坐久"，"嫩蕊商量细细开"，于是，草是"野有蔓草"，"青青河边草"，"离离原上草"，"草色遥看近却无"，"远芳侵古道"，"芳草碧连天"；菜是"秋菰亦满陂"，"乌茭白芡不论钱，乱丝青菰裹绿盘"，"稻饭似珠菰似玉"……

花呢，不敢下笔了，写花画的古典作品浩如烟海。以荷花来说，光是别称就有芙蓉、芙蕖、芰荷、水芝、泽芝、水华、菡萏、水旦、藕花、灵草、玉芝、六月春等等。"荷花送香气，竹露滴清响"，佛祖的莲花宝座，千手观音、八臂观音的第三只左手，总是拿着一枝长柄的莲花，传说中佛祖所行走过的路面，他留下来的也不是一个个的脚印，而是一朵朵莲花。看冰雪中的梅，晶莹傲立，一定是前世，再前世，那么多女儿身，化魂而来，笑声冰凌般脆，一跃，都上了枝头，哪一枝桠杈，不是经典？昙花，把生与死的戏剧，精练再精练，在那么短短的三四个小时之中，它的花朵曾经那么美丽而硕大。

树呢，处处皆有。南方的榕树十分平常，"树干拳曲，是不可以为器也；其本棱理而深，是不可以为材也；烧之无焰，是不可以为薪也"，但"枝条既繁，叶又茂密，藤梢入地，便生枝节"，这不活脱脱一个多生的壮实的顽皮不听话的农家孩子嘛。世上的树，轩辕手植柏算不算最早的一棵？五千年时间匆匆淌过，我们的跳动的血管里仍然流着它精壮的汁液。黄帝种完这棵树，掸掸土离去，留下它代替他看着这世界和我们。风雨剥蚀，它树身皱褶扭曲青筋暴露，把耳朵贴在树干上，便听得见日月起落的声音，那古铜般的枝干透出一股雄风，磅礴于云天之上。别忘了，我们的老祖先本是巢居在树上的。

中国古代，以草木为本进行科学研究的少，更多的是以草木寄情。"人禀七情，应物斯感。感物吟志，莫非自然"（《文心雕龙·明诗》）。树生草长，木落花谢，草木仰偃，花朵开合，草木与我们共同进行着生命的律动，实与我心有戚戚然。诗三百篇处处有鸟兽草木，但它们从来都是人世的投影。《楚辞》里的植物同样多到铺天盖地，满目应接不暇。《诗经》与《楚辞》的基本差异，从登场第一款植物就不同。《关雎》帘幕初揭，虽有淑女君子之思，有琴瑟钟鼓之乐，有寤寐辗转之情，却始终伴随着可流、可采、可芼之"参差荇菜"，这种类似的神圣和日常在《诗经》中俯拾皆是。

《诗经》中描述了130多种植物，葛、李、桃、柏、麦、稻、桐等植物名，从那时起一直沿用到现在，其中最显著的特点，便是这些植物多为衣食生息的生活必需。而屈原是真士大夫，他对植物的千描百写，其实可归为一句话："纫秋兰以为佩"，首先在修身，与《诗经》的最大的气质殊异，乃在借植物来阐释"清浊—洁秽—香臭"的世界截然两分，旨意仍是"众人皆醉我独醒"。

《楚辞·离骚》里的花花草草像个私家园林，虽有几分"不垢不净"，却有着生机勃勃生生不已的雍容大气。即使一枝兰草，在《诗经》里"溱与洧，方涣涣兮。士与女，方秉蕳兮……洧之外，洵吁且乐"，天地间这份草木为盟的相亲显得多么清新快乐，所谓蕳，即兰草。以屈原为代表的"香草美人"的寄兴传统，则是以自然物为社会性的符号，表达忧国用世之情，这样一来，花就不是花，草就不是草，兰蕙成了君子，萧艾成了小人，梅兰松竹菊亦如此。

《红楼梦》中占过一次花名，在《秦怡红群芳开夜宴》这一回里："任是无情也动人"的牡丹宝钗，"莫怨东风当自嗟"的芙蓉黛玉，"只恐夜深花睡去"的海棠湘云，"竹篱茅舍自甘心"的梅花李纨，"日边红杏倚云栽"的杏花探春，她们是花，与"人生一世，草木一秋"的芸芸众生自是别样风致。

花草树木入诗入画，构成了一部中国文学史艺术史，没有草木花卉，古人的绵绵情意真不知该怎么表达。《诗品》中如果去掉了"碧桃满树，风日水滨"，"柳阴路曲，流莺比邻"，"娟娟群松，下有猗流"，"晴雪满竹，隔溪渔舟"，二十四诗品中如果去掉所有的植物草木，简直十有八九的内容都不见了，意境更是全无。你能想象唐诗中没有了"客舍青青柳色新"，没有了"感时花溅泪"；宋词中没有了"杨柳岸晓风残月"，没有了"雨打梨花深闭门"；陶渊明没有了菊吗？汉语里若没有了兰章——好文章，兰态——优美的仪态，兰肴——美食，兰宇——华屋，兰兆——怀孕，兰芷——美德，等等，会少了多少佳趣妙景；画里若无竹，无梅，无松，无兰，中国古代画还能剩下几张？

当年，国民党会议通过查办何香凝陈树人的提案，一片肃杀之气。于右任与何、陈等人一起作画，经亨颐画竹，陈树人绘松，何香凝画梅，于右任在画上题诗曰："松奇梅古竹潇洒，经酒陈诗廖哭声。润色江山一支笔，无聊来写此时情"，是为"岁寒三友图"。在他辞世前几年，见到流落民间的此画，不胜唏嘘。重睹此画，老人发觉诗中漏写了一个"时"字，他为之重补，并又赋诗："破碎山河容再造，凋零诗友记同游。中山陵树年年老，扫墓于郎已白头"，树犹如此，人何以堪？这是在以画明志以画写史了。

陕西泾阳人孙念祖，清道光九年（1829 年）进士，做过广东英德、长乐知县，为官清正刚直，"绝苞苴，谢请托，勤听断，严缉捕"，两任不过数年，决意辞官归农。临行时，当地百姓自发地扶老携幼，焚香跪送，有擎酒浆者，有捧牌匾者，簇拥于道，马不得前，孙念祖谢绝了一切馈赠，只留下几束如粉如霞灿然怒放的梅花。归里后曾任关中书院主讲，桃李盈门，有门生感于先生的品行功业，撰有一联云："归装只载梅花，岭外至今思爱日；教泽深培械朴，关中无处不春风"，归装只载梅花，梅品耶？人品耶？

人在草木间，不能不说茶。这茶字，草头，人中，木底，正是人在草木间。清明谷雨时节，乍暖还寒，春雨寒风中，蛰居茶山的女子，腰间扎一袭兰印花布围裙，十根葱指在茶树的嫩芽间舞动，如同一幅画泼墨于山野，人在草木间。制茶过程复杂，光筛茶就有十几道工序，炒茶站在炉前十多个小时，人在草木间。

茶是中国的国粹，起源于中国，世界上三大饮料，咖啡可可和茶，茶为上品。中国喝茶的历史可以上溯到五千年前，"神农尝百草，日遇七十二毒，得茶以解之"，这茶，就是茶叶。三千多年前的周代，四川已建有茶园，"益州川谷山陵道旁，园有芳蒻香茗"。魏晋南北朝时佛事盛行，坐在蒲团上日日夜夜不吃不喝，有僧人饮茶驱困，清心醒神，禅坐生活便笼罩在茶的清香之中，文人起而效之，晋代杜育的《荈赋》、南朝鲍令晖的《香茗赋》，都是那时咏茶的佳篇。到了隋唐，茶风更盛，茶艺文化走向鼎盛，西安洛阳江陵重庆等地家家饮茶，城市多开茶馆，煮茶卖之。茶的买卖有多大？唐德宗贞元九年（803 年）开征茶税了。丝绸之路，使茶叶流传到中亚西亚欧洲，朝鲜日本东南亚，各国语言中"茶"这个词都是由汉字"茶"的广东音或厦门音转变而来的，茶和瓷一样，几乎成为中国的代名词。唐代人陆羽，是战乱中的弃儿，遇救，做过小沙弥、僮役，割草放牛受鞭打，抄经文读诗书。21 岁时开始了对茶的考察，义阳襄阳南漳巫山……访村叟，制标本，记笔记，历经二十来年完成了《茶经》这部巨著，是世界上第一部有关茶叶的专著。72 岁时他病逝于湖州，死前他有一首《六羡歌》："不羡黄金罍，不羡白玉杯。不羡朝入省，不羡暮登台。千羡万羡西江水，曾向竟陵城下来。"他的一生愿望是做一片茶叶。

茶入诗。"茗生此中石，玉泉流不歇"（李白），"落日平台上，春风啜茗时"（杜甫），"小盏吹醅尝冷酒，深炉敲火炙新茶"（白居易）。"蜀茶寄到但惊新"是以茶馈赠；"六腑睡神去，数朝诗思清"是吟茶益诗；"旧谱最称蒙顶味，露芽云液胜醍醐"（文彦博）是品茶如禅，这"蒙顶味"，就是李白笔下的"扬子江中水，蒙顶山上茶"。蒙山位于邛崃山脉中段，蒙山茶已有两千多年历史，唐朝以始为贡茶。还有苏轼"酒困路长惟欲睡，日高人渴漫思茶，敲门试问野人家"，陆游"归来何事添幽致，小灶灯前自煮茶"，自煮好，"野人家"也有茶。酿酒始于奴隶社会，喝茶则先于阶级社会，这样说来，茶人是酒人的老前辈。

我不很懂茶。茶博会上，红、绿、黄、白、黑，茶叶的品种繁多，面对它们，我就像一个小学三四年级的学生翻看《康熙字典》，认识的少，不认识的多。说来也是，茶山茶水茶园茶树，茶馆茶楼茶室茶座，茶叶茶具茶道茶艺，茶话茶诗茶联茶境，茶文化的内容完全可编一部厚厚几册的茶辞典。

茶性，关乎天、地、人。浓看丰腴，如铁观音；枯淡静寂，径山茶；猴魁滋润中多些刚猛，瓜片清幽中更为秀气。皖浙之交的千岛银针，开启的瞬间，清秀的香，肥硕的香，香得铺天盖地，那香味中有股野气，是富春江的山水，滋润之外别有戾气。富春江新安江兰溪三江汇合处，曾是春秋时古越国和古楚国的国界，"子胥野渡"的痕迹仍在。

较之于江浙，皖茶似乎别有一种韵致上的大方与开阔，相对而言小儿女气要稀薄得多。龙井茶一如杭州城，有着几分江南的书生意气，箫心敛着剑气。乾隆御题的"吓煞人香"的碧螺春，并不香得吓人，这茶贴皮贴肉水润气润。安吉白茶银剑碧鞘，形貌风姿与同为"乡亲"的湖笔有一拼，又好似黄庭坚的诗意。乌龙茶绿叶红边，骨沉肉实，霸气厚重，是男人茶，香得沉郁顿挫，这四个字本是形容杜甫的诗的。多数人喜欢绿茶，特别是江南绿茶，即使算不得洁白纯正女儿茶，也是苏昆冷板水磨的《牡丹亭》。

潇湘大地，烟水凄迷，地气刚坚，湖南人评价自己，爱用十二个字：吃得苦，耐得烦，不怕死，霸得蛮。沈从文说湘人办事，成功了多半急流勇退，失败了必死无疑，因湘人无法原谅自己的失败。战国的屈原，北宋的周敦颐，晚明的王夫之，乃至经世致用的陶澍，同治中兴的曾、左、胡，戊戌变法的谭嗣同，打响反袁第一枪的蔡锷，现代的彭德怀……这一串子湘人，一命到底，果然霸蛮得可以。"白银盘里一青螺"的那个君山，有茶名为君山银针，银针入水，茶尖冲向水面，悬空竖起，根根耸立；湘西武陵，有茶名为古丈毛尖，此茶入口尖锐之极，茶是茶，水是水，融汇而不贯通，大似湘西匪气；安化黑茶，陈年的胎色如铁汤如琥珀，浓烈霸气，涩后回甘。常德人喝擂茶，杂糅百味，气脉嚣张，刚猛奔肆，茶、米、豆、花生、芝麻、盐、姜、胡椒，再加上几味中药，一炉治理，能喝得人"气不打一处来"。为茶的一旦叫了普洱，便重现来自乡村的那份质朴和深奥，它没有贡茶老迈，比龙井粗鲁，若对比茶中白毫，他看上去比离离荒草还要沧桑。

明代张源说："独啜曰神，二客曰胜，三四曰趣，五六曰泛，七八曰施"，饮茶唯静，知味与不知味，知意与不知意，全在品的过程中。

茶易串味，极敏感，有灵性，每一种茶都有自己的性格，有足够的人性在茶碗里相遇。少年六安，中年武夷，老年芥茶，六安如野士，武夷如高士，芥茶如名士，从绿茶到乌龙再到普洱，也是一段从绚烂到平淡的人生路呢。

曾任中国佛教协会会长的赵朴初先生写过一首诗："七碗受至味，一壶得真趣。空持百千偈，不如吃茶去。"七碗的典故出自卢仝，他一生穷困，40岁时被误杀，起因于茶贩子的"甘露之变"，贾岛说他是"平生四十年，唯著白布衣"。他有一首著名的《七壶歌》："一壶润润喉；两壶破闷心；三壶搜枯肠；四壶发汗生；五壶肌骨轻；六壶通仙灵；七壶喝不得也，习习两腋生清风"，一般的饮茶人是体会不到的。一片茶叶，载着道家的"自然"，佛家的"太和"，禅宗的"当下"，要不，赵朴老会喊大伙儿"不如吃茶去"？

用自己的样子喝，以梅瓶的虚怀若谷喝，用前门的大碗喝，用栊翠庵的成窑五彩小盖盅喝；像福建人那样从黑到早地喝，像广东人那样从早到黑地喝，"杯小如胡桃，壶小如香橼，先嗅其香，再试其味"。

天下的茶，小人君子，两两相宜。普天下没有两块滋味相同的普洱茶。一片树叶的哲学，也是树的，也是山的，也是大地的。个中滋味的千差万别，大如霄壤，小似一棵树上的两片叶子。

1923 年的茶，不必到 1953 年才喝。即使一股活水从昆仑山引来，也怕泡不出民国的味道。

伦敦，已是上流社会的黄昏，他们能在街头的一杯下午茶中，喝出袍子般宽大的魏晋风度？

好茶叶，鲜叶只能采摘一叶一芽，芽叶呈雀舌状，就像小鸟的嘴微微张开，为什么雀舌喝成了公鸭嗓子，黑茶喝成了白茶，还是没喝出黑山白水的澡雪精神？

一杯之后，请再试几杯。

写于 2015 年 5 月 18 日至 26 日
深圳龙舟水雨季中

时评杂议

读《待漏院记》随想

"纵横吾宋是黄州"，这是林和靖诗赞王禹偁的话。王禹偁（954~1001），字元之，山东钜野人。出身清寒，宋太宗（赵光义）太平兴国八年中进士，官至翰林学士，右拾遗。为人耿介，在朝敢于直言谏诤，八年内三次遭贬。后死于被贬谪到的黄州齐安（今湖北黄冈），年仅四十七岁，世称王黄州。虽因直谏而坎坷，他却不馁不悔，"屈于身兮不屈于道，任百谪而何亏。"（《三黜赋》）"塞谔无一言。岂得为直士？褒贬无一词，岂得为良史？"（《对雪》）也许正是由于他跌宕坎坷的经历和忧国思民的思想，才写出了《待漏院记》这样流传后世的讽谏箴文。

待漏院者，凡宰相来朝，至此待玉漏，及晨而后上朝。宋代初"因旧制"，"设待漏院于丹凤门之右"，目的是"示勤政也"。既"因旧制"，表明以前也有。更古时虽无待漏院，但"古之善相天下者，是不独有其德，亦皆务于勤耳"，而"卿大夫犹然"，勤是为官之务。每当"北阙向曙，东方未明"，"金门未辟，玉漏犹滴"之际，宰相就已"撤盖下车"。来到此院等待早朝，准备着向皇帝讲些什么及怎么讲法。"一国之政，万人之命，悬于宰相"，上朝一番话干系极大，"可不慎欤？"慎是为官之要。清代吴楚材、吴调候评点说"一出于勤慎，则所思有善而无恶。"我以为其实未必。为公应该勤慎，为私也可以勤慎，问题在于为什么做官和为谁而做官。"待漏之际，相君其有思乎"，这一问真是石破天惊，正打在最要紧处，关键是想什么。"兆民未安，思所泰之"，"田圆多芜，何以辟之""贤人在野，我将进之。佞人立朝，我将斥之"。这是一种"思"；"私仇未复，思所逐之。旧恩未报，思所荣之。子女玉帛。何以致之。车马玩器，何以取之。"这也是一种"思"。同样是东方未明、玉漏犹滴之际，同样是撤盖下车、正襟危坐之态，而所思则大相径庭，霄壤有别。所思不同，所做自然差之千里：一种是"六气不和，灾眚荐至，愿避位之禳之。五刑未措，欺诈日生。请修德以釐之。"勇于负责，身体力行，"忧心忡忡，待旦而入"；另一种则是"三时告灾，上有忧色，构巧词之悦。群吏弄法，君闻怨言，进谄容以媚之。"假话浮夸，欺上瞒下，"私心滔滔，假寐而坐。"所思所做不同，于国于民则利害昭然不同，相君言焉，时君纳焉，前者则"皇风于是清夷，苍生以之而富庶"，后者则"政柄于是乎隳哉，帝位以之而危矣。"可见，思乃为官之本，做官想什么、为什么做官的问题是根本，应该放在首要位置。

掩卷随想，自然想到了现在。距《待漏院记》的年代刚好一千年，而文章却好像是登在《文汇报》上的一篇当世杂文。时代千年巨变，人道是古今事异，但只要认真审视一下时下的诸多世象，就会相信许多现象今古依然，许多道理可以今古相袭。就说各级领导干部吧，像焦裕禄、孔繁森、倪天增、李润五那样克己奉公、一片赤子之心为百姓办事者众矣，像王宝森那样贪赃枉法、损公肥私者有之。两相比较，后者当然是少数。不过且慢，"少数"里边大有文章。公款吃喝、公款送礼，差不多随处可见、屡禁不止，这就是被说成"少数"的。在1951年贪官污吏刘青山、张子善是少数，到了1995年，贪官污吏张三、李四也是少数，前后比较，"少数"是变少了还是变多了呢？据中纪委六次全会公报，1995年全国纪检监察机关共立案122476件，比上年增加5.1%，共处分102317人，比上年增加7.5%。其中县处级3084人、地厅级279人、省军级24人，分别比上年增加29.2%、43.8%、166.1%，想来恐怕会令人担忧。报载湖南省1995年查办各种违法统计案1149起，加上未发现及尚未来得及查办的，再加上其他省份，足能想到"官出数字，数字出官"的浮夸风又有抬头蔓延之势。虽也应说成"少数"，但也让人联想起"大跃进"时期的一种人祸。因此可以论断，"少数"绝不是"小事"。

我们建立了对干部德能勤绩综合考核的一套制度办法，将德放在首位是十分正确的。随着历史时期的不同，德的含义有着变化，但做官为人民这一条应该不变，为人民服务是我党的根本宗旨。同样为官一方，为何所思大相迥异，所为天地相差，根本的不同是做官为谁、做官为什么这两个问题上的区别。权力是什么？是人民赋予的责任；岗位是什么？是人民给予的使命，而不是个人索取的工具、贪图享受的温床、大捞名利的"方便之门"。崇高和卑劣，流芳或遗臭，分水岭即在此耳。

王禹偁为文《待漏院记》，结尾处郑重写明"请志院壁，用规于执政者"，一声"待漏之际，（相）君其有思乎"也许还要再喝问一千年？日理百机千机的各级领导，每当你上班落座之际，"君其有思乎"！

写于1996年5月27日至29日

木棉袈裟传慧能随想

　　衣钵二字，本是佛界用语，据说，当初释迦牟尼佛祖在灵山会上把"正法眼藏"付嘱摩诃迦叶的同时，还把自己所用的袈裟和钵盂交给迦叶，迦叶又传给阿难，经二十七代。由般若多罗传了了二十八代祖菩提达摩，达摩东渡，为东土始祖，再传慧可，传僧灿，传道信。道信游学结庐湖北黄梅，见一幼童有成道的根性，收其为徒，取法名"弘忍"。弘忍于唐永徽元年（659年）得到代代相传的袈裟，成为五代祖，在黄梅东山寺高扬佛法，名播四方，高徒云集。

　　禅宗有言："衣为法信，法是衣索，衣法相传，更无别付。"衣法不能分离。法衣所在之她，便是禅宗正统所在之处，传法衣就是选一代佛祖接班人。弘忍年迈时，在选择接班人问题上十分慎重。若论资排辈，他的衣钵应传给上座弟子神秀，他却破格将衣钵传给了慧能。其时，神秀已是寺院第二级执事僧的首座，五祖对他很是器重，令他为"教授僧"，认为"东山之法，尽在秀矣"。慧能呢，他在23岁（661年）从广东晓行夜宿一个多月来到东山寺，还是一名杂役，每日里在后院踏碓舂米，破柴烧饭。但耳闻目染，肯思善虑，对佛教义理的领悟一日深似一日。神秀执守"渐悟"之法，慧能则深得"顿悟"之法。弘忍还采取了公开的方式，叫众僧拿出平生所学各作一偈语，以将袈裟传给见性得道悟得佛法真意之人，众人认为自然传神秀，未放心上。神秀想，写偈为求法，但众皆不作只己独呈，又有谋位之嫌，踌躇再三，终以求法事大而作了一偈曰：

　　　　　　身是菩提树，心如明镜台。
　　　　　　时时勤拂拭，勿使染尘埃。

　　慧能本着"菩提面前没有高下"想法，也作了一偈：

　　　　　　菩提本无树，明镜亦非台。
　　　　　　本来无一物，何处染尘埃。

五祖观后，认为慧能果然素秉圆乘，心有佛理，衣钵不传给他又传给谁呢？但又想到慧能法龄太浅，功德不深，恐众难服，于是秘密传了法衣，亲自到九江驿边送慧能南下，续传禅宗。

慧能受了法衣，秘密南渡，隐匿潜心十多年。唐高宗仪凤元年（676年），他在广州法性寺（今光孝寺）恭恭敬敬捧出了法衣，却原来不过是因年代久远多有破烂的一件陈旧的木棉袈裟。从此慧能正式做了六代祖，在广东重开东山法门，传讲禅宗顿义，日后南宗禅大昌于世，并与儒道思想交融一体，创建了中国禅宗，成为中国文化哲学的一个重要组成部分，对中国乃至世界文化产生了深远影响，而神秀所代表的"北宗"虽被武则天御用却日渐式微，故佛教史上称慧能为"禅宗真祖"。

木棉袈裟传慧能，本是佛门佳事。拿来联想时下社会，亦能颇有所感。我看完有关资料，一时杂思纷纭，漫想似无边际。漫想之中，想到了不拘一格选人才。不拘一格的"格"，各时期虽有变化，但总是人为。或出诸"上言"，或写于文件，或存乎思想，或资格级别，或出身文凭，或年龄界限，一个时期讲究工农出身和革命资历而摒弃知识分子，一个时期强调年轻文化而排除确有真知的工农，要做到真正意义上的不拘一格，知易行难矣。"千里马常有，而伯乐不常有。"关键在"选"。某事待办，有人洽长此技，用其一技之长，因需而选；某事紧急，不及细考，二择其一，应急而选。此一时一事之选人，大量而较易，用人不当也不会把事办砸。至若治理一地方，振兴一个大厂，弘大一种专业，开拓一项事业，其用人之选就非同小可，"夫国以一人兴，以一人亡"。

选人可有许多办法，民意调查专家评议部门考核会议研究等等。但我认为，最重要的标准有两条：第一条是看对建设中国特色社会主义理论和路线的理解和掌握。听言、观行、察绩，特别是关键问题上的表现。照搬模仿其外，执守"经验"于觊觎，不读书、不看报，按部就班行事，无毁无誉、苟禄全身，甚至对改革开放心口不一，尽管也会累积一些政绩，但很难期望他会充满活力、富于创造，会出现弘扬光大开拓的气势和局面。第二条是要有强烈持久的事业心。摩顶放踵，百折不挠，终生奋斗，无怨无悔。"贤者不悲其身之死，而忧其国之衰"。为了人民，可以踏碓砍柴，可以隐窦多年，可以勇挑重担，可以忘身忘家，而核心是个"恒"字。忽冷忽热，浅尝辄止，甚至患得患失，畏首畏尾，遇难即退，是办不成什么事的，更何谈跨世纪的千秋大业。

写于 1996 年 5 月 29 日至 31 日

从伊丽莎白月饼说开去

　　书看书名，店有店名，起名的事处处遇到，不算什么大学问，但其中也各有意蕴，并不简单，梁山好汉口头语曰"老子行不更名，坐不改姓"，是把姓名和名声联系在一起的。闲来漫想一下时下的起名，睹闻之余颇有困惑，玩味之中顿生惕栗。

　　中秋节是中国人的传统节日，中秋月饼是正宗国品，近年来的月饼渐渐升级到了"文化"层面，包装有木、竹、藤、草编、金属盘，名字更是无奇不有，今年南方某市一种月饼竟起名为伊丽莎白月饼，是伊丽莎白曾经吃过的？是伊丽莎白生产的？还是伊丽莎白馅的？真是匪夷所思。

　　摊开来想，倒又不觉得奇怪了，你看：街上跑的汽车，明明是国产的，起名"奥迪"、"桑塔纳"，自行车是"安琪儿"、"斯玻兹曼"；在中国土地上由中国人建造的大厦，叫"凯旋门大厦"，饼干改叫"曲奇"、"克力架"，极普通的奶油硬糖改叫为"司考其"，果冻叫"喜之郎"，压力锅叫"苏泊尔"，冰箱叫"阿里斯顿"，衬衫叫"雅戈尔"，洗发水叫"海飞斯"、生孩子叫"张罗洋子"、"衣万捷夫"。还有保健食品和药品，明明是国产的给中国人用的，包装盒上却印满了英文日文。中文呢？对不起，被挤到边角上去了，如不仔细搜寻就不会发现。中国女性的黑发，尤其是长而漆黑的，古来就颇以为美，甚至专门造了一个"鬒"字来形容它的美，"鬒发为云"。但如今不行了，有的女郎觉得中国人的黑发太没有派头了，于是想方设法把一头好好的黑发染成金发或红发，招摇过市，令人侧目，虽属个人所好，不应说三道四，但从中也能看出一种国民心态。

　　还是回到起名这个问题吧。中国有五千年文明，有极为博大精深的文化，汉语词汇的丰富与精细举世无双。就说为月饼起名，吟月咏秋颇宜，奉吉祝瑞亦佳，甚至以馅命名也可不失文采，纯粹中国特色的东西，何必要用洋名来包装呢？揣摩分析，我有四感。

　　其一，为了蒙人。以为冠以洋名、印以洋文就可以洋味十足、身价倍增，让顾客误以为是进口或是合资，借以达到误导推销的目的。

　　其二，所谓"从众心理"。改革开放以来国门大开，一些外国商品源源而入，有相当多的商品的确是设计精到，性能稳定、可靠，质量优良。国人一时崇尚洋货无可厚非，但并不是所有的洋货都优于国货，也不是洋货永远优于国货，如国产彩电、空调器、洗衣机，许多品牌现在已赶上或超过外国产品。中国的工业界、商界本应在振兴中不断奋起，干嘛还要不停地炒卖"外国的月亮比中国圆"？盲目的"从众媚洋心理"，其实是一种自卑。顾客最终是以商品的质量价值为选择的，自己的产品或其他某方面不如人家，借鉴学习，埋头苦干，赶上去就是，也要有超过的气魄，坚定自信，打出自己的品牌，无须拉洋皮壮胆：我们已不再生活在积弱、积贫的时代，我们更无须自卑。

其三，商标是大事，产权是财富。据说奥迪、桑塔纳汽车都是合资的，引进技术，引进技术设备，引进配件，以求改造自己的工艺和产品都是必要的，但连人家的名字也引进来照搬上去，有这个必要吗？值得吗？长此下去，我们还有自己的名牌吗？中国工业没有自己的名牌，怎么能占领世界市场呢？商场如战场，难道能老是打着别人的旗帜去冲杀？到那时，可能我们在政治上是独立于世界之林的，而在产品上还是"殖民地"！这也许是危言耸听，但愿是"杞人忧天"吧。

其四，从起洋名想到了我们向外国学什么、怎样学的问题，进而又想到清末的一件事。光绪九年（1883年），钱塘袁祖志随招商局负责人唐景星到欧洲考察观光，历时十个月。回国后翌年出版了《谈瀛录》六卷，内中绝少兴利除弊之观感，却卷卷都有中外女人的"比较研究"，更有"玉山高耸乳如酥"的轻薄诗，难怪钟叔河先生著文说："可见没有现代化意识即自己思想倾向并不追求现代化的人，即使搭上了大官商的大轮船，到伦敦、巴黎走上一大圈，心里装的也不过'玉山'和'玉笋'（袁祖志又有诗：瘦煞裙边玉笋芽，玉笋指中国妓女的小脚），于现代化总是不相干的也"。取个洋名包装一下，或者只学得皮毛，东施效颦，甚至仿效的是人家的病态，"其于西国所以富强之原，茫乎末有闻焉"（梁启超：《李鸿章传》），那真是"于现代化不相干也"。

写于 1996 年 10 月 24 日至 25 日
刊登于《三峡晚报》

《钱本草》 今释

本草是中药的统称。记载中药的书籍，多称本草，如《神农本草经》、《新修本草》、《本草纲目》等。"按药有玉石、草木、虫兽，而直云本草者，谓诸药中草类最多也。"

钱也可以入药么？未曾闻得。但把钱喻为药的例子是有的，早在一千二百多年前唐代的名臣张说就写过一篇《钱本草》，以钱喻药，就其药性、采集、煎炼、服法、禁忌等一一述诸，而全文仅约200字。今日重读《钱本草》大有裨益，特录原文，并试以今文今事注释之。

钱，味甘，大热，有毒。

这是说药性。钱本无味，得之者心里甘甜，而且甘而不腻。钱本无冷热，富有者炙手可热，追求者心馋眼热。你看近年来彼消此长的股票热、房地产热等，还不够热吗？另有一解，大凡药性大热者，体羸虚弱者服之大损，你看不少立场不稳、德行低下的贪官不是因贪而垮了么。无药不毒，钱也是。

偏能驻颜，采泽流润，善疗饥寒，解困厄之患，立验。能利邦国，污贤达，畏清廉。

这是说此药的功用。可以让百姓温饱，面有春色而不是菜色，可以解决民生国计诸多困难。但如犯罪想减刑，倒卖想盖印，升官晋职称想找后门，一本劣作想出书，钱也能打开通道，而且常常能"立验"。"利"、"污"、"畏"三字真是精辟，钱可富国强兵，兴办大业，修三峡，铺京九，也能把贤达拉下水。王宝森、陈希同是高官，算不算贤达很难说，原贵州省第一夫人则可说是"正宗"的贤达名流了，不也叫钱拉到阎王殿里去了吗？而对于清正廉洁、操守沉定的人，风直无欲，钱就知趣地避而远之，敬之畏之了。

贪者服之，以均平为良；如不均平，则冷热相激，令人霍乱。

所谓"均平"，就是适度吧。贪得无度是要上吐下泻的。

其药，采无时，采之非理则伤神。

不像其他许多药材要应时而采，否则药性就大异或大减，钱这种药却是什么时候都可以采集的，"无时"且方式多样。做工、务农、技术、医术、艺术均可采，巫术、方术、骗术也能采。大城市公园等繁华去处看相算命的，那是小打小闹；爆出一门"新"学说，拉出一个大公司来拉赞助，搞集资才算够味，比如写一篇大骂鲁迅朱自清的文章，摘几部"气死历史学家"的历史剧电影或电视剧，还有无锡的那个非法集资32亿元之类的公司等。搞钱诸术中别有一术，就是权术，这里不是指政坛纵横捭阖的权谋之术，而是指权钱交易之术，买官卖官，见钱签字，设卡拉闸。这都近于明火执仗，更隐蔽的、更深奥的是不是就没有呢？老百姓说："平时不知道，揭出来吓一跳"。但是请注意：采之非理则伤神，劳动所得自可放心消受，贪污受贿、盗窃诈骗，暴富之时即是"伤神"之日。这里，伤神似亦可有二解：一曰违悖人道，伤天害理，二曰挫磨精神，心无守时。

此既流行，能召神灵，通鬼气。

民谚曰"有钱能使鬼推磨"，"世路难行钱作马"。

如积而不散，则有水火盗贼之灾生；如散而不积，则有饥寒困厄之患至。一积一散谓之道，不以为珍谓之德，取与合宜谓之义，无求非分谓之礼，博施济众谓之仁，出不失期谓之信，入不妨己谓之智。以此七术精炼，方可久而服之，令人长寿。若服之非理，则弱志伤神，切须忌之。

看来，钱这味药真是非同小可，关系到道、德、义、礼、仁、信、智。且试用八个字作反面解释：只进不出，积而不散，失道；拜金若神，锱铢必争，丧德；坑蒙宰骗，皮厚心黑，不义；得陇望蜀，以蛇吞象，违礼；唯钱是"爱"，宁我负人，非仁；买空卖空，背约毁盟，寡信；搜括苛薄，唯为点钞，昏智。一句话，拜金主义是与社会主义精神文明格格不入的。

张说以钱财为中药，真可谓匠心独具，苦心孤诣。开此良方，深含医俗戒世之意，其目光之深远，用心之良苦，非一般郎中可比。只是大千世界，岂是一纸方笺所能廓清的！要真正能行廉杜腐，澄清风气，除了四项坚持，深化改革，文明建设，社会进步，别无他路。

笔者水平有限，见闻敝陋，介绍此文，抱抛砖引玉之忱，以期有更好的注释和例解。

写于 1996 年 10 月 29 日至 30 日
刊登于《三峡晚报》

呼 唤 认 真

迁入新居后，为布置客厅走访了几家书画店，看到店店都有郑板桥字体的《难得糊涂》横匾，大大小小数量不少，有一画工正弓身描铸着的也是这四个字匾。几年前，这四个字的横匾曾颇为风行，不曾想几年下来势头并没有减弱，一些杂品店也在出售印刷粗劣的板桥拓片。闹市上一个体饭店竟然以"糊涂饭店"为店名招徕顾客，听说因为有一副"糊涂"对联，上联是"醒也罢，睡也罢，喝吧"，下联是"富也罢，穷也罢，醉吧"，竟然生意不错。有些退下来的老同志也不甘落伍，把"难得糊涂"请进书房客厅，当成自己的"座右铭"。

郑板桥糊涂吗？此人一点也不糊涂。板桥姓郑，名燮，江苏兴化人氏，早年家贫，应科举，中进士，官至知县，因助民胜诉，办理赈济得罪豪绅而罢官，晚年靠卖画为生。做官时他能勤察民生疾苦，他在诗中写道："衙斋卧听萧萧竹，疑是民间疾苦声。些小吾曹州县吏，一枝一叶总关情。"罢官之后，仍然"直摅血性为文章"，敢说敢怒敢骂，在他的"三绝"诗、书、画中，怪诗奇作俯拾即是，但他"怪"中有道。他自称自己的作品是"掀天揭地之文，震雷惊电之字，呵神骂鬼之谈，无古无今之画，原不在寻常眼孔中也。"观其为文写诗作画，可知他奇语不奇，自有甘苦。

他画竹时心系民间的不平而愤世嫉俗，其笔下之竹有节有香有骨。他把对社会的满腔不平之气雕镂于书画，熔铸于诗文，使人感到在他创作的"四时不谢之兰，百节长青之竹，万古不移之石"的背后，总是赫然树立着一个有骨气的"千秋不变之人"。这样一位嫉恶如仇的书画家、文学家、政治家，其实聪明大智，不想糊涂，不愿糊涂，也不甘糊涂。因此，要强迫自己糊涂一把，实在是勉为其难了。他的"难得糊涂"充其量只是"牢骚"而已，绝非倡导糊涂。

时下这么多人把"难得糊涂"请回书房客厅店堂，情况不能一以概之。有的是趋时附势附弄风雅，有的是姑妄挂之并无深意，有的是腹中也有点小不平"牢骚"引为同感，有的则是认真起来"动真格儿"的了。现在有些人是非曲直不分，分不清是真糊涂，还是装糊涂。从种种现象看来，装糊涂正是我们这个社会上诸多不正之风屡禁不止的原因之一，危害至深。有些人明明对挥霍公款、请客送礼十分不满，却不说不举，民意测验时还在"廉洁"栏内打钩；明知有同事利用职权贪污索贿，不但不揭发举报，组织生活会上还一味为其评功摆好；歌星、影星、球星中有逃税的，被曝光后，不是说"我以为是税后收入"就是说"对方声明已代扣代缴"，甚至说"经济收入由男朋友经管，自己毫不知情"云云，装起糊涂来脸不变色心不跳。

我们也常常听到对逃税者要"罚它个倾家荡产"的说法，气愤难平的老百姓说说而已，也有表示要加强税管力度的当权人士，但似乎也只说不做或雷声大雨点小，"糊涂"官办"糊涂"案。结果呢，一方面，越来越肥的"富哥"、"富姐"照样在购轿车、置别墅；而另一方面，经济学家说，所得税流失严重，几乎成为一个无法估算的"黑洞"，人家德国对网球名将格拉芙的逃税案不是这样办的吧？一些地区"官出数字，数字出官"现象严重，老百姓气愤地唱起"村骗乡，乡骗县，一直骗到国务院"，这些官员们对那些数字之作假不是心里明明白白的吗？"打假"之中的"假打"，那些虚晃一枪者，举得高落得轻者心里不也是明明白白的吗？

一味以糊涂为上策，以装糊涂为拿手好戏，糊涂官糊涂做，糊涂日子糊涂过，上上下下都用一个"混"字来抵挡，凡事"马马虎虎"，歪风邪气怎么能根治？坏人坏事怎么能严格依法惩办？社会风气怎么能根本好转？据鲁迅的挚友内山完造先生回忆，鲁迅在病中有一段话，曾经使他感动得热泪直流，鲁迅说："中国人正患着一种疾病：马马虎虎，若不治疗就无法救中国。"毛泽东同志也说过："世界上怕就怕认真二字，共产党就最讲认真。"真糊涂者可学可教，百姓居多，应该加强精神文明建设，求得全民的清醒；装糊涂者大都多少有点权利地位，为害甚大，因此，我以为，当务之急是呼唤认真。

写于 1997 年 4 月 3 日至 4 日

看 花 小 语

　　"淑气催黄鸟"，"偏惊物候新"，节气刚到"雨水"，池边的柳树就绽出了青涩的芽儿。家中客厅里的一株君子兰，在它分披两侧的宽厚的绿叶中间，竟也冒出尖尖的嫩嫩的花茎。这花茎不慌不忙地长高着，仿佛太急太快就不能品吮出春天的气息的变化，足足过了二十多天，才在绿叶丛中伸出头来。又过了几天，头顶上窜出十几个花蕾，嫩绿的几近透明。灵秀如一群脚抵脚、甜蜜睡着的婴儿，它们是什么时候窜出来的呢？是春雨浸润了空气催起来的，是春风钻过了窗棂来呼唤？还是它们自己对未来的一种圣洁的憧憬？又过了几天花蕾渐渐泛红，一抹橘红像害羞少女的红晕般慢慢地爬上花蕾的两颊，直到完全绽放，在那舒展挺拔的花茎顶端高高地悬挂上一盏辉煌的桔灯，撑开一把亮丽的宝伞。

　　从花茎冒芽到花开，要四十多天时间，踏踏实实地孕育、积蓄而不急于宣泄，君子兰生活得从容沉稳、雍容矜持，犹如君子；花开的热烈绚烂，像个干事业的样子。只是不耐寒冷，害怕夏照，有嫌娇贵。由于搬家，家中只留了这盆君子兰，一枝独放，也显得孤独了些。

　　搬家之前的几年里，我家曾养了许多盆花，看叶的万年青、吊兰；闻香的米兰；看花的马蹄莲、倒挂金钟；赏叶看花的四季海棠、竹节海棠等。每当忙碌得头昏脑涨，回到家来，观花赏叶，心中就顿时明净起来，恬淡下来了，仿佛受到了大自然温柔的抚摸。每当读到咏花和以花寄情寓意的诗词，更会觉得书香花香浑然一体。"谁知林栖者，闻风坐相悦。草木有本心，何求美人折。"自生自长，正是作者"本心"；"零落成泥碾作尘，只有香如故。"至死不渝，一派高洁；"山中习静观朝槿，松下青斋折露葵。"有花相伴，自在自得；"石榴半吐红布蹙，待浮花浪蕊都尽，伴君幽独。"体味着政治上的失意惆怅；"见梨花初带夜月，海棠半含朝雨。"装点着暮春时的"太平箫鼓"；更有"感时花溅泪"，则是人花相印，人花同心了。

　　也有不少佳篇丽句是以人喻花的。菊，花之隐逸者也；莲，不蔓不枝不染，花之君子者也；桂飘香于秋风萧瑟之时，非趋炎附势之徒也；梅，著花风雪弥漫之中，更是生来标高格的节操之士。"萧条故篱菊，识我平生心。"

139

索性把菊当作了自己的人生知己：妻梅子鹤，林和靖把梅当成了自己的终身伴侣，周敦颐之于莲，郑板桥之于竹，人花合一，更是世代相传的千古佳话。

花的世界也和人和世界一样，个性纷呈，故事连篇。可以说，每种花都有自己的个性，每种花都有自己的故事。像秋海棠吧，《采兰杂志》上有：

昔有女子，怀人不至，泪洒地，遂生此花。色如妇面，甚媚，名断肠花。

美丽的花朵背后藏着一个哀艳的故事。再如玉簪花，有首《玉簪赋中》写道：

素娥夜舞水晶城，惺忪钗朵琼瑶刻。
一枝堕地作名花，洗尽人间脂粉色。

养花，需要经验，一定的专业知识和细心。看花，会由于各人的修养和心境的不同而仁智泾渭。所共同的，是看花要有一颗看花心。看花心就是平常心，排除世事烦扰；就是公正心，不抱好恶成见；就是审美心，在细微处探求美，于独特处发现美。观赏一切自然之花和种植之花，须观其各自的生生活泼之机，袅袅娇媚之态，不必限定牡丹、芍药之名贵者。随便各种草本木本之花，或有香，或有色，或有态度，只要用心去看，百花皆为妙品。如不仔细观察，用心品味，就会错过了眼前的一簇簇诗情画意，辜负了一处处秀色清芳。看花，就是要善待一切花。

看花应如此，看物亦然。"易牙治味，不过鸡猪鱼肉；华佗用药，不过青枯漆叶。"（《随园诗话》），百物皆有用。韩愈在《进学解》中也写道："玉札、丹砂、赤箭、青芝，牛溲、马勃，败鼓之皮，俱收并蓄，待用无遗者，医师之良也。"看万物皆有用，熔融烹冶使物尽其用，就是善待了万物，善待了万物的人，才是良工良医。

看花看物应如此，看人不是更应该如此吗？"三人行必有我师，"人皆有长处，即使鸡鸣狗盗之徒，也有过让孟尝君脱离虎豹之秦的功业。一位哲人说过，在世界上找不到两片完全相同的树叶，那就更可以说，每个人都是世界上独一无二的！

春光富丽，山野烂漫，让我们一道看花去吧。

写于 1997 年 4 月 2 日至 4 日

铸蝉书镇和黑色卵石

案几上有两个小摆设，一个是铸蝉书镇，另一个是黑色卵石；一个买自商场，另一个拣自海边；一个晶莹透明，另一个黝黑圆滑，它们之间毫无关系，各是各，摆在一起反差显眼。

那书镇是玻璃浇铸的，在晶莹透明之中，竟凝固着一只蝉。在紧合着的缀着缕缕金丝的薄薄双翼下，那蝉睁着两只黄黑的大眼，肢足卷卷，肢毛纤纤，趾爪紧紧地抓住一小段树枝，似乎竭力想依攀着弱枝飞逸开去。显然，这个小小的生灵是在骤不及防中，突然被几百度高温的液体活生生浇铸在里面，永久定格在哀惨的瞬间。再仔细看看这晶莹透明之中的蝉，竟然是一只眼已紧闭，而另一只眼却还大大地睁着，是来不及闭合就凝固了呢？还是一股坚强的意志撑持着宁死不闭呢？制造者想炫耀的无非是真实，鉴赏者赞叹着蝉得到了永恒，在这残忍的艺术中，蝉得到了永恒的痛苦还是永恒的存在呢？

蝉是普通的神奇的小虫，他在黑暗的地下栖息，吸吮树根汁液，据说要等候七年才得以羽化见光，可是在这明亮的世界里只能活两到三个星期，只为这，你就会理解他们为什么日日夜夜纵情嘶吼了吧？庄子说"朝菌不知晦朔，蟪蛄（即蝉）不知春秋，此小年也。"夏蝉活不到秋天，两三个星期罢了。"蝉蜕于浊秽，以浮游尘埃之外"（《史记·屈原贾生列传》），在短短的一生中，蝉有过超脱的彻悟，而这，不少人却一辈子也没有过，两三个星期究竟是短还是长呢？

那块黑色的卵石质地黝黑，上下两面均有黄白色水波和花纹带，花纹带各沿卵石边缘环绕一圈，宛如山腰和山脚下两股环绕的溪流。花纹带附近还有些细纹，浸润滋漫，犹如涟漪。卵石上面中部隆起，整个形状犹如馒头而底面近似三角形，而不消说的是，所有边缘和表面都是圆润光滑的，侧缘上还有一段浅浅的沟痕。

拳石可纳五岳。那中部隆起的部分，该是山的高峰吧，三角形的山脚起伏的表面该是往日的嶙峋峻嶒吧！这块笑面团团、憨态可掬、圆滑无锐的卵石，当年该是怎样摸碰不得的巉岩呢？

有首《顽石歌》唱道：

咬不动，砸不烂，灵秀顽艳；

不靠脚，不靠翅膀，浪迹海角天涯。

这块石头是从遥远而又遥远的什么地方，经过了遥远而又遥远的什么年代，才来到青岛海边的呢？

滚动这石的，最初是他自己，之后是水，水用温柔的手把它推向未知的异地。要几千年几万年才把它送到海边？这石的所有尖锐的棱角渐渐地消磨尽，这石的所有表面渐渐地演变得滑润，这石的所有线条渐渐地走向了柔和，雕刻它的不是刀和凿锉，而是温柔的水，涓涓而流的水，轻轻摩挲的水。原来坚硬峥嵘的石块，这边看像丝绸的微皱，那边看像青烟的回纹。涓涓的水、轻柔的手，还有那阵阵海潮水的吮吻，要几千年几万年才把它调教得如此柔顺？如不驯顺，就惩治。这有侧缘上水击出的沟痕作证，几千年几万年把峥嵘变成了圆滑，一些有骨有节之士却一辈子棱角分明，也不过几十年。几千年几万年究竟是长还是短呢？

万物和人们在岁月中行走。从始到终，在蝉是数十天，在人是数十年，在石是数万年；而水仍在流转，潮仍在涨落，一如洪荒初始，时光不停步，没有喘息，无始无终。一代一代过去，却又似乎潜隐着回归和再生。不然，今人见蝉之所感，与两千五百年前庄子见蝉之所感，怎么会如此相通？总有超越时空的东西在。

我们都有过坐飞机的经历。本是难以跋涉的山峦湖沼，近看是坎坷，远望却是奇观；缺陷淡化为小小的局部，壮美覆盖了全局。其实，苦难和挫折依然存在，只是由于居高临下的视野，苦难就变得渺小和微不足道。让肩头齐云高，看石看蝉，也许就会少戚戚于人生之短长，冲淡一下过浓的欲望，给自己的人生多留些余裕，多些踏实和宁静吧。

晶莹的铸蝉书镇和憨土的黑色卵石，不过是案几上的两个小摆设，家人友人闲坐把玩而已，它们比肩而坐，白空黑实。关于倏忽之长和悠远之短，它们何尝有过只言片语的对话呢？

写于 1997 年 4 月 7 日

偶忆两则

十多年前读过《洛克菲勒家史》（美国阿尔文·莫斯考著），那是毛泽东晚年读的一部书，印有大字本。作为美国最有名的家族，洛克菲勒家史是美国资本主义发展史的缩影，也是一部个人奋斗的历史。老洛克菲勒出身农家，父亲是被追捕的逃犯，但他凭其商业智慧和个人奋斗，终于成为美国一号"大蟒蛇"。他的儿子约翰·洛克菲勒曾说："我相信个人的无上价值"，他说他的这个信条就像"高山和峡谷"那样不变，"像秋风吹堕落叶，冬雪覆盖寒树一样地确实无疑。"到了第三代的劳伦斯·洛克菲勒，讲的更为生动："如果你设想每个人是在寻求自我完成的美术家，设想给予他的生命是一块画布，那你就看到我们曾得到比其他人多一些的材料和一张大一些的画布，而期待于我们的也多一些，但是探索创造性的完成，我们和其他人并无太大不同"，这里没有坐享其成的纨绔之气，只有起点高些的攀登之志。

"一代人趁涨潮向岸边游去，接近一个久在寻求的目标，不料被一阵落潮又扫回去，把那场奋斗留给下一代"，这种自立自强、独立奋斗的传统是怎样得以继承下来的？我想起了书中一个小小的情节，老洛克菲勒手中放一块巧克力，唤幼儿跑过来取，待刚刚五岁的儿子跑近时忽然把手一闪。儿子跌倒了，小小的心灵上留下了深深的烙印：即使是亲生父亲，也是不能完全依靠的。

又回忆起林永华先生十五年前回忆外公黄炎培的一篇文章，内中也有一个小小的情节：有一次外公故意把鸡毛掸子扔在地上，然后把几个子女分别叫上楼称有事，看他们如何行事。大姨绕道而行，舅舅一跃而过，母亲一脚把掸子踢到一旁。外婆听说有事赶上楼来，没等外公说话就弯腰把鸡毛掸子拾起放归原处。黄炎培感慨说，你们几个看到东西乱扔无动于衷，倒是"恩娘"（即外婆）做出好样子。

两则故事虽然都是很平常，却给我留下了很深的印象。六一前夕偶然回忆起来，觉得蛮有意味。崇尚个人奋斗的资本家设计让幼儿跌倒，一生为社会的民主进步奔走呼号的爱国老人有意让儿女注意到杂乱而乐于公益，其宗旨大不相同，而在家长潜移默化的教育意识和注重对子女人生意识的教育上，却是相通的。这两则小故事，对于年轻的家长会不会有一些启迪呢？

写于 1998 年 5 月 14 日至 15 日

两个树上的女孩

美国加州原来有八十万公顷红木林，其中不乏千年古木，有的竟是树围十米、树高一百米、树龄高达两千年的"树王"。由于多年来的滥伐，如今只剩下三万多公顷属于国家公园保护地的红木林仍然郁郁葱葱，而其余私有林中无节制的滥伐严重影响了生态平衡。最近，美国政府和加州政府共同拨款四点八亿美元，从当地最大的太平洋木材公司手中买下，留作公共保护地，这真是一个好消息，使这无价的宝藏终于得以留给子孙后代。

这个胜利是许多环保团体、环保人士及广大民众共同努力的结果，其中最突出的是一位二十四岁的少女，名叫茱莉娅·希尔。父亲是传教士，她随父亲游走四方。一年多前他们来到加州时，正好遇上太平洋木材公司大肆砍伐红木林，当地居民及环保团体虽然进行了抗议，但伐木机照样在林中轰鸣，一棵棵参天红木树颓然倒地。茱莉娅目睹了一切，毅然决定留下来保护红木林。1997 年 12 月 10 日，她在林中选择了一棵千年古红木树，为它取名为"月光"，在离地六十米的高处筑了一个巢，决心住在树上，居高临下，随时随地观察伐木者的动静，保护"月光"，不让伐木机靠近。从此她当起了"有巢氏"，决心与"月光"共存亡，她在树上像蝴蝶般飞舞于树枝间，起初还穿着鞋，后来索性光着脚丫爬上爬下。一年多的相处，使茱莉娅渐渐了解"月光"，了解红木林，她说："我觉得整个红木林就像一群活生生的动物，是有感情的。"太平洋木材公司曾以各种方法迫使茱莉娅离开"月光"：以噪声吵她，以强光在夜里干扰她睡眠，以直升机造成的旋风企图将她的巢吹掉……但这些伎俩丝毫动摇不了茱莉娅的坚定意志，她始终抱紧"月光"不放松，她说："不停止砍树，我就不下来！"茱莉娅和行动感动了很多人，有人给她送食物，有人提供移动电话，今年年初有六百多人聚集在"月光"下表示支持，她的行动终于感动了政府。

茱莉娅，一个多么美丽的令人崇敬的女孩！这个"月光"上的少女，在与恋人手挽手在月光下散步的年华，却光着脚丫爬上"月光"以巢为家。少女和"月光"唤醒了人类的良知，向你致敬，茱莉娅！

从这个树上的女孩，我想到了另外一个树上的女孩，我们的江姗。她那么小的年纪，那么纤细的胳膊，那么柔弱的小手，却在树上坚持了那么久。在滔滔洪水的惊涛骇浪的咆哮包围中，只要她因一闪念的怯懦而松一下手，顷刻之间就会被凶残的洪涛吞噬，她紧紧抱着那棵树不放松，坚强的意志、超人的毅力，使得这个蓬头垢面、瘦弱惊恐的女孩变得格外可爱。1988年夏天江珊小姑娘的故事当之无愧的应该冠以一个醒目的标题：敬畏生命。她的生命的救星是解放军，她的生命的依托是树。人在濒危的时候，会本能地抓住面前的任何一样东西，一段木头，一扇木板，甚至一根稻草。江珊的奶奶在自己沉入洪水之前的一刹那为江珊选择了一棵树，老人家是本能的也是智慧的，树是多么值得依赖和依靠的朋友，它和江珊相偎相依，在洪水肆虐的艰险中相依为命，共同谱写了生命的凯歌。

当红木林危难时，有茉莉娅；当江珊危难时，有江边的树。树与人是患难之交的朋友。

树与人更是世交。"构木为巢，以辟群害"，远古的人类祖先正是从大森林中直立行走进化来的，大森林是人类的摇篮。即使是将要进入二十一世纪的今天，南美亚马逊森林里，仍然生活着许多印第安人的部族。那扑朔迷离的林中小道、盛开的百花、欢叫的百鸟、奔忙的百兽、跳跃的松鼠小兔，本身就是一个童话世界，是大森林产生了《白雪公主》、《灰姑娘》、《森林里的老太婆》、《森林里的三个小矮人》等那样美丽动人的《格林童话》。而森林所营造出来的那种深沉的静穆，那种深邃的孤寂，更激发了人类的思索，人类在这里，在大森林的腹中，更能宁静地思考内心的冲突，走向自我和世界的内在，同大自然、同世界进行坦诚的对话，去寻求精神的出路、追索宇宙的真谛。释迦牟尼六年苦行不能达到解脱，后来在菩提树下静思成佛；贝多芬面对德国中世纪大教堂尖顶后面的大森林，曾惊叫过："在田野中我仿佛听到每一棵树都在此起彼伏地发出这样的回响：神圣的！神圣的！神圣的！"维也纳的森林给了施特劳斯以灵感和激情，近百年来，全世界的人每次聆听《维也纳森林的故事》这支名曲，都会在那优美浪漫的旋律中聆听到森林的心声和深呼吸，闻到那森林的湿气和芬芳。人与树，与森林，与大自然亲密和谐，这也许正是这支圆舞曲的深刻内涵吧。

维也纳的森林和音乐，是维也纳人的骄傲。一出城市，到处是这样的景色：向阳的山坡上，林色鲜翠；背阳的山坡上，森森然如群山列陈。森林之间是大片大片的开满鲜花的牧草。维也纳人的这个福分不是天赐的，早在1852年，奥地利就颁布了《森林法》，一百余年沿用至今。与奥地利、德国、加拿大等许多外国人的"森林情结"不同，我们中国人似乎有着更为浓厚的

"园林情结"，中国有哪一座大中城市的近郊有大片大片的森林呢？而私家园林倒很多，大凡历史名城、名胜古迹中都有历代的大员豪绅留下的园林，这些园林漆门宏轩，楼阁盘旋，回廊通幽，花木扶疏。为了移栽奇花异木，不惜四处寻觅善植树者，如郭橐驼，"凡长安豪家富人"，"皆争迎取养"，苦心经营私家有了"庭院缩天"的感觉，但比起那四面开放、广纳千民的森林，就有一股各人自扫门前雪的味道了。森林的胸襟博大，引人哲思，而这里则只有小桥流水、小巷人家、小家碧玉的柔靡之气。

大兴土木，盛世伐木。从秦汉至唐宋，黄河两岸葱茏的原始森林就一天天一代代被砍伐一空。1957 年，长江流域森林覆盖率为 22%，水土流失面积为 36.38 万平方公里，占流域总面积的 20.2%。仅仅 30 年之后，到 1986 年，森林覆盖面积减少了一半多，仅剩 10%，水土流失面积则猛增了一倍，达到 73.94 万平方公里。1986 年至 1996 年，是经济发展速度最好的十年，这十年间究竟砍伐了多少森林？仅举一例：长白山林木主体以每年 3.5 万公顷、500 万立方米的速度消失！"坎坎伐檀兮，寘之河之干兮"，历史上一片伐木声。据说簰洲湾一带的几百棵树，包括江珊紧抱过的那一棵，最近也被砍伐掉了。若是那棵树发出了"苟富贵，勿相忘"之类的质问，我们该如何应对？

"伐木丁丁，鸟鸣嘤嘤"，树木砍掉了，鸟儿为失去了家园而悲鸣，人类应该更懂得爱护我们共同的家园，为了这一点，让我们时常想一想这两个树上的女孩。

写于 1999 年 6 月 10 日至 15 日

管窥经典

安能蹀躞垂羽翼

　　一边读这段历史，一边在想，假如我也生活在两晋南北朝时代，我会怎样？在那王朝更替频仍政治非常混乱的时代，我会怎样面对？在那社会无序、黑暗、非常痛苦的时代，我会有什么样的人生思考和人生实践？在门阀制度的桎梏下，我会怎样地焦灼挣扎或不屑？在那礼教正统、玄学风行、社会生态和心态渐趋多元的时代，我会如何安顿我的心灵？不瞒您说，我还真为这些自寻烦恼的问题困扰了好长一阵子。好长一阵子毕竟还是一阵子，可当时的文士却往往被这些问题纠郁了一辈子，若从文士群体说，他们则纠郁了三百年。

　　从公元265年到公元589年，在长达三个世纪的时间里，只有西晋王朝有幸"享受"过短短三十七年的统一，其余时间里中华大地一直陷入四分五裂的状态，共出现过三十多个大大小小的割据政权。公元280年，晋武帝司马炎灭吴一统天下，很有些飘飘然。291年，其儿子晋惠帝即位，天灾连年，百姓饿死，他反问道：为什么不吃肉糜？310年，西晋"八王之乱"末期的一天，羯族石勒的军队在宁平城就像围猎一样，一日内射杀砍死仓皇逃亡路上的西晋王公士庶十万余人。转天，刘渊的匈奴部将四面纵火，把侥幸未死的二十万西晋军民活活烧死，并以"烤人肉"为食。318年1月，占据中原广大地区的匈奴王刘聪，命令被俘的西晋皇帝晋愍帝身穿佣仆青衣洗盏行酒，责令他立于自己身后，手执仪差服侍，殿中数位西晋大臣失声痛哭，均被拖出斩首。当夜，十八岁的晋愍帝也被匈奴人活活勒死。318年，建康城内，东晋元帝司马睿登基，百官陪列，乐声清扬，东晋及南朝门阀世族政治的时代开始了，也就是所谓"九品中正制"或"九品官人法"，将人分为九品，前三品为上品，只限于世族，四品以下为下品，从寒门选出。在各大州设大中正，郡设小中正，然后由中正官层层选送人才。这种制度看起来似乎公平合理，然而中正官被著姓世族把持，所以实行的结果、选拔的标准就是只看门阀而不论贤愚，出身寒门的人哪怕再有才能，也几乎没有被选拔的可能。420年，晋恭帝草诏，将国"禅让"于老英雄刘裕，是为南朝宋。一年多后，刘裕派兵用被子活活闷死在软禁处念佛的晋恭帝。自此，有样学样，南朝宋齐梁陈的末帝再无一个善终。直到公元 589 年，隋攻入建康，陈后主叔宝拥两个妃子仓皇躲入井中被俘，中国又进入了大一统时代。

这个时代虽是一团混乱，但也自有它的行程可以稽考；分裂中也有范围不小的局部统一，动乱中也有时间不算短的间断的安宁。中国传统的以农业和小手工业为主的自然经济，在各个局部地区仍可以发展，尤其是东南地区，到汉代还相当落后，经过五个朝代的相继开发，到这时，中国经济的重心已经从黄河流域转移到长江流域，这一点意义重大。民族矛盾虽然激烈，但随着几百年的战争状态和人民的大迁徙，逐渐实现了民族关系崭新的重组，最终形成了中华民族的大融合。当时进入中原的各个少数民族，以他们的文化极大地丰富了汉族的文化，促进了民族的融合及文化的互补，这一点意义更大。

这个时代的故事极多。鲁迅先生说："这故事很美丽，优雅有趣。许多美的人和美的事，错综起来像一天云锦，而且万颗奔星似的飞动着，同时又展开去，以至于无穷。"（《而已集·魏晋风度及文章与药及酒之关系》）之所以能够"错综"，就在于这一时期社会生态和心态允许多元化：既有弯弓走马，又有玄言味咏，既可归园田居，亦可飞鸿荡天。宗白华先生曾浓墨重彩地写道："汉末魏晋六朝是中国政治上最混乱，社会上最苦痛的时代，然而却是精神史上极自由、极解放、最富于智慧、最浓于热情的一个时代。因此也就是最富有艺术精神的时代。""这是强烈、矛盾、热情、浓浓于生命彩色的时代。"我猜想，宗先生秉笔大书这一段话的时候，他的神采风度肯定会酷肖那个时代的名士。

仔细翻检一下这段历史，真乃是"万颗奔星"般灿烂：王羲之的字，顾恺之的画，戴逵的雕塑，嵇康的琴曲，曹植、陶潜、谢灵运、鲍照的诗文，刘勰、钟嵘的文论，葛洪的化学，祖冲之、刘徽的数学和天文，郦道元的地理……无不光芒万丈。就连绵绵千年的以红、黑色为主流的传统漆色，到了这时，也另有了一抹亮色，晋人爱绿綦。甚至南北朝时期的姓氏也很稀奇古怪：豆庐氏，纥豆陵氏；若干氏，纥干氏，叱干氏；斛粟氏，斛谷氏，斛斯氏，斛律氏；慕容氏，慕舆氏，慕利氏；有弥姐豪地，姓弥姐名豪地，但不是女中豪杰，却是个马革裹尸的男子；历史上大名鼎鼎的赫连勃勃，大夏国的开国君主本姓刘，创造出这样一个姓氏，取"系为天子，是为徽赫，实与天连"之意。北魏名将斛律金，一生跃马北漠，一日，年过六旬鬓发如霜的老将军在军心动摇的营帐里慷慨悲歌："敕勒川，阴山下，天似穹庐，笼盖四野。天苍苍，野茫茫，风吹草低见牛羊。"其壮志豪情，毫不逊于昔年洒洒临江、横槊赋诗的魏武。云冈石窟不仅仅似纯净的石雕别样于敦煌的泥塑和壁画，不仅仅以开凿期早、气势恢宏超乎于龙门，更显著的区别是：敦煌和龙门一样，建造年代跨度大，是在几个朝代更迭交替中起起伏伏、断断续续完成的；而云冈，却是一部由一个民族用一个朝代集中时间，集中人力物力一气呵成的杰作，不仅仅是以帝王为模本而雕成尊尊佛像，而且把整个拓跋氏的心路历程、北魏王朝的时政气象、民族融合的历史态势都一一包蕴于其中，为中华文明独树了大视野、大气魄的大手笔。

难怪白寿彝先生说："三国两晋南北朝是很复杂的历史。"

生逢斯时，文士糊口度日大多不成问题，但心灵的感受敏感而强烈，个人际遇跟当时的政治社会环境成串联关系，"出世入世，不能自割"。几百年来，巢、由与伊、皋，江湖与魏阙，永远矛盾冲突着，现在则更加强烈地煎熬着文士们的心，有许多人选择了归隐的路，隐居、隐身、隐逸。表面上看，归隐是一种主动的行为，其实不然。他们之所以这样做，全是不得已而为之：或是为了保全身家性命，或是表示对现实政治的不满和失望……就说阮籍吧，狂放不羁，目空一切，其实他内心颇有苦处。在他看来，现实犹如一张大网，使人无处可逃："天网弥四野，六翮掩不舒"。他看到奔竞于仕途太累人太伤心："岂为夸誉名，憔悴使心悲"，"布衣可终身，宠禄岂足赖。"其时司马氏已想篡位，而阮籍名声很大，所以他讲话就极难，"常虑祸患"；竹林七贤七个人的小圈子，都圈中有圈，有魏家的，有司马家的，也有"既明且哲"权衡于两家之间的。他们的清谈是有生命的体验和心中的幽愤作为根底的，未必如别人想象的那般潇洒轻松。

一方面，陶潜出身于大族和世代官宦家庭，原本是个有政治抱负的人："忆我少壮时，无乐自欣豫。猛志逸四海，骞翮思远翥"（《杂诗》）；另一方面，东晋士族文人普遍企羡隐逸，追逐精神自由的风气也对他产生了深刻的影响："少无适俗韵，性本爱丘山"。他就是抱着两种彼此矛盾的愿望走上人生道路的，只是在看透了政治的黑暗，感觉到自己抱负无法实现之后，禀性真淳的他才"拂衣归故里"，过起了"晨兴理荒秽，带月荷锄归"的田园生活，但有志难伸的悲愤仍难以释怀："日月掷人去，有志不获骋。念此怀悲凄，终晓不能静"（《杂诗》）。他的诗，如元好问所评："此翁岂作诗，直写胸中天"；他的为人，如苏东坡所说：陶渊明欲仕则仕，不以为之为嫌；欲隐则隐，不以去之为高。饥则叩门而乞食，饱则鸡黍以迎客。古今贤之，贵其真也。"

看啊，好一个"真"字！那个时代的文人中，能当得起这个真字的，除了陶潜，还有鲍照。

陶潜去世那年，鲍照十三四岁。鲍照一生的主要时光是在南朝宋文帝刘义隆的元嘉年间。南朝宋的建立者刘裕幼年贫穷，曾贩履、种地、捕鱼，后为东晋府兵将领。公元404年率兵击败桓玄，掌握了东晋大权，420年他代晋称帝，国号宋。422年5月，刘裕死，其子义符即帝位。424年5月，司空徐羡之等用皇太后名义废义符，不久又把他弟弟义真杀害，迎立刘裕第三子义隆，改年号元嘉。宋文帝勤于为治，减免租税，鼓励农桑，三十年间，"氓庶蕃息，家给人足"，"盖宋世之盛也"，史称"元嘉之治"。

公元453年2月，宋文帝被太子劭与逆兵杀害于床边，江州刺史、文帝的第三子刘骏起兵讨劭，只一仗劭就兵败被杀，骏即帝位。他上台后大肆杀害王族宗族，其子子业更为残忍，作恶多端，左右终日战栗，各有异志，中外骚然，终于把他杀掉。刘彧即位。刺史晋安王刘子勋起兵反对，荆州刺史临海王刘子顼起兵响应刘子勋，许多地方郡守也都纷纷响应，但刘彧靠"六军精勇，器甲犀利，以待不习之兵"最后战胜，杀了子勋（时年11岁），起兵诸王均赐死。其时鲍照正在临海王刘子顼门下任前军参军，被乱兵所杀，时为公元466年。一年后，刘骏的二十八个儿子全被杀光，刘彧又杀了自己的亲弟弟，"宋祚其能久乎？"公元479年，遂让位于肖道成，是为南朝齐。

陶潜是出身富贵而终归贫贱，和陶潜不同，鲍照出身寒微，"负锸下农"，"身地孤贱"，他才能卓绝，而社会地位卑微，一生不得重用，受尽了歧视和打击。他的人生道路是向着士族门阀制度抗争同时又郁郁不得志，是悲剧性的。他生于贫贱而不安于贫贱，羡慕富贵而鄙视富贵者。他曾写道："昔仕京洛时，高门临长河……车马相驰逐，宾朋好容华……满堂皆美人，目成对湘娥……筝笛更弹吹，高唱好相和"，对这种奢华场景，不胜艳羡。他是一个性格和人生欲望都非常强烈的人，毫不掩饰自己对富贵荣华、及时享乐、建功立业等种种目标的追求，并且认为以自己的才华理应得到这一切。在他向临川王刘义庆献诗时，有人因他身份低卑而加劝阻，他勃然道："千载上有英才异士沉默而不闻者，安可数哉！大丈夫岂可遂蕴智能，使兰艾不辨，终日碌碌，与燕雀相随乎？"老庄哲学中一切消极循世、委顺求安的东西，都与他的思想志向格格不入，他只是不顾一切地要以自己的才华实现自己的价值。而当他的努力受到社会现实的无情压制和世俗偏见的重重阻碍时，他的心灵中就激起冲腾不息的波澜，"悲凉跌宕，曼声促节"，激泻在他的诗作文章中。

读鲍照，必须读他的两首诗，两篇散文。

他的《拟行路难》第四首：

泻水置平地，各自东西南北流；
人生亦有命，安能行叹复坐愁？
酌酒以自宽，举杯断绝歌路难。
心非木石岂无感？吞声踯躅不敢言。

用"泻水置平地，各自东西南北流"起兴，水泻之前都在一皿中本无差别，泻起之后就流向不同了。非水不同，命势不同而已。本想以"人生亦有命"来自解，用酌酒来断绝愁思，用高歌一曲《行路难》来宽慰自己，却"心非木石岂无感"，再又吞声咽叹，欲发而又止，他心中的"岂无感"不曾说破，更表现出内心深重的愤懑不平。

《拟行路难》第六首：

对案不能食，拔剑击柱长叹息。
丈夫生世会几时，安能蹀躞垂羽翼？
弃置罢官去，还家自休息。
朝出与亲辞，暮还在亲侧。
弄儿床前戏，看妇机中织。
自古圣贤尽贫贱，何况我辈孤且直！

这首诗是他对失职后闲居的生活叙述。亲情融融、男耕女织、娇儿绕膝的田园生活并不能让他自适自得，而是"对案不能食"，饭都吃不下，"拔剑击柱长叹息"。虽然也知道自古以来的圣人贤者大多一生贫贱，自己又孤寒无所倚仗且直率不阿，受贫贱本在情理之中，但他想自劝而不能，仍然按捺不住那颗充满激情和希望的心："安能蹀躞垂羽翼？"

两首诗均写的是贫士失遇的苦闷，但不是灰色的消沉，而是充满了抗争的精神，感情充沛而强烈。诗中的形象显示动势，句式长短不齐，富于变化。感情、形象、音节完美结合，形成雄恣、奔放的风格，发出他生命的呼喊。

鲍照的散文不乏佳作，《登大雷岸与妹书》是历来被评论者称赏的名篇，其中写庐山一节：

上常积云霞，雕锦缛。若华夕曜，岩泽气通，传明散彩，赫似绛天。左右青霭，表里紫霄。从岭而上，气尽金光；半山以下，纯为黛色。信可以神居帝郊，镇控湘、汉者也。

笔调琅丽奇崛，铺张扬厉，气象万千。群山众水，均呈动势，光色耀目，令人应接不暇。从文学上看，确是不凡的佳篇。"渡溯无边，险径游历"，"栈石星饭，结荷水宿"，旅途的艰难在阻止你前行，是不是冥冥之中谁在对你进行善意的暗示与提醒？"思尽波涛，悲满潭壑。烟归八表，终为野尘"，一切都为你说出，但是，你不会止住前行的脚步，而是任久蓄的激情赤裸裸地喷薄而出，甚至比滔滔的江水更显得执着与澎湃……

但若解读鲍照，接近鲍照的内心，我以为还是要读他的《瓜步山楬文》。瓜步是一座小山，在江苏六合东南，古时南临大江，南北朝时屡为军事争夺要地。公元450年，北魏太武帝攻宋，率军至此，凿山为盘道，设毡殿，隔江威胁建康。瓜步之战，宋受损惨重，大伤元气，元嘉之治自此衰落。鲍照写《瓜步山楬文》，借山川来发议论，斥责那些煊赫的统治者都是些不学无术之辈，不过凭借势力窃踞高位。他写道：

瓜步山者，亦江中眇小山也。徒以因迥为高，据绝作雄，而凌清瞰远，擅奇含秀，是亦居势使之然也。故才之多少，不如势之多少远矣。

这显然是吐露自己的不平和抨击当时的现实。文章最末处更直接斥责了"贩交买名之薄，吮痈舐痔之卑"的人物，其抨击现实较之他的诗歌更为大胆。你仿佛可以理解，这篇散文就是作者灵魂的代言，它们从作者的心里流出来，流到文章里去，使文章与作者成为两个并存的生命，甚至成为作者生命的久远的延续。

文如其人，大致不错。陈廷焯《白雨斋词话》卷六云：

东坡心地光明磊落，忠爱根于性生，故词极超旷而意极和平。稼轩有吞吐八荒之概，而机会不来，故词极豪雄而意极悲郁。

他讲辛弃疾的话用来理解鲍照也是很贴切的。鲍照在其诗文中强烈地表现了生命虚掷的痛苦、贫士不遇的悲愤和对现实的抨击。作为这种抗争和悲歌的根底的，是对实现生命价值，也即表现自己生命力的强烈渴望，他对施展自己的抱负干一番事业的愿望远较一般人炽烈，殊为一般文士所不及，那是怎样的一种生命力啊：冲腾不息，昂扬飞动。他的诗文，辞采华美而骨力雄健，意境瑰丽而奇特，音节错综而铿锵，感情强烈而充沛，以鲍照的个性，你难道能想象到他会写出另一种文字吗？可以说，他就是宗白华先生笔下那个时代最"浓浓于生命彩色"的人。

最早知道鲍照，是从杜甫的诗《春日忆李白》，现在想来，"俊逸鲍参军"五个字，极好地概括了鲍照的一生。"俊逸"二字，既讲他的诗的品格"上挽曹、刘之逸步，下开李、杜之先鞭"，"廉俊无前""如五丁凿山，开人世所未有"，"抗音吐怀，每成亮节"，曹植之后，李白之前，唯推鲍照；也讲了他的生命品格拔萃于众流，风骨峻上。何焯《义门读书记》说："明远天才赡丽，尤长于夸饰，故光焰腾于楮墨之表。"丽是六朝文章的基本特点，鲍照文名诗句之尚丽，是整个六朝风气的表现，但丽而能大，丽而能壮，则是充注了人生的情感和生命的力量的结果。"参军"二字，则实写了鲍照一生地位的低微。历史代谢，陵谷变迁，参军的职位及它的诸多任者皆已殁，但俊逸诗风却一直流芳至今，只因鲍照。

写于 2013 年 4 月 29 日至 5 月 7 日第二稿

唐朝是诗朝

王国维说:"凡一代有一代之文学:楚之骚、汉之赋、六代之骈语、唐之诗、宋之词、元之曲,皆所谓一代之文学,而后世莫能继焉者也。"(《宋元戏曲考·自序》)。

唐诗的繁荣,首先表现在诗人辈出,作品繁富。现存的唐诗,据清人《全唐诗》及今人陈尚君先生《全唐诗补编》,就有作者三千六百余人,诗五万五千余首。在印刷业还未兴起的时代,诗歌主要是靠歌者和舞者的演唱来传播流转,流失是不言而喻的,因此可以想见,所存下来的唐诗大概只是当时全部诗作的很少一部分。以樊宗师为例,据考他原有七百六十九篇诗作,因其诗艰深晦涩,最后只存世一篇《蜀绵州越王楼诗》。唐诗的作者所涉及的阶层极为广泛,举凡帝王将相、后妃歌妓、僧道商贾、村夫野老,儒生武士等,真可谓全民皆诗。

唐诗的繁荣,其次表现在题材广泛,反映的社会生活层面大为扩展,诗歌所表现的内容真可谓包罗万象:从宫廷宴乐到边塞烽烟;从山川胜迹到风土人情;从怀古咏史到个人际遇;从官场争逐到江湖浪迹;从士人慨叹到应和酬唱;从农桑悲悯到伤别悼亡……诗歌的触角可以说延及社会生活的各个方面。如果称杜甫诗为"诗史",那么,唐诗庶几可谓一部诗歌版的唐代史和唐代社会风俗史。读唐诗,使人觉得唐朝无处不诗。

唐诗的繁荣,还表现在风格多样,流派纷呈。"初唐四杰"推动了五言律诗的成熟和七言歌行的发展,孟浩然、王维所代表的山水田园诗派,高适、岑参所代表的边塞诗派,以李白为代表的浪漫主义诗风,以杜甫为代表的现实主义诗风,元白所倡导的"新乐府"运动,韩愈、孟郊、李贺、贾岛们的奇崛险峭、劲拔瑰丽,柳宗元、刘禹锡的简洁情深、含蓄幽远,李商隐的意韵绮丽、朦胧典雅,杜牧的清丽俊逸……真可谓群星灿烂,百花缤纷。参阅这些诗人的生平经历,就不难发现,作者个人的人生经历和际遇,不仅与他们诗作的内容有着密切的关联,而且对他们诗作的风格也有着某种内在的影响。把诗和诗作者串联起来读,更有一番意思。

读唐诗,宛若仰望星空。众神在天,唯敬唯畏,苍穹无垠,遐思无限。

意惬关飞动　岑生多新语

　　岑参（约715~770），湖北江陵人，父岑植曾任仙州、晋州刺史。岑参兄弟五人，他排行第三。他"五岁读书"，"九岁属文"，家学深厚。十五岁时，父逝，移居登封，家贫，"无负郭之数亩，有嵩阳之一丘"，从兄受书，能自砥砺，"荷仁兄之教导，方励己以增修"。十六岁移居颍阳，遍览经史，十五岁到二十岁，正是他勤苦向学之时。

　　开元二十二年（734年），他来到长安献书阙下，此后十年间，他屡屡往返出入于京洛间求仕而不得，"我从东山，献书西周，出入二郡，蹉跎十秋"（《感旧赋》）。开元二十九年，他二十七岁，游河朔，春自长安至邯郸，历井陉，抵贝丘，暮春抵冀州，八月由匡城经铁丘至滑洲遂归颍阳，"无由谒天阶，却欲归沧浪"。当时河北诸郡，变乱相仍，迄无宁岁，一路所见，给他留下了很深的印象。天宝二年（743年）岁末，他作《感旧赋》，慨叹自己"参年三十，未及一命"，年已三十尚未一仕。赋曰："强学以待，知音不无；思达人之惠顾，庶有望于亨衢。"因将赴举而作此赋，意欲使达人关照。唐代举人，积习如此，岑参为此赋，倘亦贤者不免欤。

　　天宝三年他三十岁，终于中进士，以第二名及第，被授任右内率府兵曹参军的一个小官，以后又任右补阙、虢州长史等，后转嘉州刺史，"三度为郎便白头，一从出守五经秋"，人称"岑嘉州"。

　　在他二十五年的仕途中，有两次出任边塞官吏，前后各三年。天宝八年至天宝十年，他三十五岁至三十七岁，任安西四镇节度使高仙芝的掌书记、右盛卫录事参军，遂赴安西（今新疆库车一带）。唐时文士初入戎幕，每任掌书记，如高适跟随哥舒瀚，也是任掌书记。"万里奉王事，一身无所求。也知塞垣苦，岂为妻子谋"（《初过陇山途中，呈宇文判官》），他满怀报国壮志，想在戎马生涯中开拓前程，但并未得志。天宝十年正月，高仙芝入朝，三月高仙芝转任武威太守河西节度使，岑参等幕僚均同往。后高仙芝兵败，岑参于这年初秋返回长安任职。天宝十三年（754年），封常清任北庭都护伊西节度瀚海军使，举荐岑参为大理评事，摄监察御史，任安西节度判官，遂赴北庭（今新疆吉木萨尔北）。按《新书·百官志》，判官比掌书记高两级。他在北庭又干了三年，经常往来于北庭和轮台之间。他很得封常清赏识，创作也很丰富，他大多数的边塞诗成于此时。由于宦官诬陷，监军公报私怨，唐玄宗偏听偏信，封常清高仙芝两位戍边大将于同一天内先后被杀害于潼关，封常清还被暴尸于芦苇之上。

岑参诗，见存者三百六十首，收于《全唐诗》中九十八首，其中有四十三首是写边塞或写于边塞的，他以边塞诗著称于诗史。天宝年间，汉民族与西北、东北、西南其他民族间战争频仍，对外战争是当时人民生活中的一件大事，很多诗人从不同角度都曾接触过这个主题。岑参两度出塞，久佐戎幕，在边塞生活的时间较久，对边地征战生活和塞外风光有长期的体察与深刻的认识。他以大量的独具特色的边塞诗给我们展绘了那里征战和生活的壮丽图景，他喜以瑰丽的笔调，描写带异域情调的新鲜事物或奇特风光。例如，《优钵罗花歌》写"叶六瓣，花九房。夜掩朝开多异香"的奇花异草；《酒泉太守席上醉后作》写当地别具风味的饮筵："琵琶长笛曲相和，羌儿胡雏齐唱歌。浑炙犁牛烹野驼，交河美酒归叵罗。"据考，金叵罗系指饮酒用的吸管，平时可作为簪子插在发髻上。对塞外季节的特殊情景，他观察细致而敏感："秋来唯有雁，夏尽不闻蝉。雨拂毡墙湿，风摇毳幕膻。"（《首秋轮台》）

在《火山云送别歌》中他写了吐鲁番北部的火焰山，火云随风雨晨散暮聚，炎热的蒸汽弥漫四野，写出了其变化出没的奇观："平明乍逐胡风断，薄暮浑随塞雨回。缭绕斜吞铁关树，氛氲半掩交河戍。"又如《热海行送崔侍御还京》，写水咸不冻的伊塞克湖，借助传闻和想象，以奇崛的语言和夸张的手法，写出了一个斑驳陆离的童话世界。更重要的是，他充满着激情歌颂了边戍将士的英雄战斗精神，如《轮台歌奉送封大夫出师西征》："上将拥旄西出征，平明吹笛大军行。四边伐鼓雪海涌，三军大呼阴山动。虏塞兵气连云屯，战场白骨缠草根。"一边是风雪严寒，另一边是将士的奋勇。他的边塞诗洋溢着积极乐观的精神，多为高亢昂扬之作。

岑诗"语奇体峻，意亦造奇"的特色，在他早期的诗作中已可见到。他的写景诗喜摄取不寻常的奇观，如"雷声傍太白，雨在八九峰。东望白阁云，半入紫阁松。"（《因假归白阁西草堂》）又如"涧花然暮雨，潭树暖春云"，从涧花的艳丽生发出燃烧的想象，使云、雨、潭都浸淫在温暖之中；"孤灯然客梦，寒杵捣乡愁"，则把乡愁客梦化为可捣可燃之物。出塞以后，这一特点又得到进一步发展。他写对长安友人的思念："长安何处在？只在马蹄下。明日归长安，为君急走马。"把思友之情落在翩翩翻腾的马蹄下。沈德潜说："参诗能作奇语，尤长于边塞。"（《唐诗别裁集》）翁方纲说："嘉州之奇峭，入唐以来所未有。又加以边塞之作，奇气益出。"（《石洲诗话》）杜甫在《九日寄岑参》中写道："岑生多新诗，性亦嗜醇酎"，又在《解闷十二首》中写有"即今耆旧无新语"，两相比照，可见杜甫对岑参诗评甚高。

岑参二度出塞任封常清幕下判官时写下了著名的《白雪歌送武判官归京》：

> 北风卷地白草折，胡天八月即飞雪。
> 忽如一夜春风来，千树万树梨花开。
> 散入珠帘湿罗幕，狐裘不暖锦衾薄。
> 将军角弓不得控，都护铁衣冷难着。
> 瀚海阑干百丈冰，愁云惨淡万里凝。
> 中军置酒饮归客，胡琴琵琶与羌笛。
> 纷纷暮雪下辕门，风掣红旗冻不翻。

诗人写北方飞雪，却用南国的春风梨花作喻，这里不仅是因为梨花和雪都有相同的颜色，而且梨花盛开时花团锦簇的景象恰能传达出大雪纷飞的势态。这一奇想把萧索苦寒顿时转化为绚丽烂漫，从一开头就给全诗定下了乐观豪迈的基调。"纷纷暮雪下辕门，风掣红旗冻不翻"，在空旷荒凉、愁云惨淡的画幕上，诗人特意描绘了那面静止的红旗，在整个背景和个别事物的衬映下，在色彩的调配上，构成一幅多么奇美的画面。

《走马川行奉送出师西征》是他边塞诗的代表作：

> 君不见走马川行雪海边，平沙莽莽黄入天。
> 轮台九月风夜吼，一川碎石大如斗，随风满地石乱走。
> 匈奴草黄马正肥，金山西见烟尘飞，汉家大将西出师。
> 将军金甲夜不脱，半夜军行戈相拨，风头如刀面如割。
> 马毛带雪汗气蒸，五花连钱旋作冰，幕中草檄砚水凝。
> 虏骑闻之应胆慑，料知短兵不敢接，车师西门伫献捷。

这首诗一反传统上逢双押韵的惯例，全诗句句用韵，又三句一转，且上、平、入三声互换，造成了一种松峭劲折的音节，形成强烈的声势与急促的节奏，好似紧锣密鼓，这与内容中所写的风雪的急骤、行军的紧迫十分贴切，形成有声有色的交响组曲。

唐宋以来，高适、岑参并称。他俩的生平遭际有许多相似之处，年轻时都曾到长安求仕不成，都一度任军职而从戎等，两人的思想也颇多相通，例如对从军立功的向往："倚剑对风尘，慨然思卫霍"（高适：《淇上酬薛三据兼寄郭少府微》）"公侯皆我辈，动用在谋略"（高适《和崔二少府登楚丘城作》），岑参的"功名只向马上取，真是英雄一丈夫"（《送李副使赴碛西官军》）；两人的诗风也相近，"风骨颇同，读之令人慷慨怀感"（《唐才子传》）。胡应麟在《诗薮》中说："高岑悲壮为宗"，岑诗"清新奇逸"。杜甫在《寄彭州高三十五使君适、虢州岑二十长史参三十韵》中写道："高岑殊缓步，沈鲍得同行。意惬关飞动，篇终接混茫。"

　　不过，细析起来，这两位诗人同中有异，在诗坛上各自做出了不同的贡献。岑参在边地生活的时间比高适更长，所以他的边塞诗比高适更为丰富多样。一些人所罕见的千变万化的边塞景色被他以奔腾浪漫的热情写入诗里，使他的这一类诗色彩浓烈，气势奔放。比较说来，高适的诗悠扬婉转，在浓厚的抒情意味中，表现了慷慨激昂的精神；岑参的想象力更加丰富，他的诗急促、高亢，以奇峭瑰丽的风格描绘了边塞光怪陆离、变幻莫测的风光。从艺术风格的独特鲜明以及所反映的生活面的丰富广阔而言，高适显然不及岑参，所以《唐才子传》中说："参……诗调尤高"。岑参无疑是唐代边塞诗人中最杰出的。

思隐隐于官

韦应物（737~791），长安人。读韦应物，读出的是复杂的其人其诗。他的生活经历很不平常。他出身贵族，任侠放浪，狂放不羁，玄宗时曾在宫廷中当过"三卫郎"的差使。安史之乱后，他又静下心来折节读书，中举成进士，官洛阳丞，迁京兆府公曹，后历任滁州刺史、江州刺史，转左司郎中，官终苏州刺史，人称"韦苏州"。他仕途顺利，却对陶渊明极为倾慕，受佛道思想影响较深，向往一种淡泊脱俗、远离尘世的生活，他不仅人格上要"慕陶"、"亲陶"，即向陶渊明看齐，而且作诗也要"效陶体"。

但他毕竟身居高官，传统价值观念还比较坚定，也比较注意自己的社会角色和社会责任，所以他仍写下了不少关心国家安危、社会治乱以及下层百姓疾苦的诗篇。如《睢阳感怀》歌颂张巡在安史之乱中坚守睢阳的忠勇，《广德中洛阳作》斥责官军残害百姓的暴行，《始至郡》同情江州百姓遭饥荒而流离的痛苦，等等。而当他批评官吏的时候，又常常把自己摆进去接受良心的谴责，如"庇税况重叠，公门极煎熬"，"开卷不及顾，沉埋案牍间。兵凶久相践，徭赋岂得闲？"

这些诗足以说明他绝不是一个忘怀世事的人，可同时他心里还倾慕陶渊明。做着入世的高官，怀着出世的心思，韦应物该如何是好？他自称"日夕思自退"，但又说"不能林下去，只恋府廷恩"（《示从子河南尉班》）。其实真正的原因恐怕是官爵、俸禄不是那么容易舍弃，所以，他就在官府里隐逸，在案牍公文之间做做山林田园之梦。他在《赠琮公》一诗中说，他案牍盈前，却能和山僧一样："出处似殊致，喧静两皆禅"。他常与僧道论道参禅，或与诗人唱酬应和，常常在诗里写隐逸，写山林，写田园，这成为他平衡自我心理的方法。

"信非吾侪事，且读古人书"，他并没有把田园生活作为理想与归宿，只是读读陶诗心中想想而已。他毕竟不像陶渊明那样心头充满了对乡村生活的真挚热爱，特别是不像陶渊明那样对官场生活深切厌恶，"身多疾病思田里，邑有流亡愧俸钱"（《寄李儋元锡》）是他最好的自白，对于眼前已有的一切，他舍不得，丢不下，归不去，而又归心不泯，故而他的那些田园山林诗，在语言的清新朴素质直上有陶诗的风味，而缺乏一种对田园的亲切感。

　　早年狂放，中年静雅，身居官场，心思田园，全都矛盾统一地反映在他的诗作中。有时意气昂扬，有时情绪恬淡，有时平淡，有时秾丽，在其恬淡的诗风中又常生豪放之气，能"一寄秾鲜于简淡之中"。在他的诗中，常常可以看到经过精心修饰，具有明丽典雅的色彩美、音乐美的秀句，如"绿阴生昼静，孤花表春余"（《游开元精舍》），"雨歇林光变，塘绿鸟声幽。"（《月晦忆去年》），"疏松映岚晚，春池含苔绿"（《题郑弘宪侍御遗爱草堂》）。他对大自然的观察、体验比大历十才子深入细致得多，因而也写出了不少浑然一体、情景交融、篇句俱佳的诗篇，如那首传诵最广泛的七绝《滁州西涧》。

　　他的诗各体俱长，艺术上达到纯熟的境界，风格简明秀朗，成就最高的为五言古体。白居易说他的诗"高雅闲淡，自成一家之体"，《四库全书总目》称其"真而不朴，华而不绮"，实是恰当之评。他在这个历史时期的诗坛上有着独特的地位，有《韦苏州集》十卷存世。

焉能不"寒""瘦"

　　孟郊贾岛向来被并称，有"郊寒岛瘦"之说，这是就他们以苦吟著名，又喜为穷苦之词而言。实际上两人诗作的风格很有不同，孟郊诗无论其思想内容和艺术风格，都有他的独特造诣，有着感人的生活气息；贾岛也讲究词句，但表现的生活面较窄，不如孟郊深沉。

　　孟郊（751~814），字东野，湖州武康人，壮年时屡试不第，在湖州和僧皎然等组织了诗会，刻意吟诗，四十六岁时始中进士，五十岁时出任溧阳尉。这时的孟郊深受韩愈赏识，被认为继陈子昂、李白、杜甫之后的"受材实雄鳌，冥观洞古今"的诗人。他对县尉这个小官不感兴趣，终日行吟，不务公事，县令便另任假尉代行他的职务，并"分其半俸"，孟郊遂辞职而归。后来得到郑余庆的推荐，元和初年当过河南水陆转运从事、试协律郎，六十四岁时郑余庆又招他去做兴元军的参谋，行至途中暴疾而卒，靠亲友的赙赠，葬于洛阳。他生子屡夭，可以说是一生穷困潦倒。

　　孟郊曾经多方面悲叹过自己饥寒冻馁的生活，如"食荠肠亦苦，强歌声无欢"（《赠崔纯亮》），"借车载家具，家具少于车"（《借车》）。号寒诉苦的诗歌，不只是写出了他个人困窘的处境，也反映了坎坷不遇的知识分子们的生活实况。"冷露滴梦破，峭风梳骨寒。席上印病文，肠中转愁盘"，"秋至老更贫，破屋无门扉。一片月落床，四壁风入衣"（《秋怀》），这些描写饥寒的诗句，抒发了知识分子精神上的苦闷。由于从切身遭遇中提炼，故而深刻入微，真实生动，引起深深的同情和不平。也因此，他对劳动人民的苦难也能深切体会，他能透过个人的命运看到一些更广阔的生活。他在《织妇辞》中描写了织妇"如何织纨素，自著蓝缕衣"的不正常现象；在《寒地百姓吟》中以"高堂捶钟饮，到晓闻烹炮"与"霜吹破四壁，苦痛不可逃"两相对照，揭露了贫富不均、苦乐悬殊的社会矛盾。"寒者愿为蛾，烧死彼华膏"之句，实非泛泛记述民间疾苦，这种激越悲愤的感情，绝不是一般士大夫所能有的，堪称杜甫之继。

　　苏轼在《读孟郊诗》中说："诗从肺腑出，出辄愁肺腑"。孟郊写诗至情，感人亦至深，像那首流传千古的《游子吟》：

慈母手中线，游子身上衣。

临行密密缝，意恐迟迟归。

谁言寸草心，报得三春晖。

像那首《闻砧》诗："杜鹃声不哀，断猿啼不切。月下谁家砧，一声肠一绝。杵声不为客，客闻发自白。杵声不为衣，欲令游子悲。"砧声乍起，搅动乡情，这样的哀切，远过杜鹃啼血、孤猿哀鸣，透过月色反复谛听，声声不断，声声灌耳，直使人头发变白。诗不尚藻饰，发自内心，很是震撼人心。关于他的诗风，历来评价相去甚远，但其语言独创性为所共认，他的诗无论古朴或僻奥，都有一翻经营的匠心在内，绝非信手拈来。

贾岛（779～843），字阆仙，河北涿县人。青年时做过和尚，号无本。以诗谒韩愈，很得赏识，后还俗，应试一直未中。《新唐书》称他"累举不第，文宗时坐飞谤贬长江（今四川蓬溪）主簿"，这时他已五十九岁。六十二岁改为普州（今四川安岳）司仓参军，都是低级官职，六十五岁时死于普州官舍。

贾岛有两个故事。一是他曾在京城骑驴苦吟，为琢磨"鸟宿池边树，僧敲月下门"中是用"敲"字好还是用"推"字好，不觉冲撞了韩愈的节杖队伍。在《送无可上人》诗中"独行潭底影，数息树边身"二句下，他特意注说："两句三年得，一吟双泪流。知音如不赏，归卧故山秋。"这都说明他作诗极其用心雕琢。二是据说他因屡试不中，写了几首激愤的讽刺诗，如《病蝉》中写病蝉："折翼犹能薄，酸吟尚极清"，但"黄雀并鸢鸟，俱怀害尔情"，对怀才不遇大发牢骚并讥斥当权者不公，结果被主司指为"挠扰贡院"而逐出，还落了个举场"十恶"的坏名声。（何光远《鉴诫录》）虽然这可能是个传说，但是他一辈子郁郁不得志却是事实。张籍《赠贾岛》以"挂杖傍田寻野菜，封书乞米趁时炊"这样的诗句来描绘他的潦倒。

贫困不得志，使他的诗时时透出一种萧瑟之气来，悲愁苦闷之辞比比皆是，像《朝饥》叹无烟无米，《斋中》叹"所餐类病马"，又如《上谷旅夜》：

世难那堪恨旅游，龙钟更是对穷秋。

故园千里数行泪，邻杵一声终夜愁。

月到寒窗空皓晶，风翻落叶更飕飔。

此心不向常人说，倚识平津万户侯。

一首诗中，连用了"恨"、"穷"、"泪"、"愁"、"龙钟"、"寒窗"、"落叶"等字，一派衰飒。长庆元年（821 年）和长庆二年（822 年）他两次应试不中，先后写了《早蝉》和《病蝉》两首诗，记录了两次应举的遭遇，可以说概括了他一生的举业生涯，两首咏蝉诗，一代士子心。

另外，他早年曾当过和尚。闻一多先生在《唐诗杂谈》中写道："我们若承认一个人前半辈子的蒲团生涯，不能因一旦还俗，便与他后半辈子完全无关，则现在的贾岛，形貌上虽然是个儒生，骨子里恐怕还是有个释子在。""所以他对于时代，不至如孟郊那样愤恨，或白居易那样悲伤。""于是他爱静，爱瘦，爱冷，也爱这些情调的象征——鹤、石、冰雪。"所以，贾岛的诗在叹怨愁穷困顿之余，又不免要寻找精神的寄托和安慰，借山水来自怜，而这山水林泉在他悲愁的主观心境的投射观照中，也变得寂清与衰冷，诸如"柴门掩寒雨，虫响出秋蔬"（《酬姚少府》），"空巢霜叶落，疏牖水萤穿"（《旅游》），"几蜩嘿凉叶，数蛩思阴壁"（《感秋》）……残叶枯木，疏蝉寒蛩，落日黄昏，这些意象表现了贾岛凄清的内心世界，也构成他的诗风。

读孟郊和贾岛，要从两人的苦境和苦吟处去读，是苦吟和苦境终成了"郊寒岛瘦"。人生的苦境，使他们的诗风寒愁衰飒；作诗的苦吟，使他们的诗作古拙奇险，佳句迭出，别有韵味。韩愈说孟郊作诗"剚目錭心，刃迎缕解。钩章棘句，搯擢胃肾"，用浅白一点的话说就是搜肠刮肚。贾岛的诗句，如"秋风吹渭水，落叶满长安"，"长江人钓月，旷野火烧风"，"鸟宿池边树，僧敲月下门"等，或气象雄浑，或情景独幽，颇为人传诵。苏绛在给他作墓志铭时说他："孤绝之句，记在人口"，真是盖棺论定。或许因为他太醉心于词句的雕琢而忽视了全诗的境界营造，使佳句不少，好诗不多。苏轼曾用一个"瘦"字评价贾岛（《祭柳子玉文》）。解读这个"瘦"字：在形式上是拘谨而不开阔；在气势上，是收敛而不恣肆；在美感上是清寒而不瑰丽；在内容上是狭窄而不宽广。但是，他这种幽僻的风格对于纠正浮靡的诗风以及他讲究锻字炼句的创作态度，对后来的诗歌创作有很好的影响。

"从晚唐到五代，学贾岛的诗人不是数字可以计算的。"（闻一多《唐诗杂谈》）闻先生甚至说"我们不妨称晚唐五代为贾岛时代"。不仅晚唐五代，宋末的四灵，明末的钟谭，清末的同光派，也都宗法贾岛，称为"唐宗"。为什么几乎唐代以后每个朝代的末叶都有回向贾岛的趋势呢？

元白并称细思量

　　元稹（779~831），字微之，洛阳人。元稹的祖先是鲜卑贵族，原姓拓跋，北魏时迁居中原改为元姓。六世祖五世祖曾官至隋朝兵部尚书、北平通守的高位。累世公卿的官宦之家传到元稹的父亲元宽时已家道衰落，困窘不堪。少有才学，贞元九年（793 年）以明经及第，十九年登书判拔萃科，授秘书省校书郎。元和元年（806 年）登才识兼茂明于体用科，任左拾遗。后任监察御史，因弹劾得罪宦官权贵，被贬为江陵府士曹参军，徙通州司马、虢州长史。穆宗即位，召为膳部员外郎，后借宦官崔潭峻、崔弘简帮助，擢祠部郎中、中书舍人、翰林学士承旨，长庆三年（822 年）与裴度同拜相，妒忌裴度军功，与崔弘简阴谋破坏，裴度上书参奏，出为同州刺史，任相仅三个月。后转越州刺史兼浙东观察史。唐文宗时官任武昌节度使，太和五年死于任上。

　　他与白居易的友谊深厚，贯串一生。两人早年经历相似，交往甚密，同登书判拔萃科，同授秘书省校书郎，只是白比元早一年；元和元年（806 年）两人共同准备应制举考试，四月间同登才识兼茂明于体用科。在此后的漫长岁月里，两人酬唱应和，思念入梦，互相惦记，彼此关切，感情深挚。他听说白居易贬谪江州司马，"此夕闻君谪九江，垂死病中惊坐起。"（《闻乐天授江州司马》）；他游阆州，心中想念朋友，在开元寺壁上题写白居易的诗："忆君无计写君诗，写尽千行说向谁。题在阆州东寺壁，几时知是见君时。"（《阆州开元寺壁题乐天诗》）；收到白居易的信，他不禁两泪双流："远信入门先有泪，妻惊女哭问何如。寻常不省曾如此，应是江州司马书。"（《得乐天书》）他盖了新房，赶紧告诉老朋友分享快乐："谪居犹得住蓬莱"（《以州宅夸于乐天》）；久别重逢再分别，他唏嘘感叹："君应怪我留连久，我欲与君辞别难。白头徒侣渐稀少，明日恐君无此欢。"（《老友过东都别乐天二首》）。

　　白居易呢？他中秋节在官府当值夜班，想念老朋友，"三五夜中新月色，二千里外故人心"（《八月十五夜禁中独直对月忆元九》）；他与友人喝酒近醉忆起老朋友："醉折花枝当酒筹，忽忆故人天际去。"（《同李十一醉忆元九》）他来到元稹的靖安故居："两处春光同日尽，居人思客客思家。"他为元稹被贬通州（今四川达县）司马鸣不平："何罪遣君居此地，天高无处问来由。"他泛舟江中，捧读老友的诗："把君诗卷灯前读，诗尽灯残天未明。眼痛灭灯犹暗坐，逆风吹浪打船声。"他把自己的诗作整编成集，送给老友："世间富贵应无分，身后文章合有名。莫怪气粗言语大，新排十五卷诗成。"

寓有深意的是，我手头这套线装书局 2002 年版《全唐诗》全套十册，收录的白居易诗的最后一首是《哭微之》："今在岂有相逢日，未死应无暂忘时。从此三篇收泪后，终身无复更吟诗！"白居易在《放言五首》的序中写道："元九在江陵时，有《放言》长句诗五首。韵高而体律，意古而词新。予每咏之，甚觉有味，虽前辈深于诗者，未有此作。"他俩是知音；他又在《和梦游春诗一百韵》的序中写道："微之既到江陵，又以'梦游春'诗七十韵寄予，且题序曰：'斯言也，不可使不知吾者知，知吾者亦不可使不知，乐天知吾也'。"他俩是知己。

元稹在《寄乐天》一诗中写道：

闲夜思君坐到明，追寻往事倍伤情。
同登科后心相合，初得官时鬓未生。
二十年来谙世路，三千里外老江城。
犹应更有前途在，知向人间何处行。

两人差不多同时步入仕途，都从校书郎做起，但从政为仕的状况却很不同。元稹早年与宦官等恶势力作斗争，失败后被贬为江陵士曹参军，后来他向恶势力妥协，借助于宦官的援手才官运好转，仕途通顺。与裴度同拜相后又心怀忌妒，反被罢相出为地方官。唐太宗时，宦官的作用不过是"守门传命"而已，到玄宗时宦官增加到三千多人，开始在政治上有影响的是高力士。他因助玄宗平定乱事有功而受重用，后来直接参与玄宗理政，玄宗说："力士当上，我寝则稳。"当时许多在政治上有所影响的人物，如宇文融、李林甫、韦坚、杨慎矜、杨国忠、安禄山等，其所以飞黄腾达，都和他有关。肃宗时的大宦官李辅国，"宰臣百司，不时奏事，肯因辅国上决。"宪宗虽然是个奋发有为的皇帝，但最后也被宦官陈弘惠所害，继位的穆宗也是为宦官所立。

宦官逐渐得以专政的局面，迫使在仕途上有思图进的官员纷纷去依傍他们，在一定意义上说来是形势使然，元稹并非个例。但不肯屈迎俯就的也大有人在，比如白居易。白居易在《东林寺白莲》中，赞颂了白莲的高洁："白日发光彩，清飙散芳馨"，在该诗的结尾处又写道："欲收一颗子，寄向长安城。但恐出山去，人间种不生。"他是明知高洁处世之难的。在《折剑头》一诗中，他以"青蛇尾"、"碧峰头"来形容一只折剑的剑头，对于剑之折，他写道："我有鄙介性，好刚不好柔。勿轻直折剑，犹胜曲全钩。"元稹在《和乐天折剑头》中写的是："风云会一合，呼吸期万里"，他希望借外界风云之力。白居易在元和年间写的诗，全面地揭露出这个社会的黑暗、动乱、肮脏和不合理，批评的锋芒横扫了整个社会，上至宫廷，下至官吏，这是杜甫以来没有人做到过的。

据说这些诗使"权豪贵近者相目而变色"，"执政柄者扼腕"，"握军要者切齿"（《与元九书》），说明这些诗击中要害，也证明了白居易的正义感和大勇气。他也因此得罪权贵，累遭贬谪。《唐才子传》卷六云："居易累以忠鲠遭摈，仍放纵诗酒。既复用，又皆因幼君，仕情顿尔索寞。"将元白并相比较，泾渭自见。那位被元稹妒忌使了绊子的裴度，历宪、穆、敬、文四朝，"诚社稷之良臣，股肱之贤相"是晚唐有名的重臣。

元稹最有名的诗是他的《遣悲怀三首》，是他悼念前妻韦丛的三首诗。韦丛的父亲韦夏卿，官高爵显。韦丛字茂之、成之，小元稹四岁，既贤且美。802年与元稹结婚，那时元稹尚未任官。元和四年（809年）韦丛病故，年仅二十七岁，其时元稹只是低级小官，共同生活的七年，可以说是"贫贱夫妻"。全组三首诗以"贫贱夫妻百事哀"七字一线贯穿。"顾我无衣搜荩箧，泥他沽酒拔金钗。野蔬充膳甘长藿，落叶添薪仰古槐。"诗中所写，多是小夫妻之间的生活琐事，但一经诗人精心提炼，则感情真挚而浓郁，那个"泥"字，写活了小夫妻之间的亲昵情态。诗中用了"潘岳悼亡犹费词"的典故，晋代潘岳中年丧妻，写了三首悼亡诗，其中有句："怅恍如或存，周遑忡惊惕"，十个字中五个心旁，摧心肝。两人都写了悼亡诗三首，一唱三叹，但元稹更在《哭女樊》中借蜀猿比喻："应是一声断肠去，不容啼到第三声。"真是哀恸彻腑。难怪蘅塘退士评曰："古今悼亡诗充栋，终不能出此三首范围者。"韦丛死后，元稹很长一段时间都思念着她。元和六年，韦丛去世后第三个年头，他写了《六年春遣怀八首》，其中有"百事无心值寒食，身将稚女帐前啼"。又写了《梦成之》："烛暗船风独梦惊，梦君频问向前行。觉来不语到明坐，一夜洞庭湖水声。"只觉得彻夜水声在鸣咽，还有"曾经沧海难为水，除却巫山不是云"这样震撼人心的名句。

贞元十五年（799年）年末，元稹来到蒲州，住在普救寺，正巧遇上回长安路上过蒲州的崔莺莺母女，其时莺莺的父亲刚刚去世，莺莺的母亲与元积的母亲是同胞姐妹。莺莺母女俩带着丰厚的财产和众多奴仆，在蒲州地界遇到兵乱，因元积"与蒲将之党有善，请吏护之，遂不及于难"，设宴酬谢时，唤莺莺奉见表兄，这年莺莺17岁，"寂寞霜姿素莲质"，"玉颜转莹如神仙"，一见之下，元积就"行忘止、食忘饱、恐不能逾旦暮"，两人迅速坠入热恋，因为毕竟是越礼之举，只能"朝隐而出，暮隐而入，同安于所谓西厢者，几一月矣"。中间一段小别，后又相聚。贞元十六年秋天，元积离开蒲州参加他等候多年的吏部考试，他考试失利，决定不回蒲州留长安备考，他写信给莺莺表示一经登第即回蒲迎娶。贞元十九年他考试得中，得识了吏部侍郎兼京兆尹韦夏卿，思想陡变，极力攀附。三月及第，当年秋天就与韦夏卿的女儿韦丛成亲。不仅把对莺莺的信誓旦旦抛到脑后，还写文章文饰自己、猜忌莺莺："我自顾悠悠而若云，又安能保君皑皑之若雪……幸他人之既不我先，又安能使他人之终不我夺"（《古央绝词》）。元积在韦丛亡故后，先纳妾，再续娶裴氏。

因此，有人评曰：令人遗憾，他没有实践自己的誓言。这种要求其实是不现实的。陈寅恪先生曾经说，元积的行为并不算违背当时社会的礼法道德。后来的苏轼，写过"十年生死两茫茫"那首著名的悼妻词，他恸悼王弗，十年在念，但早已续娶王闰之，又有朝云等侍妾。但是，这种要求和指责也有一定的道理，因为大家都相信，元积写这三首诗的时候，是情真意切的，他后来怀思韦丛的诗，也是有真感情的，他的"报答平生未展眉"的誓言，也是当时真实的想法。他的真情，在劫难历练的过程中，不是被轻轻地摇落，而是深深地沉淀在历代读者的心中，正因如此，人们会要求会希望元积坚守誓爱，坚守心志。但是生活要继续，现实很强大。

陈寅恪先生1941年写《读〈莺莺传〉》一文，从考订《会真记》本事即元积早年情事起始，其次考察崔莺莺的身份和社会地位，再讨论唐代男女婚配问题，他在序中写道："盖唐代社会承南北朝之旧俗，通以二事评量人品之高下。此二事，一曰婚，二曰宦。凡婚而不娶名家女，与仕不由清望官，俱为社会所不齿。"据此来看元积，我们起码会认为，元积是一个太现实的人。虽然可以理解他的所作所为，但心目中对他的品格的评价自不会高。

元白并称，缘于唐诗史上的新乐府运动。新乐府诗的创作，张籍、王建、李绅等人是先驱，但他们不像白居易、元积那样能叙事，笔调流利、顺达激切，并且由于元、白的政治地位相对要高，又有明确的文艺主张，加之大力宣传提倡，影响力自然要大得多，两人并称，成为新乐府运动的大旗。在当时，新乐府诗赢得了最广泛的读者，据说，当时"禁省、观寺、邮候墙壁之

上无不书，王公、妾妇、牛童、马走之口无不道……自篇章以来，未有如是流传之广者。"（元稹《白氏长庆集》序）

比起元稹，白居易对新乐府诗下的功夫要大得多，影响也大得多。他对诗歌创作有一套系统的观点。他在《新乐府·序》中写道：诗应该"其辞质而径，欲见之者易谕也；其言直而切，欲闻之者深诫也。其事核而实，使采之者传信也。其体顺而肆，可以播于乐章歌曲也。总而言之，为君，为臣，为民，为物，为事而作，不为文而作也"。他主张"文章合为时而著，歌诗合为事而作"（《与元九书》）。另外，他的新乐府诗反映的社会生活面更广，内容表现上更深入，而且在语言上也形成了独特的平易浅切、自然生动的风格。

晚唐黄滔说："大唐前有李杜，后有元白，信若沧溟无际，华岳干天。"（《签陈磻隐论诗书》）。肯定了元白在唐代诗坛上的地位。清赵翼说："元白尚坦易，务言人所共欲言……坦易者，多触景生情，因事起意，眼前景，口头语，自能沁人心脾，耐人咀嚼。"但他接着又说元稹的成就不如白居易，认为"白自成大家，而元稍次"，这是肯定元、白作品的价值而又定出他二人的优劣先后的次第。黄、赵二人的品评，很获认同。

乐游原上望昭陵

　　杜牧（803～853），字牧之，京兆万年（今陕西长安）人。大和二年（828年）中进士，后来十多年里在各方镇为幕僚，直到四十岁才当上州官，先后曾任黄州、池州（今安徽贵池）、睦州（今浙江建德）等州刺史，大中年间回长安任职，官至中书舍人。

　　杜牧出身于一个世代为官的家庭。他的祖父杜佑为三朝宰相，又是著名学者，著有《通典》二百卷。这种家庭出身对杜牧的人生影响很大。一方面，他早年生活上放浪形骸，风流公子一个。在任州官以前，也就是差不多四十岁以前，他自称"嗜酒好睡，其癖已痼，往往闭户，便经旬日。吊庆参请，亦多废阙。"（《上李中丞书》），还流连于酒市妓楼，所谓"十年一觉扬州梦，赢得青楼薄幸名"（《遣怀》）。另一方面，他政治热情很高，政治抱负很大。杜牧所处的时代，正是唐代后期日渐衰落的多事之秋，他的最高理想是恢复唐帝国昔日的繁荣昌盛。

　　他在《上李中丞书》中说，自己关心的是"治乱兴亡之迹，财赋兵甲之事，地形之险易远近，古人之长短得失"。他在《上知己文章启》中说："伏以元和功德，凡人尽当咏歌记述之，故作《燕将录》；往年伐吊之道未得其所，故作《罪言》……宝历年间大起宫室，广声色，故作《阿房宫赋》。"他还曾注过《孙子》十三篇。他写自己的志向是"岂为妻子计，未去山林藏？平生五色线，愿补舜衣裳。弦歌教燕赵，兰芷浴河湟。"（《郡斋独酌》）。他的《感怀诗一首》，直接写有唐以来的史事，并不托讽秦汉，直抒了对当时政局的忧愤。在《新转南曹》诗中，他写道："平生江海志，佩得左鱼归"，他想佩得鱼符的左半，可以号令以施展自己的抱负。

　　但是，就算他真有管仲、诸葛之才，也未必能把这时的唐王朝这件千疮百孔的衣裳补好。何况他在中进士后十年多的大部分时间里，都在幕府里沉沦下僚，何况他即使当上州官，也并不能随心所欲地施展拳脚，正如他所说："自嫌如匹素，刀尺不由身"（《自贻》）。他在进士及第后曾是那样的踌躇满志："东都放榜未花开，三十三人走马回。秦地少年多酿酒，已将春色入关来。"（《及第后寄长安故人》）但后来多年的官场生活却使他非常失望："瀍上汉南千万树，几人游宦别离中"（《柳长句》），"休指宦游论巧拙，只将愚直祷神祇"（《题桐叶》），即使是柳枝、桐叶也会引发他的郁闷和牢骚。四十四岁时在池州刺史任上，他还发出"为吏非循吏，论书读底书"（《春末题池州弄水亭》）的感慨。

史学世家的遗风和对现实政治的关切，在杜牧这里没有机会像他祖父那样施展于实际政务或历史著述，却在他的诗中形成一种深沉的历史感。他的咏史诗，善于选取最典型的事件，在不违背历史真实的原则下加以形象的刻画，生动寓深，有很强的艺术感染力；一些登临咏怀之作，别人写来大多是描摹自然，流连山水，而杜牧写来，却常常融合了对自然、社会、历史的感触，总有一股伤今怀古的忧患意识。如《润州二首》之一："大抵南朝皆旷达，可怜东晋最风流。月明更想桓伊在，一笛闻吹出塞愁。"又如《题宣州开元寺水阁》：

> 六朝文物草连空，天淡云闲今古同。
> 鸟去鸟来山色里，人歌人哭水声中。
> 深秋帘幕千家雨，落日楼台一笛风。
> 惆怅无日见范蠡，参差烟树五湖东。

而在他的一些咏史诗中，他的感触就更为明显了："长空澹澹孤鸟没，万古销沉向此中。看取汉家何事业，五陵无树起秋风。"（《登乐游原》）"烟笼寒水月笼沙，夜泊秦淮近酒家。商女不知亡国恨，隔江犹唱后庭花。"（《泊秦淮》）他感叹岁月倏忽，朝代兴亡，讥讽执政者荒淫昏聩和世人居安忘危，透过这些，我们可以看到他心底的悲凉。"一骑红尘妃子笑，无人知是荔枝来。"他的《过华清宫三绝句》可以说是为唐玄宗而发的深中要害的史论。"东风不与周郎便，铜雀春深锁二乔。"（《赤壁》）《长安杂题长句六首》、《过骊山作》、《江南怀古》、《西江怀古》，以及在宣州的几首诗等，都表现了他透过历史对现实的深切关注。

怀古伤今，是不甘沉沦的社会责任感，也是家世门风的传统和实现抱负所合成的力量在杜牧诗歌中的表现。然而，当时代的衰颓和自身的怀才难展使他感到无可奈何时，他也常常以自我旷放来寻求解脱，希望有一种闲适的生活和恬静的心境。在黄州刺史任上，他就写过"酣酣天地宽，悦悦稽刘伍。但为适性情，岂是藏鳞羽"。（《雨中作》）"蓬蒿三亩居，宽于一天下"（《赠宣州元处士》）；还有"谁人得似张公子，千首诗轻万户侯"（《登池州九峰楼寄张祜》）；又有"尘埃终日满窗前，水态云容思浩然。争得便归湘浦去，却持竿上钓鱼船"。在他心中，官场污浊如尘，何如江海垂钓。在《九日齐山登高》中他写道："尘世难逢开口笑，菊花须插满头归。但将酩酊酬佳节，不用登临恨落晖。"这些诗中一面显现洒脱无羁、看破红尘似的高逸情致，另一面又透出诗人内心的痛苦，犹如那黄昏落日不可挽回，世事和人生都难勉强，还不如在一时的良辰美景中沉醉。这正是哀中寻乐，是诗人在对人生探索之后所生发出来的感叹，很能代表那时一般知识分子的心理状态，因而引起普遍的共鸣，他的诗当时在人们口头广泛流传。在《将赴吴兴登乐游原一绝》中，我们更能看出他的心境："清时有味是无能，闲爱孤云静爱僧。欲把一麾江海去，乐游原上望昭陵。"杜牧胸怀大志，常以腹有韬略自负，又何尝甘于枯守淡泊？当他自称以"无能"为"有味"，说要逍遥江海时，却恋恋不舍地回望唐太宗的陵墓，遥想那辉煌的贞观盛世。

"欲把一麾江海去"，他一步三回头，一步一步走向历史深处。他一路走，一路看，一路思考，一路吟诗。他写竹，则"历历羽林影，疏疏烟露姿"（《栽竹》）；他写梅，则"轻盈照溪水，掩敛下瑶台"（《梅》）；写鹭鸶，是"惊飞远映碧山去，一树落花落晚风"；写鸂鶒，是"静眠卧翠竹，暖戏折高荷"，他写《村行》、《山行》、《汉江》、《寄远》、《商山麻涧》……以他轻倩秀艳的风格，在唐贤中独显出另一种笔意。他留下了多少脍炙人口的诗篇啊！

> 千里莺啼绿映红，水村山郭酒旗风。
> 南朝四百八十寺，多少楼台烟雨中。
>
> 胜败兵家不可期，包羞忍耻是男儿。
> 江东子弟多才俊，卷土重来未可知。
>
> 青山隐隐水迢迢，秋尽江南草未凋。
> 二十四桥明月夜，玉人何处教吹箫。
>
> 多情却似总无情，唯觉樽前笑不成。
> 蜡烛有心还惜别，替人垂泪到天明。

远上寒山石径斜，白云生处有人家。
停车坐爱枫林晚，霜叶红于二月花。

银烛秋光冷画屏，轻罗小扇扑流萤。
天阶夜色凉如水，卧看牵牛织女星。

清明时节雨纷纷，路上行人欲断魂，
借问酒家何处有？牧童遥指杏花村。
……

他的诗，特别是七绝，最为人称道，以清丽的笔触描绘动人的景色，抒发自己豪健的情感，造成一种风流自赏而又绰约含蓄的深远意境。又由于他特有的历史感，寄托远大，使得他的诗有一种高朗英爽的气质。明丽的意象、俊逸的气骨、深远的史思、开阔的视野，使得他在唐代诗坛上独树一帜。他的许多首诗，至今还被我的小孙子用清亮的童声背诵着。

写于 2013 年 5 月 29 日至 6 月 23 日

平生湖海　浩荡百川流

　　辛弃疾（1140~1207）活了 68 岁。他诞生的次年 11 月，"绍兴和议"
成，12 月岳飞遇害。他二十五岁时，"隆兴和议"成，而在他卒后一年，"开
禧和议"成，三次和议都以南宋屈辱割让乃成。其间，南宋朝廷内部主战、
主和两种力量，也就屡呈此起彼伏、互为消长之势，辛弃疾的一生，正是生
活在这样一个动荡不定的时代旋涡中。

　　纵观辛弃疾的一生，似可分为四个时期。

　　一、青少年时期，止于他二十三岁（1162 年）南渡前。他生于济南，据
他日后称，其祖父辛赞虽仕于金而"非其志"，每引儿辈"登高望远，指画山
河，思投衅而起，以纾君父不共戴天之愤"。因此，辛弃疾曾受命"两随计吏
抵燕山，谛观形势"，以期报国。1161 年，金主完颜亮大举南侵，辛弃疾聚众
二千，树起抗金旗帜，又归附耿京义军，并力劝耿京归宋节制，以图大业。
次年，他奉表南渡，不料张安国杀耿降金，他在返北途中闻此讯，立即率五
十骑奇袭金营，生擒叛将张安国上交宋将，为此，"壮声英概，懦士为之兴
起，圣天子一见三叹息"，任命他为江阴签判，游宦南方。

　　二、青壮年时期，从二十三岁到四十二岁，是他一生中的游宦时期。在
此时期，他由签判到知州，由提点刑狱到安抚使，每到一处，他都真抓实干。
出知滁州仅半载，当地"荒陋之气，一洗而空"；掌湖南帅印期间，兴修水
利，赈济饥民，整顿乡壮，创置"飞虎军"，"军成，雄镇一方，为江上诸军
之冠"；在江西隆兴府任上，严明果断，雷厉风行，榜于市者仅八字："闭籴
者配，强籴者斩"，更分米济助邻近信州，曰"均为赤子，皆王民也"；他治
江陵府，"奸盗屏迹"。

　　三、中晚年时期，四十三岁到六十三岁，中间除五十三岁到五十五岁一
度出仕闽中外，因两遭弹劾，有十八个春秋闲居江西上饶的带湖。

　　四、晚年时期，六十四岁至六十八岁卒，以起帅浙东出任知镇江府。其
时外戚韩侂胄当权，图谋北伐以保个人权势，故而起用主战人士。辛弃疾虽
不满韩的为人，且已六十四岁高龄，但仍"不以久闲为念，不以家事为怀，
单车就道"，疏奏保农，再申主战，在镇江府更拟募江上劲旅但未成就，又遭

弹劾，第三度罢仕。六十六岁那年秋天，他罢居铅山，虽屡见召，乃至授以兵部侍郎、枢密院都承旨等要职，但以年老多病力辞未就，至六十八岁耆老以殁。

辛弃疾在青壮年时期，先后上了《美芹十论》、《九议》等奏疏，力陈复国方略，可惜在"谈战色变"的年代，他的意见未被执政者采纳。入仕以后，他虽然政绩卓著，但却并不为官场所容，官迹无常。在他二十三岁到四十二岁的二十年游宦生涯中，去掉江阴签判任职期满后他曾漫游吴楚的三年，十七年内他被调动了十七次，最长的任期两年，最短的只有一个多月、三四个月，"顷列朗星，继联卿月"，屁股还没有坐热。像他这样一个忧国恤民、雷厉风行的好官，却三次遭劾，三度罢居。细想起来，也并不奇怪。他北人南来，在朝廷中难免遭人猜忌；"归正人"这个称呼本身就多少带有轻蔑的意味，辛弃疾当然未能例外。

他一生主战立志收复故国的志向，必然为怯懦苟安、畏缩求和的主流意识所不容。秦桧当权时，就有曾几被罢官，李纲被谪，赵鼎被贬死，岳飞死于狱中，胡诠被长期流放，张元干因作词送别胡诠和寄词给李纲被革职，张孝祥因考试名列秦桧孙子之前而被除名后又被借故下狱……即使主战派占了上风的短暂时期，朝廷中也暗藏着许多心机，容不得他真刀真枪直捣黄龙；他真抓实干、雷厉风行的为政风格，为庸俗圆滑、嫉贤妒能的官场所挤兑更是必然。淳熙六年（1179 年）他在给宋孝宗的奏章中说："臣生平刚拙自信，年来不为众所容。"况且，有机会去做治理荒政的封疆大吏并非其志，与他驰骋沙场以抗金北伐的内心理想南辕北辙。人生的英雄本色和平庸无奈的处境是他心中终生的痛。特别是四十二岁时，正是大有作为的壮年，他却被迫离开舞台，一个热血汉子，一个风云人物，何以堪？难怪宋末的谢枋得不胜感慨地说："惜乎斯人之不用于斯世也！"对山河破碎的悲哀，对壮志成空的悲哀，英雄的豪壮，隐居的自寻闲适，交织纽结在他的词作中。

词的形成，可以追溯到魏晋六朝乐府，正式诞生在唐代，如李白的《菩萨蛮·平林漠漠烟如织》、张籍的《调笑令·杨柳杨柳》。到了宋代，一大批成就显赫、名重一时的人物，像晏殊、范仲淹、欧阳修、王安石、苏东坡等，纷纷成为最好的词作者，词沿着一条非常精英的道路发展起来，他不再是佐酒小令，也不再仅仅是剪红刻翠、渔歌菱唱的"妮子之态"，这个时代，让人们"动于中而不能抑者"，是中原的失陷，"还我河山"是那个时代的最强音。辛弃疾不像许多前辈或同时代的文人那样，亦文亦诗亦词，甚至把词作为"诗余"。他把绝大部分精力投入词这一更宜于表达激荡多变情绪的体裁，他不能让诗的严整格律再来拘束他那奇伟英豪、奔腾耸峙、慷慨悲凉的胸中激流，传统的体裁似乎不能充分宣泄他那冰雪般纯洁的肝胆，百川奔涌似的浩荡胸怀，他呕心沥血般的在词里展示了他无限阔大的生命境界。

《稼轩词》凡六百二十余首，无论数量之富，质量之优，皆雄冠两宋。稼轩者，人中之杰，"词中之龙"也。

历代推崇的宋词名篇，总有不少的稼轩词，像我读中学时的语文课本里就选入了好几篇：《菩萨蛮·郁孤台下清江水》，"借水怨水"，纯用比兴，寓勃郁豪壮于山水之中，被梁启超评曰"如此大声鞺鞳，未曾有也"；《破阵子·醉里挑灯看剑》，前九句一气贯注，酣畅淋漓，直至结句转笔换意，特大跌宕，"可怜白发生"一声浩叹，凝聚了无限的悲愤；《南乡子·何处望神州》，中原何在？劈首一句问，沉郁悲怆而又振聋发聩，答以"不尽长江滚滚流"内涵深远；《永遇乐·千古江山》，一百零四个字，叙及孙权、刘裕、刘义隆、拓跋焘、廉颇五个历史人物的事迹，而作者所要表达的主观感情、意念环环入扣，不仅内容极为丰富，而且语气飞动，神情毕露，没有深厚功力如何能够。"四十三年，望中犹记，烽火扬州路"，稼轩于1162年南渡，至写此词时正是四十三年，他登亭望远，心中最铭记的是1161年完颜亮大举南来时扬州一带的烽火连天。

稼轩的爱国词章，总鸣响着却敌复国的时代呼声，他的这类词，不妨以三首《水龙吟》为代表：《水龙吟·楚天千里清秋》、《水龙吟·渡江天马南来》、《水龙吟·举头西北浮云》。一时登览，他不是背着双手闲步赏景，也不是扶着栏杆望远怀思，他是"千古兴亡，百年悲笑，一时登览"，是"把栏杆拍遍"。他用力拍打着栏杆，拍个不停，拍得手疼，如果没有痛惜失地的捶胸顿足、满腔悲愤，如果没有跃马沙场杀敌复土的干云豪情、热血贲张，何能如此？"一生不负溪山债"，"万崒千岩归健笔"，辛弃疾还有大量山水词传世，千姿百态，动静皆美。而举凡四季田园风光、春秋农事更替、田野劳作、家舍副业、男婚女嫁、民风乡俗，农家友好往来，也无不形诸稼轩笔端。像"西风梨枣山园，儿童偷把长竿"，"城中桃李愁风雨，春在溪头荠菜花"，"父老争言雨水匀，眉头不似去年蹙"，"大儿锄豆溪东，中儿正织鸡笼。最喜小儿无赖，溪头卧剥莲蓬"……轻快流丽，新鲜淳朴，生机盎然，散发着沁人心肺的生活气息和泥土芳香。

三度罢居带湖瓢泉，他写了三首《沁园春》：《沁园春·三径初成》、《沁园春·一水西来》、《沁园春·叠嶂西驰》。豪放悲壮，是辛词艺术的主导风格。豪纵奔放，源于他炽烈的爱国激情，和以天下为己任的广阔胸次；沉郁悲壮，则可归结为二：一、悲剧时代的反映，南宋朝廷游移于战和之间，且常是主和力量得势，这使广大爱国志士处于报国无路的境地。二、个人身世遭遇和思想性格的表现，他壮志难酬，又秉性执着，"呼而来，麾而去，无所逃天地之间"，胸中常蟠结一股勃郁愤懑之气，触之辄发。

稼轩词作中，有的即使算不上是名篇，也多有耐人赏析的佳作妙品。我再三读过他的《破阵子·掷地刘郎玉斗》，这是一首为范伯南祝寿的词。范伯南名如山，是辛弃疾的妻兄，也是从北方投奔南宋的爱国志士，在吏治和军事方面都富有才干，而其际遇不佳，落寞失意过于辛弃疾。早年主战派名将张浚之子张栻于孝宗淳熙五年（1178 年）出任荆湖北路安抚使，继承其父遗志，以北伐为怀，力求振作，请范如山担任泸溪县令。县令职位低微，泸溪地僻偏远，范有失望乃至委屈之感，不肯去就任，辛弃疾理解但不赞同范的态度，借祝寿机会，写这首词规劝激励。

掷地刘郎玉斗，挂帆西子扁舟。

开头连用两个典故，一是项羽名臣范增拔剑击碎刘邦派人献上的名贵玉斗；二是勾践名臣范蠡，都是历史上范姓名人，其凛然气度，收放襟怀，令人仰慕，用同宗古人功业来激励，不能不叹服作者用心良苦。"千古风流今在此，万里功名莫放休。君王三百州。"泸溪虽万里之远，却连着大宋江山，三百军州，而今半沦敌手，亦正是豪杰报国之秋。由泸溪而天下，由个人而国事，蓄势深足。下片情辞急转，连用典故，反正立说。

燕雀岂知鸿鹄，貂蝉元出兜鍪。却笑泸溪如斗大。肯把牛刀试手不？寿君双玉瓯。

第一典用陈涉事迹，陈涉微时身处陇亩而心怀大志，为人所笑，乃以燕雀鸿鹄为喻，是傲然反说；第二典用南齐将军周盘龙事迹，周盘龙多年戍边，屡建战功，晚年还朝为贵臣，战盔改为貂蝉冠饰，他自己说：此貂蝉出于兜鍪，用这一典正面激励，两典连说，情辞恳切。以上大处着笔，远远道来，思致周密，步步为营，将各种心理障碍一一扫除，然后才揭明泸溪，"却笑泸溪如斗大"，其中藏着南朝宋大将军宗悫事迹，宗悫任气尚武，以愿乘长风破万里浪闻名，在南朝宋文帝和孝武帝朝屡建大功，可他早前也做过不顺心的地方小官，曾发过"得一州，才为斗大"的牢骚，但这终究无损他建立功业。牛刀试手句，又藏着《论语》中孔子赞扬子游大材小用而认真办事的典故，此两典藏在直说泸溪和询问意向的句子里，似乎是顺手拈来，借用一下，其实很有暗示意味甚至冲击力量。以上说完了难说的要紧事，刚好留下一句，扣住祝寿收篇，献给妻兄一对玉杯。

在一片良苦用心之后，我们不由得感到辛弃疾深情厚谊的这份寿礼格外厚重，仿佛看到这对玉杯圆润莹洁，清光溢辉，无比可爱。读了这首词，你会感受到作者是何等思致入微，更会感受到他的爱国情操之大气包举，真是无处不在，触之辄发。

一本《辛弃疾词选》，我已不记得读了多少遍，常读常新，读之不能放手。辛弃疾曾写过一首《踏莎行·赋稼轩，集经句》，通篇集儒家经典中语句而成词。集句成诗，始于西晋傅咸。稼轩词章，吾读之诵之，敬之爱之，亦欲集稼轩句姑填一阕。谢章铤《赌棋山庄词话》评辛词曰："学稼轩者，胸中须先具有一段真气，奇气。"再读此语，不免心生畏怯。辛词气象，有傍素波干青云之慨，八百多年后的后生小子焉敢效颦？拼接成篇《水龙吟·赋辛翁·集稼轩句》，聊表敬仰耳。

千古忠肝义胆，笑人间儿女恩怨。
平生湖海，诗书勋业，旌旗未卷。
艰辛做就，悲辛滋味，辛苦辛酸。
西北望长安，浩荡百川，清江水，无数山。
东冈更葺茅斋，有桑麻牛栏西畔。
吾爱带湖，宜醉宜睡，管竹管山。
神州毕竟，梦回连营，醉里看剑。
夜半狂歌起，经纶国手，华发苍颜！

写于 2013 年 12 月 12 日至 20 日

尖歌倩意　穷形尽相

读元曲，最喜爱它的语言。

元曲是元代具有创造性的文艺品种之一，包括散曲和戏曲（杂剧和南戏）。无论散曲和杂剧，都可以说是西域蒙古文化和中原文化相融合的产物。我国戏剧产生于唐代，自宋开始，一些大城市建设勾栏瓦舍供民间艺人在里面说唱表演，金中都的院本，就是宋代市民文化的继承和发展。元杂剧是在金院本和诸宫调的基础上逐渐形成的，它是融歌唱、宾白、舞蹈为一体的综合性戏曲艺术。据《太和正音谱》等书记载，元代杂剧作家有二百多人，剧目有六百多种，现存一百五十余种。散曲分小令和套数两种体裁。小令源于唐末五代，通常以一只曲子为一首，句句用韵，并加衬字，腔调固定；由不同曲牌同一宫调的若干只小曲联缀成套，称为套数。散曲共有六宫十一调。散曲曲调来源很广泛，有来自民间的"里巷之曲"，又有来自北方、西域少数民族的"胡夷之曲"。

明代徐渭云："今之北曲，盖辽、金、北鄙杀伐之音，壮伟狠戾。武夫马上之歌，流入中原，遂为民间之日用。"（《南词叙录》）明代王世贞说："曲者，词之变。自金、元入主中国，所用胡乐，嘈杂凄紧，缓急之间，词不能按，乃更为新声以媚之。"（《曲藻序》）可见，元散曲是继承宋金人词，吸收民间俗曲和少数民族乐曲而形成的独具特色的新体文艺。明人朱权编《太和正音谱》，收录元散曲家 187 人，另有"词林英杰"150 人，除董解元为金人外共 336 人，前期有关汉卿、马致远、张养浩、卢挚等，后期有刘致、张可久、乔吉等。少数民族散曲家人才辈出，如其作品被朱权评价如"闲云出岫"的回族人不忽木，如"松荫鸣鹤"的回族人马九皋、维吾尔族人贯云石，还有回族人姚桐寿，"所制乐府散套，骏逸为当行之冠，即歌声高引，可彻云汉。"

元散曲较之诗、词，向着口语化通俗化方面大大迈进了一步，它在遵守固定的平仄格律的同时，可随意增加衬字，衬字字数可以从一个到十数个不等；散曲的韵脚较密，很多曲牌是句句押韵，而且不能转韵，显得节奏紧促；对仗变化较多，句子变化较大，比起词来更显得参差不齐；散曲的语言主要是口语、俗语，正如凌濛初《谭曲杂札》所说的"方言常语，沓而成章，着不得一毫故实"，正是在这个意义上，王季思先生把元散曲称为"近现代白话诗的先驱"。这些特征，使散曲更自由，更轻灵，更即兴，更活泼，更率直，更浅露。在表情达意上，一定把要它写得穷形尽相；在表达人的欲望和本能的心理层面上，一定要写得鲜鲜活活、干干脆脆，元散曲以它语言方面的"尖新感"、"灵动感"，在历来讲究典雅、内敛的美学传统中别开生面，独树一帜。

年景丰收了，一个庄稼汉为还心愿进城买香烛纸钱，"正打街头过，见吊个花碌碌纸榜"，是个演戏的广告。勾栏前，"闹穰穰人多"，他花二百钱入坊，看了小演唱，再看院本《调风月》，勾栏里"不住的擂鼓筛锣"，那个演坏人的，"裹着枚皂头巾，顶门上插一管笔，满脸石灰，更着些黑道儿抹"，十分有趣。看着看着，他"则被一胞尿，爆的我没奈何"，"刚捱刚忍更待看些儿个"，实在内急只好中途退场，真真恼煞他也，笑煞我也。（《般涉调·耍孩儿·庄家不识勾栏》）。窦娥被绑赴上法场，在赴法场的路上，她迸发出诅天咒地的嘶喊：

> 有日月朝暮悬，有鬼神掌着生死权。
> 天地也只合把清浊分辨，可怎生糊突了盗跖颜渊！
> 为善的受贫穷更命短，造恶的享富贵又寿延。
> 天地也做得个怕硬欺软，却原来也这般顺水推舟。
> 地也，你不分好歹难为地；
> 天也，你错勘贤愚枉做天！
> 哎，只落得两泪涟涟。

可谓高扬激励。贵族家的侍婢燕燕，爱上了前来探亲的小千户，小千户也答应娶她，后来她发现小千户要与贵家小姐莺莺成亲，她决然毁掉他们的信物，她憋着满腔愤怒，却不敢在他人面前倾吐，只好独自一人在灯下长吁短叹，把自己的命运和投火的飞蛾联系起来："哎！蛾儿，俺两个有比喻。见一个耍蛾儿来往向烈焰上飞腾，正撞着银灯，拦头送了性命。咱两个堪为比并：我为那包髻白身，你为这灯火青荧。"（《紫花儿序》）她是哀蛾儿，哀己身？

《单刀会》中，关羽乘船来到大江中流，他观赏着江景，吊古伤今："大江东去浪千叠，引着这数十人，驾着这小舟一叶。又不比九重龙凤阙，可正

181

是千丈虎狼穴。大丈夫心烈，我觑这单刀会似赛村社。"（《新水令》），他想起了赤壁之战，"鏖兵的江水犹然热。好教我情惨切，……二十年流不尽英雄血"！（《驻马听》）真是壮怀激烈。汉元帝送别王昭君："呀！俺向着这迥野悲凉，草已添黄，兔早迎霜，犬褪得毛苍，人搠起缨枪，马负着行装，车运着糇粮，打猎起围场。他他他，伤心辞汉主；我我我，携手上河梁。他部从入穷荒，我銮舆返咸阳。返咸阳，过宫墙；过宫墙，绕回廊；绕回廊，近椒房；近椒房，月昏黄；月昏黄，夜生凉；夜生凉，泣寒蛩；泣寒蛩，绿纱窗；绿纱窗，不思量。"（《汉宫秋·梅花酒》）真乃是景是凄凉秋，情是九曲回。

伟大的关汉卿，"生而倜傥，博学能文，滑稽多智，蕴藉风流，为一时之冠"。他一生创作杂剧六十三种，现存曲目俱全的十二种，《窦娥冤》、《单刀会》、《拜月亭》是其不朽的历史名著。他著名的《南吕·一枝花·不伏老（套数）》，既可看作他的自白，也可看作他的自我宣言。在此曲中，他自许"我是个普天下郎君领袖，盖世界浪子班头"，"占排场风月功名首"，"锦陈花营都帅头"，他多才多艺，"分茶撷竹，打马藏阄；通五音六律滑熟"，"会吟诗，会篆籀，会弹丝，会品竹"。"我也会围棋会蹴踘会打围会插科，会歌舞会吹弹会咽作会吟诗会双陆"。他阅历丰富，"玩的是梁园月，饮的是东京酒，赏的是洛阳花，攀的是章台柳"。元初很长时期内废除了科举，他也摆脱了对政权的依附，反倒成全了他不与世俗同流合污的坚韧的独立人格，"我是个蒸不烂、煮不熟、捶不匾、炒不爆，响珰珰一粒铜豌豆，恁子弟每谁教你钻入他锄不断、斫不下、解不开、顿不脱、慢腾腾千层锦套头"？他安身立命终生执着的是戏曲创作，"你便是落了我牙、歪了我嘴、瘸了我腿、折了我手"，"尚兀自不肯休"，至死都向"烟花路儿上走"！一连串的形象比喻，一连串的迭进排比，诙谐中凸显了他那昂扬独立的生命个性。

问世间情为何物？元曲中写了很多人世情。写一对热恋中或幸福婚姻中的年轻人被强行拆散隔离后的刻骨相思，汉代有《古诗为焦仲卿妻作》，宋代有陆游《钗头凤》，等等。元曲中这样写道："我我我，觑不的小池中一来一住交颈鸳鸯，听不的疏林外一递一声啼红杜宇，看不的画檐间一上一下斗巧蜘蛛。景物，态度。蛛蛛丝一丝丝又被风吹去，杜宇声一声声唤不住，鸳鸯对一对对分飞不趁逐，感起我一弄儿嗟吁。"〔《南吕·一枝花·间阻（套数）》〕丈夫远出，妻子想给丈夫寄衣，"欲寄君衣君不还，不寄君衣君又寒。寄与不寄间，妾身千万难"。写送别离情，唐代有王勃的《送杜少之任蜀州》、王维的《送元二使安西》、李白的《黄鹤楼送孟浩然之广陵》、高适的《别董大》……元代的地方大吏、曲作家卢挚在《别珠帘秀歌者》中写道：

"才欢悦,早间别,痛煞煞好难割舍。画船儿载将春去也,空留下半江明月。"
珠帘秀答曰:"山无数,烟万缕,憔悴煞玉堂人物。倚篷窗一身儿活受苦,恨
不得随大江东去。"一个说"空留下半江明月",另一个说"恨不得随大江东
去"。在暮春季节里,一个独处深闺的年轻妇女思念远行的爱人,元曲中这样
写:"自别后遥山隐隐,更那堪远水粼粼。见杨柳飞绵滚滚,对桃花醉脸醺
醺。透内阁香风阵阵,掩重门暮雨纷纷。怕黄昏忽地又黄昏,不销魂怎能不
销魂。新啼痕压旧啼痕,断肠人忆断肠人。今春香肌瘦几分?搂带宽三寸。"
(《中吕·十二月过尧民歌·别情》)巧妙地运用叠字词和复字句,增强了节
奏感、韵律美,字重复而意不重复,有九曲回肠的艺术质感。秋天,一位客
游他乡的男子也在思念着家中的爱人:"才离了一时半刻,恰便是三暑十
霜……我这里千回百转自彷徨,撇不下多情数桩。半真半假乔模样,宜嗔宜
喜娇情况,知疼知热俏心肠。"(《正宫·金殿喜重重南·秋思》)俩人终于
团聚了,一刻千金,"挨着,靠着云窗同坐,偎着,抱着月枕双歌,听着,数
着,愁着,怕着早四更过。四更过情未足,情未足夜如梭。天哪,更闰一更
儿妨甚么"!开头什么都不说,一连叠用了八个"着"字,生动别致,俚俗风
趣,是写男女欢情,并无半点俗气,结尾异想天开"闰一更儿",尤为精彩。
写游子思乡:

> 一声梧桐一声秋,一点芭蕉一点愁,三更归梦三更后。
> 落灯花,棋未收,叹新丰孤馆人留。
> 枕上十年事,江南二老忧,都到心头。

　　《双调·水仙子·夜秋》选取深秋夜这样的背景,以数词连缀,层层递
进。写相思之苦:"秋风飒飒撼梧桐,秋雨潇潇响翠竹,秋云黯黯迷烟树。三
般儿一样苦,苦的人魂魄全无。云结就心间愁闷,雨少似眼中泪珠,风做了
口内长吁!"(《相思》)一开头即用一个"鼎足对"写了三般令人凄凉销魂
的苦景,弥漫秋心,合成"愁"字,.最后三句又是一个"鼎足对",顺序颠
倒呼应,以客体比主体,以有形写无形,开头漂亮,结尾扎实,以人人习见
的意象写相思,却通篇不见相思字样,风格清新。有评论这样说这首元曲:
"细腻流丽,亦不愧小山、东篱也。"(吴梅《顾曲麈谈·谈曲》)小山,即
张可久,元曲名家,"乐府之有乔(吉)、张,犹诗家之有李杜",东篱,即
马致远也。
　　元曲写景,亦有特色。如关汉聊的《杭州景》:"百十里街衢整齐,万余

家楼阁参差，并无半答儿闲田地。松轩竹径，药圃花蹊，茶园稻陌，竹坞梅溪。一陀儿一句诗题，一步儿一扇屏帏。西盐场便似一带琼瑶，吴山色千叠翡翠。兀良，望钱塘江万顷玻璃……看了这壁，觑了那壁，纵有丹青下不得笔。"马致远的《远浦归帆》："夕阳下，酒旆闲。两三航未曾着岸。落花水香茅舍晚，断桥头卖鱼人散。"是他的《潇湘八景》之一，远浦，酒旗，归帆，茅舍，断桥，宛如一幅江南渔村夕阳下的风俗画。更不能不提他的《天净沙·秋思》："枯藤老树昏鸦，小桥流水人家。古道西风瘦马。夕阳西下，断肠人在天涯。"开头三句九个没有动词的并列词，把九种不同的景物连缀在一起，构成一幅萧瑟苍凉的秋景，全曲短短五句二十八个字，以一个"瘦"字点睛，难怪元人周德清评它为"秋思之祖"。

元代以《天净沙》写景似乎成为一时之风气。白朴《越调·天净沙·秋》写道："孤村落日残霞，轻烟老树寒鸦，一点飞鸿影下。青山绿水，白草红叶黄花。"这首《天净沙》影响不及马作，情思亦与之迥异，却也别有一番韵致：从远景到近景，从朦胧变清新，很像中国画传统的散点透视。张可久的《天净沙·晚步》："吟诗人老天涯，闭门春在谁家？破帽深衣瘦马。晚来堪画，小桥风雪梅花。"十分简洁幽美。乔吉的《天净沙·即事》："莺莺燕燕春春，花花柳柳真真。事事风风韵韵。娇娇嫩嫩，停停当当人人。"二十八个字十四对，全采用了成双成对的叠字，而又妙语天成，极为自然通俗，功力不凡。汤式的《双调·天香引·西湖感旧》以今昔对比的手法，展现了元末战乱变化的现实，属触景生情的黍离之作："问西湖昔日如何？朝也笙歌，暮也笙歌。问西湖今日如何？朝也干戈，暮也干戈。昔日也二十里沽酒楼香风绮罗，今日也两三个打鱼船落日沧波。光景蹉跎，人物消磨。昔日西湖，今日南柯。"环环相比，感慨深矣。

元代的儒士社会地位低下，所谓"九儒十丐"，当朝把全社会分为十等人，儒士排第九等，妓女排第八等，乞丐为第十等。因此，弥漫于散曲中的是一种由于世变沧桑而带来的空虚感、凄凉感，其咏史感世之作多为此类，但语言大多都清新诙谐。像马致远的《中吕·四块玉·马嵬坡》："睡海棠，春将晚。恨不得明皇掌中看。""霓裳"便是中原患。不因这玉环，引起那禄山，怎知"蜀道难"！分量十足。他的《双调·夜行船·秋思（套数）》中写道："想秦宫汉阙，都做了衰草牛羊野。不恁么渔樵无话说。""鼎足三分半腰里折，魏耶？晋耶？""鸡鸣时万事无休歇。争名利何年是彻？看密匝匝蚁排兵，乱纷纷蜂酿蜜，急攘攘蝇争血。"这首套曲虽然思想境界不高，但表现方法上却不是抽象论道，而是对仗工整，形象鲜明，采用了鼎足对的比喻。

他在《仙吕·寄生草·酒》中又写道：

> 常醉后方何碍，不醉时有甚思，糟腌两个功名字。
> 醅淹千古兴亡事，曲埋万丈虹霓志。
> 不达时皆笑屈原非，但知音尽说陶潜是。

连用三个与酒有关的"糟腌"、"醅淹"、"曲埋"，把"功名"、"兴亡"、"虹霓志"全部予以否定，"命意，造语，下字俱好"。（元周德清：《中原音韵·作词十法》）元代文人以超然于世俗为风尚，居游山林乃成当时的风气，这类作品在元散曲中数量最多。孙周卿的《双调·蟾宫曲·自乐》："草团标正对山凹。山竹炊粳，山水煎茶。山芋山薯，山葱山韭，山果山花。山溜响冰敲月牙，扫山云惊散林鸦。山色元佳，山景堪夸，山外晴霞，山下人家。"全曲句句都有山字，难得之作。

如同历代中华文化一样，元曲中也不乏忧国忧民关注民生的佳作，其中最著名的要数张养浩的《中吕·山坡羊·潼关怀古》。张养浩（1269～1329），山东济南人，他的家族曾十分显赫，祖先是唐代名相张九龄的弟弟张九皋，后来家道逐渐衰落，好在他的父亲善经营，不到二十岁就奔走于京师和江淮之间，经商致富。张养浩"年方十岁读书不辍"，二十三岁时入京师寻求发展，投书于时任中书平章政事（相当于宰相）的不忽木，此后他做过监察御史、翰林直学士、礼部尚书等，在元代汉人中官位是比较高的。他上疏论谏时政，弹劾不避权贵，可惜元英宗昏庸，1321 年，时任参议中书省事、官声日隆的张养浩以父亲年迈需要奉养为由毅然辞官回乡，"离省堂，到家乡，正荷花烂开云锦香。游玩秋光，朋友相将，日日大筵张"。朝廷六次先后召他出山，两次以吏部尚书，一次以太子师为召，他都一一推辞。天历二年（1329 年），当朝廷第七次征召的诏书下达时，张养浩却坐不住了，原来陕西关中大旱，朝廷召他为陕西行台中丞，前往赈灾。年近六旬的张养浩，告别快八十岁的老母，断然"散其家之所有"，登车就道，星夜奔赴任所。他经洛阳、渑池、潼关，一路上饥民遍野，饿殍满路，他写道："哀哉流民！男子无缊袍，妇女无完裙。哀哉流民！剥树食其皮，掘草食其根。"那年四月初，陕西下了一场雨，他喜上心头，写下了《南吕·一枝花·咏喜雨（套数）》："用尽我为民为国心，祈下些值金值玉雨。""恨不得把野草翻腾做菽粟，澄河沙都变化做金珠，直使千门万户家豪富，我也不枉了受天禄。眼觑着灾伤教我没是处，只落得雪满头颅。""只愿得三日霖霪不停住，便下当街上似五湖，都淹了九衢，犹自洗不尽从前受过的苦。"他来到住所，便投入救灾之中，"到官四月，未尝家居，……昼则出赈饥民，终日无少怠"，繁重的救灾工作让老年的张养浩身心俱疲，短短数月，他便"得疾不起"，病逝于赈灾的岗位上。赈灾的经历，让他目睹民间疾苦，追古抚今，写下了九首怀古曲，其中的《中吕·山坡羊·潼关怀古》写道：

峰峦如聚，波涛如怒，山河表里潼关路。
望西都，意踌躇。
伤心秦汉经行处，宫阙万间都做了土。
兴，百姓苦；
亡，百姓苦。

名为怀古，更为伤今，可以说是他"致君泽民"的生命绝唱。也是在天历二年，江西也遭大旱，当时高纳麟出任江西道廉访使，刘致写了两套《正宫·端正好》套曲给他，反映灾民流离失所、家破人亡的悲惨景象，希望他能及时赈济灾民。"去年时正插秧，天反常，……旱魃生四野灾伤。谷不登，麦不长，因此万民失望。一日日物价高涨，十分料钞加二倒，一斗粗粮折四量"，十分的纸币只能按三成倒换，一斗粮食要扣除四升。"剥榆树餐，挑野菜尝，……蕨根粉以代糇粮"，"有钱的贩米谷置田庄添生放（放高利贷），无钱的少过活分骨肉无承望。有钱的纳宠妾买人口偏兴旺，无钱的受饥馁填沟壑遭灾障，小民好苦也么哥，小民好苦也么哥，便秋收鬻妻卖子家私丧。""不由我不哽咽悲伤！"

元曲讽世，泼辣尖锐。《中吕·粉蝶儿·牛诉冤》，题目是牛诉冤，实际是替广大劳苦农民诉冤："力田扶耙受驱驰，因为主甘分受苦、苦、苦。经了些横雨斜风，酷寒盛暑，暮烟晓雾。""每日向堰口拖船，渡头拽车。一勇性天生胆气粗，从来不怕虎"，等到干不动活了，被屠宰，"一声频叹气长吁，两眼恓惶泪如珠"，"登时间满地血模糊，碎分张骨肉皮肤。尖刀儿割下薄刀儿切，官秤称来私秤上估"，"或是包馒头待上宾，或是裹馄饨请伴侣……你装的肚皮饱旺，我的性命何辜"！《正宫·醉太平·讥贪小利者》写道："夺泥燕口，剥铁针头。刮金佛面细搜求，无中觅有，鹌鹑嗉里寻豌豆，鹭鸶腿上劈精肉，蚊子腹内刳脂油。亏老先生下手。"——亏老先生下笔！

元曲咏物，穷形尽相。《中吕·醉中天·咏大蝴蝶》这样写的："弹破庄周梦，两翅驾东风。三百座名园一采一个空。谁道风流种，唬杀寻芳的蜜蜂。

轻轻飞动，把卖花人搧过桥东。"好家伙！《双调·拔不断·大鱼》这样写那大鱼："胜神鳌，夯风涛，脊梁上轻负着蓬莱岛。万里夕阳锦背高，翻身犹恨东洋小。太公怎钓？"乖乖！《双调·水仙子·咏雪》："冷无香柳絮扑将来，冻成片梨花拂不开，大灰泥漫了三千界。银棱了东大海，探梅的心噤难捱。面瓮儿里袁安舍，盐堆儿里党尉宅，粉缸儿里舞榭歌台。"这大雪像柳絮阵阵扑来，像梨花团团拂不开，把万千宅舍、舞榭歌台变成面瓮儿、盐堆儿、粉缸儿，把大海涂白，把世界抹灰，远近高低，铺天盖地，大笔渲染，极尽描绘，那大雪的气势何等辽阔磅礴，这文笔的汪洋恣肆真有庄子鲲鹏的风神。

元曲与唐诗宋词并称，可称其谓也。元杂剧的许多剧目，如《窦娥冤》、《汉宫秋》、《拜月亭》、《荆钗论》、《望江亭》、《救风尘》等，或被其他剧种移植，或改编，一直上演至今；它所形成的完备的文学剧本、角色行当的严格分工和严格的表演程式化、完整而丰富的内容，成为中国戏剧的三要素，影响至今。京剧的程式化、昆曲的唱词，都可寻元杂剧的遗痕，元杂剧在中国戏曲发展史上是一座承前启后的里程碑。

元散曲因其独有的魅力流传下来，一直影响后人。比如在明代，就有许多曲作家，形成曲坛。在明代曲坛上，王磐（号西楼）的散曲以咏物著称，他有一曲《朝天子·咏喇叭》影响很大，流传很广。"喇叭，唢呐，曲儿小，腔儿大。官船来往乱如麻，全仗你抬声价。军听了军愁，民听了民怕。哪里去辨甚么真共假？眼见的吹翻了这家，吹伤了那家，只吹的水尽鹅飞罢！"曲题下有小注云："武宗南巡，中官骚动，西楼因有此作。"正德十四年（1519年），荒嬉无度的年轻皇帝朱厚照到南方游玩，自济宁乘舟而下，至淮安扬州南京，随行的宦官假借名义为非作歹。王磐以眼前时事命题，借咏官船的鼓吹喇叭，托物讽世，末句格外凝聚笔力连用三个"吹"字，一气直泻，淋漓尽致地揭露了宦官狐假虎威危害军民的恶行，与元曲许多的咏物讽世之作相沿袭，而其"取直不取曲，取俚不取文，取显不取隐"，"得诸口头"的诙谐快语的风格，更是与元散曲一脉相承。

写于 2015 年 4 月 21 日至 5 月 2 日

岁月凝香

山　韵

——漫步三章之一

　　我工作的工厂在鄂西山区。工厂两个工区之间有一条蜿蜒几里的鱼脊形山梁，工厂的四周也有不少小山，工厂的背后则靠着绵亘一片的群山。公休工余，我常常在山路上漫步。

　　漫步和攀登不同。登泰山，攀黄山，爬长城，脚步是加力，是匆促，心中所企慕的是高，是雄；漫步在山路上，步履是轻松，是悠缓，心中所寻找的是野，是雅。山路自然有陡峭崎岖，但怀着一种散淡的心情，仍可不急不躁，轻松悠缓。

　　沿着细沙碎石的山间小路缓缓上来，就一步步走进了凉润和清爽。偶尔凸出路面的裸石老根会提醒着你的脚放轻放缓，横斜出来的紫荆刺枝会偶尔牵住你的衣袖裤脚，仿佛要攀谈上几句。几场比猫步还轻的春雨过后，桃花、李花、梨花、樱桃花、迎春花、杜鹃花以及更多不知名的野花，红的白的粉的黄的，皆如赶集似的奔聚而来，你来我往，满山斑斓明灭，满谷混合幽香。杂树之间则流泻着婉丽的鸟鸣：画眉的唢呐、布谷鸟的古筝、啄木鸟的木鼓和众鸟的配乐和声。但这里的山间春景最撩人的还不是春花春鸟，而是春绿。当千条万条的柔枝齐舒展了它们婀娜的腰肢，齐睁了它们黄绿的眼，你不能不惊叹，绿原来竟有这么多层次：鹅黄，白中透绿，绿而泛白，嫩绿、水绿、翠绿、碧绿，直到经冬不凋的墨绿，深深浅浅，又全都盈盈欲滴。轻风从树间拂来，你甚至疑心连风也是绿的，真是绿得叫人心肺都要伸枝展叶。一株塔松硕大的树冠上密密匝匝地簇生出白绿的新针，地上则落了一层金黄的老松针。若在风清月白之夜，邀上二三好友，支桌小酌，绝对会品出老针的安乐与新针的惬意。

　　盛夏的山间，杂树蓊郁，荫翳蔽日，针阔竞生，乔灌成长；葛藤缠绕，杂草繁密，苔藓葳蕤，荆棘丛集，蚊蚋成阵，蚂蚱欢跳，野蜂在花丛中采蜜，蚁群在腐殖层上奔忙，菌耳在枯枝上孳生，好一个热闹热烈的世界。眺望工厂背后的群山，则已是郁郁苍苍，十里翠屏。山区夏天的云，隔山异形，变幻无穷。所谓波诡云谲，用在这里，真是恰如其分。甚至可以说你有什么心情，都可在天空云海中找到相应的图谶。"云无心而出岫"，人"矫首而遐观"。如有亲人远行，痴立凝望山际的云，你看着看着，它们就会幻化为舟，为车，为马，为桥梁。深秋季节，秋风凛凉，"草拂之而色变，木遭之而叶脱"，"其色惨淡，烟霏云敛。其容清明，天高日晶。其气凛冽，砭人肌骨。其意萧条，山川寂寥"，此欧阳公笔下之"秋之为状"也。我在鄂西工作生活二十多年，倒是觉得中秋深秋恰是一年中最好的季节，我属于"一年好景君须记，最是橙黄橘绿时"这一派。这时节，所有的树木，竞相在严冬到来之前献出它们最好的果实和色泽。漫步在山路止，近观远眺，映入眼帘的是那满山遍野的红叶、赭叶、紫叶、黄叶，还有依然在秋风中顽强地绿而且翠的叶。那千娇百媚的红叶，同是红色，有的艳丽，有的雅致，有的热烈，有的凝重，有的稀稀落落，有的乱乱哄哄，令人惊叹。偌多层次的秋叶似乎有意对应着那多层次的春绿，莫非大自然也懂得诗词格律？

我也喜欢在冬季的上午于厂区中间的山梁上漫步。踏着厚盈半尺的落叶，仿佛踏在厚厚的地毯上，那地毯不是化纤不是羊毛织成，而是用金箔玉片铺絮成的，一脚踏上去，悉索有声，用心细琢磨，似乎树叶正低诉着秋忆、悄语着冬梦。远处隐约可见山村的炊烟，成丝的，成缕的，成卷的，浓灰的，淡青的，乳白的，在冬日的寒气里渐渐地上升，渐渐地不见，参差地翳入天云，而一股生活的温馨也同时翳入了漫步者的心田。踏着这落叶，望着这炊烟，还不叫大城市的人羡慕死！还有更绝的，那就是初冬黄昏时分的山雾，先是轻柔如丝如纱如拂，继而从山腰突奔，从树间滑落，从天上飞降，从地上升腾。好像千军万马奔涌而来，遮住夕晖，蒙严路灯，吞噬了山，吞噬了树，充塞了一切，压在眉毛上，堵住喉咙口。使劲睁眼看，不是薄雾缭绕山腰的乳白，那雾色是黑，是紫；仔细分辨，那雾非烟无味，似雨不滴，飘忽却有压重，我终于想起了一个词儿——"湿重"。整个山区都湿漉漉的，仿佛凭空抓一把就能抓出水来。在这样的山雾黄昏，走山路可得十分小心，但可在工厂公路上放心地漫步，在浓雾中，有无数的往事可以回溯，有无穷的想象可以驰骋。

从大处说，这里的山景是一组美丽的四扇屏，春是绿，是明媚，是水彩画；夏是艳，是热烈，是彩笔画；秋是红黄，是成熟，是油画；冬是紫，是沉郁，是泼墨画。从小处说，如果你仔细观察，随便一茎一草、一朵野花、一粒果实、一株树木、一只飞鸟、一只昆虫、一个小松鼠，它们的躯体组织，它们的色泽形态，都是那么气韵生动，和环境之间显得那么和谐。在这里，

192

每一个瞬间，都发生着千百次的新陈代谢，腐烂与新生，繁荣与枯萎，世代演替生生不息，一方小小天地却本是气象万千、物竞天择的大千世界。在山梁两侧，有三个硕大的蜂房，长盈二尺，阔逾尺半，高挂在大树的枝头。看那树，都是这附近身躯高拔的伟丈夫。看那地界，都是一面向着山谷开阔地，另一面背依山脊，左右丛林，傍山临川，莫非野蜂也识风水懂堪舆？再看那蜂房，表面灰白，十分光滑。面对如此硕大的蜂房，你眼前不能不浮现出千百只山蜂穿梭般飞翔忙碌，衔汁吐唾，用心血营造蜂房的伟大场面。这样一支队伍会让虎骇熊惧，不是靠个人的硕壮，靠的是群体的力量。可爱可怕的山蜂当然不会知道，人类会把高高的蜂房作为众志成城的象征和警勉。

　　一方水土养一方人，一方水土出一方人。登高御风，可让人拓展视野，铸练心剑，感情激越，志向远大，此高山之浩气为之也；临海踏涛，可让人开阔心胸，磨砺意志，感情粗阔，长吟浩歌，此沧海之水气为之也；大漠孤烟，可让人厚重如土，心志如石，卑视屑巧，豪放磅礴，此大漠之地气为之也。大自然对人类有一种弥漫的法力，此法力是什么？是一种漫润，是一种孕化，有一个说法是潜移默化，巨大的演变、厚重的积淀都只在细微中进行。我所在的鄂西，是荆楚文化的发源地，诞生过中华第一诗人屈原。用范文澜先生的说法，炎黄族掌文化的人叫史，苗黎族掌文化的人叫巫，荆楚文化是巫官文化或巫文化，炎黄族与苗黎族混合成华族主体，巫史两种文化合流为华夏文化主体。这是历史已经做过了的事。今天，我们看舞蹈《下里巴人》，看电视剧《家在三峡》末集中《祭祖》跳丧歌舞，仍能依稀可见巴楚文化中的巫风遗韵，奔放恣纵，想象瑰奇。

　　漫步在山路上，有一次我竟然胡乱地漫想着，山川依旧，今古相袭，眼前的景物也许和两千年前相差无几吧，说不定两千多年前的某一日，这条蜿蜒的山路上曾经有一个形容枯槁、忧国哀民、仰问苍天、苦苦行吟的老者也在漫步呢！

写于 1996 年 3 月 29 日至 4 月 3 日
刊登于《湖北日报》，获征文二等奖

江 汉 路 上

——漫步三章之二

在鄂西工作已二十多年了，常到武汉，单位驻汉办事处就在六渡桥附近，三民路、六渡桥、水塔、江汉路一带是我工余饭后经常漫步的地方。贴着"文革"大标语的高处挂上了霓虹灯广告，卖热干面的木桌凳小食铺改成了高背椅、椭圆桌、雪白台布、曲字柜台的西餐厅，都仿佛是恍然一瞬的事。高耸的同益大厦地段本来是一个副食店，文具店的拆除、桥西商厦的雄起仿佛在一夜之间。耀眼的厅堂，富丽的门面，靛蓝的玻璃墙幕，洋味的店名，无尽无休的店铺更换装修……我沿着这条路走着，走啊走啊，一股陌生感弥漫着向我袭来，包围了我，十里软红，使我眼花缭乱，甚至禁不住要向路人询问证实，这是江汉路吗？到江汉路怎么走？

如果真问了，就会有老叟老妪笑着，用手漫指着这条路的两边。从大马路两边深入进去，是那些曲曲拐拐、密如蛛网、幽深狭窄的小巷，小巷两旁大多是两层三层楼，各家各户五花八门，为了占据空间自然地连成一线，两线之间夹出一条窄窄的小巷，像一条夹在两山之间的曲曲弯弯的小河，流动着岁月，流动着故事。

你沿着小巷漫步，忽然间会有一滴两滴清冷的水珠落到你的脖颈上，抬头一看，一根晾衣的竹竿正从楼上窗里长长地伸出来，小巷上空正有数不清的竹竿悬垂着五彩缤纷的羽衣霓裳。潘金莲一根竹竿落地，激惹出全套武二郎血溅狮子楼、大闹飞云浦的好戏，今日的小巷竹竿则透生着浓厚的生活气息。每到夏日傍晚，太阳还未落，小巷两旁就早早地摆满了竹床、帆布床，江城溽热，露宿小巷是一种无奈的别致。待到上班的上学的陆续回来，各家各户搬出方的圆的矮饭桌，一家人围桌晚餐，说着笑着，老奶奶跑着追着喂孙子，喧嚣中弥漫出无边的柔情。几个老者赤着上身，一壶白酒，几块油炸霉干子，几块卤猪蹄，慢悠悠地呷着，慢慢地啃着，那情景和酒桌上的"感情深一口闷"，和早晨上班前年轻人三口两口扒完一碗热干面全然不同，浅酌细呷，从容自在，你会觉得几位老人是在品味人生，咀嚼世味。

我知道，这些小巷本身并不是江汉路。但正像传统的山水画只画山画水似有所缺，而往往要缀之以小桥、茅舍、钓翁、樵夫才能点化出山水的韵致一样，只有可亲的小巷和繁华的江汉路共生相成，才构成了一幅完整的令人熟悉而陌生的武汉市井图。

　　站在一马平川的麦田边，当初夏的暖风阵阵吹来，你一定会看到起伏的"麦浪"的壮观，更会油然钦佩古人观察之准确，"麦浪"二字状物用词的精妙。当我漫步在江汉路口的人行桥上，俯瞰桥下东西南北熙熙攘攘的滚滚人流，忽然有一次想起了一个古词"蚁民"，那本意是封建统治者视民如草芥、如蚂蚁，已和赋予这本意的人物一起进了历史的垃圾堆。但我想到这个词的时候，却顿时浮想起儿时看到的一幕：那是一个非常激动人心的情景，几千只上万只蚂蚁，黑压压的一片，蠕动着，力战着，干什么呢？在拖动着一个躯体比蚂蚁大几百倍的蝼蛄，只见蝼蛄的头部、颈部、翅爪、腰腹身体的各部位上都布满了蚂蚁，蚂蚁的嘴咬得牢牢的，或拱或拖，附近还缕缕行行援军不断，偌大的蝼蛄缓缓地向前移着。蚂蚁们紧张而执着，芜杂而有序，不顾水洼，横冲直撞，勇往直前。

　　儿时看到的这一幕至今仍未忘记，常常能从中琢磨出对人生的启示。你看那市街上，人与人摩肩接踵，车与车头尾相衔，免不了相扰，少不了磕碰，时不时会爆出粗脖大嗓的武汉"市骂"和"国骂"，平息之后又会照常忙碌拥挤。磕碰只因拥挤，拥挤只因人多和匆忙，人多已是历史事实。匆忙什么呢？匆忙因为什么？君不见街上行人行色匆匆，脚步匆匆，南也匆匆，北也匆匆，男也匆匆，女也匆匆，各自走着自己的路，忙着自己的事，是何神明驱赶着众人皆匆匆？是生活，更是生活的梦想。当每个人都觉得通往梦想的路就在自己的脚下的时候，那就一定会有每个人的脚步匆匆，那就一定是个奋发有为的年代。尽管每个人各自走着自己的路，但又都匆匆走在同一条大街上。与之相仿佛，在每一个时代里，尽管人们各自的梦想缤纷相异，但它们又总是交织汇集成一个共通主流的梦想，那就是民族的时代的梦想。民族的时代之梦驱动着人们，初是先进分子，继而大众，形成时代的大趋势，推动着历史前进，没有梦想的民族是没有希望的民族。桥下忙碌而拥挤的人群多么像拖着硕大的蝼蛄的蚁群，为各自的生活梦想而忙碌着，为一个共同梦想而合心戮力地拖动着时代。想到这里，我也加快了脚步随着人流走下人行桥，投入到更大的人流之中。

　　朱自清先生说，秦淮河畔的引车卖浆者流，身上也有六朝的烟水气，那是指历史环境造成的一个城市特有的气质。武汉本来就有丰厚的历史和文化的积淀，张之洞的改革悲剧、辛亥首义的雄辩枪声、国民革命政府旧址的简单牌刻、都府堤农民运动讲习所的课桌，似乎都化聚在三民路口中山先生塑像矗立凝望的目光里了。起源于宜昌荆州的荆楚文化沿着脚下的长江东渐，经过千百年来的战争强交与和平圆融，形成源远流长的长江文化。战火与诗情，沉郁与活力，对现代化的追求和对历史文化的继承，对大都会繁华的追赶和对本城市风格的完善，两个主题的争论和兼容也许正是江汉路、武汉市建设的关键点和驱动力。

漫步在江汉路上，我心头冒出两愿：一愿江汉路形成自己的特色，而非北京的东安市场，非南京的夫子庙，非上海的南京路，保持着独特的汉味儿；二愿想方设法添些绿，在水泥和金属的天地中加些绿意，留些空白，往喧嚣中送些清新，在浮躁中加几分恬静！

写于 1996 年 6 月 4 日至 8 日

漫步在病房走廊上

——漫步三章之三

我终于又能漫步了！

不就是平平常常普普通通的散步吗？当今人类可潜深海，可登月球，可不断刷新或创造吉尼斯纪录，平平常常的漫步算得了什么，还值得"终于"吗？事情也本来如此。但常理焉无不悖，生活偶有奇笔，在我以健壮之身突然病倒两个月卧床不起，两次面临死神召唤之后，而又能够站立起来漫步，这漫步尽管依然平常，却又实实在在宣示着生的回归、生的胜利，个中意味也许并非一个"终于"可以了得。

两个月的住院生活，是我有生以来从未有过的一段特殊的经历，有着平时没有也许不可能有的特殊的感受。人生在世，生存发展，少不了奋斗竞争、奔波碰撞，总会有顺逆通舛、喜怒哀乐，人际之间自然会生发爱恨怨怒、亲疏近远，编织成五色人生，烹烩出人生百味。而在我生病住院的两个月里，我所感受的却只有一色一味，那就是伟大的人间之爱。救援医生精湛的医术，护士精心的护理和开导，领导同事朋友的探视慰问，远方亲人专程前来，一次次紧紧的握手频频地传送着温暖，床头的一束束鲜花花色灼灼、生机勃勃，加固着我的信心。厂里职工一日三班护理我，端屎端尿、擦背揩血，手轻如女、胜似亲子，有的女工听到我突然大病竟然晕倒在地，练气功的职工在施加意念时祈祝我康复，当我的病情稍有好转，一些职工竟喊出"苍天有眼"……

我做了四年多厂长，为人冷峻，较少圆滑，本以为业绩尚好而人缘一般，这次竟得到了职工们发自内心的厚爱，真使我刻骨铭心地感激，觉得自己得到了一种金钱买不到的人生满足。儿子不忍看我的痛苦情状，手心沁出冷汗，不忍守着，不忍离去。妻与我近三十年风风雨雨，她守护一天后每晚拖着疲惫的身体回去，上床蒙头啜泣泪湿枕巾。第二天一大早又会步履匆忙地提上一筒可口饭菜第一个出现在病房，面对我的又是一张苍白而镇定的脸。她上下游说所有能和我接触到的人向我隐瞒病情，包括那位不苟言笑、严谨直率

197

的教授，一片良苦用心。在骤然山崩般巨大的精神压力下，她坚强无私地奉献着爱……伟大的人间之爱啊，手可触摸你，体可偎贴你，心可感知你，你博大、具体、实在，你热烈、细微、强大，是你，为我喝退了死神的召唤。

两个月的住院生涯，我有三十个昼夜未下床，二十个昼夜粒米滴水不进，两次报病危。当我手术后第五天能够下床扶着窗台挪蹭两三步，当我能够自己蹒跚着上厕所，当我能够一颠三晃地上下几阶楼梯，当我能够扶着儿肩、牵着妻手在走廊里"学步"，当我终于能够在病房里漫步的时候，我没有欢呼，也不能雀跃，只默默地吮吸着不知什么时候流淌下来的咸泪，不止一次地在心里重复着我平时最喜欢说的那句话：人生就是要往前拱。

作家贾平凹曾相告："生病就是另一种形式的参禅。"人生的许多哲理，也许要到生与死的临界关头，在一种近乎自然的情态下，才能充分品味出来，也只有即刻面临死亡的威胁，生命的可贵才真正凸显出来，再没有比见到过死亡的真实更强化生命的了。生活是一部永远读不完的大书，生而有涯，每个人只能读到有限的章节，因此必须认真去读。

一个人的生命，如诗如文，有开头也有结尾。篇章高华者、木碎皮屑者共存于世，文采斐然者、聒噪不休者各唱其调，结尾处惊叹号者杰出，句号者心安，问号者做过大事，删节号者留有遗憾，不管怎么说，人世是瑰玮的。回想我走过的五十多年人生之旅，尽管有过弯路，有过遗憾，有时感到乏味，有时感到疲惫，但我绝不愿意因为这些而缩短旅程，也不愿意缩短旅程中的每一个阶段。领略了辉煌的喜悦，也领略了人生的限度，我将成熟地哲学地对待过去，筹划未来。

我漫步在病房走廊上，几次对着玻璃窗审视我变窄了的面庞，心情很像一个战胜了的将军来到硝烟还未散尽的战场，为那场厮杀的残酷而惊栗，更为战斗的胜利而垂涕。

我漫步在病房走廊上，院子里樟树、水杉都繁生出浅绿的新叶，空气里氤氲着，简直是蒸腾着嫩暖的春意；楼下的母婴病房不时地传出婴儿宏大的哭声和脆亮的笑声，稍远的市街上流动着忙碌的人江车河。我漫步着，漫步着，双腿是虚软的，而步伐渐渐踏实；身子是微晃的，而心境益发坚定。在那些春风沉醉的晚上，我漫步在病房的走廊上。

我终于又能漫步了！

大病初愈后记于 1994 年 9 月 30 日
改写于 1996 年 3 月 21 日

乡思本在心深处

柯灵先生曾写过这样一句话：在每个人的灵魂深处，故乡都是最美的地方。先生在春天开满野花的小径散步，江南的软风送着青草和豌豆花的香气，还有燕子和黄莺欢快的歌声；先生在秋天如雪的苇荡前伫立，野渡的小船咿咿呀呀摇来，摇船的人白须白发，宛如秋江的白鹭；先生在老宅的书斋里写作，笔下流泻出灵魂深处不绝如缕的一腔乡思，读了让我心中久久共鸣。

细想起来，日暮乡关也好，身土不二也好，未知何处是潇湘也好，多少诗文似乎总说不清乡思的那种滋味。乡思如酒，醇叫人意醺沉吟，烈让人涕泪长歌，也只是饮者的比喻。乡思如茶，上路时想着回家，因为家里的茶正在杯中温热，回家了又想着上路，因为回家时仍有一杯温热的茶。家中热茶中升起的暖意柔柔地缠绕着出门在外的人，但是世界上有哪一种茶会像乡思这样，饮尽之后犹饥渴，会像乡思这样让人一辈子都品咂不尽。乡思更如春蚕作茧，时间越久缠裹得越厚。

少年心愿永远在远方，年轻的翅膀渴望猛烈的风、飞掠的云，怀着梦想远翔。求学做事，由家乡到北京，再河南，再陕西，再湖北，由鄂西再鄂中，岁月是一年过了又一年，结果是从一个城市走到另一个城市。有时候，会停顿下来想一想，梦想之谷究竟在哪里？梦里的一切究竟是什么？谁能告诉我？看天上的云，悠悠匆匆来去澹荡；看地上的风，疾疾徐徐扬飚轻拂，而我在匆匆然中已经离家很远。回过头来望一望这一个"远"，静静地与自己的生命默默相对，心中会涌起一种无名的感动和人生如旅的慨叹。多少次翻开地图册，仔细看一看这一段"远"，看一看曾经学习工作生活过的那些地方，目光却总是在这旅程的起点处停留得最久，那里是我的故乡。我终于明白，虽然奔波了大半生，走过了许许多多地方，并在远离家乡的地方安家立业，但是，在我内心的版图上，却永远镌刻着那小如泥丸的故乡。

去年深秋的一个傍晚，我赶路回家，在街旁一个小树林里看到了至今令我难忘的一幕。一大群鸟儿齐声鸣叫着飞掠我的头上落在枝头，又齐刷刷地飞起来，飞向小树林附近的天空，大声地鸣叫着，再飞掠着落回枝头，复又飞起，反反复复不下七八次。它们要干什么呢？要聚餐？要开会？我停下脚步驻足观看，发现枝上的鸟儿似乎越来越多，噢，它们落而复飞是去召唤寻找未归的同伴！小树林枝上的黄叶，一片一片地落下来，不是那种猛烈决断地陡然坠下，也不是那种义无反顾地一跃而下，而是翻卷着飘忽着迟迟不肯落下，似乎怀着无尽的依恋。冠盖在树林顶端的橘黄色的夕晖，正被越来越浓的暮色一点点驱退。日暮秋风，羁鸟归林，叶落依枝，此情此景重重地拨动了我内心那根深深隐藏着的乡思的弦，不由得吟诵起隋末唐初孔绍安的诗句："早秋惊落叶，飘零似客心。翻飞未肯下，犹言惜故林。"

乡思是人类通有的情愫，一个人只要远离家乡，无论他走到天南地北乃至天涯海角，那种去国怀乡的乡思情结便从此伴随终生。每个游子的心灵深处都有这样一根不可触摸的柔软的弦，它像含羞草，一经碰撞便会嗒然而动，钩沉而出的是剪不断理还乱的不尽乡思。即便是铁血男儿，全身盔甲遮护刀枪不入，即便是壮志男儿，纵横四海叱咤风云，若有一股清风，或一根羽毛轻轻地扫在心中的这根柔软的弦上，引发的反应恐怕不再是漠北雄风，塞外马嘶，也许还不至于泪眼迷蒙，但也是眼前似花还是非花，一肚子的长亭更短亭吧。

思念一个人，总是落实到他或她的一颦一笑举手投足，对故乡的思念也离不开具体的物象。晋代的张翰，借口思念家乡的莼菜羹鲈鱼脍而辞官回家，莼鲈就成了故乡的代名词。家乡的一溪一泡，一丘一坨，一寺一庙，一房一院，一榆一杨，一草一林，一鲫一鲤，一池一畦，早已化作漂泊游子生命的血肉。南房檐下的燕儿窝，毛驴颈间摇晃的铜铃，雪后院子里的麻雀群，母亲渍酸菜的大缸，过年时碎落一地的鞭炮屑……都在我的心中镌刻下永远的记忆。有时，一张照片几句乡音就能拨动心中那根弦，若夫清宵步月，秋雨凭窗，听风数雁，年夜闻钟，君之所思何耶？

我的故乡通榆县，位于吉林省西部，科尔沁草原东陲，松辽平原的西北缘。土地贫瘠，沙化盐碱化日趋严重。气候恶劣，据史料记载，最早的九月下旬即"结冰寸许"。水、旱、风、雹、霜冻、病虫害等自然灾害频仍，据县气象站资料，从 1955 年到 1985 年，三十年间严重春旱有 10 个年份，阶段性春旱有 14 个年份，伏旱有 8 个年份，秋旱有 10 个年份，有 10 个年份一年内二次遭旱灾，有 2 个年份一年内竟发生春、伏、秋三次旱灾，30 年间没发生旱灾的只有 4 个年份。这 30 年间，内涝年份 16 个，风灾年份 12 个，且自 1978 年以来年年有风灾；雹灾有 10 个年份，霜冻灾有 12 个年份，病虫害灾有 13 个年份。虽然并不都是全县性的灾害，但在县境之内多种自然灾害如此频繁，那里人民的生活可想而知！新中国成立前，更还有瘟疫盛行，多次发生过大面积的鼠疫和霍乱，更还有匪患猖獗（当地叫"闹胡子"）。那时一逢灾年，每每"流离失所，溺女卖儿，困苦万状"。这样的故乡，还是灵魂深处最美的地方么？

当我上大学之前，生活在故乡的时候，我较少地知道她的美丽，更多的是为她的贫瘠、落后而痛苦，为她的保守、懒散和默默无闻而自卑。而当我一步步远离了故乡之后，我依然记得她的贫穷和丑陋，更多的却是为她的雄浑、辽阔以及在严酷的生存环境下，祖祖辈辈不屈不挠的抗争而赞美，为她的质朴、淳厚和人民的率真、豪爽和善良而感动。记忆中沉淀下来的更多的，是关于她的那些美好的记忆，她在春夏秋冬四季的原始天然的美丽，是那乡土所承载的一方独特的历史，是那乡土中的童年少年的往事，是像乡土一样平凡朴素的父母兄弟姐妹之爱，亲戚、街坊、师生之情。

这方土地，春雷打过，野火烧过，蒲公英花开过，它养育了我的身体，同时抚育了我的灵魂，在我心深处永植下一片最美的精神家园。正因为如此，也就无须再问，为什么人们的梦境多是飞向少年奋飞相反的方向。

写于 2001 年 2 月 19 日至 21 日

老家门前路遥迢

搬家进城，新居邻近国道，再没有了昔年山居时那种开门见山树、推窗闻鸟音的清幽。每日里看国道上各式各样的汽车南来北往、川流不息，时间一久也就习以为常。车流从四面八方驶来，向四面八方驶去，承载着希望和秘密，下车了的人们都去了哪里？没有人知道，他们像水银泻地，无声而迅速地消失在大地的阡陌间城市的缝隙里。

飞转的车轮全部的生命就是奔赴，轰鸣的发动机永远倾诉着远方。霜晨雨暮风雪夜，能清晰地听得出他们奔波的疲惫，也许他们的生活本就该这样，为了生活，赶路要紧。一辆辆车总会到达各自的终点，路却无尽无涯地延伸下去，就像一代代人会老去，可岁月却永远不老；一个个王朝会逝去，民族却延续着。国道连着街道，街道连着小巷，小巷深处有一扇扇门，门内庭院深深；国道连着县道，县道连着乡间土路，乡路连着田埂，田埂通向老榆树，老槐树下鸡啼犬吠的一座座农家小院，院里埋藏着祖祖辈辈的陈年故事……

沿国道向北，再向北，走过"内拱神京，外悍夷虏，最吃紧处"的山海关，就是胡天胡地的关东了。说东北是胡天胡地，这可是"说来话长"的老话了。大约在4000多年前的新石器时代，这里就有人类生活。商周春秋时期，关东大地上生活着三个古老的民族：东部白山黑水一带的肃慎族、中部今长春吉林农安一带的夫余族、西部今西拉木伦河与洮儿河之间的东胡族。

肃慎起于商周，从事狩猎，周武王、成王时曾以"枯矢石"进贡。秦汉以后称为挹娄，南北朝时称勿吉，隋唐时称靺鞨，五代时称女真。1115年，女真族完颜部首领阿骨打创建金国，建都会宁（今黑龙江省阿城南）。1125年灭辽，次年灭北宋，先后迁都中都（北京）和开封，其疆域东北到今日本海、鄂霍次克海，西北到蒙古人民共和国，西以河套、陕西横山、甘肃东部与西夏接界，南以秦岭淮河与南宋接界，与西夏、南宋三分天下，历十帝，统治中国北部120年。1234年金灭亡后不到三百年，1616年努尔哈赤统一女真各部建立后金政权，皇太极继位后，于1635年改女真为满洲，1636年又改后金为清，1644年清定都北京，开始了统治全国近300年的大清王朝。

中部松嫩平原上的夫余族大约起于周末晚期，他们体形高大，勇敢剽悍，种植五谷，饲养六畜，能歌善舞，出产的名马、貂、赤玉、大珠闻名远近。大约在公元1世纪，夫余人在长春农安一带建立奴隶制国家。49年（东汉建武二十五年），夫余始与汉朝通好。120年（东汉永宁元年）夫余王派遣王子尉仇台去洛阳朝贡，汉安帝赐给他"印绶金丝"，189年（东汉中平六年）公孙度割据辽东，夫余王因势归顺，285年（晋太康六年）鲜卑族首领慕容氏率兵破夫余，此后夫余国势渐衰，493年（北魏太和十七年）勿吉大军攻占了夫余，立国近六百年的夫余国从此灭亡，夫余人则分散杂居到各地，渐与各族人民融合。

西部的东胡族，因居匈奴（胡）以东而得名，兴起于春秋战国时代，南邻燕国，至秦末曾一度强盛。其首领曾向匈奴要求名马、阏氏和土地，后为匈奴冒顿单于击败，退居较南边的内蒙古阿鲁科尔沁旗以北，大兴安岭南端乌桓山的一支称乌桓，退居较北边的内蒙古科尔沁右中旗以西鲜卑山的一支称鲜卑。北匈奴西迁后，鲜卑人进入匈奴故地。并其余众，势力渐盛，汉桓帝时，首领檀石槐将鲜卑各部族组成军事行政联合体，分为东中西三部。檀石槐死后，联合体瓦解，各部附属汉魏。两晋南北朝，北朝有"五胡十六国"，其中就有鲜卑族的慕容氏建立的前、后、南、西燕，秃发氏建立的南凉，乞伏氏建立的西秦，拓跋氏建立的北魏东魏，宇文氏建立的西魏、北周等共十个国家政权，分布在今华北、西北一带。后来，内迁的鲜卑人多转向农业，渐与汉族及各族相融合。建安十二年（207年），曹操迁乌桓万余众落于中原，部分居留东北，后渐与其他民族融合。北魏以来在今辽河上游一带游牧的契丹也源于东胡，唐朝以其地置松漠都督府，并任契丹首领为都督。唐末，迭剌部首领阿保机统一契丹及邻近各部，建立辽朝（917年），和北宋王朝对峙，契丹地区迁入大批汉人，农业手工业普遍发展，1125年（宋宣和七年）辽为金所灭。另有一支在贵族耶律大石的率领下西迁……哎哟，不知不觉中，我坠入了卷帙浩繁的历史，还是回到现在吧！

去年7月，我回了一次老家，相隔三千公里、阔别十年的吉林省通榆县。在县城老市场的一家小书店里十分意外地淘得一本1994年出版的《通榆县志》，我终于有机会通读故乡的历史，仿佛一个知了去追访它的蝉蜕，仿佛一个婴儿去探寻他的胎衣，我读得十分虔诚而认真。《县志》上说："早在4000多年前的新石器时代，通榆县境内就有人类从事采集、捕捞和狩猎活动，世代在这里繁衍生息。从春秋战国直至秦、汉、唐、宋、元、明等朝代，这茫茫苍苍的草原曾是肃慎、东胡、挹娄、鲜卑、契丹等族游牧地，至清代为哲里木盟图什业图和扎萨克图郡王领地。"多年来，考古工作者在通榆县境内发现发掘了大量古代文物和遗址。

迄《县志》出版之日，共发现发掘了古代文化遗址 63 处，其中新石器时期遗址 19 处，新石器时期并存遗址 17 处，通榆大岗墓葬出土 3 件玉璜距今约 4000 年，通体磨光，表面滑润。通榆獾子山出土一件双联玉器，是东北地区迄今发现的这种形制的唯一一件。辽金时期遗址 24 处，元明清时期遗址 3 处；发现发掘了辽代城市建筑遗址 3 处，古城的四面城墙轮廓可辨，均为垒筑，有青砖、布纹瓦、黄白泉瓷砖等用来建筑的遗物。发掘发现了汉代墓葬 2 处，辽金墓葬 8 处，清代墓葬 1 处以及辽金时期烧陶、清代烧砖的古窑址，13 处清代古寺庙遗址。

在县城西兴隆山镇附近发现的毡匠铺墓葬，1979 年 5 月吉林省文物工作队对它进行了清理，共出土文物 378 件。经专家研究，这座墓葬从形制和随葬品的特点看，既有鲜卑族的北方游牧民的特点，又有中原汉代文化的强烈影响，为省内首次发现，成为研究关东文化发展的重要历史遗址。距此不远，还发现了一座清代公主陵。此墓为清乾隆八年（1749 年）四月十六日，奉诏下嫁科左中旗九世观音保的世宗抚兄理亲王允祂第六女和硕淑慎公主之墓。1982 年 6 月 26 日公主陵遭到严重盗掘破坏。追缴的文物有金、银、铜、玉器，珊瑚、玛瑙、珍珠等饰品 289 件，内中一枚龙凤金簪，精美华贵，洵为珍品。境内出土的东路蒙古侍卫亲军百户印，左阿速卫千户所印，陕西四川蒙古军都万户府印，均为元代官玺或官府印，记录着这一带土地的权治演变。

看着那古代建筑上的兽面瓦当、汉代鲜卑族墓葬中的细红泥褐陶鸭形鼎和金制马牌饰、唐代的海兽葡萄镜、辽代的飞鸟铜镜、辽代石夯、清代印刷铜版等大量文物，惊愕、敬畏、相见恨晚等复杂感情一下子齐涌上来，一种苍茫和厚重充塞了心胸。此后几天里我去探亲访友，走在平坦宽阔的马路上，竟不再能像前几日那样一身轻松、心无挂碍，步行穿过半个城市，骨子里却觉得跨越着万水千山……

清入主中原后，仍不忘东北的白山黑水这片发祥重地。乾隆多次发布圣训："盛京、吉林为本朝龙兴之地"，"盛京、吉林系国家根本之地"。当时常有汉族人进入这一地区挖参、狩猎、垦荒，清廷为保持满族骑射尚武风气，勿使汉化，对该地区严格封禁，先后两次大规模建筑柳条边。老边建于清初，东起丹东凤凰城，经开原至山海关，全长近 1000 公里。新边建于 1670 年至 1681 年（康熙九年至二十年），自开原威远堡起向东北经四平、伊通、长春市郊至舒兰，全长 350 公里。"插柳条为边，而掘壕于外"，边墙三尺高三尺宽，墙上每隔一步种柳一棵，再用柳枝横连起来，编成柳条障，在边墙外侧挖一条深八尺宽八尺的土壕沟,沟中注水,设边门4个、边台28个,驻军防守巡查,并制定各种禁例和处罚办法。现吉林省九台市的市名,即来自柳条边的上九台。乾隆后期,关内山东河北等地的汉人由于贫困所迫,大量流入关外,到了1860年(咸丰十年)清政府被迫废除禁令,"移民实边",长达200年的柳条边遂成了历史陈迹。

1901年(光绪二十七年)"移民实边"政策扩大到我老家一带,乃开禁招垦,沉睡了千百年的科尔沁草原萌发了生机。1904年(清光绪三十年)盛京将军增祺、奉天抚尹迁杰奏慈禧太后光绪皇帝获准,设置开通县,自此开始了通榆县的新纪元(1958年经国务院批准与邻近的瞻榆县合并为通榆县)。1912年民国成立,县衙署改为县公署,而各项事务则"亦承清制";1931年9月22日,日本侵略军侵占四平——洮南铁路沿线,日本独立守备队高木中队侵占开通火车站。1932年3月,日伪县政府成立,开始了"伪满"时期日本帝国主义长达十四年的血腥统治。1945年8月15日,日寇投降,1946年1月25日东北民主联军三师八旅二十二团,从西、南、北三面攻入开通县城,击溃国民党光复军六旅,开通县宣布解放,从此进入了人民政权的新时代。

开通镇的街巷布置是方方正正的井字形,街道大多正南正北正东正西,整齐而古板。饭馆门前高挑的幌子、一些店铺的复旧的字号、"老市场"等一些老地名,《县志》里的字字句句,接踵而至地撞击我的游子怀旧情怀,使我身处现代却时时处处联想到古老的过去。这杯中的酒哪一滴是掺进了1904年天德涌烧锅的酒?盖楼的砖哪一块出自1905年吴振邦七井子砖窑?上百米的服装市场,有哪一件衣衫的袖口是1917年刘老占成衣铺用手摇缝纫机缝的?到火车站接人的侄女对1923年铁路通车时的盛况会感兴趣吗?可曾听老师讲过1950年报名参军赴朝的青年曾站满了站前广场?县城往西的公路,铺筑混凝土时可曾留意了鲜卑游牧者的马蹄印、早年庄稼人赶着的木轮牛车的车辙、1945年苏联近卫坦克第六集团军出兵县境时的坦克轮痕?"景不徙","影不移",一切都在改变,一切依然还在。县评剧团院内,还飘荡着七十多年前王恩科"落子园"的唱腔,中药店里还使用着宣统元年曹介藩诊所的处方……

我讲我的老家在通榆,是因为从我爷爷秀岩公起就在通榆(开通)定居。其实高家祖籍在云南,后迁居到辽宁法库,主要经营粮栈、布匹、开烧锅(造酒),也开荒种地。到咸丰年间达到鼎盛时期,家业殷富,丢了满满一缸银子好长时间都不知道。清王朝因高家富甲一方,对朝廷有所贡献,赏赐镶黄旗,还吃庄贡,每年有农户百余户纳捐。后来家道衰落,至我太爷爷那辈已是只出不入,却还过着富足奢侈的生活一年年坐吃山空,到我爷爷这一辈家境已显露艰难。有一位远亲到开通的邻县安广任县知事，将他带去。后来那位远亲升迁为龙江府（今齐齐哈尔一带）道尹，恐再带不便，就将他安排到开通县公署任科员，那大约是1918年的事，从此在开通扎下了根。日本侵占开通后，因他清高耿直，又不会日语，职位逐渐下降，后被免职，便在一家日本人开的饭店当会计。到了晚年没有收入，贫病交加，而诗名传遍远近。我读初中时，教历史的夏纯德老师还曾当我的面背诵过他写的诗，可惜当时没太听清，一句也未记下来。他虽然在官场郁郁不得志，却喜欢结交平民百姓，听我妈讲，甚至一身烟垢的扒炕工匠都能来家与他盘膝对饮。我总觉得，以秀岩公的为人、诗情和诗才，应该有《名山诗稿》（秀岩公字名山）之类的集子流传下来。无钱刻印，手写本则完全可能，可惜没有，真的没有，留下了永远的遗憾。他病故的第二天，在他的枕下发现了一首遗诗：

> 宽怀尚有长男贤，屈膝亲心孝意坚。
> 刻苦自甘无怨语，始终一意顾家园。

这"长男"就是我的父亲。1936年，岁次丙子，还不满16岁的他就因县里没有初中，要到外地去读及家境困难而失学，经人介绍在县东大街福玉增粮业油坊杂货铺当小伙计。农历四月初八，他矮小的身上穿着阴丹士林布长衫，随人来到店铺，开始了步入社会的人生。几年后学管账，原来的管账先生另谋高就后，老板见他"兢兢业业，勤奋努力，谨慎小心，真诚仁义"，让他正式成为管账先生，直到1946年5月7日，恰巧也是农历四月。"屈指算来整整十年"。1946年5月7日，县人民政府接收福玉增改为国家经营，通过开会学习，乃参加革命，"就在原来我账桌上还是我坐的椅子上"，开始了新的一页。从此连续工作一日未停，"一气呵成至1983年底离休"，只休息了半个月，又于1984年元月被聘为一家商店当会计至1993年9月该店解体，连续工作了五十七年。爸爸一辈子任劳任怨，孝敬父母，父母早逝后，又负担起抚养弟弟妹妹的责任。谨诚仁厚，脾气和善，从来没打过我，这在笃信"棍棒出孝子"的东北非常少见。凡与世有争与人有争的事，他的处事原则总是克己谦让。

从我记事起家境就非常困难，父亲矮小的身材承受着全家生活的重担而心情总是尽量保持平和，看到他身穿长衫的照片，我马上就联想起朱自清先生笔下的《背影》。我心目中受儒家文化浸润的下层知识分子的形象就是父亲这样，他勤奋好学，别人喝酒打麻将的时间，他都用来读书看报，他也曾有梦想，去读书，做更大的事，但命运未能使他圆梦。他也曾有过几次机遇，种种原因都错过了，有过遗憾，但心态依然保持着超人的平和。满六十岁时，他写道："庚申降生又庚申，苦心经营近一生。胸怀伟志成泡影，知足常乐奔七旬"。到了七十岁，他又写了一首："平淡平凡又平安，转瞬已过古稀年。可叹一生无建树，自慰康健度残年。"

东北的夏夜是舒服的，虽然还是盛夏的七月底，阵阵晚风吹过来，已有丝丝凉意和清爽，身上干爽爽的，完全不像南方那样浑身发黏。在自家的小院里放置一张方桌，方桌上摆上几碟瓜子，再切一个从水缸里抱出来的西瓜，也许是吸足了乡土的膏泽，那瓜子个大粒满，南方少见。沙土地、鸡粪肥、昼夜温差十五度以上的家乡，西瓜长得格外圆润，我已经三十多年没吃到老家的西瓜了，这次回家刚好赶上瓜季，一口咬下去，那种甘冽和沙甜，真是沁人心腑。方桌旁边，一畦花池里正盛开着五颜六色的花，不时地有暗香浮来。

我们围坐在方桌旁，人多，围了两圈儿，静静地听我父亲讲家族的往事。八十多岁的人啦，一切都记得这么清楚，清晰的叙述舒缓而从容，流淌出一条平静的河。倾听他的叙述，不会有那种跋涉在崇山峻岭的激奋，不会稍一走神，就跌入了云树泱漭、风涛沸乱的幻境。这都是些平凡的人物、平凡的梦、平凡的坎坷、平凡的悲欢，他们在生存艰难中默守着心灵的尊严，不自卑自弃，为一些寻常朴素的生活目标去奋斗，乐观平和，亲情融融。他们守护着精神净土，身处贫寒乐读诗书，谨诚谦厚不与人争，在漫长的岁月里生长出清明的品格。天才受人崇拜，成就受人赞叹，而品格更能赢得人们的尊重。从高家先祖高望座于清雍正八年（1730年）从云南举家迁居至辽宁法库算起，到父亲这一辈已历十一代，二百七十年的时光流逝已去。父亲慢慢地讲述着，夏夜的清风阵阵吹来，此时此刻，这是从岁月深处吹来的清风。

夜渐渐深了。走出小巷，我来到街上，昔日灰蒙蒙一片低矮的土房如今已是楼房林立了，不少的房间透出枯黄色的灯光，述说着新一代的温馨。街路平坦宽阔，城区不大，走不多远就连着城外的国道了。沿着这国道向南，再向南，就通到了我在湖北的新居；向南，再向南，就通到了儿子工作的地方。老家门前的路，就这样延伸、延伸，遥迢无际。

写于 2001 年 2 月 26 日至 3 月 2 日

附：往事片段回忆

1936 年岁次丙子当时余年十七，因教制改革，开通撤销初中，建立国高，因县小未设，在洮南建校，从而失学。父亲吸鸦片（大烟），我常到县绅士茹三爷家为爸爸"讨烟灰"，茹老说我给你找个学商的地方，能习艺且吃的好。我很希望有个职业，赚点钱再求学，回家后向父母亲言及此事，父母不同意，怕我累舍不得。我恳切说情，才勉强答应，干几天看看吧，须离家在柜（店）食宿，于是妈妈为我洗被褥、做新鞋。

一切筹备就绪，选在旧历四月初八，我身着晴雨商标阴丹士林布长衫踏上征途，开始一生中的新阶段。经介绍人茹三爷派人将我送至开通县东，大街福玉增粮业油房杂货铺，是县里的驰名巨商，谒见老板韩公翟三，面示一些主要店规，主要内容是勤恳、谨慎、真诚、仁义，晚间回家背行李。新的生活第一个难关是起早，比在家早一个多小时，但也逐渐适应。每天打扫店内卫生、烧炕、推小车送货，有时侍候客商斟茶倒水，深夜提灯接老板，老板出外打麻将。工作还能够干，伙食很好，每日三餐都有菜，半月吃饺子、端午中秋举行宴会极为丰盛，春节三套碗席，比家里强多了。那时学徒以年评工资；平时可以借支，第一年，工资八十元，物价很低，每袋白面才三元多，为了照顾本号柜伙，家用商品也可暂时挂账年终结算，且照本论价，逢年过节给些礼品如毛巾、香皂、袜子等，但我还想升学深造，通过习商积蓄些钱以便考学，而时光如流转瞬已二年，距满徒还差一年，经过磨炼，离家改换环境已逐渐适应，老板见我勤奋忠诚且有文化能写会算，较之其他徒工，独具特彩，于是让我到账房协助管账先生（会计）边学账务，边办理一些财务事项，如跑银行办汇兑、写税簿、登记粮油行情，向外发行单办邮政、电报等，到衙署购物，市内往来，责成我去讨索，并管账，这样就不太干体力活吃苦啦。我用心学账务，逐渐学懂，正好县里办会计训练班，管账先生去学习，我就担起司账职务，每日坐账房，柜上订很多报纸，如盛京时报、大北新报、大同日报等刊物，逐日看报，从而养成习惯。老板每日毕店后，亲自阅流水账，对我经办之账务清晰准确，深为满意。我也改变志愿，原打算升学深造，但通过实践，承蒙老板重用赏识，体验了社会名流多由商贾起家，我店老板已经任商工会会长之职，店内冠盖往来，门前车水马龙，仕官客商并驾齐驱，升学后不一定就做官，若是当一名小职员，真不如当商号的管账先生，我就安心扎根此商号。由于我兢兢业业勤奋努力，老板更为信任，这

208

时原来的先生已辞职另谋高就，我即正式成为管账先生，伴随职务拔擢，待遇相应提高，伙食从大灶改中灶每五天改善生活吃饺子或包子、白饭炒菜等。老板地位为会长，订些刊物、有关经济商贸书籍，我于暇时便参考阅读，加上天天看报，在精神食粮上得以充实，别人喝酒打麻将，我则用功于书报，以此补充我学习上差距，就这样一直干到 1946 年 5 月 7 日，恰好也是旧历四月，屈指算来整整十年，回忆吾从徒工而司账，深为感触，特随笔记之。

1946 年 5 月 7 日，县人民政府接收原福玉增改为国家经营，我通过开会启示，参加革命，就在原来我的账桌上还是我坐的椅子开始新的一页，牌子改称民生油房。从此连续工作一日未停，一气呵成至 1983 年年末，办理离休，时已六十四岁，在 1984 年元月 3 日发挥余热，又在利民商店当会计，至 1993 年 9 月该店解体，这一段又接近十年。综合连贯工作达五十七年多，但我打算干六十年，因某种原因，未遂，功亏一篑，实感遗憾。今年又是丙子年，是我出校门、迈向社会工作六十周年，回溯起来当年开通小城辽北荒漠，现在的通榆大为改观，昔日平房土道现在建筑物屹立，柏油马路、高楼大厦鳞次栉比，而我虽已七十七岁，身体尚好，实堪欣慰。满怀信心跨入二十一世纪，迈向耄耋之年。将感想列后：

辍学谋生年十七，
十易星霜从未移。
解放继续操旧业，
连贯寒暑逾五七。

高旭升
写于 1996 年（岁次丙子）5 月 15 日

难 忘 向 海

　　向海不是海，它是吉林西部草原上的一片水域。这片水域不大，澄澈而宁静。它没有我在青岛曾经看过的那样的海潮：千千万万白盔白甲白衣小将奔驰而来，几千面鼙鼓在擂动，几万面旌旗在翻卷；没有大连老虎尾那里，黄海与渤海的波涛不分彼此地相互嬉戏；也没有凝望海上初阳那一刻的悚然震撼。

　　可是，从向海归来，我却一直不能忘怀，那一片山水常常勾起我宽广的深深的怀想。

　　去年七月，应友人相邀，我们去了向海。七月，正是草原最美丽的季节。刚出县城不远，就看见大片大片的青纱帐在大地上疯狂地抽长，在这火红曝热的夏季，整个原野在孕育和生长中燃烧。一群群马、牛、羊悠闲地啃食着丰硕的青草，骏马脆亮地打着响鼻，一群群肥硕的大鸟从成片成片的庄稼地和草原上空掠过，向明亮耀眼的远方飞翔，悠扬的鸣唱伴我们同路，在天地间回旋。天碧蓝碧蓝的，是那种其他地方很少见的纯粹的蓝天。风吹得无拘无束，毫无遮拦，蓬勃旺盛的田野摇撼出原始激情的律动，辽阔的草原上一切都自由自在。

　　一进入向海这个国家级森林和野生动物自然保护区，人烟就少了。风积沙丘呈带状分布，沙丘上天然次生榆林郁郁葱葱；湖泊泡泽星罗棋布，湖沼中蒲草丛生，苇海腾浪。田野里绿草如茵，漫山遍野地盘开着淡红的野百合、粉红的牵牛花、浅紫的芍药花、金黄的蒲公英。虽然有多样的景观，整个画面的底景则是一望无际的沼泽——湿地草原，向海给人的总体上的感觉是辽阔和苍莽。这一带，几千年来就是肃慎、东湖、鲜卑、契丹等游牧民族的游牧地。十九世纪中叶是蒙古科右八王之一图里图里属地。农牧结合至今仍是这里的生活方式，胡人牧马、汉人垦边的遗风依稀还在。伫立在大草原上，向四方望去皆茫茫无边，孑然的你会被那种辽阔镇住，生出一种苍茫之感。你的心胸会开阔无比，开阔中夹着浓浓的悲凉和流离。耳边会响起渺远的边声，脑子里会浮出"敕勒川，阴山下"，旷野里信马由缰的风，会让你想起金朝第四代国君完颜亮的《咏扇》诗："大柄若在手，清风满天下"。

"穹庐一曲本天然"，向海之美美在天然，美在原始。由于历来人烟稀少，1981年和1986年又先后被批准为省级和国家级自然保护区，人为的破坏和人工的建筑较少，这里的一切基本上是欠自然伟力的天成。向海地处蒙古高原与东北平原相接处，多风干旱，多年的风吹黄沙积成了带状的半流动沙丘，仿佛一群疯玩累了的沙孩一屁股坐了下来。发源于大兴安岭东坡的霍林河、额木泰河和洮儿河三条河流，在这里失去了河道，蓄成大大小小的几百个泡沼。沿着河流的走向上下形成两个大面积的沼泽区，滋润着草原，给古朴粗犷的草原增添了生机和妩媚。向海境内有沙丘、草原、岗地、河流，湖泊、沼泽、湿地、森林，环境自然幽静。植被覆盖70%以上，水生动植物食料丰盛，是野生动物的乐园，有229多种鸟类、30多种哺乳动物、10多种两栖爬行动物、300多种野生植物和数百种昆虫在这繁衍生息世代生活。有鹤、天鹅、白鹳、金雕、白尾海雕、大鸨等国家重点保护动物。湖泊水域和沼泽中，生长着睡莲、菱角、眼子菜、狐尾藻、芦苇、三棱草、灯芯草、水葱、小叶章等水生植物；游弋着鲤、鲫、鲢、鳙、鳅，鲶、鲈、鳜、黄桑、乌鳢等鱼类；虾、蚌、螺及诸多软体动物为各种水禽提供了充足的食物，苇荡蒲丛提供了良好的隐蔽场所；水域是天鹅、鸿雁、绿头鸭、翘鼻麻鸭、赤麻鸭、须浮鸥、银鸥、红嘴鸥的天地；沼泽和湿地是白鹳、白骨顶、鹭类、鹤类等游禽的世界；水岸边有鸻鹬类、山雀、鹌鹑、雁、鹤、雁、鹳在取食嬉戏；天空中不时有眼盯地面搜索猎物的金雕、鹰、鹞在盘旋。

　　沼泽和沙丘岗地之间是大片的草原，疯长着羊草、星星草、披碱草、线叶菊、细叶百合等多科植物；沼泽和草原的边缘，是一条条蜿蜒起伏的沙丘岗地，生长着蒙古黄榆、山杏、蒙桑、杠柳、柽柳、胡枝子等树木和麻黄、甘草、防风、黄芪等多种中药材，形成半荒漠地区典型的沙丘稀疏灌丛。黄榆俗称蜡条榆，为世界稀少树种之一，耐旱、抗病虫害能力强，树形优美。向海天然蒙古黄榆面积大，密度高、长势好、树龄长，为亚洲之冠。这是一种生长缓慢的生命，用骆驼般的母性耐力，为鸟兽蛇虫们撑起一片最经久的绿荫。树木灌丛中，有雉鸡、斑鸠、灰伯劳、蜡嘴、攀雀、乌鸦、喜鹊，还有白鹳、苍鹭等在高枝上筑巢。地上有狼、獾、狐、貉、黄鼬、刺猬、艾虎、鼠类出没；森林与草原相接处，还偶尔可见到狍子的身影，沙丘上草地上有蛇、蜥爬行……

　　这是一个草木共荣鸟兽共生，相争相竞相谐相洽，万物各得其所自得其乐的大千世界。你来到这里，纵使抱着再超然的观赏心，也会为这大自然的完美安排，万物的勃勃生机和世界的和谐合一而感动，引发出人与自然的思考吧。

　　向海的精灵是鸟类，鸟类的翘楚是鹤。鹤类都在湿地环境下生存，它们位居湿地生态系统的顶部，对生态环境的变化十分敏感。当今世界上只留下15种鹤，在向海就可看到6种：白鹤、白头鹤、白枕鹤、灰鹤、蓑羽鹤、丹顶鹤。春天，鹤类成群结队从南方越冬地北飞到向海，在湖泽边缘的冰水之中觅食鱼虾和嫩根，在这里展翅对舞谈情说爱。经过数日数十日，白鹤白头鹤灰鹤等北溯繁殖，一般夏季在向海滞留的还有七八只成群的灰鹤亚成体，而一部分丹顶鹤、白枕鹤和蓑羽鹤则在向海繁殖，它们用自己的生存活动给向海草原增添了异彩。

　　全世界现有丹顶鹤1300多只，大多在我国东北栖息。黑龙江省的扎龙、吉林省的莫莫格、向海三个自然保护区，都是以丹顶鹤等珍禽为主要保护对象的。在向海"安家落户"的丹顶鹤约有20多对，春夏秋三季都在这里繁衍生息，更多的是"过路客"。每当大地春回，南方飞来的丹顶鹤，群群飞落于向海大地，或歌于红红的朝阳下，或舞于蓝蓝的湖水边，或嬉戏于刚绿的草地上。它们选择沼泽中的高地营巢，产卵孵化。幼鹤出生，黄绒绒一团。养育幼鹤的成鹤，终日忙碌着寻食喂养宝宝。秋风始起，芦花开满沼泽时，大鹤带领着已经长成的子女们，满塘奔跑，由近到远地教练飞行。待到秋霜午白大地秋收的时节，它们离开巢区，逐渐与同一区域的其他家族以及北方迁来的同类聚聚散散，最后成为一大群。终于在大地冰冻重霜不退之时，依依惜别自己生命的故乡向海，留下声声鹤唳向南飞去，排云直上，展翅蓝天。冬季，仅有经过人工驯化的丹顶鹤在此恭候你的到来。

　　丹顶鹤是百鸟中的"皇后"。它白羽黑翎，丹顶绿喙，体态优雅，韵姿清高，鸣声嘹亮，"鹤鸣九皋，声闻于天"。它翱翔致远，舞姿飘逸，明代邵宝有一诗专写《鹤舞》："误向丹青共羽流，多情今得此停幽。长鸣似与高人语，屡舞谁于醉客求。凤羽九逵能抗晚，野心万里欲横秋。试将衣袖闲招引，转尽花荫意未休。"当我跟着友人来到人工驯养鹤舍，只见一只丹顶鹤迈着高蹈的步子款款走来，那优雅的姿态高逸的气质甚至引起了我的几分敬重。它能在饲养人员的号令下对鸣、起舞、飞翔，倘若她起舞相邀，我当整束衣冠，岂可揎衣捋袖？"松鹤延年"、"松龄鹤寿"、"梅妻鹤子"、"鹤发童颜"、"仙人驾鹤"，"仙鹤送瑞"……丹顶鹤用它的体态、舞姿、鸣声，"从一而终"的婚配和诸多高雅的生活习性，给人们带来了美的享受和对未来的憧憬，成为人们崇尚美丽、坚贞、长寿、吉祥和腾飞的象征。"晴空一鹤排云上，便引诗情到碧霄"，有多少文人为鹤而倾心动笔。范曾在《大自然之子》一文中写

212

道"仙鹤是鸟群中的高士,皓皓的羽毛,修长的身段,悠然自得的神气,偶而兴起,长空嘹唳、寄清风而伴明月,宿野塘而栖芦苇,不免使我们想起兰亭修禊或竹林七贤中的人物。孔雀和仙鹤是华贵与野逸两词的最佳诠释。"这段话我深感"所言甚是"。我曾多次观赏宋徽宗画的《瑞鹤图》,画面下方是庄严耸立的汴梁宣德门,一片金黄的宫殿屋脊,彩云缭绕,金碧辉煌,周围绕以浓绿古树。画面上方约占画幅三分之二的画面上,是湛蓝的天空,白云飘逸,画面正中是 18 只齐刷刷冲天飞起的仙鹤,仿佛能听到空中回荡的鹤群的齐鸣声,还有 2 只正伫立于屋脊上,仰望苍穹展翅欲飞。画的意境是祥瑞的,构思则率直浅白。治国守土上一塌糊涂的宋徽宗在书画艺术上有着精深的造诣,想来,他虽然痴情于艺术,却未必能身临其境实地观察,大半是在书斋作画吧。但仙鹤在迁飞途中在宫廷屋顶上暂憩却是完全可能的,也只是暂憩而已,野逸的丹顶鹤们是不会在此久驻的,它们的家乡只在向海那样远离尘嚣的地方,宫廷中只配有铜铸的鹤。

向海规划了十四个旅游景点。其实,向海处处皆景。春天观鸟,还可看高山坨杏树林杏花盛开云蒸霞蔚;夏天垂钓,还可在白沙滩浴场畅游,听渔歌唱晚;秋天送鹤送雁,可看十里芦荡芦花如雪;冬日,当皑皑白雪覆盖了沙丘草原,雪地上印下了野兔、雉鸡、斑翅山鹑的串串足迹,在河上观看凿冰捕鱼,别有一番冬趣,在旷野上偶尔听到鸮鸟和乌鸦的叫声,可体味一种草原上的孤寂与苍凉……可惜未能到处去跑去看,又未能享受到向海的四季,口中不由得喃喃"遗憾遗憾",友人则忙着笑答"欢迎多来",盛情招待了午饭。刚从湖里钓上来的鲤鱼、鲫鱼、鲶鱼、黄桑(当地叫嘎牙子),用当地的办法和湖水一锅炖出,刚从地里摘下的自种的青椒、生菜凉拌,炸好紫亮的茄子拌酱,大葱、野菜、小根蒜蘸大酱,新鲜、脆生、乡土,就像主人一样的质朴亲切。餐厅临湖,一边饱餐着家乡饭菜,一边饱览着湖光云影,柳枝条柔,凉风习习,身心为涤如沐,全无了一丝一毫的暑热和烦躁。

难忘向海,不仅仅因为它的质朴和美丽,还因为我对它的一份牵挂。这样一个昔日藏在深闺人未识的村姑,如今名气越来越大了,游人、科研人员、外国客人,还有名曰开会培训实为公费疗养旅游的人,越来越多了。虽说已确定为保护区,我仍然担心管理力度不够,或甚至不够科学,而一点一点地玷污了它的清纯。向海属通榆县所辖,通榆县现在仍是国家级贫困县,而且因自然条件恶劣,产业不兴,改变面貌的思路和办法不多,我又担心县里在经济上过多地打这位"美丽的女儿"的主意,一点一点地损害了它的完整。

通榆是我的故乡,丹顶鹤选择了我的故乡,是吾乡的幸运。吾乡是鹤乡,是我的荣耀。因此，每出我回忆起向海之行，沉浸于它的美丽之中时，这些牵挂就柔柔地爬上心头。我无力为她做些什么，只在心里默祷：家乡父老一定要善待它，呵护它，世世代代珍爱这颗大自然赐予的祖传的美玉明珠。

写于 2001 年 3 月 6 日至 9 日

故 乡 意 象

张罗回家的日子是令人激动的。启程了，疾驰的列车一程一程地奔赴那个明确无误的目的地，也一程一程地掀动起探根溯源的思绪，一层一层的思辨反倒平添了一种追寻的迷茫。难道故乡还要追寻的吗？

本觉得故乡就是生我育我的那幢老屋。一排土平房，向阳的南墙砌着青砖，其余墙体是土坯垒筑，外墙抹黄泥，室内粉刷白灰或糊上报纸。房顶是梁、檩条上铺上秫秸，再抹上几道粘泥，窗户较小，糊窗纸。虽然如此，我奶奶却经常念叨她自己的顺口溜："一进大门抬头见，观看您老的好高房，前面修的阁老府，后面修的子孙堂，一进大门抬头看，看见您老的这对联，上联写天官赐福，下联写喜报三圆"，这是我成人后一位亲戚转抄给我的。进门是一个大灶台、一口大铁锅，进入卧室是一个大炕。炕上有一个炕柜，柜门是瓷砖，上面烧制着麒麟送子、鲤跳龙门的彩画，炕柜上叠着高高的一摞被子。地上正冲着门口的地方放着一张八仙桌、两把椅子、一个老座钟，钟两旁摆着瓷质帽筒。帽筒上有人物山水画，写着"水光潋滟晴方好，山色空蒙雨亦奇"，八仙桌上常常放着一两本线装书，是爷爷看的，或是父叔辈曾经背过、翻看的《千家诗》、《芥子园画谱》一类的书。

有一间房子，从房梁上垂下四根绳子，吊着一个摇篮，约长三尺，宽一尺，深一尺，竹木制成，很像一只两头半圆形的小船，铺上小褥盖上小被放上小枕，那就是我的襁褓之地了。慈祥的祖母用《苏武牧羊》的曲调，哼着自己编词的摇篮曲：我家有个胖娃娃，头戴红缨帽，身穿紫红纱……柔柔地把我摇进梦乡。这种摇篮起自何朝何代，老辈人都说不清楚，据说是满族人传过来的，也许它摇过努尔哈赤皇太极，还摇过张作霖张学良？那时是一个很大的家，祖父祖母，父母叔婶姑姑，后来祖父祖母去世了，叔叔姑姑工作成家各立门户了，再后来老屋颓圮了，父母又几次搬了家，先后搬到县城的东端和南端。

于是就又觉得故乡是这座县城，这县城里有我父母的家，粗糙的土坯院墙围着一个温馨的世界，院子里最显眼的是母亲做酱的酱缸。母亲做酱总像是一串古老的仪式，令人莫名的振奋。用一个我家最大的秫秸秆儿盖帘儿，

215

先将它倾斜一定的角度，然后用葫芦瓢舀起黄豆，一瓢一瓢倒在盖帘儿上。圆鼓鼓的饱满的黄豆顺着笔直的盖帘儿缝滚动下来，半粒或残缺的就滞留在半路，拣出来充作他用。豆料选好后洗净，一次性地在大锅里烀。从早到晚，青烟袅袅，蒸气腾腾，一直到傍晚，整锅大豆都熬成了稀干适度的美丽酱色，这才撤火掏灰。母亲叮嘱家人，谁也不许掀开锅盖，我和弟弟妹妹们从锅台旁边经过，口里鼻里登时溢满浓郁的豆香。第二天一大早，街口就有"搅大酱"的叫卖声，师傅扛着一个长凳，凳上装了一个手摇搅拌机，坐在院子里边与母亲聊天边搅烀好的豆子。母亲把搅好的豆糊翻摔、压实，拍成方方正正的酱块子，稳稳当当地放在屋里有阳光的地方等待发酵。从晨光微熹到日头偏西，母亲鬓角上的汗水湿了又干，干了又湿，屋里垒起了古代城墙上的方砖一样结实、芳香、颜色暗红的酱块。

农历四月是下酱的日子，发了酵的酱块色彩斑斓，奇香扑鼻，母亲用手掰成小块，放入大缸中，加上凉开水和盐，盖紧捂好。数日之后，重新发酵的大酱变得犹如稠粥，母亲用手搅一搅，细发、活润，大酱完全醒好了，接下来的日子尤为关键，母亲甚至像对待正要出嫁的女儿一般细致入微。每天，母亲都要用木制的酱耙打（捣）酱，早打一百耙，晚打一百耙，不多也不少，不轻也不重，中午则打开缸盖晒沐太阳，雨天风天还要仔细遮盖，不允许落进一滴生水一粒灰尘。终于有一天，当远远的，一揭开缸盖，母亲用系在腰间的蓝布围裙擦擦手，微阖双目深深吸上一口，对我们陶醉地说："真香啊！"

在粗糙的土坯院墙根，我曾和小伙伴们打过玻璃球儿，循着叫声翻找过蛐蛐，过年时点过鞭炮，土墙头还撞碎过我喜欢得舍不得吹的玻璃"卜卜噔"，和小伙伴吵架后，还用粉笔在土墙上写过"×××大王八"。腊月的夜晚，母亲一边在炕上做针线，一边和邻家的大娘大婶唠嗑儿，一只烟笸箩你递过来我递过去，用纸条儿自己卷烟抽。我就搬个小板凳，趴在炕沿上一边写作业，一边听她们谈评剧，谈二人转，谈张家长李家短的说不完的街巷故事……好多年过去了，我一步步远离了家乡，再也没吃过那么香醇的大酱，母亲也已去世十年。多年的变迁，那条晴天起曝土下雨一街泥的街，已变成了平坦宽阔的水泥马路，昔日街景也已面目全非，县城里的老建筑所余无几，旧游几处可堪寻？街上店铺，柳下人家，似曾相识，已不相识，不免让人喟叹"行人渐老，重来世事堪嗟"了。

那么，故乡是这一带乡土。或许，更进一步，是彩绘丝绣在这片乡土上的风景、风俗、风情。谁能用笔写尽这片乡土呢？你只不过写些它的鳞光片羽而已。比如，想写它的春天，大草甸子上的复苏和生机，我想起了解冻的

216

翻浆的乡间大道，人踩上去忽悠忽悠的，不能走车；想起了草甸子上的曲麻菜，叶边有齿，绿中透紫，鲜嫩爽脆，麻中带苦，败火解毒开胃。春天易感冒，头疼脑热不要紧，拔火罐。想写它夏天的茂盛，我想到了大片大片的苞米地，想起了一夜之间忽然浑浊汹涌起来的河流，整个大甸子渗出一种野性的强悍。大热天进门，快来碗井拔凉水。想写它秋天的丰硕，我想起了满载秫秸的胶轮大车，驾辕的马滚瓜流油，想起了辘辘作响的石碾石磨，想起了新菜新米的"打饭包"（米饭、葱、肉、蛋、酱等用大白菜叶裹卷起来吃）。想写它冬日的静穆吧，我想起了农家火热的炕头，满屋缭绕的"关东"烟味，村头的二人转野台戏……端午节的鸡蛋煮好了，门上窗上挂上了艾蒿柳条和彩纸葫芦，孩子早晨醒来时小手腕上已绕好了五彩丝线；中秋节供月的方桌放到院子里了，沙瓤的西瓜、又甜又脆的香瓜、葡萄梨月饼端上来了；忙碌而激动的腊月，新衣做了，墙纸糊了，黏豆包蒸了，年猪杀了，街坊邻居请来吃了酸菜炖白片肉血肠，豆腐也冻了。置办年货的胶轮大车回来了，满满一车东西，给闺女买的头花怕压坏了，干脆插在车老板的狗皮帽子上。秧歌扭的可真欢，"猪八戒"真逗，"走马灯"扎的真巧，看热闹的人可真多呀。

家乡的民风朴厚，人的心眼儿好使。好多人家的房檐下甚至屋内的房梁上，都有燕子年年来做窝。燕子是知好歹的，它们会选择最安全最合适的地方筑巢安家，与燕为邻的人家都是厚道人家。看燕子忙忙碌碌衔草筑窝，夫妻呢呢喃喃，看燕子出出进进觅食喂儿，母子喁喁唧唧，好生感动，屋前屋后飞闪着它们墨绿的亮彩、黑羽白腹、漂亮的剪尾，真为有这样勤劳美丽的芳邻而高兴。

去年夏天，在老家县城里"打的"，下车时儿子把手机忘在车上。赶忙又拦了一辆"面的"去追，但已看不见那辆车的影子了，就让儿子在一个电话亭旁下车，试着给自己的手机号打电话。我们仍在后来的这辆"面的"上继续满街寻找，县城不大"面的"又不多，但司机的特征未观察仔细，也没看全车号，跑了两三圈都没找到。心想十有八九是找不到了，只好再转回到电话亭接儿子上车去办原计划的事，不想儿子说手机已找到了。原来，那司机听到车后座上手机响，拿起手机与儿子通话，问清了手机颜色牌子及机内电池牌子，确认了之后开车送来了。儿子拿出 200 元钱表示感谢，人家说什么也不要，说手机是你的应该送还，满头的汗水，一脸的憨厚。200 元钱在这个县城，是许多人半个月的收入，那司机是个年轻人，这个县城刚时兴手机，年轻人都稀罕得不得了。我们久居南方，从口音听得出不是本地人，他却满头大汗地开车送了回来。我真为我的家乡人自豪，却至今不知道这位年轻的司机姓甚名谁，只记得他的车牌号尾数是 849。

日复一日的劳动和生活，没有那么多的洋洋洒洒大开大阖，勤劳和淳朴使得家乡清贫的百姓生活一点不显得卑下，而是很值得回味的。岁月有着奇异的法力，它并不仅仅只是把过往的一切都统统淡化，相反，它还在把其中的某些部分悄悄地强化起来。而且由于记忆者的心智各异，它强化和淡化的部位也大相径庭。同样来自艰难困苦的记忆，于自强之人，被强化的可能是战胜艰难困苦的快感，于自怜之人，被强化的可能是不堪回首的伤痛。一段存积于记忆中的感情，可能使人只留下枯索无味的漠然，也可能使人将难以忘怀的感情升华得更深沉而绵绵不尽。就以乡土情结来说，也许是连哲人也难以剖析的复杂情卷。某些突如其来的时刻、草垛的香味、村庄的炊烟、黎明时分的犬吠，都可能猝不及防地插断你的思绪，唤起故乡的记忆。某些故乡的记忆是极为琐细的，岁月越久远似乎回溯得越频繁，显得越亲切，又一次一次地被岁月悄悄地涂上了虚构的想象的色彩。也许，具体的物象已经变得扑朔迷离了，而故乡的意象却常忆常新。

中国古代文艺创作有意象之说，刘勰《文心雕龙·神思》中写道："独照之匠，窥意象而运斤"，能抓住意象，才是大匠运斤文章高手。意象，是指主观情意和外在物象相融合的心象。故乡的物象已经发生了巨大的变化，对于远离阔别的游子来说，它并不只是一种符号概念，而又是一部由岁月之手和怀恋的心共同酿造的朦胧诗卷，永远亲切而又近乎神奇。

写于 2001 年 3 月 14 日至 17 日

两棵树： 一次怀旧之旅的跋

七八月间，我有一次北方之行。到这年年底，我即满七十周岁。所行的路线，由深圳而湖北，再北京而东北，与我考大学，工作在湖北，退休后到深圳的生命旅程，恰恰反向。这年岁，这行程，不言自明是一次怀旧之旅。驻留了孝感、石家庄、北京、铁岭、长春、通榆、哈尔滨等地，日程近五十天。

故地重游，探亲访友，寻旧抚昔，吃了一路，看了一路，哭了一路，心中的思绪翻腾了一路。归来后多日还陷在怀想中。爱好游历的人说，游历不只是一种观光，一种见闻，还是一次心灵的放飞，而我的北方之行，观光粗粗，见闻浅浅，却实在是一次心灵的逆旅、心灵的回归。我一面强烈地感觉这些城市各处的新景观，一面却常常要想起这些地方原来的样子。当回忆自己的故乡湘西凤凰县城时，晚年的沈从文先生曾说："现在还有许多人生活在那个城市里，我却生活在那个城市过去给我的印象里。"看来是人同此感。

每一回到城，就去再尝那记忆中的美食，似乎每一种美食，都能指向一座城。孝感的米酒，清酒清甜，糊酒糯香，印象最深的还是 1984 年到这里调研汽车发动机缸体铸造时的第一次品尝。后来的事实说明，这次调研实际上成了三江集团几万人调迁到孝感的滥觞。用新鲜的莲籽、藕带和菱角清炒的"荷塘三宝"，凝聚了我工作了三十多年的湖北水乡的气息。北京小摊档上的油条豆腐脑是上大学时偶尔改善一次生活的牙祭，今日再吃，口味已不复当年，但却有了往事重温的意味。全聚德烤鸭、驴打滚、艾窝窝、白水羊头、爆肚更是上大学时的"精神大餐"，那时正值困难时期，又是穷学生，哪能吃得起？半个世纪后才"心想事成"。最亲切的还是东北家乡的美食。东北酱肘子、东北酱骨头、锅包肉、土豆炖大鹅、大铁锅炖鱼、蘸酱菜……豪爽酣畅像"水浒"。黄米黏糕饼、油炸糕、煎饼盒子都是多年久违了的家乡风味。

贴玉米面大饼子还附带了一桩往事：当年我考上清华，别人问我母亲是怎么培养孩子的，我母亲不假思索地回答说：吃大饼子长大的。她是无意间为自己的儿子做了一个简朴无华的总结，大饼子营养了我们的身心，演绎出意味深长的人生道理。这些美食在我心中早已不仅仅是一种小吃，而是一种情结，未食而乡愁浓浓，食之则旧香绵绵，烙上了深深的岁月烙印。

回归的路上，故地、老景、旧物、熟人，触目皆是，每每交臂。在孝感，到处都碰到老同事，步履多蹒跚，鬓发尽斑白，唏嘘之后总会唠起昔年的一桩桩往事，曾经共同完成的一件件工作。看到原本健壮的同学同事有的竟然老病得靠输氧度日或不能下楼，生活不能自理，禁不住悄然落泪。饭桌上觥筹之间，也是感慨多过了谈笑。在清华园，在系馆的走廊里遇到了一位仅给我们代过两堂课的一位老师，我还认得出来，还记得他的名字，记得他是留苏副博士。百年校庆刚刚过去，校园里处处还可以看到欢庆的景物，正值暑假，家长携孩子朝拜式参观者络绎不绝，清华之名百年益盛。去我曾住过的二号楼三号楼十三号楼，或封闭维修，或改造得认不出来了。二校门水木清华工字厅依然那么美丽，一教二教科学馆大礼堂图书馆及王国维纪念碑前，我今日的脚步可曾踏上昔年我的青春脚印吗？在石家庄，在铁岭，在长春，在通榆，时时沉浸在亲情融融之中，却也有难受之时，那是将见亲人之前的急切心跳，是寻访旧迹久寻而终未见的惆怅。最难受的是与亲人的告别时刻，都已步入耄耋之年，总是恐是最后一面的闪念，那一场抚肩摩背的大哭，让人久久不能释怀。

家园、故乡，是文人偏爱的一个语汇，一种意象。对我，小县城，土平房，却是一个真实的存在，清新，确凿，简朴，温馨。一些街市旧景，老字号商铺的旧址，常常让我已经模糊了的记忆突然清晰，从时间的深渊里浮升出来；亲友街坊，母校老师，几句交谈就会引出一桩又一桩的当年轶事。在通榆一中旧址处的现通榆九中以及新址的通榆一中，我受到了母校的热情接待，两校校长陪着我看了学生宿舍、教室、餐厅、运动场、体育艺术馆，介绍了母校近年的发展。通榆是全国贫困县，通榆一中的教学质量却一直很好，今年有一个女生以全省总分第七名的成绩考入清华物理能源实验班。校长介绍说，她的父亲是在县城开出租面包车的，家境贫寒，也是一个吃大饼子的人家。近代中国各界出类拔萃的人才，出于县城古镇的人远多于出生于省城都城的，或许是小城镇的环境更适宜人的灵性的成长？贫瘠之地也会冒出一些人才，艰苦更能砥砺生长。纤草不做大树的期许，反倒心无羁负，潜心努力，渐渐长成了大树。

回首中学时代，这段美好的历史不是通过探究来把握，而总是被情绕神牵地回想着。正因为如此，我特意登门拜望了两位中学时的老师。其中一位于业昌老师在小学时代就教过我，那时他对我的一篇纪念国庆的作文的点评我至今仍记得大意，鼓励的话语使我终生受用，至今不惮于写作。其他诸位中学老师也都一一记得：博学慈祥的语文老师李宜春，学理清晰的物理老师李松林，循循善诱的数学老师郭百川冯书全，风度翩翩的俄语老师张德成，学者气质的历史老师汤放桀……我和老伴有时说起，若不是反右，像我们这样一所县中学怎么可能一下子分配来这么多高水平的老师呢？行文至此，联想起孝感高中门口矗立的一方大石，青白色的底色上漾着浅绿的波纹，镌名为"泉"，那是青葱岁月新知泉涌的绝好象征啊。

车快进通榆县城了，大片墨绿的玉米覆盖着广袤的田野，路两旁移植的蒙古黄榆敦实茁壮。一踏上老家的土地，家庭的情感力量就一下子将我环抱，我很快就被卷入记忆的旋涡。在有意无意的收集中，许多旧物唤醒了心灵深处的历史。从二姑生前收藏的老相册中，选择翻拍了十几张老照片，最老的一张已是九十多年前，我的爷爷才刚结婚。还有一张是七十多年前，我的父辈还是少年童年，四叔才两三岁，照片上他还被我奶奶抱在怀里。二姑在1948年参加工作，只有小学文化的她一边工作一边学习，努力刻苦，担当了副厅级的职务，写得一手好字。在我童年和小学时代，她给了我很多关爱。2008年她去世后，我暗自流泪了好多次。这次去哈尔滨见到了父辈中唯一健在的老姑，背微驼，耳全聋。她拿出了祖辈和曾祖辈写的几首诗让我抄录，还转交了四叔遗留下来的毛笔小楷日记（1986.8.26～1986.12.17）。四叔在读哈工大二年级时被错划为右派，从此一生坎坷。他多才多艺，才华照人，写作，拉小提琴，会俄文德文，喜爱欧俄文学，晚年临帖，练出一手漂亮的毛笔小楷。虽生活困窘，身体多病，而生活情趣多多，养花饲猫，溜冰荡舟，生性浪漫常浮离现世，爱好广泛无一专成，别是一种活法。审其一生诸多失意处，一半由天一半因己。他在老家时期，对我少年时代的课外阅读有所引导。

在老家墓地，我们拜祭了祖父母，父母亲，二叔二婶，三叔三婶。纸灰纷飞之际，我想起了爷爷临终前的那首诗："少壮年华曾似火，老来憔悴可怜生。重重忤逆无家境，不堪回首话当年。"他诗文出众而终生低微，有志未酬；想起了二叔那微醺于小酒的惬意神态，时不时发出的放怀的爽朗的笑声；想起父亲或二叔带我去给爷爷上坟的路上教我背诵的诗："纸灰飞做白蝴蝶，泪血染成红杜鹃"；想起1991年初夏，我回家奔母丧时去看望三叔，临告别时他执意要送我们到大院门口，当我们走过一段路回头望去，只见他还伫立在马路边，多沙的风吹乱了他的头发……

散淡的记忆片段，在回忆和伤逝之外，还将我带入了一种深沉恍惚之境，他们都已长眠地下，但他们似乎还活着，他们都听得见我在墓前的汇报。祖辈父辈那两代人，不仅活在日子里，更活在他们的人生哲学里：立志，勤谨，清介，平实。"一条电线洮南路，十里风沙塞北田"。故乡的伟大，正在于它那贫瘠的土地上，不仅生长出可以活命的大豆高粱玉米谷子，而且还孕生出了足以抗拒外界诱惑而不迷失自我的大地道德。

此行的最后一站是哈尔滨。和全国各城市一样，这里也在大兴土木盖房子，簇生的新楼群迅速地扩展着市域，但与提升城市的气质关系甚微。多次去过哈尔滨，总觉得最能反映它的城市气质的，还是松花江边的中央大街，那是一种深厚的近代历史沉积。而这片土地更久远一些的历史，在阿城一带可以找到。我们此行的压轴节目就是去参观阿城金上京历史博物馆和横头山国家森林地质公园。1115 年女真族完颜部阿骨打创建金，建都于会宁（阿城），号上京。金 1125 年灭辽，次年灭北宋，先后迁都中都（北京）和开封。其统治疆域东北至日本海鄂霍次克海，西北至蒙古，西以陕西横山、甘肃东部与西夏接界，南以淮河秦岭与南京接界，与西夏南宋三分天下，历时十帝，统治中国北方 120 年，公元 1234 年在蒙古和南宋联合进攻下灭亡。当年，为了举兵南下，金帝不惜毁弃上京，毅然不留后路，其志向和气概不愧为青史华章。现在的金上京博物馆就是在上京遗址旁边修建的，主题是展示黑龙江地区少数民族的生活和宗教，具有标识意义的是铜座龙，龙首狮身麒尾。下决心毁弃上京毅然挥师南下的海陵王完颜亮曾写诗咏龙："蛟龙潜匿隐苍波，且与虾蟆作混合。等待一朝头角就，撼摇霹雳震山河。"帝王的气势可见一斑。看到了我幼时睡过的那种摇篮，十分亲切。同馆还辟有《粘氏石器馆》，那是改姓粘氏迁居台湾的完颜氏后代捐赠的各种石器，粘连之年，历史绵延。另有《晃楣艺术馆》，晃楣的版画艺术成就很高，特别是二十世纪六七十年代的关于北大荒题材的一些创作极富感染力。这三馆同地常年展出，看似各自独立，我倒觉得它们气脉暗合。粘氏是完颜氏后代自不必说，当年全军挥师南下为图中原，当年大军北上垦荒安边，都堪称大手笔，而晃楣的关于北大荒题材的版画创作，同样腾腾然高扬着磅礴之势。

驱车近两小时来到横头山，午饭后即登山。一进入森林，很快就被一种激情拥抱。一望无际的绿，高低起伏具有立体感的绿，绿得恣意，粗犷中不乏细腻；绿得奔放，率性中不失温雅，绿出了盛夏的炽烈，北方的豪爽。柞、椴、水曲柳，杨、榆、松、桦各种树木和谐共生。林间松鼠奔突，怪鸟窥人，一片生机盎然。而一些节理石、风化残石、冲流石或横陈路边，或枕流溪上，或倚树观望，大者如卡车，小者仅盈掌。节理深痕，风化啮蚀，浪藉河床，诉说着当年惊天动地的地质巨变。更有树根与石的拥抱最是美妙的结合。有一树抱石而生，树根如网，粗者如臂，细者如筷，扎根于石四周，将石网住抱紧，看那树，抱坚石而傲苍穹，展青枝而腾绿云，好一个顽强壮丽的生命。也许是刚刚参观了金上京博物馆，再来看远山，这林，这石，天风四至，清云湍飞，松荫覆地，恍恍然感觉到这一带山水土地氤氲着一股雄广之气。

最让人震撼的，是两棵树：千年龙树和千年凤树。那千年凤树，树围七米，需五人合抱，胸径二点二米，树冠伸展面积四百多平方米，已中空的树洞可容三到四人。枝杈繁茂，冠盖入云，象征着子孙兴旺，瓜瓞绵绵，常常受求子妇人的祈拜，被称为"母亲树"。那棵千年龙树更为伟硕，树皮皴裂为沟壑纵横，侧干宛如虬龙攀绕而上，枝干似蛟龙腾空而舞，苍老而又风貌儒雅，伟岸慈厚，婆娑若饱学名士，俯仰如不阿君子，被称为"父亲树"。据专家鉴定，两棵树均为杨树，树龄都在千年以上。以速生树种而生长千年，且龙凤双存，殊属罕见。两树四周复衬以芊芊繁草，远映以群山众林，好一个数世同堂。白云常至，翠鸟常鸣，邈邈古风让人临树而飘飘然作遗世想。

如果说，登高望绿，是对大自然之美的欣赏；凭风临石，是对大自然之力的惊骇，此时面对这两棵千年古树，我心中则是充满了对大自然的敬畏，对生命的敬畏。故宫御花园里号称龙爪槐之最的"蟠龙槐"，孔庙大成殿前尊称为"触奸柏"的老柏树，潭柘寺明代从印度移来的婆罗树，都是名古树，其名气远大于这两棵千年杨树，但它们都多少附丽于宫尊、圣名或佛事，而这两棵千年龙凤树，生于田野，多风宿露，以天然之质向人们讲述着生命之美生命之力生命之理，引人哲思。一千年了，纵使一切都已是过去了的过去，毕竟在溪流的两岸，在群山的山脚，在大树的荫下，曾经有人深深地爱过，可能是努尔哈赤，也可能是完颜阿骨打，更远则有肃慎族的猎男林女。这里原是千万株白桦的故居，是群峰起伏的莽林，有巫有觋，在暗夜里点燃篝火，击鼓狂歌，颂唱神明，呼求繁星。所谓生命永恒，原来就在脚下，这林间悠久而丰厚的腐殖层；所谓生命精神，此刻就在眼前，这千年高龄而依然荫庇四野风神高迈的老树。

感谢这两棵千年老杨树，为我的这次怀旧之旅做了如此精辟的跋语。我将常常重温这次怀旧之旅，我将不忘这两棵树，并以此文永留记忆。

写于 2011 年 11 月 21 日至 24 日

难忘那三餐

    三十五年前，正是三年困难时期，那时寻常百姓家的早中晚三顿饭，用稀薄淡瓜菜代六个字就可概括殆尽了，填饱肚子成了家庭大事国家大事。我写本文并不是想谈那时的每日三餐，而是想起了发生在那个年代让我终生难忘的三顿饭。

    那是 1961 年 8 月，我的家乡吉林西部草原上正是一年中最好的季节，千顷大田庄稼茂盛，西瓜望熟，香瓜凝黄，野花争放，蝈蝈欢唱。正是萧军先生笔下"八月的乡村"景象。下旬的一天，我去离县城二十多里的草甸子上拉前几天割下晒得半干的柴草，天过晌午才到家，正忙着卸下牛车，只见妹妹兴冲冲地跑过来告诉我，录取通知书到了，你考上了清华。我当时的心情说不准什么滋味，实现了高考第一志愿当然高兴，也因一位叔叔的"右派"错案不能去理想专业而有一丝遗憾。但母校，家里，亲友乃至县城，却很是熙攘了几天，毕竟是我县建县以来历史上第一个清华生呀。

    我卸完柴草，将牛车还给邻家，满脸汗泥、一身燥土的迈进家门，顿时一股凉快清润直扑身心。只见妈妈正弯腰在案板上切菜，大妹妹正蹲在灶边添柴。大米干饭，两个菜，一个是大酱蒜泥凉拌茄子，一个是土豆炖豆角，在那极少荤腥终年稀粥的年代，这不啻是一顿宴席。妈妈先给我盛满而且压实了一碗，给弟弟妹妹的都是松松浅浅的。她自己则执意要吃早晨剩下的甜菜渣子（榨过糖后）糊糊，说是喜欢那股甜吱吱的味儿，在我们再三央求下才挖了浅浅一碗米饭。五个孩子中我是老大，家中的清寒自小就有体会，困难时期妈妈浮肿我也知道，但是可能是拉草太累太饿了吧，竟几口就扒下了一碗饭，妈妈又抢着为我盛下第二碗。在我明白过来想拦她时碗已盛满，我推着碗不肯再吃，妈妈却说："以后离家远了，吃家里的大米饭就得等放寒暑假了。"说这话时，我看见她的眼睛里已经溢满了泪水。

    收到录取通知后不到半个月就要报到，我忙着拜辞老师同学亲友，忙着准备行装。以前一直走读住家，第一次远行读书，脸盆碗勺铺盖等等都要添置。家境窘迫，简单衣食都捉襟见肘，家里是无力筹办的。高考结束没几天，我就四处找活干。刚好县上一个单位建房需要土坯，我就和隔壁一个童年伙伴合作脱起坯来。他高我一级，去年考取北大，正在家过暑假。

脱坯是家乡一带最累的活儿，当地有谚"脱坯打墙活见阎王"。每天凌晨而出，先要挖土和泥，加上干草，必须翻搅多遍才能和匀和软。几吨重泥翻和下来，人已通身汗洗几遭，直觉得两臂不举，泥和软了，人也和软了。然后开始制坯。先在木模内壁抹一遍水，两手从泥堆中扒出一团泥放入模中，用拳各处塞匀塞紧塞满，最后两手蘸水把上面抹干抹光，轻轻拔模成坯。毒日炎炎，拱背弯腰，起来蹲下，千百次反复。黄昏将近收工时，蚊虫小咬（一种小苍蝇）猖狂地落在赤裸的脊背上肆意吮咬，奇痒难忍，但两手泥巴两手正忙，顾不上拍赶。一天下来，全身酸软，枵腹鸣饥，几欲散架。如遇阴雨，更是忧心忡忡，遮遮盖盖生怕淋坏。天道酬勤，半个多月下来，已码起高高几垛。

收到通知书后几日，将坯卖出，竟共得217元。每人一半，这在当时已是一笔不小的数目，足够我到校报到和半年杂费了。两位妈妈发了话，你们两个去饭馆吃一顿吧。来到一家小饭馆，两开间，五六张小桌，经营米饭炒菜水饺及家常饭，没等听完报菜名我俩已饥肠吞羊馋涎欲滴了。好像样样都好吃，都想吃，耳语再三终于下定决心，要了三斤切糕两碗豆腐汤，一共不到二元钱，这是农民进城时常吃的饭。那切糕是用黏黄米面及红豆做成，黏软香甜热，我们两个吃起来风卷残云，顷刻全歼，肚圆已陌生久矣，直呼痛快。服务员看我俩点的"菜谱"，那副饕餮吃相，怎么也不会想到是这所小县城里一个北大一个清华的两位佼佼青年。

过了一年的寒假，已是1963年2月。困难时期虽已过去，仍是票证经济。我和她同车返校。车到铁岭站，开始卖午饭。那时的盒饭都是薄铁盒，周转年久个个坑痕累累缺口豁边，内容也不能恭维，饭少，萝卜片中加三五片肉。我们一人买一盒低头慢慢吃着，偶然抬头遇到对方的目光忙又低下头去。毕竟是第一次相约同行呀。吃着吃着，我盘里飞来二片三片肉，我没动那三片肉，抬起头来，只见她正用一双明亮的眼睛注视着我。从小学同学时我就非常惊奇她那双眼睛怎么会那么大那么亮，深邃得像深潭，澄澈得像湖水，而此刻这双眼睛里正放射着炽热的光，似电，似雷，撞击着我的心弦。车飞驰着，快到沈阳站，她就要下车换车去大连了，在她眼神的示意下我吃完了饭，咀嚼着那三片肉。送她下车，嘴里和心里都留着不尽的余香。

时光若流，逝者如川。一晃已三十多年，许多酒席大宴已经淡忘，唯独这平常得不能再平常的三顿饭却一辈子无法遗忘。当年，当我乘上火车去学校报到时，一副踌躇满志纵横四海的少年心胸，今天，当我自己的儿子也已大学毕业去远方工作的时候，我才真正懂得了母亲为我添饭时的泪水。十多年前公出去天津，登门拜访我那童年的好伙伴脱坏吃切糕的好友。二十多年了，各自奔波在各自的人生轨迹上，彼此重逢，尽管都有回首往事的兴奋和感慨，尽管都有深化友谊多加联系的强烈愿望，但也都发现，纯真无瑕的少年友情再也无法"复制"。当我执笔为文填方格的时刻，我又顿想起脱坏时那种填方格，亦苦亦甘，不枉当年。她早已做了我妻，寻常巷陌，普通人家，柴米夫妻，琐碎生涯。近三十年风风雨雨，她的头发已黑白参半，目光也不再撞击我的心弦，但她的眼神对我来说就像一部辞海，在我人生事业需要的时候，总能在那里找到及时的应答和恰当的帮助，而当年火车上吃盒饭时的注视，就是这部辞书的灿烂的序言。

写于 1996 年 4 月 8 日至 9 日

刊登于《中国航天报》，《中国军工报》转载

永远的槐林

"久旱逢甘雨，他乡遇故知，洞房花烛夜，金榜题名时"，这是早年间传唱的人生四大喜事。时代前进了，时至今日，前三句恐怕仍可放之古今而皆准，若看看高考三日毒日炎炎下考场外肃立的考生家长，那第四句也能够古为今用。早几年，有家文学刊物曾以"结婚哪一天"为题征文，一石千浪，应者云集，好题美文，一时如潮，想想那题目，结婚那一天！焉能不如此！一日找书偶翻出几张旧照，看照生情，我也想起了我的结婚那一天。

那一天是 1969 年 8 月 1 日。

正是一个特殊的年月。她正在包钢锻炼，那里气候恶劣，刮起风来天昏地暗。端脸盆到几十步外的水房打水，回到宿舍时已吹跑一半，会让人想起"轮台九月风夜吼，随风满地石乱走"。但在边陲重工业工厂，工人师傅淳朴大义之气仍时时处处可感受。我就苦多了，在河南一个农场锻炼，盖房，挖渠，种稻，下煤井。五六十人住在一个废仓库里，曾有一副对联形容当时的伙食："中餐萝卜条糊涂汤，晚饭条萝卜汤糊涂"，横批"推陈出新"。早稻插秧时节，凌晨两点上地，三餐送到田头，有人端着饭碗就睡着了。

生活的苦累本是题中应有之义，还有每日三餐前挥动红书，早晚一次列队训话，没完没了的清理思想。尽管许多大学毕业生是党团员，工人贫下中农出身，但似乎一列队就成了"对立面"。凡沾点儿人性感情边儿的事，都被压制着；男女分编连队，"不准恋爱不准结婚"等"四不准"，又反复讲要扎根一辈子。有人诘问：难道一辈子"四不准"？反被斥责为"故意找碴"，上纲为"唱反调"。

压抑、厌恶、幻灭、苦闷云锁雾罩雪盖冰封般地郁结在我们这帮走出大学校门正值美好年华的青年心头。1968 年国庆放半天假，我们几人步行进城，一路上讲水浒英雄绰号，谁接不上谁买糖，是那两年里少有的一件乐事。盼她的信，读她的信，是对我心灵的一大慰帖。

那年 7 月，她放假来农场。不知什么原因，反正假期挺长。住在农场招待所里，那是一排草房，茅顶柴门，土墙凿洞为窗，晚上塞团草挡风挡蚊，来队客人很少，她夜里颇怕。假期又长，陆陆续续就有知情热心好事者鼓动我们干脆结婚。相恋 8 年，结婚对我们来说就像瓜熟蒂落那样自然。但是不准呀，谁不准？是国家不准政府不准法律不准？那些日子里，分析诘辩，出谋划策，拍案慷慨，俯首筹计，那间小屋里声烟缭绕，到后来大家的掌心都写着"火"字。我预感到沉雷要炸，火山要喷，冰层要迸裂。于是有人帮忙从街道跑来证明，我和她办了文件，更有三五个热心者忙着筹办婚礼。办证要悄悄地，婚礼要亮亮地，那意思十分明白。

8 月 1 日那一天，晨雨初霁，晴空丽日，风润林翠，农场建军节放假。我和她早早来到槐林里预先选好的一大片草地，人们也陆续从几条小路上聚来，都换上了平时劳动未穿过的衣服，爽目而郑重。草坪如茵如毯，大家席地团坐，在司仪的唱喏下，背语录，三鞠躬，唱歌，讲经过。多年的经过，我讲了一个不等式，分别时间大于相聚，但有鱼雁殷勤，相怜相助，众人无一人哄闹。最后是聚餐，几位筹办人在每位来宾面前铺下几张白纸为桌为碗，布下筷子，分拨着卤菜咸蛋花生米、点心糖果，切开十几个西瓜，打开几瓶酒。在我和她举杯致意后就全民皆兵各自为战，一时谈笑风生，纵情喧说，十分畅怀。"虽无丝竹管弦之盛，一觞一咏，亦足以畅叙幽情"。至下午两点，人们陆续散尽，我和她携手走进那间茅草房。

事后，自然恼怒了农场，批评多次，要给处分更是山雨欲来风满楼。忽一日有敲门声，打开柴门，来人竟是营连长，落座后即表示祝贺看望，并无半句兴师问罪，表情自然而真诚。我突然一下子明白了，却原来在冰的外壳下他们都有着一颗暖的心，有着美好的天性。强权能扭曲做法，不能泯灭人心。强权错对人民，人民戏对强权。正如杨绛先生所写的，那个年代更多的是披着狼皮的羊，乌云的四周含蕴着光和热的金边。

人类几千年，民族几千种，阶层几十等，谁能说得清婚礼究竟有多少种多少样？史记着皇帝封后的盛典，报纸登载着日本皇太子迎娶小雅的风光，多篇文章追忆着中山、庆龄两先生铸鼎般的承诺，三毛在结婚那天收到一具骆驼头骨而喜夫君知我，舒婷刚进夫君家门就忙用湿毛巾压平他脑后那撮永不驯服的耸发……

在那帧已有些发黄的照片上，我和她正随便地并肩站在草房前。快三十年了，一直想重访那槐林却一直没有机会，但每年的八一，我俩都会回忆起湛河边蓝天下槐林里那个别出心裁带点传奇的婚礼。

写于 1996 年 4 月 10 日至 12 日

果 果 记 趣

　　果果上幼儿园啦！三年多的时光一晃就过去了，骤然回望，清晰如昨，恍如一瞬。但细思起来，这一千多个日日夜夜，对于果果来说，他每月每日每时每刻都在成长，都有变化，他跨过了人生初始阶段的无数个台阶。一个满脸褶皱紫红色的小不点儿，手抓脚踹，终于挣脱了褓襁。在爷爷的臂弯里，先是横抱着，过了一两个月，又可竖抱着，又过了几个月，先躺在、后坐在湖蓝色的童车上，就这样爷爷抱着推着，看遍了我们居住小区的角角落落、花花儿、蝴蝶、蚯蚓……

　　从扶着沙发扶着茶几蹒蹒跚跚到终于走出了家门，由爷爷牵着小手到牵着爷爷的大手，迈开两条小腿走上了莲塘的小路和近路，大路和远路；从咿咿呀呀学音，到口齿不清地喃喃自语，到会背诵二十余首唐诗，会背诵一大段三字经，到反过来给大人编讲"故事"……他吐奶的奶迹，尿在尿布上的"地图儿"，小手抓人的抓痕，一步一步的小脚印，都印写在爷爷的日记里。翻开这日记本，你会发现，三年的时光，对于老人来说，也许只是年复一年的平淡，月复一月的平常，日复一日的重复，可对于果果来说，他生命最初的这段时光，是何等辉煌！真是一天一个样，三年大变样。又是多么有趣，有那么多的趣事时时处处由他发生，有那么多的趣话由他清嫩的童音源源涌出，叫人忍俊不禁，惹人心生怜爱。但日记所记，内容多涉，不便他人翻看，于是，现在一有空闲，立马就欣然陶然地援笔，把它们实录为文。

　　果果两个月啦！会咿呀唔发声，小眼睛转来转去主动看人看物；三个月啦！自己可以翻身到俯卧，并抬头5~10公分；四个月啦！开始喂蛋黄和果汁；五个月啦！果果已能在床上灵活翻身，稍不留神就滚到了床边；半岁啦！他开始学坐，但坐的不太稳；七个月啦！已能坐得很稳，会表示自己愿意和不愿意了；口水长长，快长牙了；断了母乳，开始吃奶粉，开始跟爷爷奶奶睡觉。

　　2007年2月18日是猪年大年初一，天气晴朗温暖，气温19~26℃，下午奶奶在家做卫生，爷爷、爸爸、妈妈推着果果散步到深圳水库，呼吸一年的清新。八个月啦！果果开始出牙了，在楼下我抱了一下别的孩子，他坐在车里竟哭了起来，不让抱别人；会叫爷爷、奶奶、爸爸、妈妈了，在沙发上爬已经很麻利很熟练。九个月十个月啦！会主动做怪相，挤眉弄眼地逗大人，听到"给爸爸做个鬼脸"后会给爸爸做鬼脸；街口的红绿灯、理发店的旋转柱、游泳池等看过两三遍后到了那附近就知道主动找着看；家里贴的红方也都有记忆，如一说"喜气盈门"就知道往大门那里看，一说"小丽的电话呢"就知道往电话机的地方看……十一个月啦！共长了四颗牙，一天比一天淘气了，可以双手攀着沙发靠背站起来，大人轻轻托一下小屁股，就轻松爬上沙发靠背，过几天自己就能用小脚攀缘而上，喂东西时吃两口就去爬一回；已经可以跪得腰板很直；在地板上爬，满客厅爬；会挠挠手"再见"；早晨第一眼看见妈妈会紧紧地抱住妈妈的肩膀；拿了糖果会往爷爷奶奶的嘴里放，拿起木梳会给自己做梳头动作，还给爷爷奶奶梳。

果果一周岁啦！近一个月他变化特别大。有一次他在沙发上爬，碰了头，要哭，我们就打沙发，过了几天他在地板上爬碰了头，就坐起来自己用小手打地板，在床头碰了就打床头。对门送了一盒荔枝，他就小眼睛一直盯着，还一直用小手指着。爷爷奶奶新换了毛巾，给他洗澡时他站在澡盆里一直用小手指着挂在支架上的两条新毛巾，观察与记忆力堪喜，洗澡时用小喷壶往他身上浇水，他就用两个小手指抓那些水线线。可以双手扶茶几横走两米左右，可以绕大茶几蹒跚一圈了。十三个月时能手扶着墙面、门等立面从一个房间走到别一个房间，偶尔能什么都不扶走上几步，爬起来速度极快，蹲着也很稳。开始看图识物，一两遍后就能认识书上的葡萄、土豆等等。有时咬人肩膀和手指很疼，用手抠爷爷脖子能抠破。到了十四个月时，果果会走啦，一次可以走上一二十米远，而后就十分爱走，他学会走路，大人没怎么费力。拿起尿布会往小牛牛和小屁股处放，抽出纸巾会往自己嘴上抹，大小便前会指小牛牛处，但尿裤子是经常性的，这是人家当然的权利。走在路上已不愿意爷爷牵着手，告诉他花草树木也是生命要爱护，他就不摘了，饿了、饱了会拍拍小肚肚。有一天晚上，他自己将一个小勺子放在一个不锈钢小碗中，再将小碗放在一个不锈钢盘中，两手平端从客厅走到北屋，居然不掉下来，还一脸十分认真的样子。奶奶笑说：若是一个酒家用这么小的孩子端盘子，生意一定火爆。爷爷笑说：看来果果长大真要去外国读书了，这么小就锻炼端盘子。十五个月的时候，在奶奶的护送下果果随妈妈去了湖北姥姥、姥爷家。十六个月时，全家五口人去小梅沙住了一夜玩了两天，是果果第一次到海边玩沙沙。十七个月时已能很快很稳地走较远的路，看见狗喊"汪汪"，看见卖报和送报的就喊"报报"，看见面包喊"包包"，看见桔子喊"桔桔"。看见爷爷坐在沙发上，会打开抽屉拿出家庭记事本和黄色的圆珠笔送到爷爷的手上，他看见过我记日记，知道用哪个本子哪支笔。一张玩具钱50元弄湿了，他马上拿到阳台上去晒，再捡回来走到客厅打开一个橱门，把奶奶买菜用的钱包找出来往里边放那张小钱。开始玩楼下游乐场的滑梯了，看见动画、漫画中的大眼睛就赶紧跑开——害怕。到了他一岁半的时候，娃娃书上的许多东西都能认识，如国旗、"猫猫""袜袜""鸡鸡""鱼呀"，见到书上的牙刷就会比划刷牙动作，见到鞋子就指自己的脚……看到奶奶用螺丝刀修童车，他也拿着螺丝刀柄往螺孔里拧，像模像样，看到奶奶拎桶往马桶里倒水，他也去倒，奶奶刷了拖鞋，他就从阳台上拿了妈妈的那一双放在大门口的鞋位上，在路旁看到警车开过，就学警车叫，学得非常逼真。主动和大人"疯"、逗，玩起来很专注，最喜欢琢磨会旋转的东西，可以自己拧下螺帽。有时在外面玩到天黑了还不想回家。

他的"本事"悄悄地、渐渐地大了起来：会拿盆子到洗衣机前把衣服放入洗衣机，然后再拿洗衣液；早饭后奶奶说要买菜去，就给奶奶拿包，再拿纸条（看过奶奶记录要买的东西），再拿钥匙去开门；问谁给果果挣钱呀？答：妈妈。谁给果果开车呀？爸爸。谁给果果做饭呀？奶奶。谁哄果果睡觉呀？爷爷。分派得十分清楚。而问到谁放屁了呀？谁把东西扔地上了呀？谁把床单弄脏啦？都一概回答：奶奶。每天不知要把抽屉和够得着的橱柜翻腾多少遍。听儿歌童谣碟能安静地听，还能知道下一首歌该唱什么了，比如马马、毛毛（小马车、剪羊毛）。看到电视里书上的钟，会喊"钟"，还用小手比划着说"嗒嗒"；学小猫洗脸，小鸭子吃菜，中央台气象预报员的手势，学飞机飞都惟妙惟肖。会倒着走路了，会用单音词回答大人的一连串问题了。会自己插拆塑料积木了，在玩玩具时还会边玩边叽叽咕咕讲上一大串大人听不懂的话。拖鞋、水杯都能一一区分哪个是谁的，偶尔穿错了，还会指着直到换成对的。到了二十三个月时，已能来回走到岁宝百货商场。

两周岁以后，果果语言能力的长进尤为突出，可以讲短句，如"过马路，爸爸抱抱安全"，"螃蟹大，不怕，吃掉"，大人讲什么他学什么，地图上认识十几个省市。陆陆续续地，会背了"此地别燕丹"、"红豆生南国"、"日暮苍山远"等二十多首唐诗，会背了十多首儿歌，会背了一大段三字经，会唱"小燕子"、"丢手绢"、"一分钱"等十来首儿歌，认识了消防车、挖土机、压路机、钻孔机、吊车、奥迪、凯美瑞、北京现代、皇冠、马六、奔驰、宝马、飞度等，认识了五六十个字，与大人对话已能应对自如得很妥帖，比如：你说蚊子咬了我好几个包，他则对曰：蚊子咬了我几个好包。一些词语如：太复杂了，我以为，我怀疑，可能，因为，但是，都用的很恰当。某个下午，过马路，恰逢绿灯，爷爷抱着过马路，果果说：转弯的车很讨厌的！喜欢到岁宝或南康百货去翻书，拿起一本大书说："这本书太厚了，太复杂了，我都不认识"。

一天一天地，他的趣事趣话越来越多。上床睡觉前，换了衣服，两只小手捂着小牛牛转着圈说：我要尿床、尿奶奶枕巾、尿爷爷被子、尿新娘子衣服、尿新娘子花车，嘴里还一边嘘嘘吹哨音，完了还问，新娘子咋的啦，答：哭啦，又问：咋哭的，有眼泪吗，有鼻涕吗，爷爷你学学新娘子咋哭的；拿上几个衣架钩起来，唱"大吊车真厉害，轻轻一抓就起来"，用衣架划墙，划下许多白灰，说我在装修呐；把小自行车翻倒，使车轮朝上，转动车轮说果果的水车是这样的；把一条彩带往脖子上一挂说，我要结婚了，问他你女朋友呢，竟然答："还没出生呢，等我长大了就出生了"；见到九楼伯伯、六楼奶奶等近邻及岁宝的一些营业员姐姐，会主动打招呼，有时会加上一句"好久不见了，你想我了么"或者"我们又见面了"；吃完饭后会拍拍小肚子说我的小肚子鼓鼓的呀，然后嘴里"嘟、嘟、嘟"，说我放了好多屁，再趴下来把小屁股撅得高高的，说爷爷你来闻闻臭不臭，要摇摇头、摆摆手说好臭呀！奶奶给爷爷泡茶，他跑过去说："你不会，我来"，像模像样地倒了点水（大人把着热水瓶）然后回过头来说：爷爷你说果果好孩子呀，你鼓掌呀；自己学会了开电视，开 DVD，开电脑（九位数的开机密码可以毫无差错地输入），开电脑时还会说：要百度，开了之后还自言自语说高仰之厉害；奶奶告诉他睡觉前别喝太多水，会"画地图"，问他"画地图是啥"？他歪着头想了想说尿床呗；会用积木搭出三维图形，自己跑过来叫爷爷看，这是水车，这是大炮、吊车、挖土机呀，有时还真挺像的；吃饭时他用小勺子舀汤倒在玉米粒上，奶奶说他，答曰：玉米粒渴了嘛，等会儿它还要游泳呐；每天午饭后上床，就在爷爷的脸上啃来啃去，啃得爷爷满脸都是口水，他却一边啃一边大笑，然后就骑在爷爷肚子上，边颠边叫："欺负人、欺负人"，出去玩时本来在马路这边走，他看见了马路对面的什么或感兴趣的东西，非要过马路不可，汽车多，老半天过不去，爷爷说：抱着你胳膊都酸了，他说：等一会嘛，你别着急呀，耐心等待；接着又说；你不听话我就揍你，再也不领你出来玩了，原来每天是他领着爷爷玩的，在路旁看人家在修汽车，他走近了说：我给你看看，是接触不好，我给你检修一下，把人家说的大笑起来；在树下拣了一支枯树枝，那树枝杈桠横生，他说：我这个是大龙虾，我把它吃掉；有一次我催他快点走，一会儿天黑了蚊子会来咬你的，他说：我一打它就飞了，我和小虫子一起飞，爷爷也一起飞、奶奶也一起飞、爸爸也一起飞、妈妈也一

232

起飞，都飞到小虫子家里，花大姐说饭都吃光了，咱们吃哈密瓜吧；把鸡蛋皮掉到地上，奶奶说他，他连忙接着说：我说过你多少次，你都气死我了。把菜汤洒在桌上，奶奶说，你的毛病越来越多了，他就接着说了一句：奶奶，我有毛病了，你给我修一修吧；在一家休闲中心看见小姐穿着长裙站在门口，他走过去指着人家说："你结婚了吧？"在大人没怎么管的情况下，他自己不知不觉地学会了骑自行车，先是蹬半圈，然后就学会蹬整圈了，在客厅里转圈骑，还撒把，很快就到小区马路上骑了。

今年四五月份以后，他三周岁之前的几个月里，果果更是奇想多多妙语如珠、恶作剧频频。4月22日早晨，奶奶让他复习背诗，念了一句："飞雪夜归人"他连忙纠正说："跟你说过多少次了，是'风雪夜归人'"！一次他在自言自语，爷爷和奶奶在聊天，他突然发火道："我在给你们讲故事呢，你们怎么不仔细听呢，你看我生气了"，说着就把小嘴巴撅起来，小眼睛瞪起来。晚上睡觉前有时撒娇让爷爷给他按摩，一边按摩，他竟然会说："好享受啊！"有一次竟说："我好感动啊！"傍晚回家，指着天上的月牙儿喊："快看，月牙儿。"一位老奶奶抬头看了看说："噢，月亮啊！"他就立即纠正道："不是圆月亮，是月牙儿！"在超市想让营业员倒一杯试喝的酸奶，嫌人家动作慢了，就说："快点呀，你还磨叽啥呢？"奶奶给熬了竹蔗水喝，他喝了一口说："这是败火的"；洗澡时把腿伸到盆外说："这是大龙虾的爪子"，一次在饭店吃午餐，汤和别的菜先上来了，牛扒后上来，大人没吭气先用刀叉切块，他抬头看见了，竟埋怨道："牛肉来了，还不说！"在小区内看到小猫，爷爷说："果果你看猫猫"，他却说："不是猫猫，是猫咪，我教给多少次了，还不会"；一次他不听话，爷爷说："我不领你了，你自己走吧"，他用小手紧紧拉了爷爷的手说："还没有见过这样的爷爷呢"；在岁宝超市他推购物车，爷爷说那边的人多不好走，他说："你不听我的话，我使劲揍你的屁股，把你屁股打出一个小尾巴，像小猴子一样"；中午回家爷爷说："快走，奶奶给煮饺饺呢"，他说："煮饺饺给小狗狗吃，小狗大口大口吃，快吃光了，奶奶说小狗快吐出来，小狗不同意，汪汪汪"；爷爷夸他会讲故事了，他自夸说："能说这么完整的话呀！"晚上在家骑自行车，拿上小塑料桶说："我出差去啦"，骑了两圈后把小桶交给爷爷说："爷爷，我给你买了好多好吃的东西，你快吃呀"问有什么好吃的呀？答："有火龙果、有葡萄、有苹果、有香蕉、有草莓、有哈密瓜，就是没有榴莲"，问为什么呀？答："因为榴莲上火，不能给你吃"；有时把几个大抽屉拉开，用两件大的盘状物和盒状物装上许多东西，然后拉着爷爷奶奶坐在沙发上说："坐在这儿，我给你们做饭吃，好多好多好东西，有排骨，有土豆、胡萝卜、西红柿、上海青，还有汤，什么汤呢？给你做个鱼头豆腐汤吧，爷爷、奶奶快吃呀，真香呀"。在路上看见一只小狗用后爪搔脖子痒痒，果果说："他干坏事了，在羞脸"，边说边在自己脸上刮几下，冲着小狗喊："羞脸、羞脸，"抬头问爷爷："他怎么不说话呀？"一手拿着塑料鞋拨子当梳子，一手伸出五指在奶奶头发上同向移动给奶奶理发，嘴里还"嘟嘟"地模仿理发推子的声音；奶奶腿上碰掉一小块表皮，他拿来一个小空瓶说："我给你抹点碘酒"再贴一张小贴纸说："还要包一下"。每天早上妈妈上班前都会提醒妈妈："拿鸡蛋了吗"；把一根别人剔下来的西芹插在购物车上的一个孔里说："这是发动机在滴水，你们千万不要碰啊！"；有一次爷爷从外面回来，换鞋时没注意一只脚穿错了鞋，果果说："你咋穿这个鞋呢，这是妈妈的鞋，妈妈是女的，你是男的，女的鞋你咋能穿呢？"爷爷和奶奶聊天聊起了白燕升的新著《冷门里有戏》，奶奶说："白燕升媳妇年轻，好打扮"，果果也说："她好打扮"，奶奶问："咱们家谁好打扮呀？"果果答了一大串话："妈妈好打扮，爸爸不好打扮，奶奶从来不打扮"。在超市他一会儿拿起这双女鞋说给妈妈买这个，一会儿又拿起另一双说给妈妈买这个，营业员逗他："你真有孝心哪，你有钱吗？"他略沉默了一会儿说："等我明天有时间再来买吧"。6月21日上午，在中信广场王子厨房，果果和妈妈应《餐饮世界》杂志之邀接受了专题采访，做了一回小明星。6月25日至30日，果果随妈妈、爷爷、奶奶做了一次海南海口和三亚旅游，在从三亚回海口的路上，果果主动唱了约一小时的歌，每唱完一首，还弯腰说声谢谢大家，逗得我们大笑不止、掌声鼓励。晚上回到宾馆，在床上滚，撅起小屁股自己说："撅着屁股晒太阳，晚上还有太阳吗？"一会儿又说："我上班多累呀，一天到晚上班。"然后就往枕头上一趴。有一天打雷下雨，妈妈晚上下班回来，他跑过去开门说："妈妈，我好担心你，你多吃一点饭"。妈妈问果果下午跟爷爷到哪里去玩了，竟答道："到西部去，到基层去，到很远的地方去！"

爷爷翻开《兵器知识》内有增页，他看见了说："看，多漂亮，贴上我的网站多好！"乖乖，他还有网站！早晨在窗台上给他穿衣服，他摸着爷爷下巴说："爷爷你刮胡子了？"答："是啊。"他说："过几天就长出来了，像壁虎妈妈的小尾巴一样。"

果果的恶作剧也多多，有一段时间，常常把卫生间的手纸拉下来摊了一地，又一段时间常常把自己小自行车的气门芯拔掉，还有一次把一个小车翻过来，往车轮上撒尿，还说："这个轮子太脏了，我把它冲干净"；一天晚上在家踢球，把球踢到了南卧房里，他大笑着说："球把妈妈厕所砸坏了，妈妈不能上厕所了，妈妈不能洗澡了，妈妈急得喊起来了，妈妈把臭臭拉裤子上了，妈妈没裤子换了，怎么开车上班呀，怎么坐挖土机呀，怎么坐压路机呀，她出差上飞机该多臭呀，妈妈好可怜呀，哈哈哈！"8月29日是幼儿园开学前三天亲子活动的第一天，早晨奶奶和爷爷说这下可比较出果果的水平啦，果果在旁边听了接话："我的水平高一些的"……你根本不知道他究竟听懂了、记住了、会用了多少大人们平日里讲过的话，你根本想不出他会把那些互不相干的事物、互不搭界的概念串联成怎样离奇的情节，你根本猜不透那小脑袋里装了多少奇异的想象。

照看三岁以前的孩子是非常辛苦的，没日没夜的劳碌和忙乱，但爷爷的日记所记、文章所叙，却唯有趣事趣话，这并非是史家曲笔，取舍缘由皆因祖孙亲情。退休之后，自觉不自觉地做起了减法。年轻时视为伟大的人物已渐渐模糊，或凡俗化；一些宏阔的事件与我的关联已日渐减少，有些曾经的朋友已悄悄淡化或删除，心里留下来的是故乡故人、亲情友情。每个人心里一亩田，心里只有一亩田，就可以精耕细作，种桃、种李、种春风、种太阳，可以收获快乐收获平实收获文章。付出辛苦，付出时间带孙子，可以享受天伦享受童趣，享受生命的回望。当我哼着歌儿哄果果入睡，情不自禁地会哼起三十多年前哄他爸爸入睡时哼过的儿歌，甚至会哼起我奶奶哄我入睡时的歌调儿，时代总是在变化，而人生之旅今古相袭，亲情之歌流淌依然。

当我推着果果漫步在小区路上，在绿荫和花香之中总是对果果说啊、讲啊不停，有一天忽然想起了一篇文章。一位美国的年轻妈妈写道：记得我的第一个孩子刚刚几个月大的时候，一天我正费劲地推着童车走着，一位上了年纪的妇女走过来对我说："你的孩子真漂亮，好好享受这段时光，孩子长得太快了！"其实当时年轻妈妈的生活已经乱了套，总是忙得喘不过气来，晚上又睡不好觉，一点儿都不感到孩子的到来是上天的恩赐。但是这位老妇人的话彻底改变了她的态度和感受，她开始用感恩的心看待儿子，日夜照看孩子是件异常辛苦的事，但是亲子时光给了她无尽的幸福和神奇的享受。这位美国老妇人讲得多好啊！这位年轻妈妈写得多好啊！这不正是我所要讲我所想写的嘛！我不禁随口诵出：夫子喟然叹曰："吾与点也！"

昔年某日，孔子与门人聚坐，孔子说：你们都来谈谈自己的志向吧。子路年长率先发言：我的志向是治理千乘之国。孔子听了莞尔一笑。冉有见此就低调一些：我只想治理个六七十里的小国，让人民吃饱肚子。孔子依然笑笑。于是公华西就更低调了：我谈不上什么治国，只想穿上礼服，替诸侯司仪，招待宾客。一个比一个谦虚，可孔子还是不言语。曾皙正在弹琴，孔子就问他：点啊，你说说看。曾点起身回答：我愿在春天的三月里，同几位朋友，带上几个孩子，到沂水洗浴，在求雨台上乘乘风，然后一路唱着歌走回来。没想到孔子大声赞叹：点啊，我愿意和你一样！一生为政治理想奔走呼号的一本正经的孔夫子，在内心深处也是向往着享受寻常生活的快乐啊！"莫春者，春服既成，冠者五六人，童子六七人，浴乎沂，风舞雩，咏而归。"精练、生动、典雅的二十六个字胜过了多少后人诗文！

老人和幼童，正处在人生的两极。人生的两极虽然相距很远，即又异常临近，如同一个圆的终点和起点。爷爷和果果，都是二十四日生（月份不同，年份相差六十四年），头上都是两个"旋儿"，各自的爷爷都属蛇，各自的奶奶都姓王，都是长门长孙。爷孙俩左手掌上的手纹连一处处细部都十分相似。泛而言之，老人和幼童，都会脚步蹒跚，毛发稀疏，牙齿不全……描绘老人的相貌有词曰："鹤发童颜"，概括老人的习性，有谚云："老小孩"；哲学上有命题："极端相通"；幼童如朝阳，老人夕阳红，晨光熹微中的曦霭氤氲，晚霞夕照下的夕烟缭绕，都同样呈现出大自然的朦胧之美。老人和孩子也都一样纯净。只不过，一个是本原的纯净，一个则是对人生的参悟之后。

河流的源头总是清澈的，一路下来就难免泥沙俱下了。人生也像一条河，幼儿、童年、少年、青年、中年、老年，沿着时间的航道，我们也一路由清而浊。于是，我们怀念幼童时代的澄澈，怀念青年时代的单纯。英国诗人华兹华斯（1770～1850）有诗称"婴儿乃之父，但愿我这一生，贯穿了自然的虔诚。"重新寻找纯真，孩子就是我们最好的老师。老子说："知其雄，守其雌，为天下谿。为天下谿，恒德不离，复归於婴儿。"甘为弱者，为而不恃，甘作天下的溪涧低谷，葆有恒德，一个耄耋老人就会回复到像婴儿似的纯真状态。葆有童心，是老年生活的一个至高境界。寒来暑往天难老，笑有童心共白头。三年多的时光里，果果回报给爷爷奶奶的，正是这样的人生一课。

收藏青铜器，在它们诡异形状和斑驳绿锈面前，会冥想于远古社会礼乐文化的邃奥华章；收藏瓷器，在晶莹釉下的前缘旧梦里，会徜徉于中华窑艺的历代流衍；收藏书画，面对着丰湛华滋、萧疏淡雅，会沉潜于笔墨文脉的传扬播迁；收藏奇石，会惊叹于大自然风雕沙镂、水磨火炼的神奇，更会敬畏于"桑田碧海须臾改"的神威……其实，人类最值得收藏的，是逝水年华、往昔岁月。

三年中这些忙乱而琐碎的日子，每每回想起来就会禁不住笑出声来，细节勾勒出的真实，总能让我心中涌起温馨。但是，这些记忆总会在岁月中淡褪，终会被时间的尘土渐渐掩埋，唯有记录下来的文字，由于其中有爷爷的一份真情活水的滋润，它会变成一株有生命的小树，跟随我们一道经历春夏秋冬，跟果果一块儿长大。天下雄文浩如烟海，而闲情小品也别有情趣，凡是记录了真情实感和生命体悟的文字，总会被人们长时间记诵。果果的人生刚刚开始，像所有人一样，他的人生之路还有诸多隐秘幽微、未知未卜的篇章，而这三年多的时光，是他生命之河的源头，无尘无杂，无矫无饰，澄澈晶莹，是他最本色、最天然、最率性、最放情的三年，也是他应该珍藏的，就像珍藏用他自己的胎发特制成的胎发笔一样。

当二十年后他坐在某外国名校的树荫下重读这篇小文时，会是什么样的心情和表情呢？当他的女友读了这篇小文，会顽皮地拿其中的段落揶揄他吗？当果果像爷爷这把年纪时再读这篇小文时，会像爷爷奶奶这样呵护自己的小小果果，会对爷爷奶奶突然涌起一阵子怀念吗？想到这些，我就觉得，写这篇小文，真是应该，值得。

写于 2009 年 9 月 16 日至 23 日

一言一声总关情

　　人生至乐是欢聚，只因人生离散多。为求学，为事业，为了祖国和人民的需要而奔赴远方。"诗思浮沉樯影里，梦魂摇曳橹声中"，在蜀栈秦关，海阔山遥的万般相思和牵挂里，曾有鱼雁传书，青鸟殷勤，烽火为号，驿马征尘，只是到了今日，高科技的现代电信，才使我们真正有了万里变咫尺、天涯若比邻的感觉。

　　去年中秋的一个深寂，一阵清亮的电话铃声把我唤醒。"是老高吗？是我。""啊？老刘？你从什么地方打电话？这么多年你在哪里？日子过得怎么样？心情好吗？身体好吗？"对我这一连串的急切的发问，话筒里传来他的浑厚的笑声和带有浓重的晋北大同口音的话语。这笑声和口音，我是熟悉的，只是久违了，一下子久违了二十年。

　　他和我是大学校友，低我三届，二十世纪七十年代初我来到鄂西航天基地工作，在一个偶然的机会和他不期而遇。他因家庭出身不好，在军垦农场劳动锻炼之后，被分配到这个山区小县的一个乡级铁厂，年复一年地浇铸耕田的犁铧和炒菜的铁锅。"天工开物"般低水平的生产，艰苦的生活和政治上的不信任，日复一日地消磨着他这个名牌大学毕业生的才华和心志。他那时是单身，节假日我就常邀他来我家聚一聚，一次谈起他的家乡大同，谈到云冈石窟的佛像石刻受到了风沙和煤尘的常年侵蚀，有的已被严重破坏，他竟流下了眼泪，我理解他这是家国身心皆堪忧而情不自禁。1978 年恢复了高考和研究生考试，他报了名，苦干了几个月，终于考取了华工的研究生。也许由于他走向新生活后一切顺利，心中自然减却了对他的关心和同情，也许因为从那时起我们彼此都忙了起来，我们之间的联系渐渐减少以至中断。从电话中得知，他后来又考取了赴美研究生，拿到学位后不久又应聘到加拿大，现在从事高级研究工作，一切顺遂。

　　大洋彼岸传来的电话声波使我的心久久不能平静。一晃二十年了，这二十年里，改革开放给多少人带来了生活的巨变和精神的解放啊。从我的老朋友老刘身上，我分明看到了这一段历史的辉煌。推窗远望，只见天空和大地洒满了朗月的银辉，我想，此时此刻，又有多少事业上天心月满的海内外游

238

子，"不知秋思在谁家"呢。

　　人近老年，这些久违了的老同学老朋友的突如其来喜从天降的电话，每一次都像一枚枚彩石投进湖水，在我心底激起层层波澜，牵动着我的心，也牵来无数往事的幢幢之影。一次小学同学的电话，让我回忆起和他一起捉蛐蛐弹玻璃球的童年时光；一次大学老师的电话，使我沉湎于和他一起在京郊四清打坝平田吃派饭的情景；那次印尼华侨同学从香港的来电，令我怀想起农场锻炼结束时我去小火车站送他那天的凄冷的春雨……现代电信，不仅拉近了空间的距离，而且在瞬间就切换了时间的镜头，常常在电话后让我回想起昨天，昨天是一棵枝叶披离的树，我就在树荫下回想，感悟岁月的菩提，品味往事的含蕴，沉醉友情的清芬。

　　"谁谓河广，一苇杭之"（《诗经·河广》）。

　　现代电信就像一叶苇舟一样，飞越大江大洋，精灵般游弋在茫茫世界芸芸你我之间，沟通着商情学情事情，传送着亲情友情爱情，忠实而又快捷。"谁谓宋远，跂予望之"，谁说宋国路太远，跂起脚来可相望，这是古人浪漫的想象，身受现代电信其惠的我，心犹不足，还期待着在不远的将来装上一部可视电话，即使有亲友远在关山千重、海角天涯，顷刻之间就能相见相谈，妙何如哉，乐何如哉！

写于 1999 年 5 月 28 日至 31 日

刊登于《孝感日报》

239

从历史的映照到现实的自觉

——编写工厂大事记有感

厂庆三十周年征文，主办者先后两次登门约稿，实在不该推脱。况且此时此际，我自己也觉得确实应该写点什么。写些什么呢？可以回忆斑斓缤纷的往昔，可以状写拼搏奋斗的今天，也可以祈愿变幻多彩的明朝……刚好我正在参与编写工厂三十年大事记，我就写些其中的感受吧。

查阅那些昔年的笔记和档案，翻检那些已经有些发黄了的纸页，明显感觉到一股历史感从心中升起。一些历历在目清晰如昨的事，蓦然回首间发现竟已是几年十几年前了；许多似乎已经淡忘了的人和事，顷刻间会被回忆起来，生动活泼地展现在眼前。这种历史感不像面对青铜器那样，苍茫而神秘。面对那些形状端古而名字怪异的鼎、彝、爵、尊、盘、豆、鬲、镂，细读那锈迹斑斑的鸷鸟、夔龙纹饰，你会觉得这些古老而奇幻的生命，虽经三千年黄土的沉积而绝未窒息，至今令人肃然，令人敬畏。这种历史感也不像面对故宫里的古松老柏那样，沧桑而沉重。它们虬枝蟠根，瘿疠连缀，有的树干已经半空，历尽了风剥雨蚀，霜欺雷击，但却都器宇轩昂，风度不凡。那庞大的根系丛丛簇簇，似乎延伸进了我们的血管，令人感到祖脉源长而又千年沉重。

与这些不同，编写和阅读工厂大事记，使我们感受到的是一种令人亲切的历史感。建厂初期的大多数老职工，当时也就三十多岁；大批的新职工踏进工厂大门那天才刚刚走向社会；一些技术人员几十年来一直在使用着进厂时开始用的那张办公桌……我们与工厂同成长共命运，工厂的每一件大事和小事中有我们，我们的每一个年轮里有工厂。这是一段整个儿与我们的心灵相黏合的历史，这是一段我们共同珍藏的历史。

古代的先贤早就提出过"景不徙"、"影不移"的哲言，在一处空间内，不断有人和事的留影，留影时时在改换，后影已非前影，前影虽然看不见了，其实它仍在原来的地方。这层层相应的留影，一幕幕谱写了历史的进程，人的记忆宛如幽静的深潭，平素微波不兴涟漪不起，一旦有感应的石子投起来，顷刻间就会令波涌浪翻。当我们编写和阅读工厂大事记的时候，梳理而出的不仅仅是工厂的桩桩较大事件，还会打开记忆的闸门，牵动我们的心，牵来无数往事的幢幢之影。钩沉而出的，是那迸发激情崇尚理想的往昔岁月，是我们十分熟悉的那一脉青山那一片蓝天。山情水韵，岁月留痕，怎能不令我们心头生发出重归故乡般的温馨情怀，重翻老照片时的心潮起伏！

大事记，只能是历史的概括性沉淀，未免显得干巴，显得冷峻。其实，当年的许多神来之笔，远非今日的几行墨迹所能包容，寥寥数字的背后，更有那千百人平凡踏实的劳动，千百人心灵的复杂搏动。一想起建厂初期的日日夜夜，就会联想起筚路蓝缕的开荒者和匍匐前行的纤夫，艰苦而充实的生活别有蕴涵；更难忘第一部军品海边试验时的不安和激动，烟机发展过程的跌宕和曲折，企业升级时全厂上下通明的灯火，五十年国庆阅兵看到我们研制、生产的兵车驶过时的自豪和感慨……

梳理历史诚然需要宏观描述和概念的归纳，但是，时间从来不会季节省略，历史也绝不会出现空白，只有大量的历史事实和细节才能让历史丰满，鲜活而接近本来的面貌。大事记是历史的骨架，细节才是历史的血肉。只有细节才能让历史永远在我们的心头鲜活。因此，在阅读大事记的时候，我希望也相信会有更多的人走进回望往事，找回历史的细节的行列，在新世纪到来之际，对我们工厂的历史来一番认真细致的梳理。

三十年岁月迢递。逝去的历史，虽然已化作一座座铭刻着记忆的碑林，一摞摞字迹杂乱的原始档记，但是当智慧的人们走进这历史的深处，就能发现历史原来是一座宝藏、一笔财富。尽管生活的样态已有很大变化，就关乎历史本质的东西而言，古今却不乏相通之处，有心人会从历史的映照中获取现实的自觉。几代人趁着时代的大潮向岸边游去，接近一个久在寻求的目标，不料总是未能完全到达，而把那场奋斗留给下一代。庄子说："日月出矣，而爝火不息。"火炬正一代一代传下去。

如果说编写大事记是概括历史，用的是客观公正不讳贤愚的史官春秋笔法，阅读大事记是审视历史，用的是法官式的睿智眼光，那么，新一代的万峰（万里）人正在创造历史。"长风破浪会有时，直挂云帆济沧海"，在新世纪即将到来的时候，他们书写工厂新一页历史的手笔，定会是"少年凌云笔"！

写于 2000 年 10 月 24 日

故乡的蛙鸣

　　从一般的意义上来说，我大概还可以算得上是一个读报的人。中学时经常跑县文化馆看报，大学时天天去校图书馆一楼的报刊阅览厅，工作忙时下班把报拿回家看，出差回来也要补翻一下堆积了多日的报纸。前几年工作稍闲，我把多年来有意存留下来的旧报剪贴、分类、装订成册，竟有二十多大本，摞起来足有一米高。剪报装订完毕后，我还写了一篇题为《悠然心会，一寸还成千万缕》的文章，刊登在《文汇报》上。

　　在繁花似锦般众多的报纸中，《湖北航天报》算得了什么呢？它没有《人民日报》那样的尊崇权威，没有《大公报》那样的久远历史，没有《文汇报》那样的文化品位，没有好多晚报那样的市井谐趣。但是，对于每一个湖北航天人，谁又能说它算不了什么呢？它手挽着我们的手走过了二十五年岁月，记录了曾经有过的风风雨雨，镌刻了我们奋斗的足迹，它是这样地贴近我们的工作，贴近我们的生活。

　　接到编辑的约稿电话后，我就不停地探究，《湖北航天报》给予我，给予我们湖北航天人的最突出的感受是什么呢？想来想去，我终于找到了可以最恰当地表达这种感受的两个字，两个看似平常实则弥足珍贵的字：亲切！而且马上就想到了一个非常贴切的比喻：它就像故乡的蛙鸣。

　　听贝多芬的交响乐，你会感受到壶口瀑布般的雄浑，你激动，你感奋，但又感觉到是坐在下边，坐得远远地听；听莫扎特的交响乐，你会感受到一种无与伦比的晶莹和纯真，你被音乐的美妙所征服，但又会觉得这音乐像是从天上掉下来的；你从德沃夏克的《自新大陆》、柴可夫斯基的《悲怆》中，可以听出"天街夜色凉如水，卧看牵牛织女星"的撩人乡思，感觉到那种回肠荡气的乡愁的忧伤，但你又会觉得这只是在异地他乡看到了自己熟悉的东西，而对整座城市却依然隔阂……

　　可当你听到了故乡的蛙鸣，那情景就大不相同了。你不再有这种距离感，你的浮躁的心情会一下子宁静下来，你的绷紧的神经会一下子舒爽下来，你那在许多场合下需要讲究的举止会一下子自然起来。你会兴冲冲地向所遇到的每个熟悉或不熟悉的人主动打招呼，你会急切切地打听老邻居的近况。见到儿时的小伙伴现在的小老头儿，你还会像当年那样，当胸给他一拳……正是因为这样一种感觉，就不会奇怪，为什么我们总是从一堆新来的报纸中，最先翻出来《湖北航天报》，急不可待而又十分仔细地阅读它上面的每一个字每一句话。

故乡的蛙鸣总是钩沉出全村各家各户的故事，《湖北航天报》及时地报道着集团各单位的情况和新闻。也还记得十一届三中全会后，《○六六报》曾刊登了多篇学习、理解这一重大历史转折的文稿，响起了一片惊蛰后的蛙鸣；诗人说，"稻花香里说丰年，听取蛙声一片"，《湖北航天报》常常传来型号试验成功重大合同签订民品三产发展的喜讯；也还记得几年前这报上先后刊登的张国欣、曹立家两位老主任回忆型号发展的长文，特别是对回忆型号研制初期之艰难险阻的那些段落印象更深。

由于我们和作者都是那段历史的亲历者，因此我们十分自然地在他们那平和方正的叙述语境中，读出了十年生聚卧薪尝胆的沉毅之气，读出了越王勾践揖祭怒蛙的那样一种情境。昔年，越王勾践战败，在吴服劳役三年后回到越土，闻蛙声成阵，乃备办香烛牲礼，作揖礼祭怒蛙。勾践说，你们看那青蛙，胸中若有积郁，哇哇而鸣，声震十里。蛙且知怒，性灵可敬，何敢不揖，何敢不祭？众臣赞曰："妙哉，揖祭怒蛙！大王岂非身在平畴，志存高山；耳听怒蛙，心怀鼙鼓乎？"

将报比人，二十五岁，风华正茂，正是写诗的年龄。"好诗只说眼边情"，当此新一代湖北航天人正在各自的岗位上，用每天每月的辛勤劳动谱写着崭新历史的年代，书写于《湖北航天报》上的，定会是一篇又一篇的锦绣文章。

写于 2003 年 4 月 25 日
刊登于《湖北航天报》

溯源随缘求圆归原

——大学毕业三十年漫笔

六月初，忽然接到来自清华母校一封校友的来信，是为筹划水七学友毕业三十年返校寻根活动的。三十年星霜荏苒，恍然一瞬，学友天各一方，平时极少联系，突接来信，真如喜从天降，一时激起翻腾不已的心底波澜。返校寻根四个字更教我涌起人生感慨，思绪一下子回溯到三十五年前，回溯到那悠远的源头。

六一年正值清华五十年大庆，当年五月的《人民画报》以较多篇幅介绍了这座最高学府，煌赫的业绩，知名的教授，美丽的校园，像春风一样鼓荡我的心。张任先生坐在图板前手执丁字尺三角板正在精心设计的一张照片尤其引起我的注意，那照片旁边的说明中有治理开发黄河长江的畅想，有"共产主义工程"的召唤，使我打定主意要报清华，要考水利系！我的家乡十年九旱一涝，给我的少年时代留下深深的记忆，因此，这缘由看似偶然但不唐突，这决心虽然仓促却十分坚定。

当我的志愿变成了现实，成了我县有史以来的第一个清华学生，于1961年9月8日晚终于来到了清华园，次日报到后急切地浏览了这所心仪已久的学府时，我的心情难以形容，像刘姥姥初进荣国府那样惊叹，像沙漠跋涉者终临绿洲那样满足，像一个膜拜者初登庙堂那样虔敬……

这之后六七年的岁月里，有夏震寰、黄万里、黄昭度、龙驭球、廖松生、何成钧、范景媛、王哲生、贾观、李锦坤、吴明德、籍孝广……诸位先生上课授业，严谨而生动，广博而深刻，至今还记得许多先生上课时的音容笑貌，同学们青春风华，纯真蓬勃，华北青石岭华南新丰江的实习，大操场的每日锻炼，圆明园的篝火班会，图书馆的辉煌灯光，都熔冶着"莘莘学子"报效祖国纵横四海的少年襟怀。闻亭晨钟先贤叮咛、夜灯光下园丁心意、青春风铃纯真友情……黄金岁月幕幕在心，蕞尔小事在在萦怀。荷塘月色，荒岛垂柳，明斋紫槿，古月堂菊，礼堂绿坪，沧桑校门，水木清华，历历在目。还有毕业前正值"文革"头两年的狂热迷茫，那种无法超越时代的无奈，作为一种人生经历，也带给人们无尽的思索。

学水干水本已托付终身，怎奈浩劫十年，搞乱了一切。想不到我自1969年9月8日中午离开母校，告别了整整七年的大学生活，竟从此断绝了我的"水缘"，终生离开了我的专业。先是在河南军垦农场锻炼，后又调到陕西旬邑县参加新办一所火力发电厂。人道是"水火不容"，但还同一个"电"字，更何况挖基坑砂石备料，建厂房，也算是"土水同宗"了。到了机组安装调试运行阶段，则是从头学起，所凭借的是母校打下的基础和"战斗着奔向前方"的信念。

待到火电厂点火发电，又调到湖北鄂西一个航天科研生产基地，在航天工业部某厂从事导弹系统地面发射测控设备及海防雷达的研制设计，这下子除了日常所用自来水外不沾半点"水"边儿。还是从头学起，所凭借的还是母校打下的基础和"战斗着奔向前方"的信念。曾担任过两个大型海防雷达的结构总体设计，某新型号导弹系统地面发射测控系统的指挥。十年生息，待到两型雷达批产、发射测控设备定型，我又被组织上遴选去从事管理工作，从设计所长到总经济师到厂长，从事过技术管理、经营管理和全面管理。担当厂长的四年期间，工厂利润逐年上升，是工厂建厂二十多年中最好的时期。1992年综合指标名列全国航天百家企业中第15位，湖北五十家国防工业企业第4位，我本人还荣享了国务院政府特殊津贴，领略了成功的喜悦和奋斗的甘苦。而在1992年在接受《中国航天报》社长访谈时，他问道"你目前最大的遗憾是什么？"我则毫不踌躇地回答他："毕业之后从未干过本专业"。

我所在的基地位于丹江之南，长江之北，葛洲坝之耳畔，三峡之颌下，而我与水利之"缘分"何其薄也！但我牢记着母校给我的教诲：祖国的需要就是我的志愿。服从需要，随顺机缘，让干就干，干就干好。从事了二十多年航天事业，从青年而步入老年，耕耘默默，磨砺矻矻，有缺无悔，有憾无愧。当我陆续得知水七学友在各自的环境中在各自的人生轨迹上各自有成，绝大多数在水利事业上辛勤工作有所建树作出贡献，我为之高兴和骄傲，也想起一副前人的对联：

　　　　雨入花心自成甘苦，水归器内各现方圆。

社会的需要，岗位的责任正是容纳我们莘莘学子的大器皿，有了水的坚忍不拔的品质，定会各现方圆。

时光如流，生命若水，水之为姿为态多矣夫！在海为涛，在湖为漪，在山为泉，在谷为溪。当年在青石岭，后来在鄂西，我多次观察过山间小溪，曲曲折折，跌跌撞撞，青山夹不住，巨石挡不住，两岸的花香鸟语留不住，一门心思地向前奔流，直到汇入江河流入大海。回想我这三十年岁月，有坎坷，有遗憾，有疲惫，有兴奋。尽管平凡，但也充盈，是在平实的土地上脚踏实地走过来的。没有去抱怨世界亏我，没有去想幸运的突然光临，也没有空羡别人的好机缘，只集中全力于我所拥有的和所能拥有的，而不是不能拥有的。

我总相信，绝大多数人是平凡的，绝大多数事是平凡的，平淡中如果有努力有奋斗，平淡中就会有绚烂。关键是，即使在平凡的工作中、平凡的岗位上，也不要忘了唯真唯实的努力，不能没有对最佳、对圆满的那份追求。正如中国国画有所谓"墨分五色"，墨色本单调，平淡无耀，但运用匠意，浓淡中生色，便是大手笔，便是对绚烂的深邃之解。三十年的岁月里，我常常想起小溪的执着和勇往直前的精神，校训中"自强不息"那四个字时时地鼓舞我鞭策我勿躁勿懈，一步一步往前走。

在清华园里，我曾多次瞻仰过清华母校图书馆前的断碑和闻亭，几次徜徉在圆明园旧址断柱残碑之间，后来又辗转在中原陕西和鄂西，我总意识到我的双脚踏着厚重的文化历史土壤，我的身心被博大深厚的祖国历史氛围着。我曾工作过的陕西旬邑，古称豳州，《诗经》中那首有名的长篇国风《豳风》就是描述了当时这一带农人全年的劳动，"七月流火，九月授衣""八月剥枣，十月获稻"。乐于农事，以成王业，诗风古朴阔大，难怪吴国公子季札叹曰："美哉，荡乎"。周人由邰迁豳又由豳迁岐，这一带曾是周秦文化的滥觞之地。我后来长期工作的鄂西，是荆楚文化的发源地，诞生过中华第一诗人屈原，"屈平辞赋悬日月"。周秦文化，荆楚文化，华夏文明博大精深悠远，生为炎黄子孙多么骄傲而任重道远。从屈原到闻一多，其间有一条巨大的红线，这就是爱祖国，爱人民，爱正义，爱理想，直贯下来，从红烛而阳光。

1992年3月，我借赴京开会之便回了一次母校，因时间太紧张，未去拜望老师，未去探看学友，只悄悄地在校园里漫步。看到新图书馆、经管学院、三教四教等新建筑，心中非常高兴，还情不自禁地走到四教楼内看了前厅、二楼几个教室。尽管是星期天，看到教室里仍坐满了用功的年轻校友，深为母校良好的学风代代相传而欣慰。看到体育馆、大礼堂、西大饭厅、一二三四号楼等原建筑，心中十分亲切，还特地到我入校后所住的第一个宿舍二号楼121室寻访，敲门后入室说明缘由，受到了现住者材料系一位年轻教师的热烈欢迎，入门一刹那的陌生感竟一下子完全消失，仿佛是旧友重逢。我在水利馆、清华学堂、一教二教等上过课的地方驻足良久，如临师面，心中一片虔敬。瞻仰了闻一多先生和朱自清先生的雕像，紫红的花岗岩和洁白的汉白玉十分形象地显示着火一样热烈和水一样清隽的两颗伟大的灵魂。

　　傍晚回到宾馆，我的心久久不能平静：我在阔别三十年后重访了母校，高兴、欣慰、亲切、虔敬之余，更有了一层新的感悟，我感受到了一种心灵的回归。在母校无言的点化下，我看到了流动的历史。直贯的精神薪火相传的代代清华人的追求：那就是为了祖国的昌盛人民的幸福和自由，为了爆一声："咱们的中国"而不停地挑战，不止的奉献，这不就是清华学子乃至每个国人生命价值的本原吗？

　　从 1961 年 9 月 8 日晚来到母校，到 1968 年 9 月 8 日中午离开母校，刚巧整整七年，三十年后回想起来，才慨然发觉这七年是一生中最美好的时光。思绪联翩，凑得打油诗一首，以为纪念。

卅载华年度，回首每思源。

吾土皆吾岗，随缘非随安。

吾岗尽吾责，求真更求圆。

海阔山遥处，萦念清华园。

写于 1996 年 9 月 16 日至 18 日

刊登于《清华校友通讯》1997 年 4 月卷

灰楼之声如泉如溪

    1961 年夏天我考入清华大学，校园里的一切都令我惊奇激动，但那正是三年经济困难时期，有终日摆脱不掉的饥饿。学校采取许多让我们劳逸结合的措施，举办很多的文学艺术讲座和演出。比如我曾经在阶梯教室听过当时《世界文学》总编辑陈冰夷的东欧文学讲座，在大礼堂听过温可铮罗天婵的独唱音乐会，在大礼堂听过苏民王晓棠等艺术家的诗歌朗诵会。清华没有音乐系，但对学生的音乐活动很重视，二十世纪四十年代就成立了音乐室。

    音乐室设立在一座灰砖二层建筑里，地点在化学馆之西，西大饭厅之北，俗称"灰楼"。听高年级同学介绍，音乐室每周一次的音乐欣赏讲座极受广大师生欢迎，到校不久我就去听了陆以循先生的音乐欣赏讲座。陆先生 1934 年毕业于清华土木系，后来成了音乐专家，小提琴造诣很高，胖胖的身材、微黑的脸庞我至今未忘。他主要是讲授交响音乐的欣赏。从主要乐器讲起，介绍一种就让校军乐队的有关乐手出来演奏一番，然后再介绍这种乐器的特点、在乐队里的角色、历史上著名的演奏家等。再就是讲授交响乐的发展简史、主要作曲家及其主要作品和风格，讲授一段，放一段唱片，或者让军乐队演奏一段，有时也亲自操琴……我来自松嫩平原边缘的一个小县城，考入清华后，才在这座灰楼里平生第一次接触交响乐，并且不知不觉中被它征服，它的博大精深神奇美妙令我痴迷。1965 年我去北京怀柔参加农村四清，接着是"文革"，十年"音"讯两茫茫。改革开放以后，我终于得以释放自己内心对交响乐的喜爱，听唱片磁带音碟，看电视，听音乐会，看有关书籍和文章。为购买一张莫扎特《第九钢琴协奏曲》和海顿《创世纪》碟，我记不清寄出了多少封信打了多少个电话而终于如愿以偿。灰楼之声如泉如溪，发源发轫，一路上曲曲折折磕磕绊绊，渐渐地在我心底汇成了江河。

    这是怎样的一条江河啊！

    这是壮阔雄奇的黄河。"源出昆仑衔大流，玉关九转一壶收"，贝多芬的旋律里，冼星海的音谱下，倾诉着壶口瀑布震撼人心的轰鸣。

    这是天上的河。莫扎特玲珑美妙的音乐是从天上掉下来的，那里面有着无与伦比的晶莹和纯真。

这是故乡的河。茅沅的《瑶族舞曲》让我想起曾经去过的那里的鸟语山歌、竹露清音，德伏夏克的《自新大陆》让我听出了"天阶夜色凉如水，卧看牵牛织女星"的撩人乡思。秋天原野上看到农民收割，成捆的稻谷压着牛车在泥路上沉重地缓行，我便想起柴可夫斯基《悲怆》中那回肠荡气的俄罗斯忧伤来。

这是一条永具魅力的蓝色的河。看肖复兴的《音乐笔记》，他摘录了这样一段话："据 1935 年的统计，一年之中维也纳附近的多瑙河有 6 天呈棕色，55 天为土黄色，38 天为浑绿色，49 天为浅绿色，47 天为草绿色，24 天为铜绿色，109 天为宝石绿色，37 天为深绿色"，一年之中有 294 天基本为绿色，而"从未呈现过蓝色"，但是自从 1867 年约翰·施特劳斯创作出那首圆舞曲之后，多瑙河一年四季就都是蓝色的了。

这蓝色的多瑙河一直流淌到今天，以至以后无穷的岁月。可以说，世界上没有一条河流像她这样蔚蓝，这样尽人皆知，这样滋润心田。维也纳新年音乐会上听这首著名的曲子，仿佛潺潺的流水、啁啾的小鸟、和煦的春风、蒸腾的林气、温暖的阳光，一起从四面八方涌来，蔓延在金色大厅，氤氲着人们的心。沉醉之中，眼前是翠山横黛，银雪映天，湖泊涵蔚，玫瑰满原……

岁月匆匆，转瞬间我已年过花甲。说来惭愧，我至今对交响乐仍是半懂半不懂，不仅不是那些音乐大师的知音，甚至也不是一个够格的听众，但我绝不是一个乐坛盛事的赶潮人，而是一位交响乐的终生爱好者。面对这样的音乐，我的心灵会从容起来沉静下来。我不在乎听懂了多少，而只愿能够感觉到自己同高贵的纯真、高雅的灵魂靠近了一点儿。

1901 年 1 月 27 日凌晨威尔第逝世，米兰市政府下令，在他下榻的米兰旅馆附近的街道上铺满麦秸，以免惊动这位对农村对大自然有着肌肤之亲的音乐大师的灵魂。如果我那时也在米兰，我也一定会抱上一捆麦秸。当然也会同样争先恐后地跑上即将拆毁的维也纳城堡剧院的舞台，去捡拾地板的一小块碎片，以收藏纪念 1786 年这里首演过莫扎特的《费加罗的婚礼》。清华的灰楼也拆除了，但交响乐曲优美的旋律常常会勾起我对它的一缕怀想，我感谢灰楼给了我人生不可或缺的人文艺术教育。

写于 2002 年 9 月 24 日
刊登于《中国电视报》

风涛一叶六年间

一

退休前的一段时光，脑海里泉涌出最多的就是回忆，许许多多的往事真的就像清泉般汩汩地涌出来。也许是不能免俗地试图来一点人生的总结，回忆之中理性的审视渐渐地多过了感性的温馨。往事的抚摸也好，冷静的思辨也好，贯串一线的是对时间的感叹。时间是神奇的，法国的大哲学家伏尔泰老人曾感叹过："世界上哪样东西最长的又是最短的？最快的又是最慢的？最能分割的又是最广大的？最不受重视的又是最珍贵的？没有它什么事情都做不成，它能使一切渺小的归于消灭，使一切伟大的生命不绝——时间"。德国的戏剧家席勒则感叹道："时间步伐有三种：未来姗姗来迟，现在像箭一样飞逝，过去永远静不动。"最熟悉最简练的还是我们那句"子在川上曰，逝者如斯夫"。有中外先哲们如此精深的感叹，后辈小子们还能说什么？尽管只能不住地叹上一句"唉，时间真快"，但我相信，那心中的感叹一定是中外与共古今相通的。十年前，我在一首诗里写过一句话："半百生涯何处寻"，我们通常是看不见时间的。但是，当你回首往事，当你留意用心，你便会发现时间原来就停留在所有的往昔的事物上。比如那磨光的椅子、斑驳的老街、泛黄的旧书、手背上沟样的皱纹，头顶上晶莹的白发……新买了书柜，一本一本往上摆放那些不同年月购进的书籍和自己的日记笔记，就如同面对着那些自己亲历过的年年月月：《大学生歌曲集》、《中共中央华北局农村四清一百个大队调查四渡河大队调查报告》、"文革"期间的红卫兵小报。陕西旬邑火电厂专为我举办的欢送我到湖北三线的欢送会记录……转瞬间这些都已成了三四十年前的往事，转瞬间我已经步入了老年。

近年来，我有一个越来越深的感觉：在我们所处的时代里，几乎每个知识分子都是一个缩影。他的经历，他的遭遇，他的作为，都从一个角度反映着这一页历史。顺境易过而逆境难忘，在我六十年的人生经历中，我最难忘的是 1965 年 8 月到北京怀柔四渡河大队搞四清直到 1971 年 10 月来到三线这动荡辗转的六年，就像一叶扁舟甚至一片树叶，以它的被挟卷被颠簸，被浸打被浮淹，记录下那个时代的风涛。

<h1 style="text-align:center">二</h1>

我们是 1965 年 8 月下旬下去参加农村四清的。从 8 月 11 日开始集中，十天里听报告学文件讨论，紧急武装思想。8 月 11 日党委副书记刘冰在清华大礼堂做了动员报告。8 月 14 日在北京工人体育馆听了北京市委副书记赵凡的报告。他讲到近几年的国内形势：1962 年 8 月中央召开了北戴河会议，1962 年 9 月召开了八届十中全会，全会后，中央决定在全国城乡发动一次普遍的社会主义教育运动。1963 年 2 月毛主席在中央会议上总结湖南河北等地的经验，提出"阶级斗争，一抓就灵"，决定在农村进行以"四清"（清理账目、清理仓库、清理财物、清理工会）为主要内容的社会主义教育运动。5 月，毛主席在杭州主持制定了农村四清前十条，9 月又制定了后十条。1963 年冬到 1964 年春，全国一大批农村社队进行了"四清"，中间曾有一段时间清不下去，主要是对阶级斗争估计不足，敌情观念不足。1964 年五六月间，毛主席、少奇同志做出估计：全国有三分之一左右的基层单位的领导权不在我们手里。1964 年年底至 1965 年年初的中央工作会议上，毛主席主持制定了农村四清二十三条，明确指出这次运动的性质是解决社会主义和资本主义的矛盾，运动的重点"是整党内那些走资本主义的当权派"，"四清"也明确为"清政治、清经济、清组织、清思想"。此前，刘少奇同志提出调整部署，北京郊区人口 320 万，已搞完四清的地区人口 120 万，按每 20 户一名四清工作队员，要派出干部 16000 名、大学师生 13000 名。争取 8 月 20 日进村，扎下根来，搞好四清，不走过场，不烧焦，不煮夹生饭。

根据北京市委的安排，清华大学派出师生近四千人（当时在校学生总数约八千人），分头去市郊延庆和怀柔两县，"都是北京山区，备战备荒战略上很重要"。在这次大批人马下去参加四清之前，清华建筑系五年级 147 人于 1964 年 11 月分别到河北邯郸地区及北京顺义县带头试点参加了四清。蒋南翔校长曾几次对他们讲话，有两句话后来流传很久：不要为建立感情而建立感情，忘掉了锻炼就是最好的锻炼。我们学习讨论的文件主要有《前十条》、《二十三条》、《关于农村清理阶级成分中几个具体政策问题的意见》、《农村发展纲要四十条》等。讨论总结时，校领导鼓励说，你们心里没底是必然的，要有不怕艰苦、不怕出洋相、不怕挨批评、不怕矛盾的革命精神，只要有豁出来扎下去的态度，有两个礼拜就可以进入角色了。

1965 年 8 月 23 日，我们怀着一种奔赴前线的心情带上行李卷乘卡车出发，于下午到达怀柔县黄坎公社四渡河大队。四渡河大队地处怀柔县西南浅山区，坐落在群山环抱之中，怀九河从村东蜿蜒流过，滋润着四渡河村的三大片河湾地。村四周的山丛中伸展着五条山沟，山坡上长满了核桃、粟子、梨、杏等果树，土质肥沃，水源充足，山林资源丰富，发展农林牧副业的自然条件较好，村民生活不艰难。风景秀丽，只是当时的我们没有闲暇也没有那份心情去好好地注意这一点。这个大队是一个自然村，六个生产队，共 231 户，1160 人，有耕地 1200 亩。四渡河工作队共 18 人，清华老师 4 人，学生 7 人，北大学生 2 人，总政歌舞团 2 人，北京市 3 人。我被分配到第四生产队，房东是老两口，儿子在外地当兵，闺女嫁到茶坞，老大爷十分慈祥，终日说不上几句话，老大娘却整日说个不停，冬日晚间开会常常开到半夜，大娘总是为我们烧好洗脚水，炕也烧得热热的。四渡河大队是个老解放区，是平北主要抗日根据地之一，1942 年发展了第一个中共党员，在抗日、土地改革、民主革命等时期，小小的山村曾经历了十分尖锐激烈的敌我斗争。1910 年本村秀才唐进宪当上了西藏喇嘛驻京办事处秘书，号称唐宗洲，成为北京"四大洲"之一，1920 年他偷了西藏的金刚经卷卖给美国人发了邪财，他弟弟唐进武用他的钱、仗他的势连买带霸很快就占了二百多亩地，还在北京开商号，成为这一带头号大地主大商人。京郊山村的生活和斗争历来都是和北京紧密相应的，小村且莫等闲看。一百多户的小山村，曾发展过 82 名国民党员，1945 年日本投降后，他们在村里组织了武装队伍，买了机关枪、步枪、手榴弹，企图武装夺取村政权，只等唐进武把他妈出殡后就动手，由两三个一组分头杀害村干部。幸好被窗外巡逻查哨的贫农锄奸组听得清清楚楚，很快进行了周密的组织，还没等唐进武摘掉孝帽子，半夜里就把他们从被窝里抓起来。一百多户的小山村，曾经有 92 人扛长活，16 户 72 人逃荒在外，15 户 45 人讨饭为生，有 4 户卖儿卖女，12 人当童养媳。贫农吴占明祖祖辈辈扛活，父亲携全家逃荒到东北、张北等地，还是找不到活路，先后典卖了妻子、一个儿子和两个女儿。逃荒五年，一家七口人只剩下父子三口扛着一把破镐回到四渡河，保长对他们说："你们爷仨儿的家当，还不够打一葫芦醋呢，也配在四渡河安一间房？"父子三人当晚就住在破庙里。不久父亲病死，年轻的吴占明没掉一滴眼泪，他跑出牛棚，心中暗暗地说："泪已流干了，哭有啥用，要活下去就得想办法！"1934 年，这一代发生了自发的农民斗争。1944 年成立了农会，同"十八家会首"进行了减租减息的斗争，1947 年武装土改平分土地，解放战争期间八十多名青壮年参军，吴占明曾几次冒着生命危险给聂荣臻部队送情报，还受到聂荣臻的接见。小小的山村经历了抗日战争拉锯动荡和国民党反复扫荡的残酷岁月，可以说是一个久经考验的英雄辈出的山村，当然，像这样的山村在中国何止几万个，它们共同汇成了神州大地的近代史。

山村自有它闭塞落后的一面，有不少老爷子的脑后还留着一根辫子。还有一些奇异的习俗：大夏天男人也不能穿当时十分流行的西式短裤，为此工作队列为一条纪律。可妇女只要一结婚就可以打赤膊，一开始吃派饭，女主人赤着上身端菜进来，我们都不敢抬头。根据一段时间的走家串户调查摸底，工作队认为这个大队党、政、贫、兵、妇大权掌握在贫下中农手中，总的方向是走社会主义道路的，是个一类大队。但是，"这个大队阶级斗争两条道路的斗争仍然是严重尖锐的"〔引自1966年6月《百个大队调查报告》（以下简称《报告》）〕。《报告》中写道：主要表现有，地富反坏分子有猖狂活动幻想变天，指着土地和房子、果树对子女说"这是咱家的"，说"新社会样样都用票，大学生像叫花子"，宣扬"自留庄稼长得好，集体不如单干"等；不少干部太平观念严重，敌我不分，半截子革命思想十分普遍。"土改都二十年了，现在都一样下地干活挣分吃饭，还分什么贫农富农"，"当干部贪黑熬眼，分不多挣气不少生，光落个吃亏，还不如富农不出兵不开会"；党支部长年不过组织生活，去收党费时有的党员说"你拿这个鸡蛋去吧"，《报告》中特别写道：在新的历史条件下，农民的小康思想无时无刻不对社会主义革命和建设事业起着腐蚀作用。相当一部分群众满足于"一对小夫妻，两个小把戏（孩子），三间大瓦房，四件新东西（自行车、缝纫机、半导体、八仙桌），五只老母鸡"的生活图景。《报告》还写道：社员中资本主义自发势力日趋严重，如热衷于小片开荒，很多人希望分田包产到户，好肥留给自留地，出工不出力下工搞副业，有的家里养了五六只大猪，上山砍荆条种烟叶卖等，"三面红旗举得不高"。在当时的大气候下，工作队有这样的认识是自然的。

我们都非常认真辛苦地投入到工作中，每天都起早熬半夜，参加劳动，访贫问苦，内查外调，宣讲文件，开忆苦思甜大会，开斗争大会，开干部洗澡下楼会。组织全村开展了"四渡河到底有没有阶级斗争"、"到底有没有两条道路斗争"、"政治和生产谁是根本"三场大辩论，整党，整顿领导班子，整顿贫协、民兵、妇女、共青团等组织，使生产提高等。人累瘦了、晒黑了，有的女同学头发都"赶了毡"，许多同学学会了抽烟，长了虱子，但却干得热火朝天，情绪高涨，觉得是干了一件事关革命大业的大事。我在运动会后期参加《报告》的编写，参加了北京市委召开的专门会议，看了不少的外地材料，心里越来越觉得四清不搞可不得了，整日里被一种前所未有的以天下为己任的热情鼓荡着，驱赶着，忙而不疲，工作队员个个都在争先恐后竞赛般地工作着。到1966年5月下旬，中间除去春节放假十天，运动已进行近九个月，按验收要求已基本完成，还余下一些收尾工作，但突然接到上级通知，大学师生一律尽快回学校，工作队撤离。当时感到太突然了，不知道"上级"是哪一级，也不知道紧急回学校干什么。

我们在六月四日填写了最后一张调查表格，于6月5日早晨离开四渡河村。村巷的石板路两旁，村头的怀九河边，站满了送别的村民，一些大娘哽咽了，不少男人含着泪，一些孩子则紧紧抓着我们的衣服、抱着我们的腿，我的眼泪无声地刷刷流下来。再看一眼这个工作战斗过的山村吧，村庄四周山坡上，杏李桃梨花期已过，还留着片片点点的粉红雪白和水绿。卡车缓缓开动，一程一程地走近我们的学校，心中的疑团也渐渐地升腾起来，为什么要我们这么紧急地回校？到底发生了什么？

三

卡车一开进校园，映入眼帘的竟然完全是一派令人惊愕的陌生景象。五颜六色的大字报贴满了校园，大礼堂前的草坪四周围了一圈席墙，席墙前站满了看大字报的人群，宿舍楼的楼道里，教学楼的教室里，到处都是大字报。原来，6月1日《人民日报》发表了《横扫一切牛鬼蛇神》社论，引用了林彪关于政权的议论，指出，"一个势如暴风骤雨的无产阶级文化大革命高潮已在我国兴起！"第二天又全文刊登了聂元梓等七人的大字报，同时发表了评论员文章《欢呼北大的一张大字报》，犹嫌不够，同日还发表了《触及人们灵魂的大革命》的社论。在这样紧锣密鼓的强大造势下，运动哄然而起，很快就出现了"横扫一切"的局面，这些情况我都是后来才知道的。刚回学校的一段时间里，毫不了解外界，毫无思想准备，真像一下子坠入雾谷之中，心中充满了惊愕、不解、疑惑，自感落伍等复杂心情，"听风听雨过夜半"、"陡地纷繁兼絮乱"，看到眼前的急剧变幻，我朦胧地意识到自己所熟悉的一切正伫立在历史的一个拐弯处。虽然有了参加农村四清的"战斗"洗礼，但对于自己熟悉的同学被点名上了大字报，自己平素尊敬的师长被戴上高帽子，脸上涂黑墨，一些校系领导越来越多地被押上"斗鬼台"、"斩妖台"，总是感到自己的思想赶不上别人的行动。后来，给我们讲座过"学问如昆曲，要经过薄—厚—薄"三层次的陈祖东教授，对我们进行过入学教育的系教育处长先后自杀，我感到震动，心中掠过了一片阴云，应该是这样的吗？我的内心由惊愕变成了惊骇，由疑惑变成了惶惑。中央派来级别很高的工作组，蒯大富挑起赶走工作组的事件一发而不可收拾，刘少奇派夫人王光美到校指导运动，她看大字报，在大饭堂给学生打菜等一系列事件，使我下意识想到农村四清、四渡河小山村不能等闲看，此时的清华，眼下的运动，怕更是深不可测了。本来多思慎行的我，似乎更加谨慎无措，可越想弄明白却越不明白。在好像一场关系到革命兴亡的大决战就在身边就在此刻的情况下，一种青年的激情又被时时处处鼓动着，恨不得立刻做出点什么来。一日去人民大学看大字报，在人大校门前的马路上正聚着一群人辩论着农村四清，我立即挤入人群投入辩论，语激汗涌，脱掉衬衫随手扔在马路上继续论战，似乎把对方辩倒就是为革命打了一场胜仗。等到人群陆续散去拿起衬衫，上面已沾满了融化的沥青，那是我当时唯一的一件衬衫。8月18日，天安门举行了超大规模的"庆祝文化大革命大会"，这一天，我们从凌晨三时起就从学校出发。广场正中的最前方是高举着《第一张革命大字报》模型的北京大学师生队伍，天安门城楼两旁的观礼台上站着数以万计的红卫兵代表。清晨五时，太阳刚刚从东方升起，毛主席身穿崭新的军服，由一位年轻女兵陪伴，继林彪、周恩来之后，从天安门城楼下走过金水桥，微笑着向人群招手，和群众握手。在群众面前转了一圈，然后回到金水桥上，手拿军帽一再向大家挥手，又戴上帽子向天安门城楼走去。一刹那间，整个天安门广场在一片红旗掩映下，在一片红宝书波涛中汇成了欢呼"毛主席万岁"的海洋。从8月19日开始，在北京首先发起了一场规模空前的"破四旧"运动："全聚德"招牌砸烂了、"荣宝斋"被封了，"协和医院"等全市许多店名街名更改。几天工夫，北京市大街小巷疏疏密密张贴着各式各样大字报、大标语、倡议书、通牒信……似乎以迅雷不及掩耳之势就打碎了一个"旧世界"。8月23日下午，红卫兵把在"破四旧"的过程中收存的东西堆到国子监孔庙大院中烧毁，同时将老舍、荀慧生等三十余名艺术家挂上"黑帮分子"、"牛鬼蛇神"等大牌子送到焚烧现场批斗，他们当场全部被剃成"阴阳头"，一些人头上还被泼上了墨汁，勒令他们围跪在火堆四周。

清华的二校门也是这期间被推倒的。当时我正在大礼堂附近看大字报，只听得"轰"的一声，一时尘土升起丈余，跑过去一看，那姿型肃美的二校门已被推倒了，散成一推瓦砾。典雅、古朴、庄重、晶莹的二校门，门的弯弧上面镶嵌着一块大理石，石上镌刻着清朝那桐写的"清华园"三个擘窠大字，从1909年起，它就矗立在小河石桥旁两株古柏间，迎接着青年进入知识的殿堂，目送着学子奔赴报效祖国的四方，引发过多少学界泰斗的情思，牵绕着多少科学巨星的梦境，而今天，它就倒在我的面前，我为之迷惘，我无力阻挡。参与推倒二校门的有中学的红卫兵，也有和我一样的校友，他们当初进校的时候路过二校门不曾和我一样仰视过它吗？他们在用力推的时候心中怎么想的我无从知道，我只感到好像自己被一记暗棍猛地击倒，感到从来没有过的一种精神上的坍落，感到有一片巨大的阴云在心头掠过，但我不敢说半个字，只能默默地走开。现在的二校门是1991年校庆八十周年时由各地校友赞助重建的，它频频出现在电视屏幕上，引起我绵绵的母校之思。

在一些外地"受压"学生陆续进京上访及北京的红卫兵在中央文革成员的背后推动下"北上、南下、西进、东征"以及毛泽东八次接见红卫兵的情势下，中央决定，"全国各地大学生的全部和中学生的一部分代表，分期分批到北京来"。一场全国大串联，像是在不断加热时分子作的布朗运动，混乱无序而又愈演愈烈，很快就延伸到工厂和农村，车船食宿免费，火车车厢内坐着人，茶几上坐着人，椅背上坐着人，行李架上坐着人，走道上坐着人，椅子还躺着人，上厕所需从人肩膀上踏踩而过，上下车要翻窗，车门踏板、车厢顶上也有人。串联的学生中，有一部分是"破四旧"的"闯将"，他们认为自己是最革命的"文化大革命"战场上的战士，理应去冲锋陷阵。也有很大一部分学生，是趁机游山玩水，各自揣着好奇的心理，奔向早已向往的目标。

这时，我在学校感到很无所适从，正好出去串联。自知绝不是什么"火种"，没有特殊使命感，从县城来北京上学，全国各地都没去过，跟着别人去哪个方向都行，先后去了成都、桂林、长沙，参观了刘文彩地主庄园，游览了桂林山水，也瞻仰了韶山冲、湖南第一师范、长沙清水塘、爱晚亭等圣地，登岳麓山，临湘江橘子洲头，心中默诵起那非常崇拜令人激昂的毛泽东诗句，心胸开阔多了。在长沙看到10月22日《人民日报》上的社论《红卫兵不怕远征》，"不坐火车汽车，徒步行军进行大串联，这又是一个很有意义的创举。"我们约好了七八个人，一同徒步上井冈山。我们背上黄色军书包，戴着红袖章，我还穿着塑料凉鞋，似乎无须多想什么就上了路。出长沙向东，经黄花市、永安市，过江背、跃龙，来到浏阳，一天走了八十多里路。第二天经大瑶铺、铁老冲来到文家市，在里仁小学旧址听讲革命历史，晚上还访问了老赤卫队队员，听他一边在木盆里泡脚一边回忆那革命初期的艰苦岁月；来到萍乡，到了安源煤矿，还与刘少奇在安源期间的工人领袖袁品清的女儿作了较长时间的访谈，她时不时地溢出无声的眼泪，不知道这是不是她最后一次与外人接谈，那时还是被允许的。进入莲花县，就走进了罗霄山区，在界化垅一带，细雨重雾，山险路滑，一座大山腰上逶迤着首尾相连的一支支徒步串联的队伍，回首望去，真是个山上山下，风展红旗如画。

我们来到三湾改编的山村，抚摸了朱毛会师的宁冈桥上的栏杆，登上了黄洋界的峰顶，抄录了黄洋界大捷的碑文，攀登了井冈山主峰，拜谒了井冈山区的大井村、小井村，更瞻仰了井冈山茨坪的革命陈列馆和毛泽东故居、朱德挑粮歇息过的老树，走访了很多户赤卫队队员，在低矮的茅舍里听老大娘唱井冈山斗争时期的山歌，吃红米饭、南瓜汤。脚上打起燎泡，爬山摔了无数次跤，长时间起水泡、脚沾泥使脚气大发都不当一回事，我们被一种"神奇"的力量鼓舞着。我们心中翻滚着毛泽东、朱德当年斗争的场景，涌起一股股朝圣般的敬畏和虔诚，涌起一阵阵向往革命崇高理想的激情。离开井冈山步行至泰和，算是走完井冈山区，再搭过路卡车到吉安，乘江轮沿赣江到樟树，坐火车来到南昌，参观了已经显露出冷落的八一起义纪念馆，结束了两个多月的串联。行程终生难忘，当时是感到心灵受到一场洗礼，后来则因为是一段特殊的经历。

1966年年底回到学校，学校本身的运动似乎已经没什么内容，几乎完全融入了社会上的运动，而全国的斗争更趋激烈复杂。上海"一月风暴"后的全国省级市级政府的"大夺权"，实现了所谓"祖国江山一片红"，流传全国的所谓"二月逆流"等，其复杂激烈让我感到根本没有那个能力去理解。

回家看了一两个月，也是一团混乱，再回到学校，还是一团混乱。又宣布我们应届毕业生不能按时分配，继续"在校闹革命"。干什么呢？买上颐和园的游泳季票，每天午睡后走到颐和园去游泳，从知春亭下昆明湖，游到龙王庙，上岸坐着闲看，太阳偏西时再游回来，上岸跑步回学校。季票便宜，平均每次入园才两分钱。逍遥而难耐心中的苦闷，无所适从而不甘光阴虚度。1967年10月12日，我在笔记本上写了一句话：我觉得必须有意义地度过我的大学生生活的最后几个月。怎样才算有意义？那时也许没有人能知道。"文化大革命"到这时已变成了全国性的武斗和夺权，当初却是从文艺战线发动的，文艺战线究竟怎么一回事自己不清楚，于是就看《红楼梦》，学习关于《红楼梦》的文章，学习《马克思恩格斯列宁斯大林论文艺》，学习历史文章。从马克思给拉萨尔的信，恩格斯论歌德的文章，恩格斯给哈克纳斯的信，列宁论托尔斯泰的文章，李希凡、蓝翎、何其芳、俞平伯关于《红楼梦》的文章，任继愈、林聿时、林甘泉、关锋等关于如何研究历史的文章，我了解了马列主义的经典观点，我能看得出观点的论争，却完全找不到自己希望得到的关于"文化大革命"为什么发起的答案。我们这届毕业生还要在校多长时间，分配方案是什么样等一系列现实问题十分自然地在我们中间常常议论着，消息多多，谁都没有确切的根据。前途是渺茫的，我在笔记本上抄录了列宁在《怎么办?》中写的一段话："应当幻想!我的幻想可能超过自然的事变进程，也可能跑到任何自然的事变进程始终达不到的地方……只要幻想的人真正相信自己的幻想，并且总是认真地努力实现自己的幻想，那么幻想和现实的差别就丝毫没有害处。"列宁写这本书时刚刚三十岁，距后来十月革命成功还十分遥远，他的这段话很有鼓舞力量，当时的我需要一种精神支撑。但是，极度亢奋狂热的时代只注射政治激素，残酷的现实容不得年轻的幻想。

1968年春，全国大中学校开始"复课闹革命"，我们也终于坐在教室里补缺拾漏式地突击几门专业课，但课还是不能稍正规一些的"复"起来，因为"革命"还未成功。7月27日，工宣队进驻了学校。他们在极短的时间内强力控制了局势，并快刀斩乱麻般不容分说地把我们"打发"出学校。我们统统被分配到县以下单位，三分之二的人被分配到军垦农场"接受再教育"，我被分配到河南八二一一部队平顶山军垦农场。9月8日中午吃完中饭，我和一位同学合伙雇了一辆三轮卡，拉上行李去火车站，从此告别了清华园。当年作为新生，我是1961年9月8日傍晚来到清华园的，刚巧七年整。那时怎么也没想到，再次谒访母校竟是整整二十八年之后了。

四

这所军垦农场位于河南平顶山市东工人镇附近，从申楼东站下火车，叫上一辆架子车拉上行李，跟着架子车后边步行约二十分钟，就是我应报到的连部。管理这所农场的是一个营级建制，下设四个连，除了连排班长外，全由接受再教育的大学生组成，分别来自清华、北大、郑州大学、新乡师院、开封师院、百泉农专、武汉水电学院等院校，男女生分开编连，"便于管理"。"接受再教育"的课程只两门：劳动和政治学习。劳动主要是种水稻，早稻插秧季节，凌晨两点上地，三餐送到田头，有人端着饭碗就睡着了，好几条蚂蟥紧紧地叮附在他的腿上。耙田用牛，不会使唤水牛，很多女同学一天不知要摔多少个跟头，泥巴早已不止"滚了一身"，来看望女儿的娘在地头喊着，"妮儿，跟娘回家吧，咱不受这份罪。"不光这些，还要挖渠、盖房、下煤井。初来农场时五六十人住在一个废仓库里，三面墙都坍了一大截，油毡顶到处是窟窿，要自己修盖。

平顶山是煤矿城市，每逢春节，大部分矿工回家过年，"抓革命、促生产"，我们就下煤井参加挖煤。刚踏上吊罐一下子降到地面以下八百米，心中很紧张，但我很快就喜欢上了这个工作，这里与外面那个嘈杂纷乱的世界相比，要单纯安静得多。这里没有连排长装腔作势的机械说教，没有"早请示、晚汇报"那些带着神圣光圈的滑稽"宗教"仪式，没有没完没了令人厌烦而沮丧的思想汇报和检查。这里的一切都很简单，很直接，一身煤黑洗个澡就行啦，中间一餐饭还是面包夹肉。我们的班长来自湖北麻城农村，早晚各一次列队"点名"训话时他都严肃得让我们想笑。他有时也到我们中间聊天，绷紧的面具一下子淡退，露出一张长着小痘痘的朴实的脸，他不止一次谈起他家乡很贫穷。政治学习有时也是我们盼望的，因为太苦太累，坐下来学习可以休息半天。学报纸上的文件文章，搞"清理阶级队伍"，欢呼"九大"召开等，坐了两小时后心中的厌烦就开始升腾起来，又想去劳动了。我很少生病，又从未抽调去干什么写写画画演出之类的事，是一名"劳动常委"，家庭又没什么"问题"，所以有时还敢发点小牢骚，对连队的伙食曾口撰了一副对联："中餐萝卜条糊涂汤，晚饭条萝卜汤糊涂"，横批"推陈出新"，遭到批评。初到农场那年国庆节，放半天假，几个清华同学步行到城区去，一路上说水浒英雄名字绰号，说不上来的罚买花生，玩得高兴，结果归队迟到，遭到批评，我出来检讨。

1969 年 8 月 1 日，我和相恋多年的女友在农场结婚，新房是草房，土墙凿洞为窗，晚上塞团草既关了窗又拉上了窗帘，真是亦苦亦甘。在农场"四不准"（不准恋爱，不准结婚等）的情况下办了婚礼，完全是一帮大学生出谋筹划、拍案慷慨的杰作，虽遭批评多次，私下里营连排班长却多次来看望祝贺。消息传到外地军垦农场，竟引起了不小的反响。

一个北大的朋友从辽宁兴隆店场来信说："没想到你们竟然能这样出其不意、攻其不备地完成了这件大事，真可谓之破门而出魄力不小。1969.8.17。"

大学宿舍的一位同学从云南绿水河电站来信中写道："你洋溢着青春激情的来信，给我带来的不仅是一个喜讯，还是一出富有生气和诗意的喜剧。马克思说过：斗争就是幸福，你们的幸福不仅经过从少年到青年时代的考验，而且是靠斗争得来的。我除了向你们表示祝贺，还要对你们革命的勇敢的行动表示最大的支持。1969.10.4 晚。"

大学同宿舍的另一位同学从武汉金口电排站写信说："我从来信中，已深刻感到了你们在槐林里那兴高采烈的隆重、文明而清雅的婚礼的别致和成功。特此表示最热烈的祝贺！可惜我们远隔千里，不能前往祝贺，谨此寄去同学七年，同学的深情，贺你们生活幸福并以生活的新的起点，开辟更加广阔、美好的前程。1969.8.12。"

同宿舍又一位同学从山东农场写信来说："你的婚事使我高兴，一个人应该有些胆略。我真挚地祝你们幸福，我想你们一定会很幸福的，经过长久考验的爱情是幸福的！1969.10.15。"

一年之后，农场同学已天各一方，我收到的不少来信中还提到此事，一封信中写道："我参加过不少婚礼。在农场也出席过几次（自我们结婚后农场在政策上开了个缝儿），那种粗野鄙俗、喧闹和无聊，令人作呕。只有你们的婚礼给我们留下了永远难忘的印象。只有最真挚的爱情，最透彻的了解，最无畏的胆量，才能使你们冲破那重重的障碍，争取到自己应有的幸福。在这结婚一周年之际，向你们——流传在外地农场的伙伴口中的传奇式的英雄，表示深切的情意。遥望秦川，畅想当年，我们俩过去几乎毫不相识，在农场短短的一年半中，却结下了深厚的友谊。究其原因，是你那热情爽快的性格感染了我。你们那狭窄的茅舍，随时准备为每个人打开大门，随时准备为每一个真诚的同志献出热烈的友情。"

另一位清华校友则在来信中说："不知不觉间我们分别一年八个月了，虽然时间在消逝，但我们在农场所结成的友谊却如高山长河，每当我翻开相册时，就完全沉浸在对于平顶山草屋的美好回忆中，我永生忘不了'槐林婚礼'、'茅屋欢聚'。"他是我们婚礼的操办人，在信中还回忆说：婚礼热情洋溢、亲切团结，酒食丰盛，雅致高尚，地址优雅。因为不能明晃晃地去找一个场所，婚礼的地址选在一大片槐林里的一大块空地，有酒，有糖，有熟食，有糕果，有西瓜，有祝辞和歌声。槐林里、湛河边、蓝天下，三十来个年轻人饱享着那个年月少有的欢乐。举办婚礼而成为了"勇敢行动"和"传奇式英雄"，不啻说是从另一个角度映射出那个时代的扭曲，一个普通的婚礼竟能引起这样大的反响，留下这样深的印象，正反映了在那个科学向愚昧低头、真实替谎言作证的浩劫年代，人们特别是年轻人，对友情，对爱情，对真情是如何的渴望和珍视！他们还会从一些局部的、个体的、微不足道的、小反抗的成功中获取超额的满足和喜悦。

1970年年初，大学生的军垦农场锻炼按统一部署先后结束，二次分配到全国各地，河南境内的则大多分到公社"继续接受再教育"。我被"分配"到辉县张村公社平岭大队桃花掌小队。3月2日离开农场，在申楼东站上火车。那一天先雨后风夹雪，又是我们走向茫茫前路下一个驿站的日子，记忆极深。二十七年后回母校见到从香港返校聚会的一位同级校友，还十分清晰地谈起那天在站台上的情景和人名，那种像当时的天气一样灰暗的心情给年轻的学子刻下了多深的烙印啊。桃花掌是个小山村，美丽的名字和恶劣的自然环境、极苦的村民生活极不相符。这里是深山区，造就出带领人民战天斗地的好县委书记和《辉县人民干得好》的了不起的业绩。但土地少且非常贫瘠，严重缺水，不少地方人吃水要到十多里外去拉，桃花掌有个很大的天然水塘，是这一带少有的得天独厚之地了。我在这里跟社员一样每天干农活，早晨天蒙蒙亮就起床，往山上挑粪，往黑龙河水利工地送石头，凌晨三点出发，半夜十一点才回，身心的疲惫无法言表，仅在小本上记上三字"乏难当"。住农家，当地房子都是就地取材的石头墙，我进屋那天晚上，墙上爬动着好几只蝎子。吃派饭，几个月里不见荤，不见绿（青菜），不见白（白面），差不多天天是玉米糊糊掺地瓜叶子，咸菜丝上滴几滴麻油就是招待客人了。好在我们发工资，有时馋得太厉害了，就找个进城理发、修鞋等借口进一趟辉县，饭馆里也极少能吃到稍微像点样子的菜，要油水大些的，一盘回锅肉大都是白花花的肥肉，吃了后就拉肚子，肚子里装不了这么油的东西。

这时大学毕业生的安排在许多省市已有好转，我们夫妇也开始筹划起来，四月下旬有了结果，陕西咸阳地区同意接收我！我进辉县去打电话，乘兴游了百泉，泉水极清澈，池北沿有"涌金"、"喷玉"、"振衣"诸亭，以"涌金亭"为历史最久，宋苏轼、元许衡、清乾隆皆有诗赋刻石。登山顶祠，那是晋孙登隐居长啸处，"竹林七贤"中的阮籍、嵇康曾游历此处。山腰的孔子庙，建于元代，内有孔子名刻像。山右脚有安乐窝，是宋代理学家邵康节讲学处，周敦颐、程颢、程颐曾来此游学。《诗经·卫风》中"毖彼泉水，亦流于淇"即指百泉，历代开浚达半顷，可灌溉田地 12 万亩，流新乡入运河。周围渺无一人，我一人在此独步，很为派斗猖炽的河南竟没有砸烂这一切而奇怪，我那时没有应有的学养和足够的阅历去领悟那些山水泉石的神韵，只感到一种非常浓厚的漂泊的孤苦。我庆幸脱离了"一辈子当农民"的命运，但对前边的路仍一片茫然，少的是乐观，多的是吃苦的准备，我在小本子上记道："前路仍茫茫，忧思何郁郁。"但无论如何也比在一个贫穷落后的山村干农活强啊！

1970 年 4 月 30 日离开桃花掌，房东拉一辆架子车装上我的行李走十五里山路送我到县汽车站，临别时他长久地拉着我的手说："让你受苦了，实在没办法"。5 月 1 日中午抵达西安，来到大城市，来到爱人身边，恍若梦境。但很快就又为分配奔波焦虑，按照当时的精神，我被分配到咸阳地区较落后的北五县之一旬邑县，那里正筹建一座 1500 千瓦的火电厂，需要技术人员和大学生。旬邑位于陕西省中部，属咸阳北部高原沟壑区的一个山区小县，那时全县人口十八万人。它南傍泾河，东依黄帝陵，是周人发迹之地，周先祖后稷四世孙公刘在此开疆，施农立国，古称"豳"。在抗日战争时期，这里曾是陕甘宁边区的一部分，是关中分区和陕北公学所在地。

6月3日我来到旬邑，从西安到旬邑只要190公里，长途汽车却要跑八个小时。县革委会一位同志到车站接我，同样用架子车拉上我的行李来到县招待所。先期来报到的已有二十多位，有北大考古专业的一对夫妇，有西北大学、西安交大、陕西工大、西安师院、西安矿院、西北农学院的，同样的经历使我们一见如故，北大那位同学给我端来洗脸水，是用瓦盆装的。黑灰的瓦盆让我立时就看见了这里的贫穷落后，也感受到一种古老的气息。我先在县武装部参加编写《兵要地志》，对旬邑的地理、历史、人文正好是一场全面的了解，几个月后来到火电厂工地，从开挖基坑、砂石备料开始，经过土建施工，设备安装调试，直干到火电厂试运行。单身一人，整天泡在工地上，虽然艰苦劳累，但感到充实快乐。也参加政治活动，但不是作为"教育对象"了，虽然不是党员竟还被安排起草整党工作总结。与设计单位打交道，与施工单位打交道，与筹备处各类人员共事，给了我走上社会的第一次锻炼。

在晾水池工程施工过程中，因施工方案与筹备组长发生过很激烈的争论。他那时任县革委会生产组副组长，权力不小，在会议上争不过我，竟说通政工组将我调走。不久，我收到将我调到原底公社中学当教师的一纸调令后，彻夜无眠。我坚信自己是有理的，不能就范。我要据理力争，找人陈述。所幸当时县里的许多领导、筹备处的领导乃至工人，还有设计单位都认为我的施工方案是正确的，才没有调成。这场勇敢的抗争，对我后来的工作和事业有着深远的影响。1971年7月，在多方努力，多次谈判后，旬邑县终于同意我调往三线，但火电厂工程正届收尾，希望我"再帮忙几个月"。10月28日电厂专门为我召开了欢送会，对我的工作给了很高的评价，还褒扬有加地谈我"坦率真诚，敢于负责，坚持原则，条理性强"，一些工人同志则说我"没有架子平易近人，也不吹吹拍拍"，电厂的"一把手"甚至鼓励说"这个同志以后是大有作为的。"会后，大家凑钱搞了会餐，我再一次被欢送的盛意真情而深深感动。

此前一天，我依恋地浏览了这个小县城，县城只一条主街，约三里长，没有楼房，只有几家小百货店小饭馆。饭馆里只卖些馒头、包子之类，炒菜就是炒鸡蛋、炒洋芋丝（土豆丝）、炒肉片等，还有一种我很喜欢喝的汤，那名字毫无"包装"：酸辣肉片加鸡子儿（蛋）。我还登上了县城北街一中院内的泰塔。泰塔建于北宋年间，高五十六米，八角七层楼阁式砖石结构，经过"文革"洗礼，楼内凡有文物价值的东西荡然无存，但塔楼屹立，据说是一中的一派造反派昼夜重兵把守的结果。我登上塔的上层，县城及附近的景物尽收眼底，那莽莽黄土高原上的塬梁峁，展现着千古沧桑，塬脚梁坡处的各个窑洞也许千百年来就没什么两样。塔的八角处悬挂着风铃，深秋的风吹过，飘起一派清玄的梵音。我走上社会工作的第一个驿站在古老的陕西也许是一种幸运，淳朴的民风、古老的山川培育起一种历史意识，使我迅速成熟起来。1970 年 11 月 1 日我来到湖北三线基地，从此稳定下来。

五

读《古诗源》，最令我内心赞叹的是两汉魏晋时代人对生命的思索，像《古诗十九首》的"人生不满百，常怀千岁忧"，陆机的"昔为七尺躯，今成灰与尘"。那种对人生短促的感叹，正是一种置放于浩瀚无垠的宇宙与绵延无尽的时间背景之下的博大思索。几年前读到过一组研究生命历程的讨论文章，很有新意，我以为，研究各类人及人群的生命历程，研究他们的生命事件、生命角色及其演变，对于研究当代社会以及后代的历史研究十分有意义。讨论文章中说，有两种分析系统，第一种是从同龄群体及历史视角来分析生命历程，将年龄视为整个生命历程中所经历的各种角色和个体历史经验的分层基础；第二种是从社会文化视角来分析。在生命历程的研究中，是社会文化的内涵规定了生命历程的标准化模式，人们在社会中必须按照社会时间表的指示参与社会生活。研究生命事件，离开了那个事件的社会历史背景将会陷入雾谷，研究共性而无视个性则势必会堕入空虚。

当那六年间发生过的事物在无形的时间历史中穿越了三四十年，它们已被岁月一点点地消损与改造，今日的回忆已不可能完全复原当年的情与景，那些事物渐渐变得古旧、龟裂、剥落与含混，正如那昔年的笔记本已变得有些发黄发脆，字迹模糊。但是，今日的回忆自然而然地会走入现时的思考，在一位即将走近老年的人的眼里，三四十年前的事物同时也就变得沉静、苍劲、深厚和朦胧起来。平顶山的年月，正是全国青年学生"上山下乡"的高潮，成百万中学生，包括那些运动初期的"闯将"，从疯狂的政治旋涡中被甩了出来，他们怀揣着一些狂热的政治概念与光荣的梦想，星星点点地撒落在广袤乡野。与他们怀抱着乌托邦的理想不同，我来到平顶山则大部分是被发配的感觉，没有什么豪情和理想，只感到艰苦和压抑。奇怪的是，今日回忆起来，对脚踝边镰刀的伤痕和稻田管水值夜班的凄冷只是温和的一笑，反倒被连排长一脸严肃下的热心肠，以及附近村子里那样贫穷落后的生活下所洋溢的过日子的亲情和欢乐而深深感动。"文化大革命"留给我们的党，我们的民族以至我们每个人的思索实在是太多了。我很同意一些文章中的观点：前些年大量的知青文学有一个共同的特征：自恋。作者们自恋地坚执于历史的迷失状态，他们凸显出一个青春无悔、英雄主义的主题。是的，那场"上山下乡"社会运动仅仅是一个幼稚的乌托邦，一个失败了的社会实践，但这并不意味着这场运动之中没有拓荒的豪迈与理想的光芒，虽然青春和英雄气概无法识破狡黠的历史圈套，但那青春的生命曾经有过何等灼人的炽热啊。然而，毕竟不能将个人历史剥离社会历史，这些知青文学极少暴露出一些正直的性格如何在这段岁月侵蚀之下变得阴险、狡诈、自私甚至凶残，他们有人在无望和颓废时如何变成流氓和野蛮人，更不能忘记的是"抄家"、打老师、折磨死人的就是红卫兵这代人。

季羡林先生在《牛棚杂忆》中写道："什么样的坏事，什么样的罪恶行为，都能在'革命''造反'等堂而皇之的伟大名词的掩护下，在光天化日之下公开去干。"王大珩先生也写道："并不所有的错误都可以往上推，还有一个不容忽视的因素，那就是人的狭隘、自私、冷酷和个人野心的膨胀。"惶惑如何在瞬间变为狂热？狂热如何在刹那转为颓废？善良怎样突变为残忍？激进如何掩饰了胆怯？那场大乱暴露了历来万花筒式不断变形的国民精神上的痼疾。女作家张抗抗作为知青作家一员，把那个时期称"无法抚慰的岁月"，不能"只是怪罪于领袖的鼓噪使他们暂时失去了理性"，不能"把所有的责任都推给时代去承担，便轻易地将自己解脱。"季老说，现在他们"已经是四五十岁的成年人了。在他们当中，有的飞黄腾达；有的找到个阔丈人；有的发了大财，官居高品。他们当中有的人对自己过去的所作所为没有感到一点悔恨，岂非咄咄怪事！难道这些人都那么健忘？难道这些人连人类起码的良知都泯灭净尽了吗？"这是一个深受"文革"残害学者的呼喊，残害过季老们的"小将"们不是受了极左意识形态更深的毒害吗？他们不能遗忘自己生命历史的皱折处曾积污存垢，甚至还像病毒一样蛰伏在今日一批成功者的血液中。不是要追讨什么责任和债务，只是觉得他们和全社会尚缺少认真深刻的思考。现在二十多岁的青春少年，恐怕无法想象那疯狂的年月。每当在电视上看到王光美那清癯刚毅的面庞，我心中总是涌起一丝不安和歉疚，尽管当时我仅仅站在那次批斗大会的远处一隅——时过三四十年，我却仍然和当年一样，不是"运动中人"，而是"问题中人"，仍然摆脱不了这样一种精神特征：以小知识分子的身份，思考着大知识分子的问题。

旧地已不能一一重游，艰苦和困顿渐渐淡退，淳朴真情和山川土地却留了下来供我珍藏。读报刊、看电视时看到这些旧地，总让我感到亲切。怀柔四渡河一带已开辟为旅游景点，它的秀丽终于被人所识；旬邑已发展为黑（煤、石油、磷肥）、白（面粉、白糖）、黄（黄花、酒、沙棘饮料、烤烟）、红（苹果）四个产业大县，构图夸张、色彩丰富的旬邑剪纸成为保留原生态文化的文化瑰宝，旋律高亢、大喜大悲的旬邑百人唢呐团曾赴日本演出；平顶山舞阳一带已建设成为巨大的煤炭钢铁基地，不知湛河是否还那样清澈，河边的那片槐林可否还记得我们？

文章应该结束了，回忆却仍会翻涌。小人物一个，小事物一串而已，即使勉力去工笔或写意，也无非是"普通"二字，但细想之下，却也百味皆备。逛北京琉璃厂等古文化场所，珍品大器之外，也有不少"小玩意儿"，几百年前的日用品成了今日的文物。或许，我这篇不怎么样的文章一百年后竟会有人读到。谁会连一亿分之一的可能都排除呢？一百年后我的文章的读者啊，你在哪里？我不能来到你的窗下与你攀谈，不能与你并坐在百花簇拥的凉亭里共赏春光，但是，在你的花园的芬芳馥郁中，一定会飘进来一缕一百年前的气息，它将感谢你理解了我的这一段生活，并祝福你和你的后代永远不再重复它。

写于 2001 年 11 月 16 日至 12 月 6 日

十年书简读后记

拆开密密的缝线，轻轻地从一个白布袋里拿出来，摆在面前的是一堆早年的信件，那是两个男女青年之间相互往来的通信，时间跨度整整十年。

这些信的信纸大小不一，颜色不同，质地各异，厚度不匀。信纸大多粗糙黑黄，从一个小角度反映了那个年代物质的匮乏和两个年轻人当年生活的清寒。但却都折叠得整整齐齐，按时间顺序排列，有的还按年月用衣线缝钉成一册，看得出双方都在精心保存着。有的字迹工整端正，篇幅较长，那是他和她有了一个稍长的空闲时间，坐下来向对方娓娓倾谈；有的字迹潦草凌乱，只有几行字，可以想得到那是他和她在艰苦的劳累之后仍不忘向对方谈几句自己的现况送上几句问候。

这十年里是他俩人生中极为重要的时期。这些通信，就是他们这段生活的真实记录。信中所写，都是两个青年内心的絮语，琐细而决不宏大，可是当事人的处境、心情以及许许多多的生活细节，很值得认真体会。尤其是在事隔半个世纪之后，从旁观者的角度来读它们，更会从这一对普通年轻人当年的喜怒哀乐中，深切体会到整整一代人辗转艰辛中的抗争、迷茫困惑里的思虑，以及那个年代的青春色彩和情感。虽然是两个人的私语，但不经意间也把时代的风景和历史的流痕点染了出来。特别是，在那个年代，他和她之间那纯美、真挚、坚贞的爱情，像一束火把，照亮了温暖着两颗年轻的心，给了他们畅想未来的勇气、携手前行的力量，闪射出青春的美丽、生命的光芒，引人深味，令人感动。

上大学期间，他们经常交流情况，交流思想。

他写道："月夜黄昏，有时不免要忆起中学的岁月来。人们都是珍惜时光和珍重友谊的，这往事的回忆便会带来几丝甜蜜的感觉。""课程不算紧，但也不给人以虚度年华的余地。""如果说考入了理想的大学算是中学阶段的结束的话，莫若说这是又一个好的开端。"

她写道："我深深地爱上了我的专业。"另一封信中，她写道："开学后从二月十五日起开始了'学习雷锋运动月'，听了一次由辽宁省军区和团省委举办的报告，先后进行了几次讨论，雷锋短暂的一生为我们树立了永远学习的榜样。"去外地实习时，他们彼此挂念。她在实习的船上写道：早九点回到了"红专"轮上。晚观夜景：

> 海上夜景胜过仙，我船屹立在其间。
> 面对映影有所感，平静宁和心觉甘。
> 红灯高竿绿灯低，黄白参差入水底。
> 微风轻吹影浮动，左右两侧各有奇。
> 前面成行光闪闪，左边众国船旗翻。
> 右旁暮色近忽远，独自徘徊甲板边。
> 邀他与我共赏月，搞好学习再相见。

"文化大革命"开始了，他们大学毕业了，先后离开了学校，分别到工厂和农场劳动锻炼，"接受再教育"，生活很艰苦。

他写道："上个星期日没休息，星期一休息的，给你寄去了第一封信，估计可能收到了。星期二搬家，从疗养院搬到一个叫做黄台徐的村庄。它属闫庄大队，叶县辖下，全村百多户，四个生产小队，我们五十多名男生住在村北头一座孑然独立的六间连通的大仓库里。房子坐落在一个沙岗上，据村里的老年人讲，早些年曾是杀人斩头的地方。这所大房子里摆满了双层高低床，来了四天还没有灯，有灯泡而无电线，有煤油而无煤油灯，摸黑也有摸黑的好处，学习讨论时可以打打盹。房子无窗，只有一扇尺多宽的木门通着外边的世界，光线是稀少的，空气是浓厚的，每个屁都能被全房人共享。屋顶极薄，墙体有几处已歪斜……"她写道："平炉炼出来的钢要通过钢罐送到铸锭车间，我们就是砌那个罐的，外边是很厚一层铁皮，里边是耐火砖。所用的耐火砖重的二十多斤轻的十多斤，下边用重的上边用轻的，大约装十次钢水就要重新砌一次，活比较累。我的工作地点在平炉左侧，上边有吊车，下边有小火车，时时有钢花喷出，罐周围是深坑，因此劳动安全很重要，我会注意的。本不想告诉你，可你一再问工作情况，只好说一下，你不要为我担心。"

后来，他们换了另一个工种，她在信中写道："二十五日的来信收到了。清理阶级队伍之后，马上就投入了十分紧张地 插秧劳动，不是一般的累，而是特别的累。晨 4 点 30 分起床后搞五十分钟"天天读"，然后就下水田，在田间吃早饭和午饭，晚上总要到八点多才收工。吃过晚饭再讲评，洗洗要快十一点才能上床，有几次还趁月色搞了夜战，实在是累得够呛！不准一个病号

267

在家休息，全都上田了，但是经过这么一搞，差不多每个人，包括身体很棒的，都有了小病，出鼻血，头昏，发烧，眼睛 发炎等等。我也流了一次鼻血，有好几天都觉得恶心，想呕，但又呕不出啥 来，但还是挺过来了，真不知是怎么熬过来的。今天上午动员割麦，又是一 场恶仗，总要十来天吧。割麦之后，还要改麦茬地种水稻，这一个月够瞧的！来农场时我体重57公斤，清理阶级队伍后长到60公斤，现在看来要把几斤肉还给司务长了。"在农场，他下过煤井采煤，到砖厂拉过砖坯，"拉一车，一身汗。"他有牢骚可以向她发："君子于役，受再教育。耿耿期之，不知其期。是日是月，曷至哉？熬吧。"他和她的心情很苦闷，但有两地频频的书信往还，他和她相濡以沫。他写道："我们女同学都调到镇静钢小组，三班倒，干的活是用手提吹风机把钢锭上的黑粉全部吹干净。那些粉尘到处钻，遍及全身，实在是太脏了。原来搬耐火砖，又真累，干了累的干脏的，真是再教育呀。……"

他在回信中写道：文化大革命给整个社会带来了巨大的变化，我们大学生可以说处在变化的旋涡之中，命运是和上层建筑斗批改的情况直接相关的。我们奔赴南北，生活已经发生了很大的变化，使得早已经有之，并逐渐充实起来的生活设想被冲得七零八落，身子已卷在潮流之中，并且，像绝大多数人一样，我们不能看得出这场变革的前景及它对于每个人的切身意义。关于将来，哪怕是较近的将来，我们想不出什么'道儿'来的，只能随洪流而升沉，任波涛之颠簸，有的时候，我真想关在房子里抄古碑。矿石的破碎，虽然折损了原来的棱角，但也会冶炼出精华，然而现在的我，心情不激昂，气度无慷慨，只能也只有向你倾诉心中的苦闷。我曾在你面前多次说过'命运是压不垮我的'。你的爱情，给予了我的纯洁的深沉的爱情啊，照亮着我的心，成了我精神上的支柱，使得我有超脱一切的幸福。在生活大变动的时候，我们的爱情显得更加美丽。"

稻田管水，他值夜班，寂静的夏夜里，仰望明月，他想念她："包头包头，其路悠悠。悠悠我思，思君归期。期也不堪期，奈何不等式。山高水远迢迢路，肠廻心牵身为缚，纵有寄情明月千里光，焉比两相偎依共凭窗。人言黄河九十九道弯，何及我举头望月低头思君情绵绵，绵绵情，绵绵水，君住黄河腰，我在黄河尾，相隔几重山，共饮一河水。长相思，在西安，而今君去黄河河套边，愿求北风劲，为我吹来包钢缕缕烟，轻烟薄雾织仙境，幻化你音容笑貌在其中！"

工厂和农场的劳动锻炼终于结束了，她回来了原来就分配了的单位，工作和生活稳定下来了，他则继续到农村劳动，后来又来到工地。在农村，他住在一间石砌的小房间，一盏油灯，一个小水缸。刚到那天，他看见石墙上有好几只蝎子在爬动。

他写信给她报告这里的生活："每天日头还未出来就干活，八点多钟吃早饭，然后干活，一点多钟吃午饭，然后干活，直到太阳落山，吃罢晚饭总要八点多钟了。这儿是半山区，田块很小，差不多送粪、收割等都要人挑，这儿的人特别能吃苦耐劳，干农活我还比不上一个十八九岁的小姑娘。按允许，我早饭前不去干活，看点书写信啥的，晚饭后听听收音机就睡了，但常常不能很快入睡。吃派饭，一家一天，每天交三角钱一斤二两粮票。饭一般是红薯煮在玉米糊糊里，烙点薄饼算是招待我的，每餐都没菜，好的人家端上来一小碟没油的炒萝卜丝或咸萝卜。"他盼着："晚上太阳落山时我扛着镢头下山进村，有时听到小学生们远远地喊：老高，有你的信，那是我最高兴的时候。这里公社每隔一天往大队送一次信，我的信都是送到学校由同学们带回来。……好吧，写得乱而杂，如同我的心情一样。"

她在来信中，表达了对他无微不至的关心："你刚到农村，一切的一切，我是多么惦记。"她甚至说："真的在农村安家落户也好，那时我马上申请到你那里去。"

1970 年 6 月，他来到一处工地，他写信给她报告这里的一切："这一带地区是从关中平原到陕北高原的过渡地带，这一带地貌离奇破碎，坡度变化大。县城比泾阳淳化都显得齐整，但很小，有一座七层古塔坐落在县一中校园内。县城在翠屏山和凤凰山之间，城里有一条宽 15 米深 1 米的渠道流过，县里大多数单位有自来水，细粮 80%，物资供应好，一只公鸡只要六角钱。鸡蛋一元可买 18~20 个，青菜较少，主要是韭菜菠菜水萝卜。气温早晚凉爽，现在早晨还有很多人披棉衣，夏秋季节，水果很多，初步印象不错。县北部马栏山一带有森林，据说森林中有豹、熊及野猪，县北部山区有三种地方病：拐子病、粗脖子和克山病，那一带离县城很远。出产煤，附近在搞陇东石油会战。……"

"我下了汽车就把行李拉到县革委，很巧，这里聚集了十多个大学生，他们都分配了，但都在县里帮忙，因为六月上旬县里要开积代会。他们的分配都基本专业对口，有西北大学的、陕西师大的、西北农学院的，还有一对儿北大历史系学考古的，男的叫刘庆柱，天津人。我刚落座不久，县革委政工组一位副组长就来看我。"

"来信收到了。工地上的事情杂七杂八，什么事都要管，测量放线，材料预算，制定施工计划……许多工作不规范，老经验，还要几次三番向他们说服，差不多一刻都不能离开工地。近几天我还发了两次火，事后又觉得不值得没必要，这也是一种磨炼吧，如果有余暇仔细小结一下，也能举一反三，使专业知识串起来。"

在他和她结婚一周年的时候，她给他写了很长的信。在繁忙杂乱的工棚里，他回信给她："你好！长信越过了泾渭三川，穿过了关中一带五百里茫茫的雨丝轻盈而来了。有山不能隔，有水不能阻，长达一万五千字的信，娓娓细语，深深柔情，像细流渗入我的血管，掀起我心潮的巨澜。你用这么真实生动而又朴素无华的文字抒写了你十年来对我的爱，追述了一个曲折而美丽的爱情故事，自始至终一气呵成，它像一首长诗，抒写着一个热情深沉的女子那海般的深情和崇高的爱。十年岁月不寻常。我眼前浮现出中学的校舍、故乡的街路、大学的录取通知书，第一次向你表白爱情时你一下子苍白转为红晕的面庞，坏垛上洒满的冬日的阳光，湛河边的槐林，农场的古朴的草房……这一切使我深深地感到幸福，我赢得了故乡人称羡的好姑娘的爱情。"

工程快要竣工了。他和她又开始为调动工作而奔波，经受了很多跑腿、磨嘴、碰壁、焦虑，县上摆出了一副横竖不放人的架势。她们单位不懈地努力。他写道："调工作的事，我们两个处在不同的环境里，你那边听到的是'没问题'的舆论，我这边是'很难'的说法。看来，速胜论可能性很小，失败论也是错误的，关键是我们自己不动摇。县常委会研究之前，我将多做拜访的工作……"

他性急易躁，时而会有消极的想法，她总是及时地劝导他，安慰他。他写道："……我自己常常在不顺利要消极的时候，想到你那颗纯洁真挚的心，想到你往那个偏僻的山村遥寄关切，寄奶粉，发动四姐去看我，想到你在这次我回县城时偷偷往我提包里塞苹果，想起你在一月十六日去玉祥门汽车站接到我时那意气飞扬容光焕发的样子，一路上说个不停的兴奋劲儿……在困难的时候能够马上感到有一颗为爱情激跳的心为你带来安慰温暖，还有什么比之更幸福呢?"

谢天谢地谢人，他和她终于调到了一起。近十年来的频频的信件以后不必再写了。这十年里，他和她互相间共写了近两百封信，超过二十万字。这两百封信我细细地读了四遍，有几封信还读了六七遍。四五十年的时间已经过去了，岁月淘洗，时代变迁，社会的价值观已经大不相同，但是，它们的感人的力量却丝毫没有减弱。

这些信中，没有激昂的呐喊，没有凄美的悲壮，有的只是两个大学生青年既带私人性又有特殊概括力的日常感受，真实，具体，生动。因其私人性，使得他和她的情感历程具有了某种与众不同的独特性；因有特殊的概括力，这些信件对人世间美丽的爱情做了日常的朴素的表述，将那种难以状写的至情溶解于更平常也更隽永的关切、默契和应答之中，正如糖溶解于水中，了无痕迹而无处不在。给予琐屑的亲情以永恒的价值，把庸常状态点化为终极幸福，可以说，这些信件实现了这样一种升华。

穿过岁月的风雨，作为大时代里的两粒微尘，他和她偎依着生存过来。她的两条长辫已变成满头灰白，妩媚的面庞上已经辐辏纵横，言谈举止间却依然葆有着当年的美丽；他已头顶稀疏，牙齿半落，却依然思维敏捷，风趣幽默，笔端激情仍在。衰老附送给了他们一件最有价值的礼物：白头偕老。他和她同窗于小学中学，相恋于大学时代，风雨同舟携手走过四十多年，从十来岁就开始了的六十多年的共同经历，那是怎样一种深厚丰富的积累啊！年轻时他们经历过一个特殊的年代，但他们心底里始终相信，在生活的花园里，有属于他们的那朵玫瑰。到了暮年，哪怕是再粗糙的往事，也会被岁月磨得光滑可鉴，更何况那些原本就润肺沁腑的往事。

读了他和她十年间来来往往的二百封书信，连我一个普通的老年读者都会觉得，岁月越是向前流淌，就越是会被他们曾经拥有过的飞翔着的青春所感动。那些由亲情友情爱情串起来的无数琐细的往事，已经成为他们人生中至为宝贵的璀璨记忆。我以为，记住他们那些短暂而又漫长的离别之苦与平常而又深沉的重逢之乐，那些牵肠挂肚的惦念，那种"三更同入梦，两地谁梦谁"的思念，也许就理解了爱情在人生中的全部意义……

1971 年 7 月 31 日，他在给她的信中写道："调到一起了，我们高兴呀！十年来的频频的信件以后不必再写了。那些信件中有我们初恋的狂喜，新婚的甜蜜，奋斗抗争的甘苦，是值得永远保存的。"也许在那时他就想到了当他们老年的时候，倚靠在床头共同阅读这些信件的诗意场景吧？岁月让多彩的人生漂白，时光使信件的纸张变脆，但是信中的文字让他们的爱情再次鲜活。他们青春岁月时的那些人那些事纷纷翩然而至，他和她一定会不止一次地重读这些信。他和她会一下子共同回忆起来，共同回忆起北方的故乡：滴水垂凌的春分，柳絮飞英的谷雨，蛙鸣月夜的小满，大片庄稼的立秋，沙甜沙甜的西瓜香瓜，盘旋的老鹰，呢喃的小燕，广袤的大草甸子，曲麻菜的微苦的清香……

他们就一定会在这静静地默默地重读之中，一字三咂地品味从前，屏住呼吸地回望心灵，不约而同地把手向对方的手伸去。

写于 2012 年 6 月 25 日至 26 日

心契奇石

补天忙　却将此石投我处

——吾家石头记

　　家中曾养过花。有看叶的万年青、吊兰，闻香的米兰，看花的马蹄莲、倒挂金钟，看叶赏花的四季海棠竹节海棠，还有一盆雍容矜持的君子兰。工作之余，赏花读书，花香书香浑然一气，好生受用，但也有过多次养得不好的懊恼。搬家到孝感，只带了一盆君子兰，谁想它只在头一年如期开花，以后竟只长茎叶不肯开花，也不知对新环境有些什么不满意。因此，我在2003春天的一则日记里写了这么一段话："花的生命艳丽，但也娇贵，离不开人们的呵护。家有几石，石也有生命，石的生命比人的生命长久，呵护石头的，是天和地。"后来读到王世襄先生的《北京奇石馆记》，文中写道："名葩嘉卉，一览可见绮丽，奇石则蓄厚涵深，非再至三至不能窥其内蕴"，极是肯綮。他胖胖的身态，戴一副大眼镜，"首次来馆，匆匆一过，有如走马观花"，"再次来馆，尽情观赏，远瞻近瞩，每驻足移时"，"三次来馆裹饼饵，携水浆，作竟日游。"一个多么可敬可亲可爱的爱石老人。

　　家中的几石，有一块拣自青岛海边的卵石，小方盈拳，青黑浑圆，白纹如浪痕，让我联想起苏东坡的诗句"我携此石归，袖中有东海"，他那块石得自登洲长岛，也是山东海滨。有一块紫袍玉带石，产自贵州铜仁地区梵净山保护区内，高54公分宽22公分厚12公分，魏紫湖绿相间，色纹清晰，图形飘逸，有敦煌飞天笔意，石形挺秀，石种命名为紫袍玉带，也颇美。有一块风棱石，高32公分宽22公分厚13公分，黑质白章，历经多少年风雕沙镂而剑齿刀锋，瘢瘤嶙峋。有一块巴林石，高28公分宽20公分厚13公分，石色墨绿，有几处泛出金黄色，品相敦实。有一块太湖石，高80公分，牙黄色，总体形态酷似上海豫园中的玉玲珑。因携带不便，以上几石均赠送给友人，那块青岛海边的小卵石，还有一块丹麻石、一块震旦角石、一块三峡岩芯、一块潮州黄蜡石，则被我带到了深圳。移居深圳后，几年内又陆陆续续收藏了十多块奇石。这些石头大大小小，千姿百态，器宇轩昂地列在家中的展示柜中。它们来自海内四方，能来到我家，或有一段辗转而至的玄妙因缘，或寓一个彼地曾游的亲切忆念，有过多番寻觅，千里携归，夜读考证，晨昏抚玩的日日夜夜。收藏界前辈学者史树青先生曾与人谈："现在收藏热，玩齐白石吴昌硕的字画，是大款刚入门。真玩家是玩石头，玩兰花，大雅。"中华文化关于石头大雅的话语诗文实在太多，我辈最好不要说了吧。但对家中石头观摩揣思日久，又总觉得心里有话，"莫笑胸中多磊块，难为砥柱障狂澜"，权且讲上几句，不是随俗，倒真是随雅了。

圣域风情丹麻石

2001年7月底，我因公有青海西宁一行。从火炉武汉来到这里享受那酷暑时间罕有的凉爽，还有与江汉平原完全不同的自然风光，让我惊异。到了设于青海省展览中心的主会场签到并交流资料后，就在馆内参观，在一个展位前驻足下来：那摆放着两块奇石，是招商引资共同开发丹麻石矿的样石。资料介绍说，丹麻石可用于加工饰品，可广泛用为建材，并且是奇石界的新宠。这两块样石一大一小，兀立在红绒布上，灼灼夭夭，十分惹眼，我看中了那块大的，同行的一位北京人看中了那块小的。但人家是用来引资开矿的样石，并不出售，三说五磨后，终于答应卖给了我们，并希望我们回到武汉和北京后多加宣传。我们两位如愿以偿，亲身体验了一把"精诚所至金石为开"。

当时我们认为这是一种新石种，回来查阅文献，方知丹麻石早已是赏石界的热门，哪里还用得着我们去宣传。丹麻石产于青海省湟中县丹麻乡，地处拉脊山麓，距西宁只几十公里远，县城鲁沙尔镇距西宁市只25公里。早在4000多年前，这里就有华夏先民劳作生息，古代"丝绸辅道"、"唐蕃古道"横贯，境内藏传佛教圣地塔尔寺闻名海内外，卡约文化、马家窑文化等古文化遗址和众多的古建筑古墓碑古石刻，记述着这里的文化同中原一样源远流长。

丹麻石还被称为"昆仑彩玉"，属沉积岩类，硬度3~4，质地较软，组成成分主要为多种含铁矿物质以及方解石等。因富含铁元素而多呈黄色，有金黄、淡黄、土黄、褐、棕、黑白等石色，其纹理色泽光鲜，花纹图案大多是表里如一，锯成薄片亦片片美观。由于各种组合有规律的沉积，又经受漫长的地质年代的挤压改塑，形成了脉状、带状、波纹状、点簇状、斑簇状的色纹图案，层层叠叠，连缀无间。如果想用最简单几个字来概括丹麻石的特征，那就应该是：花团锦簇。

从西宁和我一道乘飞机来到家中的这块丹麻石，高36公分，金黄色黄褐色的斑簇状图纹布满全身，繁花似锦。形若一只山鹰，只见它敛翼屏息，双目微张，含首静气，兀立在山巅，是两次雄飞之间的短暂休憩吗？又似一条昂首欲进的大蟒，长长的颈项下鳞片耀眼。石上美丽的天然纹理，几乎不出现单个图形所组成的画面，更不出现那种"疏可走马、密不透风"的符合中国传统绘画特点的画面，而是以连续纹样出现，如团团簇簇的花、层层叠叠的云，其图纹，其色调，其气韵，整体地展示出一派圣域风情。

观赏这块丹麻石，很容易让人联想起藏族人民的民族服饰，更酷似藏传佛教的宗教艺术：酥油花和堆绣。酥油花、堆绣和壁画是塔尔寺的"艺术三绝"。酥油花是用酥油（即黄油）塑造出各种佛像、人物、飞禽走兽、花草树木、亭台楼阁和宗教神话故事等，内容丰富，形态逼真，工艺细致精巧。其历史由来已久。相传公元641年文成公主从长安带去释迦牟尼像一尊，信徒们为表示敬意，在佛像前供奉了酥油花一束，从此相沿成俗，经几代僧众苦心钻研，成为塔尔寺独有的一种高超的油塑艺术。在塔尔寺内谒览殿宇经堂院落僧舍，第一感觉是宗教的庄严肃穆，第二感觉是进入了一个艺术宝库。色彩斑斓绚丽的酥油花、繁富华美的堆绣，还有用石质矿物做颜料绘于布幔上的具有浓郁印藏风格的壁画，令人流连忘返，赞不绝口。该寺大小五十二个殿堂内，还保存着历代唐卡、各种珍贵的供品和法器。大经堂内矗立的一百零八根柱子上雕有优美图案，柱上裹着蟠龙图案的彩毯，彩绘的栋梁上悬挂着帷幔经幢经幡伞盖……万象纷呈，栩栩如生，"天衣飞扬，满壁风动"，使得这里的一切氤氲着某种神圣。而这些宗教艺术的富丽堂皇，与丹麻石的花团锦簇，在风格上极为相似。是冥冥之中有一种神力同时暗示了此地的人类和山矿呢，还是丹麻石长年累月地潜移默化影响催化了人们的灵感呢？这是一个很有意思颇耐人寻味的问题。记得贾平凹在思考秦腔与关中平原的关系时曾经写道："八百里秦川大地，一抹黄褐的平原，辽阔的地平线上，一处一处用椽子打成一尺多宽墙的土屋，粗笨而庄重，冲天而起的白杨、苦楝、紫槐，枝干粗壮如桶，叶却小似铜钱……你立刻就会明白，这里的地理构造竟与秦腔的旋律惟妙惟肖的一统！……这秦腔原来是秦川的天籁、地籁、人籁的共鸣啊！"他写得真好！

这块丹麻石产自塔尔寺畔。明洪武十二年（1379年）藏传佛教黄教创始人宗喀巴的母亲，在宗喀巴降生的地方建成一座莲聚宝塔，并修一瓦屋以覆塔身。明嘉靖三十九年（1560年）在此处始建塔尔寺，日后规模渐大，构成藏汉风格相融合的规模宏大金碧辉煌的古建筑群，占地六百余亩。在塔尔寺庙门口，有一块石，其身不高，约半米，其形不奇，略瘦长，平整光滑，但它却是一块真正的文化石。当年宗喀巴就是从这里，从这块石头旁出发进藏学佛的。他的母亲每天到山下背水时就在这块石头旁休息，西望拉萨，盼儿想儿，泪水滴于石，汗水抹于石。后来宗喀巴创立新教派成功，塔尔寺成了佛教圣地，这块石头被请到庙门口。虔诚的信徒来朝拜寺庙时，都要以他们特有的习俗来表达对这块石头的崇拜。有的抹一把酥油，有的撒一把糌粑，有的放几丝红线，有的放一根银针，时间一长，这石的原形早已难认，完全被人塑出了一个新貌，石人合一了。藏传佛教地区还有玛尼石，亦是宗教文化石。

其实，所有的奇石，在有心人眼中，哪一块不是文化石呢？

沉静自安黄蜡石

　　这块潮州黄蜡石早于 2003 年 11 月购于孝感。此前半个多月前孝感体育场举办了一次文化节，有八九个奇石摊位，我在其中一个摊位上买了一块巴林石一块风棱石，和那位临朐石商就比较熟悉了。文化节结束后他因咸宁有人定购了一对水晶球，特地返回临朐去取，便又带几块较好的石头。其中一块是靛蓝色葡萄玛瑙，其形宛如一只孔雀，被一位离休老干部先行买去，还有一块就是这块黄蜡石。购石是在这位老干部家中，他喜收藏，家中藏品门类较杂，品位不高，但有一本 1942 年他在河北参加整风时的《整风文选》，粗糙的纸张简陋的印刷都闪现出历史的光芒。这块黄蜡石高 22 公分宽 14 公分厚 10 公分，体积不大，被我带到了深圳。

　　黄蜡石主要矿物成分是石英，此外还有绢云母、绿泥石、褐铁矿、赤铁矿、锰钠锡铬等，极富稳定性。"蜡石自古出岭南"，岭南蜡石生成年代绝大多数在 2.5 亿年前至 6500 万年前之间，即地质学上称作印支—燕山期岩浆活动期。两广地区有花岗岩的低温热液成因的石英脉，有水量丰沛的河流，又属酸性红土带，加上附近有地热或火山等自然环境，长期受酸性土壤和地热火山温度的双重催化，最终形成黄蜡石，一部分存于山中，一部分被搬运到江河里。长期的水土浸染和风化，使黄蜡黄石表面多呈明黄、蜡黄、棕黄、嫩黄、金黄、褐黄等黄色调，也有绿、白、红、紫等颜色。其摩氏硬度为 6.5~7.5，高于和田玉，而与翡翠的硬度相当。

　　黄蜡石质坚，纹密，色纯，形安，有透光性，强光照射下可透至石心，表面呈蜡质光泽，深受赏石界喜爱，尤其在两广地区。这里的赏石界人士为黄蜡石赋予了财富、光明等美好的寓意，认为是"石中之尊"，这呈现出地域文化的一个方面。

　　黄蜡石的赏玩历史悠久，尤其是明清时代。有一块闻名于世的岭南白蜡石"白羊羔"，明正德年间为著名收藏家广东南海人曾翔收藏，至清咸丰年间几经辗转传到顺德书画家伍延鎏之手，又转赠给著名山水画家广东新会人郑绩，几百年来辗转易手，至今仍为人们所趋奉。

　　家藏的这块黄蜡石，其形若一只硕大的寿桃。其色明黄，有棕黄色纹似晕，有几处淡黄近白，石上有几处皱褶，如腐似蠛。它在那展柜中，似在蒲团上端端而坐，如默默凝思，而色黄如披袈裟，沉郁而稳重。那种敦重静谧沉静自安的神态，让人感觉到一种庄重的禅意，感觉到一种静的力量，就像午后在天坛古柏林下默坐，让你宁静下来，让你无为无欲，让你玄思。英国哲学家弗朗西斯·培根曾写过一句话："万物不达其位，则狂奔突撞；即达其住，则沉静自安。"这块黄蜡石很有助于我不断加深理解他的话。

　　回到赏石审美的角度，奇石之美，是由天然造化而唤醒人心的。"古人对奇石的那种'漏、透、皱、瘦'的百般钟爱，今人对奇石的那种'禅志'或'几何机理'的无尽眷恋，都清晰地显示出，爱石者是在无奇不有的石头身上，找到了人格与美感需求的广阔场域"，这是中央美术学院老教授靳之林先生在《新世纪中华奇石》前言中写的一段话，他是徐悲鸿先生的学生。

石中长者震旦角

这块震旦角石长 31 公分，是一位友人赠送的。震旦角石是一种浅海生无脊椎软体的化石。这种动物是四亿五千万年前的一种海生腕足类凶猛食肉动物，属头足纲鹦鹉螺超目。据目前所知，这种化石仅产于中国，所以国际地质学界将它命名为中华震旦角石。它产于鄂西、湘西北一带的中奥陶世紫红色或浅绿灰色的不纯灰岩的沉积岩中，以长江三峡一带为多。

鹦鹉螺类动物生存于四亿多年前的大海洋，到现代几乎全部灭绝。由于这种动物在漫长的地质年代中只是昙花一现，是我国奥陶纪中奥陶世地层的标准化石，又是我国独有的，因此它在我国悠久的化石文化中占有特殊的地位，是作为化石观赏石迄今表征地质年代最古的实物，并且其年代可考，传承有序，十分难得，十分珍贵，说它是石中长者，毫不为过。

震旦角石的壳体呈尖而窄的直长圆锥体形，一般长为 20~50 公分。由于它外形类似竹笋或宝塔，古人称之为"宝塔石"或误为"竹笋化石"。若纵向剖开，会有指向壳体尖端的漏斗状隔壁和体管，若作横向剖面，剖面图就酷似一幅太极图，所以古时又称之为"太极石"。

《清碑类钞》中写道："此石横开，有白圈，作太极形。直开，从尖锋耸上，俨如七级浮屠，故又名塔影石……尝有人琢之以为插屏。"早在唐宋年间，震旦角石就已被人们赏玩。北宋诗人、书法家黄庭坚曾有诗赞此石："南崖新妇石，霹雳压笋出。勺水润其根，成竹知何日？"他是"江西诗社宗派"的创始人，生前与苏轼齐名。

"成竹知何日"？震旦角石是化石中阅历最深的老人。在几亿年时光的长河里，世事万象皆如轻烟散尽，而它却因平实无声而成石而恒久。在我家的展柜上，我每看它，总有一种厚重沧桑面前的遐想，它看我呢？

大漠璞魂三玛瑙

玛瑙，矿物名和宝玉名，由含有不同杂质的二氧化硅胶体溶液在岩石空洞或裂隙中逐次沉淀而成。在地质历史的各个地层中，无论是火成岩还是沉积岩都能形成玛瑙，它石质坚硬，凝重，纹彩流畅，具有不同颜色条带或光纹相间分布的玉髓，按光纹、彩色、形态的不同而名称不同。我国玛瑙分布广泛，主要产地有云南、黑龙江、辽宁、河北、新疆、宁夏、内蒙古等地。家中的三块玛瑙各有千秋。

一块是麦穗玛瑙，因其颇像几枝麦穗叠扎在一起。可细看之下，又像是七只佛手环状相扣，佛手环扣而在中央部位形成了上下两个一浅一深的洞穴，添了一丝幽深感，民间口彩说"聚财"。石高30公分宽20公分厚20公分，呈土褐铅灰色，似乎风尘仆仆走过沧桑，而通体呈现出当年熔岩边流坠边凝固的动态，购于2003年12月。

第二块玛瑙不妨称之为怪兽玛瑙，黄褐色，半透明，断面上有清晰的色环光纹，全身遍布小凹坑，表证其久历风沙。从正反两面看，都像怪兽，眼睛圆睁，昂首远望，遍体的小凹坑及黄褐的体色又像是豹衣豹斑。石高22公分宽26公分厚12公分，购于2005年12月。

第三块是葡萄玛瑙，产自内蒙古阿拉善左旗，是戈壁石中最珍贵的品种。据地质勘察，其原矿脉多深藏于玄武岩的空隙中。距今一亿多年前，该地区海底火山爆发，岩浆喷出地表，由于温度和压力骤然降低，其中的气体迅速弥散。冷凝过程中，若遇到类似喀斯特溶洞中的成岩环境，硅胶熔液基于某一质点如沙粒、泥块乃至水滴而凝聚成珠状、球状或水滴状，后来者又附着在先期生成的珠体上。硅胶熔液像石钟乳一样不断供给，物以类聚，越长越多，或悬于洞顶，或长在洞底，或挂于洞壁，如串串葡萄嘟嘟噜噜，秀色可餐。它不像大滩玛瑙那样从大漠戈壁中寻捡得到，而必须靠专业采矿人员开采出来，开采中极易破裂，必须十分小心，取出一块完整的葡萄玛瑙往往要好多天。

家中这块葡萄玛瑙，高22公分宽19公分厚15公分，购于2009年10月。其形颇似一个雄踞的小狮，双目前视，龇牙咧嘴，面部生动，一爪前伸，短尾微翘，形象逼真。基体紫色，通体布满了紫色红色紫白色色彩斑斓大小不一的珠球，堆积密集，摩肩接踵，宛如一串丰润晶莹的葡萄，珠圆玉润。石质细腻坚硬，摩氏硬度 6.5~7 度，透明或半透明，粗犷兼晶莹，抽象依于形象，很耐看。

"西风万里逼人寒，奇石苍茫自写看"。苍凉、辽阔、坚忍的大西北，极少有摩挲雨花石的婉约情怀。那里天涯孤烟，大漠落照，烽火逝川，是唐代的边塞诗。在如此粗砺刚烈的地域里，还有如此漫长的风沙火山冰雪，却能产生出这样晶莹的石之精灵，真正是天之杰作。"大璞内藏，发古阐幽；或度奇处巧，迁想妙得"，真令人常常抚石品味，迁想多多啊！

似荷非荷海百合

在我家的藏石中，这块海百合处在突出的地位。它高 54 公分宽 48 公分厚近 3 公分。图像清晰，茎叶完整，单体硕大，连最细小的骨板都清楚可见。长长的茎优雅地弯曲，托起一朵美丽的"荷花"，殊为难得。此石购于 2004 年 11 月。从当年元月首见此石后，我们几次去看它，紧密跟踪了十个月，终于携得此石归，并重新配制了黑檀木底座，翻卷的海浪波纹托起了这枝不朽的"百合"。

在生物进化的链条上，海百合是无脊椎动物向脊椎动物进化过程处于分界状态的一个重要物种。它是海生无脊椎棘皮动物，全部海栖，具有内骨骼，体腔明显，有特殊的水管系统，成年体为辐射对称，这类动物是无脊椎动物的最高门类。海百合全身分为根、茎、冠三个部分，冠部又分为萼和腕，均由钙质小骨板覆盖组成。骨板由网状结构的方解石组成，骨板外面附以坚韧的内质皮膜，骨板和皮膜上均有棘刺或突瘤，这便是棘皮动物得名的由来。腕一般五枚，各腕数次分岐而为枝、各枝再分为小枝，茎为五角形分节长柄，竖立于海底，其根部或呈锚状，或呈卷枝状固定在海底。腕的上端为萼，它靠腕端口的张合滤食水中的浮游生物，其内腔与体腔相通，羽枝状的腕萼，是用来捕食的网，它是一种杂食动物。

这块海百合化石产生于我国贵州关岭地区，属创孔海百合类，产于二亿四千万年前的新浦土塘一带的三叠纪中三叠统瓦窑组古生物化石群。那时的贵州不仅是汪洋大海，而且还是一片深海，海百合喜欢清澈的海水，多在 200～500 米深处的海底群居。由于深海深处暗流汹涌，自然死亡后的海百合很难存留一处，极难成群，又由于海百合只有棘皮而无脊椎，死后易腐而难以长久保留下来，所以在世界上海百合化石较为罕见。那么贵州关岭地区何以能够保存了较多的海百合化石以及古生物化石群呢？二亿五千万年前，即二叠纪时期，地球上所有的陆地连结在一起形成一块超大陆地，叫作盘古大陆。然而在地壳下极热的岩浆翻涌了数千年，忽一日，在现在的西伯利亚地区，熔化的玄武岩翻腾着从地下咆哮而出，一瞬间滚动的火海吞噬着周围的一切，它汹涌地前进着，短时间内数以十亿计的动物丧生。火山灰在十来年时期内弥漫在大气中，引起了一场灾难——致命的气候变化。稀薄的空气使生物艰难求生，许多物种灭绝，只有少数几种生物得以幸存下来，并且逐渐繁衍昌盛，后来地球又经历彗星撞击等大灾难，但每一次灭顶之灾后，大自然总能恢复生机。距今二亿四千万年前，云贵一带发生了一次地质巨变，远古的海洋泽国变幻为莽莽高原，四周隆起的高山使得关岭一带成了一个较小的局部海域。"偏安"的舒适的生活也许持续了数十上百万年，多种生物越来越繁盛，而关岭一带的居住环境就越来越局促，海水中的氧气越来越稀薄，海域的严重缺氧终于导致这里的古生物大面积窒息死亡，而被致密的灰岩掩埋，使得它们得以化石状态保存下来。贵州的海百合化石正是产生于锰结核岩层上的纹层状泥质灰岩中。邻近的闻名中外的黄果树大瀑布，也许是它们在那场地质巨变中的孪生兄弟吧？

　　一场大面积的缺氧窒息，一场远古的浩劫，就这样，以其雷霆万钧无可抗拒的威力，把那些鲜活灵动的生命牢牢地封存于地下，它们是大不幸的牺牲者，它们的灭绝展示了生命的无奈、生命的大悲。但是，从另一种意义上说，这种突如其来的毁灭，又何尝不是一种幸运呢？它们没有那样平和生活自生自灭而化为泥土，而在这场巨变中成为化石，有幸在两亿多年之后的今日，作为这场亘古奇观的直接见证者，以一种再生精灵的姿态，撩开岁月的帷幔，带着远古的信息，生生地展现在今人面前，以一种永恒的形态存留下来。

　　这块海百合化石，在近3公分厚的层岩板上，现出浮雕似的美丽图案。弯弯长长的茎柄托起一朵硕大完整的荷花，其形犹如"风吹在动，雨淋在长，日晒在焉"。它茎、腕、萼清晰分明，完整无损，形体保持完好，体态优雅，堪称海百合化石中的上品。观其形体，"似荷非荷，不谢的荷；似画非画，不朽的画"，不愧为化石类最具观赏性的品种。

　　这块海百合化石，对于我来说，似乎有着灼人的魅力。我常常站在它面前，摩挲着那些羽枝花纹，细辨那覆满全身的小骨板，想象二亿多年前它们生活在海底的状态：每一枝都摇曳轻盈，美轮美奂，后来它们变成了坚硬的岩石，将柔软的枝腕、飘逸的萼冠静定下来，却依然保留了美丽的身姿，将身形幻化时的样子永远地存留了下来，给人以生动的美感和无边遐想的意境。浮想之中，我甚至会听到它似乎在对我诉说，这种诉说，无言而又雄辩，邃密而又直白；这种诉说，是对地球历史生命进化生灭流转过程的忠实载录，就像一部历时性的线装史书。我们可以面对它，借助于联翩的浮想，去深谙那沧海桑田水枯陆现的大变局。

286

龙腾马跃封门青

这方青田石，高 26 公分宽 30 公分厚 13 公分，为优质封门青，其色青莹如玉，其体光滑如脂，中间缠绕一指宽的紫白色筋脉，状如龙腾马跃。说起 2014 年买回这块石头的过程，还有一段故事。

自那年八月首次发现此石，就喜欢上了它，简直可以说是一见钟情。后来石主迁店，我又跟踪几次到新店址观赏这块石头，每次都能发现新的美点，但同一时段有好几个人也都对此石颇有兴趣，因此价格就一直谈不妥。十月份我因事忙，有近一个月未去此店，不料十一月初再去时，它竟被南山区一位石商批发购走了。

我当着原石店主的面，毫不掩饰地表露了爱之已深失之交臂的遗憾。许是我的爱石之心打动了石主，许是我的真诚感动了石主，她竟表示愿将以几块青田石将它换回原店，终于被我购得。女石主姓麻，她的盛情美意堪记。南山区那位石商我至今不知姓甚名谁，更不曾晤面，但能成全一位爱石老人的心愿，看来是同为爱石人，在此受我一谢。爱石归来，我这颗悬着的心终于踏实了，正应了那句"一块石头落了地"的古语，也许，第一个讲此话的先贤，也曾有过我这相同的经历呢。

这块青田石，呈山子状，微透明，淡青色略带黄，青莹纯净，细如婴肤，属上等封门青。而它意犹未尽，又缠围了一条紫白色石丝带，缠得张扬，缠得飘逸，宛若龙腾马跃。只见那龙：龙吻前突，龙目圆睁，龙爪伸张，龙身颀长，而龙角耸起，龙尾翘扬，意兴恣肆地腾升在那青莹的碧霄上。再看那马：马首前瞻，振鬣长鸣，四蹄奋起，腰身舒展，长尾飘飘，风神豪迈地奔跃于青葱的草野里。龙腾之势，马跃之姿，形近而神似，呈现出强烈的动感美。石的底座亦为五彩封门青石，有橙、紫、褐、红、白、黑、青等多色。上石下座均极少雕刻，只略刻一两朵花枝，圆雕几条花纹，点睛般地雕上几刀龙首细部，尽量多地保留着石的原态。

与寿山石主调尚艳尚浓不同，青田石主调尚清尚淡，娴静温文，意蕴深婉，称为"君子之石"。凝脂般的温润、冻蜜般的晶莹，使人"一石在抚，心境澄明"。尤其是青田封门青，色泽清丽，含蓄典雅，是其美也；柔润温和，顺应镌刻，是其淑也；晶莹透彻，静气氤氲，是其德也；上可伴大夫，下可亲平民，是其贤也。

封门青产于浙江青田山口镇一带。距今一亿四千万年前的晚侏罗纪到白垩纪，在青田—寿宁火山裂隙喷发带，火山活动剧烈：岩浆横流，灰飞烟腾，昼夜不辨。伴随着岩浆上升的气液交替，分解了早期形成的火山岩及岩浆物质，在一定的物理化学条件下，经过部分或全部脱硅、去杂、物质组分重新组合，就地沉淀或沿裂隙运移充填而形成了青田石，其矿床属火山中低温热液矿床。1929 年中央研究院地质研究所以及新中国成立后都曾派专家组多次考察，都做出了上述基本相同的结论。

青田石学名叶蜡石，因产区坑洞的不同而种类繁多，现有 148 种之多。青田石被开采利用，可追溯到殷商时期。江西新干县大洋洲商代遗址出土了一批精美的属于吴越文化的文物，其中有一件就是青田石，枣红色，造型精巧。宋末元初大画家赵孟頫是制刻使用青田印章的第一位著名文人，明代以后风行，推进印坛从流传两千年之久的铜印时代走进石印时代。写出了那部传世之作《影梅庵忆语》的明末清初名士冒广生还曾写有《青田石考》，内中写道："矿工秉烛，蛇行而入"，深层采石，辛苦万状，甚至牺牲了生命。直到当代，仍是矿井旁一排简陋的工棚，井口留一把白色蜡烛，进矿者手持一支，浑似二十世纪初的小煤窑。在这一带，家家天井屋檐下放一张桌子、一组钻头、几把刀，就是一个石雕作坊，"老老少少都会雕刻"。有首诗这样写封门青："石中之首，石中之精。封住门后，那青色居然溢了出来，溢成举国闻名。封门之后是开门，封门青和青田风景，从此雕就最动人的一等。"

人杰地灵是中国历史文化中一个耐人寻味的现象，其例证实在不胜枚举。青田石门洞是道家三十六洞天之第十二洞天，相传是明初名臣刘基得天书之处。郭沫若曾游此地并题诗："横过石门渡，刘基尚有祠。垂天飞瀑布，凉意喜催诗。"刘基，字伯温，青田人，至正二十年（1360 年）他至应天（江苏南京）劝朱元璋脱离韩林儿，独树一帜，并为之策划用兵，参与机要，终于得了天下建立明朝，他明初任御史中丞兼太史令，封诚意伯。他善文章，与明初另一名臣宋濂齐名，有《诚意伯文集》传世。观赏这块青石时，有时我还真会联想起关于刘伯温的许多民间传说，有点"供石略存稽古意"呢。

青朵银萼矿晶簇

　　矿物晶体观赏石是世界性的，它有美丽的色彩、精巧的结晶、完整的天然几何造型，无论是单质还是不同成分的矿物聚生共生晶簇，一直受到矿物学家、科研院所和自然博物馆的重视。早在几千年前，我国古代先民就把水晶作为饰品佩戴，以及作为药物或颜料。而西方欧美国家赏玩矿物晶体起于后科学时代，虽只有200多年历史，但发展极快。由于地质学者和科研人员源于开采研究活动的喜爱和推动，逐渐普及到市民各阶层。欧美国家现有矿物晶体博物馆约五万家，收藏的矿物晶体达千万块。中西方在赏玩矿物晶体的审美取向上显示出文化的不同。中国主要崇"形"与"象"，借石寄情，产生遐想，是重文轻理；西方则强调晶体生长的位置、结构的元素成分、覆盖面的比例，以地质学矿物学结晶学等科学理论为依据，去探索未知的世界，是重理轻文。

　　地球上已知矿物有4300多种，人们观赏收藏的也就几十种上百种。矿物晶体是大自然孕育的精华，它的生成是一个复杂的漫长的地质历史过程，短时间内不可再生。它集科学性和自然美于一体。在收藏观赏矿物晶体过程中，不能缺少研究，因为它们在色彩绮丽形态多姿的美丽外表下，还包蕴着许多科学的奥秘。

　　我这块矿物晶簇购于2005年10月，高28公分宽30公分厚20公分，状如山子，石形很好。深蓝绿色的块状结晶共生着白色透明的方解石棱晶，晶簇发育完整，构造奇特，仿佛深色的花镶上了一圈银白色的边，青朵银萼，反差明显。花朵舒展绽放，花瓣排列有序，竞放着，簇拥着，并蒂相连，百媚丛生，像一簇盛开的黑牡丹。晶体个个棱角分明，具有普通石头所没有的几何结构，直、拐、尖的几何体就像经过精心切磨一样，富有几何美。"剪裁妙处非刀尺"，是天赐的美。

　　根据它的颜色深蓝绿色，性较脆，相对密度较大（手感沉重）又与方解石共生，以及购石商介绍产地是湖北的铜矿石，经查阅有关书籍资料，初步断定这是一块绿铜矿与方解石的共生矿晶簇。绿铜矿产于铜矿床氧化带，易与孔雀石、方解石等矿物共生。中南地区（湘鄂赣皖四省）历史上曾有一时期地下岩浆活动频繁，成矿条件优越。自黄石到九江到铜陵，沿江地下有一条多金属共生带，这块奇石就产生在这一带吧？科学检测和鉴定，留待日后吧，且先观赏玩味。

绚丽耀目的这方奇石，其造型真可谓是"参差鹿砦无箭矢，铜峰峨簇有离披"，花朵如染，银萼如饰，它是大自然"加法艺术"的成品，而其他观赏石则是大自然"减法艺术"的作品。前者是由小长大的结晶过程而形成，后者往往是岩石减消风化侵蚀而形成，从这一意义上说，它在观赏石王国里是唯一的，它集天然性稀缺性科学性艺术性于一体了。

人们现在赏玩的几十种矿物晶体，在历史上大多有记载。据考古发现，7000多年前的余姚河姆渡人已选用萤石作装饰物。早在春秋战国时期，湖北黄石大冶地区的先民就在铜绿山开采冶炼铜矿，对矿物晶体已有相当深入的了解。一些珍宝奇石，还曾经是中国重大历史事件的主角。例如"唇亡齿寒"这一成语，便是因为"垂棘"这一奇石缘起的。《三国志·魏志》上说："垂棘出晋，虞虢双禽；和璧入秦，相如抗节。"前面八个字说的是一桩历史事件：在公元前658年至655年，晋献公用一块名为"垂棘"的珍宝献给虞国国君，让他同意经虞国境内去伐虢，结果一举双双灭了虞和虢两个诸侯国。我国最早的编年史《左传》曾清楚地记载："晋荀息以屈产之乘，与垂棘之璧，假道于虞以伐虢，公（献公）曰：是吾宝也"。文中屈是地名，乘是车舆，垂棘是璧，玉石。以一车一石而能打动一国之君，可见垂棘乃是春秋时期的著名珍宝。但它究竟是什么玉石，仍为学界研究争论着，至今尚无定论。

我国地质学泰斗章鸿钊先生在其著作《石雅》中提到，古籍典册之中"其名之仅存者，有如璠玙、砥厄、结绿、悬黎、垂棘之伦"，他认为这些古代名玉是仅存其名而实已不知了。现代也有许多矿物学家珠宝专家从事"鲁之璠玙，晋之垂棘，周之砥厄，梁之悬黎，宋之结绿"的研究，无奈资料不足，难以确释。《墨子》记有"和氏之璧，随侯之珠，三棘六异，此诸侯之良宝也"，总之它们是那个时期人所共识的良宝珍奇。

汉字是象形字。"棘"从形态上描述了该物体的形象，这种形象符合矿物晶簇的形态。而垂棘，可释为从晶洞顶部下垂生长的，壁棘是从晶洞四壁上生长的，底棘是从晶洞底部向上生长的，以此统称为"三棘"，而以垂棘为最珍贵。那么六异呢，是指茶、紫、红、黄、绿、白六色或泛指六色。最近有研究者提出了上述论点。以当时落后的开采技术、艰辛的采石过程，以及所能认识的珍奇品种甚少的情况下，矿物晶体和晶簇成为闻名天下的奇珍是完全可能的。倘此论成立，则矿物晶簇就不仅具有科学美和艺术美，还承载了丰富的中国历史文化了。

石中新秀潦河石

2005年12月，深圳古玩城举办了又一届奇石展销会，在一个摊位上拉着一个横幅：江西潦河石首次亮相深圳。十几平方米的摊位上摆放了许多江西奇石，其中有几块潦河石让我眼睛为之一亮，看了一遍后也不询价即走开。

过了几天，展销临近结束了，我们又去看，那几块石头还在，我选了其中这块。与石主攀谈，他介绍了潦河石在江西一带已出名几年，在江西有不少潦河石迷，还成立了潦河石协会，这次亮相深圳，是为了让潦河石走出江西，走向全国，只是在深圳，识者不多，问者寥寥。

他抱起这块潦河石，此石长26公分高18公分厚10公分，石质致密沉重，全石无一处雕修，无一丝人工痕迹，且面面俱佳，浑然天成。黑底黄脉，脉络分明。那些褐黄色的筋脉，线条硬朗，围成三角形四边形五边形刀形等多种几何图形，石头整体也是棱角分明，苍朴劲崛。石主人原为此石题名为"衣锦还乡"，大概是感觉到此石图案颇似官袍而石的神态一派自得，也许吉利的命名有利于卖出吧。我则想更直观地为它拟名为"几何原本"，那明晰的线条和图形给人以几何学的启迪。

潦河石，亦称潦河筋纹石，以筋纹凸起构图奇美而名，产于江西潦河奉新段，潦河入注鄱阳湖。作为一个新石种，它渐渐声名日远，除了赏石界的深入发现之外，还与一位将军有关。这位将军是原江西省军区副司令员季崇武，他2003年退休后，"解甲归石"，三天两头往潦河跑，去得多了，对潦河石的了解也就越深，于是他把潦河石的形成、特点总结研究，整理成书，名为《根石艺乐章》，出版后许多石商从全国各地赶来，争相购进潦河石。这本书我再三寻觅始终没买到，而购此石在这本书出版之前，算是识英雄于草莽时了。近日在书城翻到一本《江西根石艺》，该书以图片为主，对潦河筋纹石有多处收录，但无文字介绍。巧的是，书中还有卖我此石的那位石主的照片和他家中收藏的另外几块奇石，其中也有潦河筋纹石。此石产地，距大学者陈寅恪故里修水义宁不到八十公里。

守拙观璞和田玉

 和田玉石名声赫赫，历史悠久。和田玉目前有两个主要产地，一个是从和田县向南，进入昆仑山脉，那里有阿拉斯矿区，和田玉山料就产于此地，即"山料"，著名的清代玉雕巨型山子"大禹治水"即由这里的山料雕成。另一个是发源于昆仑雪山北坡的玉龙喀什河和喀拉喀什河，史称白玉河和黑玉河，其河床上上下下蕴藏了丰富的和田仔玉，形成长达504公里的玉带。每年到了夏季，昆仑雪山的原生玉矿经风化剥蚀后，由融化的冰雪水将其与其他岩石裹挟而下。经过千百万年反复磨砺、滚动、撞击，软劣者淘汰，优质矿料则愈磨愈坚，杂质尽去，形成为光滑圆润颜色丰富的各种仔玉，表皮则因外界浸润而有枣红皮黑皮红皮洒金皮等，厚薄不一，斑斓如画。

 和田玉古来一直是雕刻成器的，近年来风起一股并不雕琢而直接观赏的潮流，改变了"玉不琢不成器"的古训。自成一派和田观赏石，是一种原生态文化现象。和田玉观赏石与雨花石一样，就其生成环境和形态而言，应归于奇石最大家族——河卵石，其质、形优于雨花石，而色、纹逊之，硬度6~7度。

 家中收藏的是一块和田青玉仔料，长28公分高15公分厚12公分，购于2005年12月。石色青灰，石肤呈油脂光泽，外表柔滑，紧密均实，手感沉重，有分量感和温润感。形态完整饱满，表皮有锈红、赭色和白色斑朵，沁色自然，有若在一幅青绿山水画上用几抹妙笔点金，又若在晴空里天女散下了朵朵花点，总体感觉这石气度不凡。

 和田位于我国西部边陲，是"丝绸之路"上的要塞，又是更为久远的"玉石之路"的源头。带有玉河浸斑的和田仔玉，每一块都在阐释自身生命的历程，诉说千古沧桑的故事。地心烈火后耸矗出巍巍昆仑，山崩地裂后激变为冰川河谷中的颗颗卵石，千万年的河川搬运翻滚撞击浸润，软者成沙，贤者为石，成就了和田玉如今的灿烂。这玉石，有生，有长，有品，有性。生于幽山之中，浸天山之冰雪，割高原之川凌；栖于清流之下，凝万古之慧精，历沧海之桑变，万世之嚣声；含而不露，雅而不傲，因其端凝自信；外裹金皮，内蕴物华，遂有深厚邃远。

古塔秋韵大化石

为购得这块大化石，前后去了四次，一次次去看，一次次与石主谈价。2007 年 11 月 26 日又去这家石店，当时店里有三个人，一见我来，已是熟人熟面，也没多说什么。就说我们商量一下，然后报出一个底价，并说这是底价了不能再少，但与我心中的可接受价仍有不小差距，我回说那就以后再说吧。临离开时我扔下一句话：我只能给多少多少钱，说完就走。走了不到十分钟，那三位中的一位年约五十多岁的男子赶了上来，说就按你说的价给你，二十分钟后给你送去，我给他留下一地址。果然不到半小时，他就将此石送到我楼下。我问他为啥肯卖了，他说这个石店是三人合伙的，各有一些石头进店，现在要迁址，他不想再参伙了，若在此店内成交则要三人分钱，他自己还分不到这么多。我不管细节，不究真假，只感到用这个价格买回这么一块广西大化石，是颇为惊喜的一次经历。

大化石产自广西大化瑶族自治县境内的岩滩水电站附近河段，原岩为距今约二亿五千万年前的二叠系地质层中的硅质岩和凝灰硅质岩，属水冲石类，是广西红水河流域质色俱佳的水冲石品种。这一带矿物丰富，又高温多雨，河流水量充沛，由于长期受红水河中能溶的铁锰铅锌钾的浸润和化学作用，渗入到大化石表皮，产生出黑、棕黑、棕黄、黄色、橙色、红色、绿色等多种颜色，长期淘蚀，使存石石质坚硬，硬度大都在摩氏 6~7 度。石质致密光滑，手感极好，且有不同程度的玉化，加之色彩绚丽，因此又被称为大化彩玉。其石型的特点是多为层台型。

这块大化石高 38 公分宽 30 公分厚 18 公分，石分九层，宛如九层古塔，中国的古塔全为单数层。正面及两侧覆盖着棕黄、黑棕色的老皮，影影绰绰地呈现出树丛图案，还隐约有一个慈祥笑容的面影，几种颜色的组合在石体的色调色韵中起着奇妙的效果，"有逾画工之妙"。影影绰绰、隐隐约约的画面上很少有果决明晰的线条，似乎大自然之手将满满一钵秋色随意地泼洒在宣纸上，泅漾出富稔丰赡的一派浓郁的秋韵。背面渐次过渡到湖绿蓝色，有黑色树叶状图案，其树叶形状十分逼真，但这不是植物化石，而是含氧化铁和氧化锰的饱和溶液渗透入石缝而形成，其形成机理与北方寒冬窗户玻璃上的冰花的形成机理相似。它石质细腻，手感滑润，造型罕见，有局部玉化，其照片登录在大化石册集上，古塔秋韵，给人以沉凝的美感。

伫立古塔上，放眼秋色中，极易惹引文人的情思。"秋野苍苍秋日黄，千顷沧江千顷秋"，古代诗词中咏秋之作实在多多。近日读《龚自珍诗选》（人民文学出版社，郭延礼选注），发现他在诗中多次用到"秋心"二字。比如"髫年抱秋心"，"秋心如海复如潮"等。龚自珍（1792～1841），是中国近代杰出的思想家文学家和诗人。他所处的时代，正是中国封建社会急剧解体逐渐步入半封建半殖民地社会的时代。当一般文人正热心功名大唱"四海宴清天下升平"赞歌的时候，他则对封建衰世进行了令人触目惊心的揭露和批判。他的诗，"慷慨论天下事"，"三百年来第一流"（柳亚子语）。

作为一个严峻的历史批判者，他年轻时即关注社会体恤民生，自谓"髫年抱秋心"。龚自珍说："猿鹤惊心悲皓月，鱼龙得意舞高秋"，襟怀不同，秋思自会大异。设想他登临古塔，"念天地之悠悠"，远眺秋野，"起看历历楼台外"，让他"秋心如海复如潮"的，是些什么呢？或许也会有几缕山川之咏鹣鲽之忆莼鲈之念，但更多更浓的肯定会是"万马齐喑"之忧、"天降人才"之吁、"九州风雷"之唤吧？

清明上河鹿目田

这是一方体型硕大的寿山鹿目田石雕，高 48 公分宽 48 公分厚 24 公分，重几十公斤，购于 2009 年 10 月。石呈枇杷黄色，有些部位则深为桐油黄，中间一条由窄渐宽的灰黑色带，巧雕为一条河，河中有舟船竞渡，河上一桥飞架，两岸人头攒动，店肆繁荣，古松寺庙，丽日高照，一条飞瀑从石背后飞流直下而成河，一派清明上河图的意境。

鹿目田为俗称，本名为掘性鹿目格石，产于福建寿山都成坑附近的沙土中，为块状独石，相对密度大，质地通灵温润。据地质勘察，远在 2 亿年前至 6700 万年前，这一带火山爆发，喷出大量酸性的气体和液体化解了岩石中的钾镁钙铁等元素，保留了稳定的硅铝等元素，冷却结晶后在不同的温度和气压作用下形成了"地开彩石"。因硫化汞渗透于其缝，经千百万年地质演变而成为田坑石，由于蚀变程度不同而透明半透明不透明，因多种元素的不同集成而呈多种颜色。在地壳运动和大自然风化作用下，一些矿石脱离母矿滚落溪涧，在水中经受冲刷翻滚磨圆了外形，清刷了杂质，颜色渐显，灵性渐生。沧海桑田，块石被埋在溪谷沙土下，长期受土壤作用而石质更纯，色泽更艳，成为大自然造化之尤物。

寿山石开采雕刻的历史始于南朝，距今约 1500 多年，风行于宋，至清初达高潮。据清高兆《观石录》记载："宋时故有坑，官取造器，居民苦之，辇致石塞其坑"当时寿山石开采是由官府控制，百姓不满其扰占民田。元明两代规模下降，清初再度兴盛，自康熙后产量一度下降，几至"山为之空，入山无一石"的境地。乾隆时，田黄登上"石帝"位置，嘉靖初又恢复了开采规模。清查慎行《寿山石歌》中写道："强蕃力取如输攻……日役万指佣千工。掘田田尽废，凿山山为空，昆岗火连三月烽，玉石俱碎污其宫。"生动记载了当时镇守福州的靖田王耿精忠率兵对寿山石进行破坏性掠夺性开采的情景。到上世纪八十年代，出现了三百年来未见的开采热潮。

堪叹寿山石百种，浓妆淡抹尽华琼。随着千百年来的开采，寿山石的品种不断有新的发现。1929 年陈文涛著《福建近代民生地理志》，记其常见品种 33 种，1939 年陈子奋《寿山印石小志》记品目 70 多种，陈子奋是书画篆刻大家，曾为徐悲鸿制印二十多方。至 1997 年为 102 个品种，现在已有 165 个品种。

掘性独石鹿目田石，独处深土中，无脉可录无根而璞，呈自然形态。它们被埋在深土下，历经了千百年的休身生息和孤独无期的等待，它在等待这块土地被人类开荒耕种，它在等待被人们发现而见天日。它是静定的，它曾那么久远地单独兀立在山陬田野的土层里，忍受着圣贤般的孤独。它又是浩然的，要找到它，你心里要有浩大的一片辽阔的旷野。它终于被发现，被掘出，被欣赏，被理解，被雕刻以显其内蕴，并且历经辗转来到我家，真不知这是怎么修来的缘分呢！

这方石雕，撷取《清明上河图》中间一段的意境，表现长桥跨河，两岸民众及街景。它不是严格意义上的仿雕，而是利用石材的形状、凸凹、色泽和结构，巧妙设计，精致布局，用一方石雕唤醒了北宋街市。视野的中心是一座状若飞虹的长桥，桥下河中，水流清缓，一艘双层大船正要靠岸停泊，船夫奋力系缆，篙手合力撑篙。另有一小舟从上游俯冲而下，舟上二人却神态安然，岸上多人驻足凭栏观看。河两岸房屋连绵，人物嘈杂，桥上摊档拥塞，车马杂沓，人流摩肩接踵，店铺百肆如鳞。

小小一方石上，雕有 126 位人物。撑舟，使篙，骑马，坐轿，驾车的，贩菜，架鸟，钓鱼，饮酒，唱戏，弈棋的，提篮买物，摇扇吟哦，鸣锣开道，推独轮车，友朋呼应，诗酒酬唱……凭栏观河的看客，携孙游玩的老人，器宇轩昂的官吏，俯首忙碌的贩夫，奋力中流的舟子，三教九流各色人物，再烘配有牛、马、狗、荷花、店市、勾栏、亭阁、寺庙、古松、丽日，一条飞瀑从石背面飞流而下逶迤成河。忙闲急缓，动静聚散，疏朗繁密都安排得合情合理，各得其所，繁而不堆，多而不乱，闹而有序。这么浩大的场面，这么众多的人和物，却能从容布局，转折层次，堪称石雕之一个杰作。

一石梦千年，你会感觉到汴京那时的繁华锦绣，就像那河上淡淡的烟波一样弥漫开来，气息扑面。市井声息在拨弦唱曲中缭绕，清雅就杂糅在这世俗之中。

唐宋相连，而品貌相异。唐强，宋弱；唐诗秾丽，宋词纤秀；唐是皇都烟柳，宋是市井勾栏；唐是贡使满长安，宋是徽钦囚北地……粗略地这样说，大体不错，但也不尽然。就说宋词吧，也并非一味婉约纤秀，还有苏东坡、张孝祥、陈亮、辛弃疾那些钟鸣铮响的词作。其实，在中国历史上，宋有它独特的地位。大学者陈寅恪说："华夏民族之文化，历数千载之演进，造极于赵宋之世"，对它有登峰之誉。日本学者摅蔽内清在《中国·科学·文明》中写道："北宋在中国历史上具有划时代的意义"，这个"划时代的意义"是指什么呢？另一位日本学者内藤湖南这样写道："唐代是中国中世纪的结束，宋代则是中国近代的开始"，其最主要的标志是，"中国首次出现了主要以商业而不是以行政为中心的大城市（东京汴梁）"。而这方石雕，就是宋汴京完成了由古典城市向现代都市转变的生动刻画。

一方石雕的背后竟会隐藏了这么多东西，端的是"片石远山意，寸池沧海心，乃知一芥子，可纳须弥岑"。

四海之内皆兄弟

十几块小石共处于展柜的一个格子里，好比群租于一户的一伙年轻人，虽然居住的空间一时窄仄，但却都怀着闯荡世界的心胸。这十几块小石头虽小，却也个个有说道，好几位的辈分要比庞大的恐龙高得多。它们大多数是我购石时石商们赠送的，有几块则是友人赠送或直接购买的。就按得石的顺序一一说来。

一块三峡岩芯，是1997年4月底返母校清华时，我的一位同班同学赠送的，他当时担任三峡总公司工程部副部长。岩芯青白色，间有黑色斑粒，颇似火龙果肉。是从中堡岛坝基下钻探出来的，一块小小的岩芯见证着三峡工程的启动，它的母岩默默地永世肩扛着那举世闻名的大坝。

一块古陶石，高12公分宽8公分厚4公分，古黄的土陶色中部，有一块深褐色的图案，高髻长脸，大眼睛、细长颈，端端的一个仕女头像。石体上似有缕缕流痕，呈现出釉的光泽，仿佛工艺尚不精巧时代的古陶，不知是否因此而得石名。

一块大化石，高13公分宽20公分厚12公分，分七级层台，以黄黑色相间分界，造型奇特，石质苍古，购于2003年12月。

一块水冲石，黑质白章，奇妙的是那白色构成了一个完整的画面：一丛浓浓的树荫下，一位青年学子静坐着，正全神贯注地读一本书，他心无旁骛，读得十分用心。想那书一定有趣或有用，这青年大概也真是一个读书种子，他还戴着眼镜。石高13公分宽10公分厚4公分，石不大，却蛮有意趣，购于2003年12月。

一块戈壁石，像一个三棱锥，以粉红色为底色，有肝红、肺红粉色、黑色等色块，还有一个黄色的核，石质硬致密，光滑润泽，棱线锋刃尖凸，兀立在那里，很像戈壁滩上魔鬼城区域内的一座风蚀山，我因其色调给它起名叫"牛肝马肺"，颜色切近，而出生地则远离长江，石高16公分宽10公分厚8公分，得石于2003年12月。

一块卷纹石，通体正黑，卷纹和皱褶十分可爱。正面酷似一个马头，长嘴外伸，马齿毕露，马目圆睁；而背面又很像一个猪头，拱嘴前伸，鼻孔朝天，猪耳分明。石高 15 公分长 18 公分厚 8 公分，购于 2005 年 10 月 10 日。那一天是老伴的生日，她属马，再过十几天是儿子的生日，他属猪，天作之巧石。

一块潦河黄蜡石，产于江西潦河，高 18 公分长 12 公分厚 4 公分。呈桃形，石黄，有脂感，光滑表面下露出里面一颗颗豌豆大小的黄色颗粒，背后剖面则出现与石外轮廓几何相似的两条淡黄色筋脉，图线生动。石质不如潮州蜡石，是一个新石种，于 2005 年 12 月得石。

一块封门青石雕小佛像，高 14 公分宽 8 公分厚 3 公分。一佛笑口常开，双耳垂肩，肚腩圆凸，衣裾飘曳，右手高举一元宝，左手提一钵；底座上雕一摞经书，还有一个葫芦，立像造型，石色青莹。得石于 2004 年 10 月，只是一直也没有考究过他那葫芦里装的是什么药。

一块寿山红芙蓉石雕，高 12 公分长 8 公分厚 3 公分。石红中透黄，有白脉，巧色雕出夕阳牧归图，一牧童骑在牛背上从山间归来，两位老者樵罢在松下闲谈，另有一老者策杖走在前边；背面则雕出一村童涉水而过，流水微纹，岸上一株大树叶阔荫浓。石体小而内容多，显得不够清爽，石质细润，得石于 2009 年 10 月。

一块石雕，原石产自福建仙游，高 7 公分长 20 公分厚 12 公分。有青、灰、黑、棕黄等色区，巧色雕为春蚕食桑，五条白白胖胖的蚕宝宝匍匐在两片大大的桑叶下嬉戏。许是饱餐之后的休闲，旁边还有一团蚕茧，蚕宝宝丰满肥壮肢节逼真，屈曲自然，桑叶叶脉分明，叶片如翼，还有蚕宝宝啃噬的缺口，一派农桑之趣。石身其他部分则一任天然，粗拙如故，更显出雕石者从平凡中创造不凡的匠意。福建仙游石近年来渐为人识，行情上涨，得石于 2009 年 10 月。

一块小风棱石也是黑白相间，高 8 公分长 8 公分。石体虽小，却十分耐看：有沟，有壑，有台，有洞，有峰，有瀑，石形奇峻，石质坚硬。我每每抚玩这小石，总觉得小固然小，却颇具乔岳峻嶒之势，得石于 2009 年 10 月。

"试看烟雨三峰外，都在灵仙一掌间"，抚玩各个小石，常常会有这种感受。它们来自桂、黔、赣、闽、浙、大西北，可以说是来自五湖四海，到此相聚，遂成一家，四海之内皆兄弟了。而且，这个家族将不断兴旺，成员肯定会越来越多的。

西藏高原一青螺

这是一块完整的奇妙的化石，鹅蛋大小，由下座和上盖两部分组成。上下两部分均布满了放射状的螺纹线，稍大的下座和稍小的上盖不仅凸凹十分合缝，构成了一个完整的腔体，而且彼此的螺纹线也十分吻合，具有复杂的缝合线。腔体内的深凹处有一个一元硬币大小的完整的螺体化石，呈三旋四旋层次的回旋体，直径2公分，在它的四周的腔体内，放射状辐射出清晰的纹线，分布在直径4公分的凹腔内，然后盘旋而上到一个长11公分、宽6公分的椭圆环面上，而纹线则连续不紊，所有的纹线都是宽1~2毫米的凹线。化石青灰色，牢固地附有土黄沉积。

此石得自西藏日喀则。2004年8月，我弟弟去日喀则探视慰问黑龙江省援藏干部时，日喀则市公安局长赠送给他的，赠石时还说了一句话：喜马拉雅曾为海。2011年我去哈尔滨，又转赠予我，携回深圳。

喜马拉雅曾为海，这话说得没错，藏族古老的传说是这样，科学的考察也是这样。据地质考察证实，距今大约六亿年前，喜马拉雅地区还是一片古老广阔的"特提斯"海，亦称古地中海。它的范围极其辽阔，大体上包括现代的比利牛斯山脉、亚平宁山脉、阿尔卑斯山脉、喀尔巴阡山脉、克里米亚、高加索、帕米尔、小亚细亚、喜马拉雅山脉，以及苏门答腊爪哇等地区。在漫长的地质年代里，大量从陆地上冲刷下来的碎石泥沙堆积下来，形成了厚达三万米的海相沉积岩层。

到了距今约6000万年前的中生代晚期，由于南印度洋的海底扩张，原来在南半球的印度大陆板块逐渐向北飘移，与亚欧板块发生碰撞，使得古地中海慢慢缩小变浅，而珠峰所在地区还仍是海湾，但更大的地质变化已在悄然孕育。到了第三纪末期，距今大约3000多万年前，地壳的变化使得印度板块斜插入亚欧板块之下，造成地壳急剧加厚和大幅度抬升，珠峰所在地区的海洋已被海拔2500米的陆地所代替，地质史上称"喜马拉雅造山运动"。大陆板块的碰撞惊天动地令人悚栗，而大陆漂移的速度却是非常缓慢的，每年才1~6公分。这两大板块的碰撞也并非瞬间硬磕的刚性碰撞，它们之间的碰撞竟持续了几百万年，真也是够缠绵的了。

从这块化石的结构及外观形态看，这是一块较为典型的小型的菊石化石。菊石属头足类，是一种无脊椎海生肉食性动物，一般生活在 50～80 米深的海底，它们生活在距今 3 亿年到 7000 万年前的晚生代至中生代，早已灭绝。它与我国南海的鹦鹉螺十分相似，它们是生物学上的近亲。

2006 年 10 月，中国科学院国际学术交流中心与今晚报社共同主办了"中尼科学家穿越喜马拉雅山脉科学探险考察活动"，从尼泊尔境内穿越喜马拉雅山脉。2006 年 10 月 19 日，参加这一活动的中国科学家在珠峰大本营附近地区，非常幸运地采集到一些菊石化石。据中国科学院地质与地球物理研究所边千韬博士考证，这次发现的菊石化石，距今已有 2 亿年，由此也可证明当年这里曾是浩瀚的海洋。亦可佐证在日喀则一带有菊石化石实为可信，有据。

在悠久的地质年代中，计时的单位是百万年，不可比较的是，人生显得多么短暂。与石共语，对石读石，或可稍窥远古之幽邃。

瑞兔庆寿青琅玕

2011年临近岁尾，12月7日，农令节气是大雪，而深圳终年无雪，这天又格外风轻日暖，这天，我在深圳古玩城买回一块绿松石。在此前的六个多月内，我曾在深圳几处奇石市场转悠搜寻，在几块比较中意的石头中最后选定它，到这家石店也是四次造访，终以适宜的价格买回。到年底我满七十周岁，谨以此石自寿。

这方绿松石高23公分长29公分厚15公分，深蓝绿色。颜色均一的石体上分布着黑色或黑褐色铁线，形成美丽纤细的花纹，还有一些零星的白纹和白点，料质纯净，色泽艳丽，泛着一种好似瓷器上了釉般的蜡光。石形酷似一卧兔，两耳一低一高似在静听远音，鼻梁挺直，眼窝深凹，前腿蹬地，抿嘴努嘴，脊肉凸起，一副静而欲动的神态，生动可爱。在兔年来家，正应时令。

绿松石玉料产于次生浅在矿床中，是铜和铝的磷酸盐集合体，属三斜晶系。其晶粒微小，晶体形态呈致密的隐晶质块状、皮壳状或结核状，质地细腻而韧性较差，硬度5~6，密度2.6~2.8。清章鸿钊在《石雅》中解释说："此石形似松球，色近松绿，故以名之"。伊朗、智利、美国、墨西哥、俄罗斯、澳大利亚都有产地，以伊朗为佳，中国有湖北、陕西、河南、新疆等产地，湖北郧阳地区被称为"东方的绿松石之乡"。

绿松石古称"碧甸子"、"青琅玕"。古代波斯出产绿松石，经土耳其输入欧洲，故欧洲人称之为"土耳其玉"、"突厥玉"。大凡古老的民族，都有用绿松石做珠宝首饰的悠久历史。自新石器时代晚期以后，中国的历史文物中都有绿松石饰品，其使用要远远早于翡翠、青金和珊瑚。

河南新郑裴李岗村遗址考古发掘了两枚8000年前的绿松石珠，至今仍光芒闪闪；河南郑州大河村仰韶文化（距今6500~4400年）遗址中，出土了两件绿松石制成的长28公分的鱼形饰物；江苏南京北阴阳营新石器遗址中，发掘出绿松石耳坠，甘肃齐家文化遗址、青海大通孙家寨原始社会墓地，都发掘出绿松石文物。越王勾践宝剑剑柄上，其儿子宝剑剑鞘上，都镶嵌蓝色绿松石；河南安阳殷墟妇好墓出土的绿松石镶嵌的象牙杯，是稀世珍宝；战国中期的一件嵌绿松石及金属丝的栖尊，一件商晚期的嵌绿松石兽面纹钺，现收藏于台北故宫。汉代已较多使用，隋唐益盛。唐代文成公主进藏时带了许多绿松石饰物，镶嵌在佛像上，赏赐给贵族。清代称绿松石为天国宝石。在我国各民族中，用绿松石最多的，要属藏族人民，基本上每个藏民都拥有某种形式的绿松石，拉萨贵族所藏珠宝中，金和绿松石是不可或缺的。

可见，在漫长的历史中，绿松石一直受到国人的喜爱。绿松石是世界穆斯林和美国西南部人民特别钟爱的宝石，是土耳其的国石。在生辰石中被列为十二月生辰石，是成功和必胜的象征。巧的是，我的生日是在农历十二月，而购石是在公历十二月。

买石的店铺名为三宝玉苑，以经营玉器为主，是著名的香港中艺公司的商业合作者。店主是一位中年女士，姓名牛蕊，非常爽朗健谈。在闲聊中，知道了她祖籍吉林，生在北京，曾在北京钢铁学院附中教音乐，她是牛子厚的曾孙女。

牛子厚是何许人也？牛子厚（1865～1943）是清末著名的民族资本家，吉林首富，牛家被列为我国"北方四大家"之一。牛子厚是第四代继承人，到了牛子厚这一代，牛家的商号、钱庄、当铺、作坊发展到京津沪杭两广山西成都汉口等全国十多个省市 300 余座商铺，外加日产 32 两有余的金矿以及经营茶青、蓝靛、线麻等业务，使牛家事业达到了鼎盛时期。甲午战争后，清政府向日本赔款，曾一次向牛子厚借白银 70 万两，后来经光绪弟弟之手，将皇宫的两颗夜明珠中的一颗拿来抵债。忽一日，慈禧要看夜明珠，朝内君臣惊慌失措。当时上海总督为讨老佛爷欢心，派他的手下找牛子厚，先以 10 万两白银把一珠子取回送回宫中。

牛子厚乐善好施，"冬施棉夏施单，一年四季开粥棚"，富甲一方，却疏于功名，看轻钱财，他一生最大的嗜好是京剧。他的二、三、四妾都是京剧艺人出身，他本人亦精通各种乐器和声腔。一次，他内穿貂皮外裹破棉袍腰扎一布带去一家戏园看戏，因衣着寒伧而受非礼，一气之下要建自己的戏园。后在吉林市德胜门投资修建了康乐茶园，并从北京请来四喜班，从此结交了谭鑫培等一代名伶。继而精诚所至金石为开，与功夫扎实为人忠厚的京剧艺人叶春善合作，于 1905 年在北京兴办了中国历史上第一所正规的京剧科班"喜连成社"。1912 年增加了新股东沈仁山，改名为富连成社，成就显赫，历44 载，举办了喜、连、富、盛、世、元、韵、庆八科，共 700 余人，培养了侯喜瑞、梅兰芳、周信芳、谭富英、马连良、叶盛兰、裘盛戎、高盛麟、袁世海、谭元寿、冀韵兰、叶庆元等京剧大师和著名表演艺术家。当年慈禧要看"万寿"戏，把谭鑫培及富连成社部分学生召进颐和园演出达一年之久，得到了丰厚的赏赐：光绪亲笔"乐善好施"巨匾一块、慈禧坐过的两把椅子、刘墉字联、夏商周三代铜鼎、两棵珊瑚树、翡翠镶嵌的姜太公钓鱼挂牌。这些东西运到吉林的时候，牛家主要成员和吉林将军达桂为首的大小官员，到吉林欢喜岭跪迎。在四十多年时间里，富连成社共培养了近800名学生，弟子遍布全国，在中国京剧史上留下光辉的篇章。

1995年6月17日，在吉林市举办了纪念牛子厚叶春善创办喜（富）连成社九十周年大会及纪念演出，文化部部长高占祥和与会人员高度评价了牛子厚先生对京剧发展的巨大贡献。由于历史的时代的、家族的个人的种种主客观原因，牛家在牛子厚晚年时衰落，新中国成立后又受历次政治运动残酷冲击，如今，牛家大院、牛家基业、牛家财产、康乐茶园等曾经与牛家有关的一切已毫不存留，牛子厚差不多已不为人知或被遗忘，但家乡吉林和京剧界还记着和怀念他。在1995年6月那个纪念会上，还有人当着牛子厚的后人说起自己的祖辈当年曾经喝过牛家粥棚的粥才得以活命的往事。

近年来，牛子厚与京剧渊源的历史越来越多地见诸报纸杂志和文集，牛蕊女士的店里就放着好几大包有关的剪报，还应我的要求为我复印了几件，上述许多内容就摘自这些剪报（例如，1995年6月19日、6月20日的吉林市《江城日报》及《菊坛谈往》等）。牛家后人也有人参加革命，如牛子厚的孙女、牛蕊的姑姑就做过董必武的秘书很多年，原最高法院院长任建新就是牛蕊的姑父。改革开放后，牛蕊移居香港，其夫君毕业于中央音乐学院，与刘诗昆同事同台演出，其儿子在美国学习钢琴时与朗朗同班，儿媳妇是潘长江的女儿潘阳，这个家族的一支又显光芒。有意思的是，虽然都为音乐界人士，但牛蕊夫妇和儿子都在香港、台湾、北京、深圳从事着珠宝玉器行业，耐人寻味。

从牛家由山西逃荒到东北吉林那一代人算起，到牛蕊这一代已是第七代。二百多年过去了，真想不到这块绿松石啊，竟钩沉出这样一个显赫家族盛衰的兴叹感喟。

风骨卓然太湖石

搬回原来的小区后，奇石摆上了两个多宝格柜，比原来摆放在一字型的展示柜时显得错落有致，但电视机两侧的两块石不很相配，其中一块体量嫌小，于是又开始了寻觅一块奇石的一段历程。一个人，或两人，或三人同行，多次到几处奇石集中的地方查勘寻猎。

在一年多的时间里，四上龙岗龙园路，三去文博宫，三游罗湖商业城三楼，四访笋岗工艺城，逛深圳古玩城前前后后十多次。在初入法眼的两块枣红太湖石、一块牙黄色太湖石、一块黑色广西卷纹石、一块灰黄夹红色九龙壁石、一块龙头形大漠风砺石、两块水晶原石之间，反复比较，颇受选择的苦恼和评议的纠结。

先是选中了那块龙头形褐黄色的风砺石，从龙岗龙园路一路上受几位好人相助抬石回家，刷洗后摆上台面，总体效果不佳，与当时在店里时的观感差距很大，搬运刷洗过程中掉下一小块，从断面看出石质有些松脆，商量后共同决定退货。但也知道在观赏石行业里并不允诺退货，不得已编了个能说服人的理由，说了不少好话才勉强退回，只是未还退款，几个月后才以一套缅甸花梨木明式圈椅抵账。

又过了近十个月，2014 年 3 月 25 日，最终买回了一方太湖石，是全家人都喜欢的那块，曲曲折折一年多，终于携得此石归。天下奇石无数，要寻得一方自己中意的好石，难之又难。

这块太湖石，高 64 公分，最宽处 24 公分，最厚处 18 公分，枣红色，瘦漏透皱俱佳。风姿绰约，宛似一婀娜江南女子手捧婴儿倾身引颈相吻；线条硬朗，灯光之下极具北方皮影的神韵；石质坚润，部分突兀处泛出光润，以手指弹击之铮然有美声。其形瘦，奇秀苍然，峭崎耸立，一波三折，于扭势中见动感；峻嶒突兀，有一种磊落特立的风神。其体透，玲珑多孔；其体漏，窍洞通连。奇诡变幻，变化多端，回转曲折，四面可观，有曲径通幽之妙。其石皱，石面遍多坷坎，凸凹不平，布满坑坑眼眼，古称"弹子窝"，鳞鳞苍窝，盖因激浪冲击而成。全身无一处人工痕迹，一气浑沦，浑然天成。配之以苏式高脚木座，更增其高挑。总体说来，吾爱此石骨格清奇，风神秀逸。

"石有聚簇，太湖为甲。"太湖石自古名贵，有"千古名石"之盛名，属石灰岩，在漫长的岁月里，长期受波浪的激击及水的溶蚀，汰软留坚。其清奇挺拔的姿态，骨朗风清的傲立，与古代文人雅士忧思忧患、穷且益坚的宿命精神相契，故而受到历代文人雅士的喜爱和追崇。大凡皇家御苑、府第园林，多有置立。现存的中华古奇石，也以太湖石为多。唐白居易的《太湖石记》、宋杜绾的《云林石谱》、南宋范成大的《太湖石志》、明文震亨的《长物志》，以及米芾拜石、梁山好汉义劫生辰纲……历史上有关太湖石的著述和故事，流传至今的依然俯拾皆是。

古人还概括出赏石的瘦、漏、透、皱古典审美标准。受道禅哲学的影响，唐代以降，诗词、绘画、书法、园林等艺术门类，都非常注重空灵境界的营造，这种创作理念，也波及到奇石的审美趋向。嵌空，即奇石的负形、凹陷、缺如，在石的造型上表现出抑扬顿挫，平仄跌宕；孔洞，古称"穿眼"，或圆或奇，或通透明亮或幽暗曲折，或洞窍相贯，让人浮想联翩，飞升到广阔的灵性空间。正由于有了嵌空和穿眼，有无相生，虚实结合，一方石头方有玲珑剔透之妙。八面来风，元气流注，石头仿佛在呼吸吐纳。孔洞是境界，光风霁月；孔洞是哲学，空幻，玄妙，"大成若缺"，有缺为真。瘦，看石的精干明晰之美；漏，观它的空灵奇巧之美；透，赏它的深邃澄明之美；皱，品它的曲折沧桑之美。没有充足的人生阅历，难与此类石共鸣。

更有以石论诗者。清蒋超伯《通斋诗话》说："石之妙，在皱、瘦、透。此三字可借以论诗。起伏蜿蜒斯为皱，皱则不衍，昌黎有焉。削肤存干斯为瘦，瘦则不腻，山谷有焉。六通四辟斯为透，透则不木，苏轼有焉。支离非皱，塞俭非瘦，鲁莽灭裂非透，吁，难言矣。韩愈、黄庭坚、苏轼的诗格以论之，曼妙而贴切也。"观赏太湖石，让我想起古文形容寒梅枝干的四个字：瘦硬高格。蒋纬国曾写道："梅花神姿绰约，玉洁冰清，傲雪冲寒，梅花的品质实在值得每个中国人喜欢。它枝瘦，花奇，疏而清，繁而劲，挺立而健。清幽，冷逸，气韵不凡。"太湖石与寒梅，真有气韵相通的一面。

元代赵孟頫珍藏了一方太湖景观峰石，为之命名为"太秀华"，并赋诗云："太湖凝精，示我以朴。我思古人，真风渺邈。"许多古代太湖石，都关联着历史往事。无锡顾可久祠堂内的太湖石丈人峰，高 4 米，原为明正德年间广东按察司金事冯夔（延伯）竹素园旧物，冯卒后，副史顾可久得之，特在园中构筑石友堂供置。顾可久，号洞阳，为官耿直敢谏。

隆庆四年，顾可久的门生应天巡抚海瑞为建造顾可久祠堂事专门向朝廷递呈了奏章。乾隆六十年（1795 年），顾可久的八世孙顾光旭移此石至祠，并建拜石上房于其侧，曾题诗两首镌于石上，有云："独立天地间，不知有今古"，"人来千载下，还与诵清芬"，咏石耶？咏海瑞耶？常熟虞山公园之沁雪石，原为赵孟頫莲庄鸥波亭旧物，明代流入常熟，置于县衙，明末归钱谦益，其石"色纯黑，遇雨润则白色隐起如雪"，暗喻钱氏归清乎？同一公园内，还有一方名为"碧芙蓉"的太湖石，高 3.3 米，槎枒多姿，为明末邑人瞿式耜私家花园东皋草堂遗物。瞿式耜是明末万历进士，曾任户部给事中，为阉党所迫害。南明永历年间，又任文渊阁大学士兼吏、兵两部尚书，抗清被俘，坚贞不屈，从容就义。同园两石，承载恁多。

　　太湖那一带，湖山明媚，杂花生树，自古风物清嘉。在江南烟雨氤氲着的写意山水中，在私家园林葱茏蜿蜒的回廊上，浸满了文化艺术的历史馨香。斫琴制箫，赏石玩古，蓄虫养鸟，煮茶烹饪，筑园建塔，种花莳草，唱戏闻香，刺绣雕玉，百工红木，无所不臻其精。那一带的好，是气息的好，是文化的好，是风雅的好。太湖石的好，是风姿的好，是风骨的好，是风神的好。

写于 2014 年 5 月 12 日至 15 日

　　附记：本文中提到的那块灰黄夹红色的九龙璧石，也在 2016 年 5 月 14 日被我请到家中。这块石，我在近三年的时间内先后去看过五六次。它高 62 公分，宽 30 公分，厚 15 公分，外形如大鹏展翅。石体沟壑纵横，一派沧桑，石色灰黄褐红，十分古朴，曾在一届大型石展会上被评为铜奖。摆在客厅方几上，气势雄浑，古意盎然，看过的人说，"简直可以摆在北京古玩城的橱窗里。"

　　九龙璧产生于福建华安九龙江，又称"华安玉"。地理学家徐霞客曾到此游历、考察，并向世人介绍了此一石种。九龙璧被历代赏石者列为名石，并成为历朝历代地方官员进奉的"贡石"。

2017 年 3 月 21 日补记

心契玩味自悠远

触景生情，寄情于物，是人类与大自然相融合的沟通。人类心灵深处的隐秘和期许与大自然的某种景物似乎有某种契合，特别是读书人，对那些具有文化意味的景物器物会蕴含着饱满的热情和挚爱。

"古之达人，皆有所嗜。玄晏先生嗜书，嵇中散嗜琴，靖节先生嗜酒。""叶公之好龙，支循之好马，卫懿之好鹤，王大令之好鹅，齐王之好竽，阮籍之好锻"，"陆羽之于茶，杜康之于酒，戴凯之于竹，苏太古之于文房四宝，欧阳永叔之于牡丹，蔡君谟之于荔枝"……人之好尚，虽所好各异，但都是人与物的心契。

石头本是寻常物，它生于旷野戈壁深山岩洞河川，饱受风吹日晒雨淋，它只是浩浩大自然之中的一个小存在，如同三秋沃野上的一颗豆、大千世界中一粒沙、芸芸众生中一芥民。它虽普通平凡无言，却也像普通百姓一样，有着自己沧桑的记忆、命运的历程。郑板桥说"一块元气结而石成"，《云林石谱》说"天地至精之气，结而为石"。它虽然体小身轻，但是，"虽一拳之多，而能蕴千岩之秀"，"三山五岳，百洞千壑，觊缕簇缩，尽在其中"。天钟灵奇，必俟知音而方显，在历代中国文化人对奇石的赏爱下，石头又非寻常物焉。

赏石在中国已有几千年历史。早在先秦时期，就有关于奇石的记载。周武王灭商时，"得旧宝石万四千，佩玉亿有八万"，《诗经》中有句"投我以木瓜，报之以琼琚"，至今为小儿口诵。社会性赏石起于晋唐，盛于宋明清，风行当世。历代历史文化名人爱石者众矣！杜甫之"小祝融"，白居易之《太湖石记》、《盘石铭》，他不仅认为奇石是一种天然艺术，还提倡"爱石十德"，以石养性。《全唐诗》中吟赏奇石的诗不胜枚举。宋之米芾、苏轼、黄庭坚、宋徽宗、贾似道，其时赏石已不在古董文玩之下。元代赵孟頫、倪云林、米万钟，爱石更画石。清代篆刻家邓石如，作家蒲松龄，曾任四川总督的赵尔丰，近现代的沈钧儒、梅兰芳、张大千、叶浅予、巴金、贾平凹、李昌钰……爱石者观其德淳用和，质坚体贞，仪态万方，更从中倾注自己的审美情操和人生期许。白居易写石："磨刀不如砺，捣帛不如砧。何乃主人意，

308

重之如万金。岂伊造物者，独能知我心"。以石作为一种心灵的寄托。清赵尔丰在他的《灵石记》中写石："石体坚贞，不以柔媚悦人，孤高介节，君子也，吾将以为师。石性沉静，不随波逐流，然扣之温润纯粹，良士也，吾乐与为友。"

白居易《太湖石记》是写丞相牛僧儒园林藏石的，牛僧儒为官清廉，但"独不拒人赠石"。他藏石极丰，且"待之如宾友，视之如贤哲，重之如宝玉，爱之如儿孙"，真是无以复加了。发生在唐穆宗唐宣宗年间长达三十八年波及两代人的"牛李党争"的另一位丞相李德裕也是一位爱石者，曾以诗咏石兼自况：

蕴玉抱清辉，闲庭日潇洒。
块然天地间，自是孤生者。

两人政治上是对头，却都是玩石名家，又都是白居易的好友，奇石使得他们之间的关系微妙而有趣。悠久的中华石文化一脉传承的精髓，是老子讲的"味无味"和"玩味深思"，深受老庄哲学儒佛道禅的影响，并融入"物我合一"的观赏理念。赏形崇象，探蕴启思，会意澄怀。逗以情思，引之遐想，以达到"石令人古，石令人远"的那样一种玩味者的境界。

关于石头，中国古代诗词文章神话传说极多，最美的也最早的要算"女娲补天"。"天亦然也，物有不足，故昔日女娲氏炼五色之石以补其阙"（《列子》）。"女娲炼五色以补苍天"的故事最早见于《淮南子·览冥训》，那种"物有不足"的宇宙观，那种宏伟的气概坚韧的毅力而张扬出来的人性之美，那种在瑰奇的想象下所歌颂的崇高的悲壮，胜过古希腊的神话和传说。女娲炼五色石炼了多少块？还有遗存到现今的遗石吗？且让我们继续延想下去。曹雪芹在《红楼梦》中写女娲炼五色石一共365001块，并有一块遗落在大荒山无稽崖青埂峰下，由此起笔，他在这神话的序幕后铺陈出一部伟大的作品。据说，女娲补天的遗石一共有六个，其一在辽宁医巫闾山，其二在江苏淮安云台山，其三在普陀山上，其四在四川玉印山，其五在福建建瓯的森林里，其六在辽宁半岛黄海之滨的金石滩上。

对神话进行考证，是学界一桩很有意思的事，若辅之以有关史料，更有意味。江苏淮安云台山上，两大岩崖之间有一块屹立的长形巨石，据说吴承恩写《西游记》中的花果山是在此形成了景象的构思。辽宁医巫闾山金代被封"王"，清代被封"神"，曹雪芹的好友敦敏敦诚兄弟都曾在辽宁为官，曹

309

雪芹想必从他们口中知道医巫闾山女娲石。曾雪芹的祖父曹寅在做江宁织造时曾奉康熙之命为普陀山寺督造佛像，曹雪芹的叔祖还参与过把佛像运往普陀山的事宜，也许童年的曹雪芹曾经随长辈到过普陀山或从长辈口中听过普陀山上的女娲石，爱石写石以石自况的曹雪芹从女娲炼石补天的神话中汲取了多少创作的灵感呢？也许，女娲补天的遗石并不止此六个，在全国各地还有许多，你看，辛稼轩就写道："补天又笑女娲忙，却将此石投闲处"（辛弃疾：《归朝欢·题赵晋臣敷文积翠岩》），哪些地方是闲处呢？有多少地方是闲处呢？退休时光，身无事牵，闲处有我处，我处即闲处，谁将这些石投我家的？是缘哪！

收藏收藏，收是一个过程，是一种享受。观赏展柜上千姿百态的奇石，思绪就邀游起来，常常会觉得，收藏的不是一块块冷硬的石头，而是收藏着一件往事、一份心境、一份快乐，如饮佳酿，如品香茗，如赏名画，如读美文，收藏的是记游之乐、会友之乐、发现之乐、涤虑之乐，乐何如哉。

大企业家大收藏家周叔弢（1891~1984）说过："藏书不读书，何异声色犬马之好"，爱国大收藏家张伯驹（1898~1982）在他的《丛碧书画录》中写道："东坡为王驸马晋卿作宝绘堂序，以过眼烟云喻之。然虽烟云过眼，而烟云故长郁于胸中也……每于明窗净几，展卷自怡。退藏天地之大于咫尺之间，应接人物之盛于晷刻之内。陶镕气质，洗涤心胸，是烟云已与我合矣。"此收藏之真谛也。

长年累月地抚玩研思，到后来，真的是分不清抚养的是石头，还是自己的心境了。非圆非方，为氤为氲的奇石啊，冉冉氤氲一团钟灵之气，袅袅浮升一种毓秀之韵，更还有"石在，火种便不绝"（鲁迅语）的哲言，更还有"人猿相揖别，只几个石头磨过"（毛泽东词）的精辟。"几个石头磨过"，爱石的人心中积淀着远古先民们对石头的宠爱，今日抚石摩挲，就是"揖别"之后的老友重逢了。

2011 年 3 月 21 日动笔，2011 年 5 月 9 日初稿
2011 年 9 月补写，2011 年 12 日补写、修改
2012 年 1 月中旬修改、誊清、完稿

杂诗集束

给母校： 通榆一中校庆十六周年

人道"春风又绿江南岸"，
我谓故乡春晚燕来迟。
欣逢母校校庆日，
正置春光烂漫时。

深谢春风送消息，
喜我母校正把锦绣织。
一十六年，看那春花秋叶匆匆去，
一十六年，看我故乡母校换风姿：
君不闻——红墙绿树排排教室里
　　　　　　书声琅琅飞笑语，
君不见——白云蓝天宽宽校园中
　　　　　　幼林行行泛新绿。
昔日校友战斗在天南地北，
今日师生彩绘着新画新诗。

京都杨柳又飞絮，
最感王维异乡句。
今朝佳期忆母校，
巧借春风寄相思。

犹忆少时进母校，
自问世事知多少？
幸有苦口婆心师长教，
永记翻身党领导。

犹忆校园红日晨，
十年树木日日新。
初闻中华江山曾千古，
深觉该作风流一代人。

最相忆——校园农场滴汗水，
　　　　　深感师生乐在收获时；
最相忆——钢铁前线两个月，
　　　　　始悟六亿人民成城志。

最深思——小小校园风云起，
　　　　　学校反右斗争史；
最深思——晨钟声里，几番报晓励志话，
　　　　　夜灯光下，多少白发园丁意！

而今校友来京华，
常把故乡深情母校厚望心头挂。
日月读书忙无暇，
学业为重不能返校家。
活水源头当流远，
绵连山路更高拔，
曾有先哲道我心：
我以我血报中华！

　　　　　　　　　　1962 年 3 月 7 日中午于清华园二号楼 121 室

314

雷锋纪念碑

二十二年，历史的记事本上，
　　　　才写了几行简短的字句；
二十二年，大江东去，如画的江山
　　　　还来不及造就几个英雄。
二十二年，是你———一个共青团员的编年史啊，
　　　　录写了何等壮丽的人生！

在你童年的记忆里，
　　　　镂刻了父亲身上的鞭痕，
　　　　　　母亲自缢的麻绳：
在你幼小的心灵里，
　　　　茹饮了人间所有的苦难，
　　　　　　一个阶级的苦痛。

雷锋啊，
　　　　那茅屋容不下你阶级的仇恨，
　　　　那重压铸就了你爱憎的权衡，
　　　　那生活注定了你战士的命运，
　　　　那时代决定了你为革命而生。

破庙里送走了多少噩梦，
你终于——眯着眼——看到了红日东升，
你第一次穿起过新年的新衣，
你含着泪望着彭乡长的笑容，
你最先会写的字是"毛主席万岁"，
你狂喜着走向新的人生。

鞍钢车间的工地上

  你忘我地抛洒着汗水，

团山湖农场的稻田里

  你倾注了满腔的热情，

操练的靶场上，你不顾腰酸背痛……

你青春的花朵

  开放在每一块指定的田畦里，

你青春的火焰，

  在每一个需要的炉膛里燃烧熊熊。

雷锋，你，新生活的长子啊，

  把微笑 溶在祖国的每一缕朝霞里，

  把幸福 投在"为人民服务"的无限中。

给受灾的公社寄去久积的津贴，

在雨夜把携儿的大嫂护送，

红领巾们在等你讲故事，

战友们要和你交谈内心的感情……

雷锋啊，你广阔的心胸

   惦念着六亿人民的冷暖，

  你博大的情怀

   表达着整个阶级的感情

你平凡，像一块坚实的泥土，

你伟大，你闪现着多么高大的身影。

二十二岁的年华

  激起了几亿人的深思，

二十二岁的年华

  一个响亮的答案：

  人，该怎样生，

  路，该怎样行！

少女把你的英名绣上她们的头巾，

战士的枪上镌刻着你的英名，

红领巾的心里闪耀着两个大字：雷锋，

飞跑的革命列车上永远安装着
　　　　你这一颗永不生锈的螺丝钉！

霜夜的麦田上是谁盖上了棉被？
　　　　这是你呀——雷锋。
竞赛的车间里是谁让出了方便？
　　　　这是你呀——雷锋。
患病的学友是谁送来了热饭？
　　　　这是你呀——雷锋。
商店的柜台上是谁笑迎着顾客？
　　　　这是你呀——雷锋！
普天下响着一个声音：雷锋，
普天下效仿着一个人：雷锋，
各个岗位上涌现出千千万万个雷锋，
革命大路上前进着千千万万个雷锋！
雷锋啊，你永生的英雄，
你的青春，在我们的青春里闪光，
你的生命，在革命的生命里永恒。

世上可有这样的汉白玉，
　　　　能比得上我们对你的纯洁感情？
世上可有这样的大理石，
　　　　能塑得出你顶天立地的身影？
"向雷锋同志学习"，金光闪闪的碑文，
　　　　刻在革命的里程碑上
你的纪念碑，永远矗立在人民的心中！

　　　　　　　　　　　写于 1963 年 4 月 14 日

劳动手册

架设暖气管

好一个毒热的天，十来个赤膊的汉，
——那是我们在架设暖气管。

烈日炎炎下，洒阵阵蒸腾的汗雨，
风雪弥漫时，送一个温暖的春天。

1963 年 7 月 12 日

当锻工的启示

在这里是一个深刻的象征，
冲天炉旁像是生活的缩影：
熊熊的烈火熔冶着我们的思想，
咚咚的锻锤锻打着我们的人生。

焊条赞

用热情把自己灼化为焊液，
用生命把大厦的骨架固结。
——这就是你唯一的诗篇，
　　这就是你全部的生活。

318

铸造造型工

产品的身影催促着我们的朝朝暮暮，
憧憬的激动伴随着我们的春夏秋冬，
　　只因为有个宏伟的蓝图，
　　　　　　　在我们心中。

铣床女工

铣床在她的手下是这般驯服，
一双手把大家的目光牢牢吸住。
忽然间她回头一瞥，
　　咦，这不是"曼丽小姐"么，
　　——昨晚上，她在大礼堂，刚做了精彩的演出。

老工人的女儿又是工人，
作为进厂的纪念，
她对爸爸赠与的手锤格外爱护，
这手锤敲打着生活的琴键，
飞出来的，都是激跳的音符。

刨床老师傅

傍晚的时分，刨床老师傅拿着一本书，
是本新出的《世界文学》，他在专心地读……
老花镜下射出两道柔光，
两道浓眉时皱时舒。

湄公河岸的情歌，非洲的手鼓，
哈瓦那的琴音，还有恰奇的诗句……
老师傅像在和整个世界晤谈，
内心里翻滚着时代的风雨。

小　结

短短的金工实习，我的产品很简单，
——只是一颗小小的螺丝钉，
小小的螺丝钉闪亮闪亮，
就像我们脸上挂着幸福的笑容。

脑海里铭记着师傅的话，
耳边还回响着机声隆隆，
告别时千言归为一语：
在革命的机床上，
立志做一颗闪亮的螺丝钉。

写于 1963 年 9 月 16 日至 10 月 12 日

青石岭的石头

序　歌

北行青石岭，一路都顺风，
火热的心头挤不出半句话，
料斗里的矿石渴望着炉火红。

白河岸边十四天，
滴滴汗水洒在崇山峻岭间。

对营村里整两周，
串串记忆连着土房热炕头。

讲抗日围坐在大树下，
忘不了大娘花白的发。
听家史围坐院门口，
忘不了大爷颤抖的手。

眼前是满山遍岭野百合，
当年曾洒烈士血。
耳边阵阵学校读书声，
当年村口站红缨……

二十年树木一代人，
而今我来对营村。
日后要行千里万里外，
青石岭的石头啊带上几块。

写于 1963 年 9 月 3 日

大理石

望着这块洁白晶莹的大理石，
我仿佛又来到了烈士墓前，
陵墓里是一个二十岁的烈士，
陵墓前有两株白杨参天。

八岁放牛到十四，十五参军到部队，
为了全连战友的突围，
你生命的年历只翻到二十岁。
二十年里你沉默不语，
　　爆了一声响亮的春雷
　　　　　　——死而永生啊生之无愧。
二十年后我来谒你，
　　如今我也二十岁
　　　　　　——生也逢时啊知难不退！

写于 1963 年 9 月 4 日

小石头

老队长的儿子叫"石头"，
九岁的红领巾长得黑油油。
每天放学后，镰刀拿在手，
砍柴垛成堆，割麦粒不丢。
青石岭满山是石头，
山村的孩子个个像"石头"。
从岭上带回一颗小石头，
走南闯北永不丢：
我的心要像石头般淳朴，
我的手要像"石头"的手。

写于 1963 年 9 月 5 日

京 广 线 上

小 引

久慕羊城名，今上京广路，
车窗外五千里山山水水，
心里头五千年今今古古。

卢沟桥

车过卢沟天刚明，朝霞染桥红。
千只狮子千样笑，百名师生一样情。
桥畔碉堡千千孔，耳边车轮滚滚声，
半个世纪一桥跨，前事历历留心中。

汨 罗

汨罗江啊并不宽，
放得下屈子的诗卷？
放得下端午的龙船？

汨罗江啊浪不高，
或许，看你三次五次，
还看不出你的《离骚》的滔滔？
或许，只熟读史书，
并读不懂屈子《涉江》的心潮？

323

岳　阳

小城众人访，只因岳阳楼。
登楼千百圣贤者，
只余范公"乐"和"忧"。

广　州

两岸芭蕉绿，一江碧水深，
无心丽景者，江中摆渡人。
　　　　　——海珠桥畔

荔湾无跃水，越秀无险峰，
志在四方者，莫恋花草情。
　　　　　——寄一友人

赏叶恨无花，赏兰嫌孤芳，
雅亭一座八丈余，
那得万山百花香。

　　　　——越秀公园有"赏叶赏兰"雅院，清
风拂窗，绿影戏屏，同行学友笑谑曰：此读
"西厢记"之地也，余闻而赋之如上。

周炳只识春风面，
桃柳杏花一时艳。
巍巍沙基烈士碑，
无花无树天地间。
　　　　——沙基惨案纪念碑前

　　　　1964 年 5 月写于京广线火车上及广州

祖国的江河在召唤

千山万水　杨柳青青
祖国的大地沐浴着浩荡的春风
朝霞万朵　红日东升
正是早晨八九点钟
我们　年轻的水利建设者
在祖国的怀抱里长成

在波涛汹涌的大海上
有迎风斗浪的海燕　也有来去悠悠的浮萍
在风云变幻的天空里
有喷薄升起的红日　也有匆匆滑过的流星

我们　年轻的水利建设者
在激情澎湃的时代
聆听着祖国脉搏的跳动
在脚步纷纷的生活道路上
奔向那永远战斗的人生

大江两岸　四五月早稻扬花
大河南北　八九月高粱吐红
傍晚　东北草原上牧归的
　　　　　每一声牛吼羊叫
早晨　江南水乡远渡的
　　　　　每一只白帆乌篷
都是何等地叫人神往
　　　激起了多少田园诗情

但是　我们也没有忘记
决堤的黄河　曾淹没了多少
　　　　　　穷得不能再穷的村庄
暴虐的山洪　曾吞噬了多少
　　　　　　苦得不能再苦的生命
忘不了　逃荒的人群里
　　　　　一张张灰黄的脸
忘不了　洪水里飘浮的
　　　　　一个个灰白的草棚……

我们的田地　要有更多更多的稻麦和瓜豆
山村小学校　该安上雪亮雪亮的电灯
缺水的都市在渴望清水
旱黄的玉米在等着返青
戈壁滩上的人家啊　黄土高原的枯井
都在催促我们快出征

去北大荒建设灌溉网
　　今天我们啃着又冷又硬的高粱米饭团
　　　　是为了明天　人们可以用电炉煮白米饭
去云贵高原开发巨大的水力资源
　　今天我们住着又潮又暗的帐篷
　　　　再过几年这里将有花园般的城市出现
去大西北修建水电站
　　今天我们舍不得喝光军用壶里又苦又涩的一口水
　　明天人们将有又清又甜的水源
　　今天我们的耳朵里灌满了戈壁的风沙
　　明天这里将水肥草美野花烂漫
祖国大地到处是我们的家乡
祖国大地到处都有战斗的召唤

在三峡水电站的设计蓝图旁
我们彻夜不眠地讨论着
　　迎来了多少次日出霞红
那一根根线条啊
　　画不尽我们建设新生活的激情
在南水北调的方案论证会上
　　我们又是何等神采飞扬地想象着
　　　　塞北和江南一样水丰草青
我们想象着引滦入津
　　让粼粼碧波滋润着海河春浓
我们也想象着准备好歌舞
　　庆祝我们亲手建设的澜沧江水电站竣工

正因为有和祖国一样的梦想
　　我们才甘愿
　　　　一辈子战斗在荒山野岭
正因为祖国的江河在召唤
　　我们才甘愿
　　　　一辈子冒雨迎风

　　　　　　　　　　写于 1964 年 11 月

为青春歌唱

2000年夏天,我和老伴回东北探亲,五十多天里走了九个城市,看望了东北河北的大部分亲戚。7月9日,哈尔滨罕见的炎热,在大姑家,大姑把一个本子交给我。那是我十分熟悉的清华大学学生用来记课堂笔记的那种三十二开硬壳本,封面上印有清华大学四个字,紫红的颜色已有些斑驳,边角有破损,硬壳已变软,纸张已有些泛黄。打开一看,里边是我1963年至1964年在校期间写的诗。大姑讲,这个本子是我在"文革"期间到哈尔滨时,她强行要下来藏起来的,为了避祸。这一藏就藏了三十多年。

我自己早已忘了曾经写过这些诗。我不由得又一次感叹生命的流动和流动中的距离。近日翻阅这个本子,里面一共有20首诗,写于1963年的14首,写于1964年的6首。1963年毛泽东等老一辈领导人为雷锋题词,在全国,特别是在青年心中激起了巨大的反响;1963年5月,我校大学二年级学生普遍参加一周的金工实习,当年暑假前我们专业在京北密云青石岭进行了半个月的工程地质实习,白天爬山,晚上访贫问苦;1964年5月,我们到广东河源新丰江水库进行了工程实习,我被分配到钢筋木模班参加劳动,并对新丰江水库工程的设计和施工做概念性的调研学习,用老师的话讲,是本专业的一次"认识性实习",为期六周。

这20首诗所反映的,就是上述这些大学生活。虽然大都是按照教学计划一年年办下来的,但对我们当级学子却是平生第一次,能发而为诗,说明当年曾经为此激动过。

说实在的,这些四十年前写的小诗,竟然使我很感动,它们在我的心中划过了一道道闪亮的光影。重读它们,并决定稍加整理后打印,实际上我是在做一种努力,是在努力去寻找,寻找曾经的激动、曾经的思索、曾经的幼稚和懵懂……把过去跃动的精神、情感和理想收拾起来,是企图让不可挽留的青春在我久经磨砺的心灵中驻留。四十年的逝水,四十年的流云,旧时明月,已难照床前。年过花甲之后,要想把吹口哨的心情重新找回来,怕是很难了,但是我要努力。

或许,越是接近老年,人越会对完美有更高的眼界。年轻的经历已不可

328

更改，而会令回忆者愈加挑剔。1986 年，费孝通先生的学术奠基之作《江村经济》的汉译本终得问世，他面对隔着半个世纪的英文版本和中文版本，写下了这样的诗篇：

> 愧赧对旧作，无心论短长。
>
> 路遥知马力，坎坷出文章。
>
> 毁誉在人口，浮沉意自扬。
>
> 涓滴故乡水，汇归大海洋。
>
> 岁月春水尽，老来美夕阳。
>
> 阖卷寻旧梦，江村蚕事忙。

《江村经济》这样的著作，可称得上中国现代社会学的扛鼎之作，费老却"愧赧对旧作"，费老的境界是难以企及的。回过头来看自己四十年前写的这些小诗，其单纯幼稚自不待言，"髫年戏笔殊堪笑"（陈端生：《再生缘》），但我却珍惜它们，"留得诗篇自纪年"（陈寅恪），因为它们都是生命激情的产物。它们毫不掩饰地张扬着，当年我们年轻的生命曾经有过什么样的炽热，火焰般的激情甚至于多么不可思议，正因为高擎着理想的火炬，青年人时而是多么伟大！比较起今天的大学生考剑桥证书，去外国寻梦等等的实用理性，我们那时的大学生或许倒更有青春激情，更像一个年轻人。

夏商周时代的青铜器，本是礼器祭器储物器等寻常生活用物，流传到今日已是国宝。日常生活的俗景常情，年代久了竟会聚积了某种神性。这些小诗才四十年，不会有神性，但却像四百年、一千四百年前的一些诗一样，重复而又清新地讲着那句话：青春多么美好，人类永远为青春歌唱！

写于 2003 年 5 月 19 日

329

大串联之歌

一

经过两次大串联，远征方知道途欢。
井冈峰高红旗展，黄洋界上篝火燃。
湘江碧，蜀道宽，秦岭壮，漓水甘，
东西南北多少好河山。
吴山楚泽行遍，风光总万般。
少年心愿在天边。

二

万千风光在高山，群峰尽拔，
突兀巅连，极目人间足壮观。
谁将诗情画意，挥洒眼前？
千古悠悠，沧海桑田，少年热血，一时多少波澜。
极目四海五洲尚多奴隶泪，仍须红缨草鞋南瓜饭，
为革命，抛肝胆。

写于 1969 年 2 月

寄 友 人

今之夕啊是何夕？
忽如一夜春风起。
今之晨啊是何晨？
江山一时妩媚生，
梅未谢，麦已青，
行行绿柳摇轻风。
雪霁为浴山新妆，
风润如洗地美容。
鸟欲献歌赶飞来，
霞为迎宾两颊红。
老松拂去鬓梢雪，
小溪顽皮若奔腾，
一元复始又阳春，
江山为我起峥嵘！

我立春光里，
胸中鼓春风。
该谢天地殷勤意，
为我庆佳辰！
佳辰何所思？
与君两心知。
欲传耿耿情，
恨无绵绵笔。

写于 1969 年 3 月

331

永远怀念周总理

一九七六年一月八日这一天，
这一天，天昏暗，云低垂，朔风悲泣，
这一天，沉雷炸，天欲裂，大地颤栗，
这一天，我们失去了您！
噩耗传来，
我们的心啊悲痛欲碎，
我们的热泪汇流成溪。
无论我们怎样搜索枯肠，
　　单薄的诗句，无力表达出对您的崇敬和爱戴；
无论采集了多少柏叶松枝，
　　再大的花圈，也献不尽对您的怀念和哀思！

可是，四人帮却发下通知，
不准开追悼会，不准搞悼念活动，
它打着中央的旗号，
它披着抓革命促生产的画皮，
一刹时高天滚滚寒流急。
我们在您的遗像前默默肃立，
心中翻滚起万千思绪，
我们硬是开了个秘密的追悼会，
他们的通知我们不理！
但是我们还是觉得，
心上压着石头，
喉咙夹着钳子，
今天，我们胜利了，
举国上下，八亿人民开大会，隆重纪念您！

敬爱的周总理呀，
生前，您为革命为人民操劳一世，
走遍了祖国的山山水水，
死后，您还记挂着革命，记挂着人民，
把骨灰撒在祖国大地。
我们不能前来瞻仰您的遗容，
您的音容笑貌永远铭刻在我们的脑海。
我们不能到您的骨灰盒前肃立，
您的纪念碑永远矗立在我们心里！

听了《长征组歌》想起了您，
眼前又出现了茫茫的草地，
仿佛您正在战士们中间煮野菜，
仿佛您正站在毛主席身边襄理军机。

听了《绣金匾》想起了您，
仿佛您又穿着八路军的土布棉衣，
慈祥地微笑着，坐在老百姓中间，
夸奖歌儿唱得好，
脚拍还合着秧歌的旋律。

一九七六年十月，
激战的十月，胜利的十月，伟大的十月。
天安门前想起您，
仿佛您又健步来到金水桥上，
为我们狂喜欢腾的队伍整顿秩序。
您睁朗目，扬剑眉，挥巨臂，
同我们一道怒斥四人帮，
同我们一道欢呼新胜利！

从早到晚，从春到冬，
从青年到老年，
为人民您把心操碎，

为祖国您日理万机，
半个世纪如一日，
您的丰功伟绩万古垂！

您的骨灰撒在祖国的江河大地，
仿佛您还健步走在祖国各地，
您还在视察我们的工作情况，
您还在给我们教诲和勉励，
您还在和我们一起战斗生活，
您还在和我们一起工作学习。
敬爱的周总理呀，
您永远在我们中间，
您永远在我们心里！

写于 1977 年 1 月 8 日

334

颂歌献给毛主席

手翻日历九月九，心如铅重双手抖，
顿时眼前波涛滚，万千思绪涌心头。

献给毛主席的诗，那应该——
笔下有龙蛇走，句中有惊雷吼！

献给毛主席的歌，那应该——
松涛海啸力千钧，九霄狂飙裹全球！

我的歌，像一个简单的音符，
去加入那人民的歌咏。
我的诗，像一个小小的水滴，
去溶入那赞颂的洪流。

万支颂歌滚在心头，
一曲悲歌唱不出口！

颂歌随风上山巅，深山叮咚响流泉。
颂歌随雨入江河，江涛日夜发浩歌。

颂歌随春到田野，山花烂漫永不谢。
颂歌随秋到田间，果实粒粒皆饱满。

悲歌响在大地上，颂歌响在人心头。
毛主席功绩永不忘，一轮红日照千秋！

写于 1977 年 9 月 8 日

335

春天的踪迹

你来了
用你温馨的呼吸吹绿了江岸
用你神奇的双手把江水染蓝
你把墙头的红杏着力渲染
惹得一位扣门不开的诗人激起了笔底波澜
设想园门打开
定会看到你铺排得桃李芬芳蜂拥蝶恋
倘若走出园门放眼四野
又会看到你魔术般地让江山顿生明艳

曾几何时，正是冰封雪笼风刀霜剑
走兽冬眠飞鸟逃迁
十亿中国只几人绿酒飘香红炉送暖
十亿颗心焦虑着紧锁着暗暗地把你呼唤
无论他们悲痛愤怒叹息呐喊
总有一句潜台词
既在严冬你就绝不会遥远

你果然来了
你踏着黎明的星光而来
你披着清晨的云霞而来
像参加了天安门前的歌舞，你身姿绰约
像合着狂欢的鼓点，你步履轻盈
你秉驭雷霆之力撕裂了冰封的江面
你凭借风暴之威把角落里的残雪驱卷

你敲打着庄户院的窗扇
你迈进了工人家的门坎
你溶进了老教授的泪滴
你凝聚在老作家的笔端
你向勤劳的人问候
你把偷闲者规劝
你使小伙子的步伐更加矫健
你让少女们的歌声分外清甜

尽管严寒还会反扑，冰溜会挂上房檐
可是你前进着呼啸着
毫不迟疑绝无恋栈
你豪迈地把旧的日历翻卷
你庄严地宣告
在中国大地上
一个崭新的时代
从此开端

写于 1979 年 2 月十一届三中全会之后

春 节 自 勉

春来花开谁最早，
大野竞妖娆。
耳侧四方歌声，
首首高格调。

争上游，
水腾跃，
山耸峭。
凭窗自问：
我为祖国，
贡献多少?

写于 1980 年春节

338

清 晨 长 跑

雪白鞋，
火红衣，
白马红袍呼啸北风里。
北风寒，
有何干？
冰天雪地为我驻红颜。
口中腾云雾，
脚下千钧力，
攘臂抱长风，
肋下生双翼。
人生立意在争先，
不耻最后贵坚持。
冲刺见精神，
坚持增毅力。
长跑过后意风发，
新长征路上莫停息。

写于 1980 年春

贺清华七十周年校庆

闻亭山下草萋萋，清华园里春满枝，
喜逢母校校庆日，正值春光烂漫时。

离开母校十四年，心头常忆母校姿：
常忆你，
　　荷塘月色，荒岛垂柳，丁香花黄，木槿花紫；
常忆你，
　　礼堂红冠，草坪绿裙，小河玉带，朝霞胭脂。
——好一个水木清华，
洵是仙居，似画似锦，如梦如诗！

洵是仙居，不是仙居，代代英华，来此聚集。
常相思，
　　晨钟催起，华灯伴读，师长教诲，园丁心意。
常相思，
　　操场腾跃，课堂聆听，考试出汗，工地实习。
——好一个工程师的摇篮，
人文日新，亦工亦理，又严又慈。

不想提，也要提，十年浩劫，一场悲剧。
科学的殿堂变成了武斗据点，
巍巍学府一片凋敝。
砍掉了你的枝，砍不断你的根，
毁坏了你的容，毁不了你的质！
而今，你又像凤凰再生，平地飞起。
这中间，想自己，六分幼稚，一分愧，三分深思。

340

校庆七十，不忘往昔，不恋往昔，
源远流长沧桑历。
人到中年，虽过青春，胜似青春，
手中还握几十年岁月。
莫叹莫怨莫嗟，天仍宽，海仍阔，
从自己做起——天下兴亡匹夫有责，
从现在做起——莫等白了少年头，空悲切。

校庆七十忙无暇，
事业为重不能返京华。
从我万缕诗绪中寄你一页诗稿，
从那富丽春光里寄你一束春花。

1981 年 2 月 22 日中午急草
刊登于《精华校友通讯》1981 年 4 月卷

七 一 献 辞

你是大海
不弃我这涓滴
幸我人生
身在你那汪洋
脉搏怎能不合着你的沧浪
生活怎能不浸着你的浩荡
心中的歌
怎能不为你歌唱

写于 1985 年 6 月 28 日

五 十 述 怀

半百生涯何处寻？
往事亲朋入梦频。
求学吉京师情重，
执业秦楚国恩深。
行权未肯谋锱铢，
任事务求理寸分。
更喜来日韶光好，
且酿千升腊酒浑。

写于 1992 年 1 月 12 日腊八

贺爱妻五十岁生日

君年忽半百，把酒话春秋，往事皆历历，岁月叹悠悠。
同住一条街，街坊两邻居，两小分男女，未曾竹马嬉。
双双初长成，所历尽相同，同窗十二载，初小到高中。
君勤乐公务，能歌有丽声，功课女中杰，秀外而慧中。
余喜博览书，面冷心自雄，学业称拔萃，盛名满县城。
南进清华园，东读赴海滨，高考双比肩，成才两平行。
相隔三千里，两地书信频，鱼雁传心仪，青鸟意殷勤。
虽无山海誓，两心已相印。十年浩劫起，学子遭磨难。
学业顿尽停，发落沧州远。包钢沙如刀，农场雪似剑，
常怀离乱忧，辄发击铗怨。幸有两地书，遥寄问暖寒。
誓偕百年侣，典礼湛河边，槐林芬芳永，丽日照蓝天。
就业逢文革，辗转魏秦楚，三线建设兴，鄂西结草庐。
从业沮漳畔，转瞬廿余年，社会多板荡，工厂几变迁。
君勤一以贯，要强靠实干，事业与家庭，内外理周全，
让梨胸襟阔，高工不逊男。我本随君来，技管各十年，
竟然忽一日，全厂担双肩，百机理纷繁，三思有不眠，
行权秉公心，任事务周全。天歆及弱冠，身伟意翩翩，
风华前程远，品格令心宽，勿做营营辈，高骞奋翼展。
人生千古课，天命知未全，清夜扪心思，豪情犹少年。
噫吁哦！
俯仰天地宽，一隅足家园；蹉跎人生短，努力心自安。
辉煌人皆有，得失半由天。
相伴同朝暮，相知共苦甘，半生堪细品，卅年犹眼前。
正将橙黄橘绿时，珍重秋光未应闲，
再展慷慨锦绣心，癫诗狂酒新十年！

写于 1992 年 7 月
1992 年 10 月 3 日爱妻五十岁生日

调寄小梅花　英杰颂

麒麟阁①，凌烟阁②，古今丈夫华夏多。苏武节③，岳武血④，天地正气肝胆皆冰雪⑤。屈骚迁史太白笔⑥，气岸遥凌挟风雨⑦。空城琴，祁山尘⑧，吕管萧魏一脉佐国心⑨。

揿钮手，掺泪酒，两弹千古一声吼。搬三山，翻两番，百年英杰堪拍古人肩！秦关汉隘京九道⑩，风流千座咸阳桥⑪。犁耕勤，剑磨频，且看我辈也非蓬蒿人！

注：

①麒麟阁：汉代阁名，在未央宫中，萧何造。汉宣帝时图画霍去病等十一名功臣像于阁上，以昭其功业。

②凌烟阁：唐代阁名，在长安。唐太宗时图画开国功臣长孙无忌、杜如晦、魏征、尉迟敬德等二十四人于阁上，太宗亲自作赞，褚遂良题阁，阎立本画。

③苏武：西汉时（天汉元年公元前100年）奉命出使匈奴被扣，不受威胁利诱，又被迁放到北海边（今贝加尔湖）牧羊，坚持十九年不屈，后匈奴与汉和好才被遣回国，出使时所持汉朝旌节仍在。

④岳飞。

⑤文天祥《正气歌》："天地有正气，杂然赋流形"，张孝祥《念奴娇·过洞庭》有句："孤光自照，肝胆皆冰雪"。

⑥屈原《离骚》，司马迁《史记》。

⑦李白诗"气岸遥凌豪士前"。

⑧诸葛亮。

⑨吕尚（姜子牙）、管仲、萧何、魏征，分别为周武王、齐桓公、汉高祖、唐太宗时的名臣名相。

⑩京九铁路于1995年11月通车。

⑪杜甫《兵车行》有句："尘埃不见咸阳桥"，今上海南浦杨浦大桥三峡西陵大桥及城市立交桥不下千座，工程规模更非当时是一座便桥的咸阳桥所能比拟。

写于1995年11月18日至23日

古风　远安居

天道蕴玄机，人事多缘迁。我本塞外麟，来栖远安居。

晨钟暮鼓相催就，秦关楚塞岁月遒。

星霜荏苒远安居，恍然一瞬廿五秋！

忆我来时西安好秋阳，今又逢秋远安秋阳好。

秋泉拨筝秋竹箫，引我遐思上晴霄。

风沐江汉兮月览荆襄，依枕武当兮濯足沮漳。

西汉置邑兮二千余载①，山高地远兮安居一方。

山高武当神农脉，巅峦翠黛莽林海。

中有鸣凤一峰巍，仙风道雾紫霞飞。

地远古语非，中原非边陲，樵行巴陵山，姑担巴蜀水。

半日可食武昌鱼，当天能达四海内。

下有溶洞名龙潭，山陬豁然开洞天。

千岩百壑径曲转，滩桥凌架响淙泉。

琳琅宫阙琉璃殿，钟乳结彩玉生烟。

一方晶莹谁匠意，风情独得造物偏。

开时似雪谢似雪，生来瘦硬标高格。

一年花事梅为首，从此花发不可收：

忽如一夜春芳菲，山野周遭夏蕤葳，金风三遍秋富贵。

开窗花香凝诗笺，凭栏鸟语录唱盘。

眼前所有山水色，耳底绝少车马喧。

谷雨樱桃雨前茶，菜花黄后收枇杷；

垭桑晴翠蚕裹银，桔林霜绿树挂金；

工厂本与农圃邻，稻麦牵怀虑晴阴。

逛城直觉新潮渐，访村更喜古风淳。

日久渐与骨肉远，数年多得同志亲；

月照谈论荆楚事，雁飞触动望乡心；

家书常问江南雨，楚天遥连塞北云。

346

远眺四邻多胜迹，登临无限沧桑意。

北望襄阳好风日，把酒酹江多少事！

夫子风流孟浩然，卧云醉月鹿门山。

笔揖清芬注山水，诗掬新绿润田园。

孰言隐者皆默默，唐诗一苑始斓斑。

八方灵气毓隆中，陇亩山林曾卧龙。

凤翔千仞兮三顾乃栖，龙潜深潭兮迂雨升腾。

包藏宇宙兮良谋帷幄，吞吐天地兮经纬纵横。

腾挪斡旋兮物事如棋，补缀汉祚兮不得其时。

壮志未酬兮千古一叹，鞠躬尽瘁兮昭警后世！

南邻当阳三国地，群英壮典熟知忆：

血染战袍无退心，单骑救主身不惜，俊迈英发振雄姿。

长坂桥头一声雷，万千曹兵皆股栗，胸有忠勇生霹雳。

麦城回马到临沮，临死犹凛英雄气，

神威弥漫藏关陵，儒雅氤氲玉泉寺。

商家供奉敬忠义，庙满神州烟火继。

有道是百代英雄浪淘尽，一时缤纷终落英。

君不见村童巷叟口碑颂，英杰千秋垂彪炳。

燕雀觅食忙啁啾，自古志士仰鲲鹏！

若济沅湘兮游南浦，蹈舜旧踪兮瑶之圃。

抚湘妃竹兮泪可读，游桃花源兮心有悟，无限幽思兮溯上古。

夷陵东行到江陵，一川烟雨风涛声。

千畴锦绣铺绿野，在昔曾为楚国界。

五年不战即为耻，疆及鲁桂逼吴越。

庄王雄心问九鼎，威王兴兵捣滇粤，

横成秦帝纵楚王②，一步之遥成大业。

怀王佩剑合纵长，见利忘义与齐绝，

丧地破军身遭俘，甲士八万横尸血。

庸且懦，政不恤；良臣疏，谄谀悦；

百姓离，群臣裂；城池废，守备竭。

煌赫基业八百年，白起夷陵一火灭。

"哀郢"沉吟泪涌血，《梼杌》③冷峻墨渗铁。

莫言纪南遗碑小，千籍万册写不绝。

一朝兴亡千朝鉴，今人犹望楚时月！

西侧有秭归，屈子庙巍巍。平生高标高如许：

芰荷为衣兮芙蓉为裳，纫秋兰兮以为佩。

朝饮兰露兮夕餐菊英，立修名兮怀椒醑。

忧国运而图强兮，愿乘骐骥为先路。

哀民生之多艰兮，长太息以掩涕。

路修远而求索兮，虽九死其犹未悔。

燕雀巢坛堂而不群兮，君乃神思邈邈而高驰。

鸣玉鸾之啾啾，高翱翔之翼翼。

昭质芳洁轹百代，骚赋傲凌环宇！

家家折琼枝，户户裹角黍，端阳日中天，千年一如初。

待到三峡平湖日，邀君同舟鸣瑟鼓！

噫吁哦！

势若奔马兮余之思，陶然浩然怆然纷乱我心矣！

一页史书十分重，生不满百千岁忧。

居乎锦绣中，生乎先哲后，仰承之天何其高，俯接之地何其厚。

慷慨诗文常壮怀，琳琅书卷不离手。

任事争先素勤勉，担纲敢为费筹谋。

寻常自有声色在，点滴总把意蕴留。

尽心尽力知克已，无愧无悔卅五秋。[④]

人生四季正逢秋，我作此歌抒率真，

年过半百尚青鬓，抖擞再教物候新！

注：

①据《远安县志》载，西汉武帝元年（公元前140年）置临沮县，至三国。东晋隆安末年（公元401年）为高安县，北周武帝元年（550年）改为远安。

②《战国策·楚策》"苏秦为赵合从说楚威王"中苏秦说："从合则楚王，横成则秦帝"。

③梼杌，楚国的史籍名。

④自1971年余到远安这个航天军工厂，一晃已二十五年了。

写于1995年12月

珍　藏

——为分别三十年校友重逢而作

溯奔腾的长江而上
　会回归到雪域
　　那里一片洁白
溯滔滔的黄河而上
　会回归到高原
　　那里毫无尘埃
溯三十年的时光而上
　会回归到我们青春如火的年代
　　那时富有激情
　　　绝少感慨
　　那时可能失望
　　　但没有失败

岁月无始无终
　从不喘息
　毫不停歇
有没有一种黑匣子
　它可以封存时间
我们不想去品尝
　半坡村的瓦罐里
　　残留的是水还是酒
不要封存这么多
我们只需要一只小小的匣子
　只希望封存那在校的几年
　　这重逢的一闪

春芽夏荫

秋果冬枝

倚在岁月之菩提树下大半生

我们大多已经明白

　　无论是帝王将相的金钟玉盏

　　还是黎民百姓的瓷盅陶碗

　　　所盛装的人生的欢乐和痛苦

　　　其实相差不远

当我们只用几句话

　　就笑谈了三十年的经历

　　一下子回复到当年的时光

我们发觉

　　岁月不会过去

　　过去的是我们

　　我们不会过去

　　过去的只是那些

　　　过浓的欲望

　　总有些东西

　　　拒绝与命运结伴同行

　　总有些东西

　　　能够超越时空

带着江南的灵秀

带着北国的豪爽

　　我们来自四面八方

怀着一肚子的未知

怀着满脑子的梦想

　　我们奔向四面八方

今天

当我们穿云破雾

　　穿山越岭

再一次来自四面八方
当手与手相握
　　目光与目光对撞
我们顿时感到
　　三十年的岁月沉积着
一句话
　　我们拥有共同的珍藏

　　　　　　　1997 年 4 月 25 日上午写于清华静斋 201 室

六 十 初 度

百年人生五之三，
履痕深浅几语间。
终于闭门读书好，
月白风清叶初丹。

写于 2001 年 12 月

七 十 初 度

七十古稀今不奇，
神清腿健胆齿摧。
嗜书缱绻文一束，
感事摩挲酒两杯。
珠玑四章业付梓，
蹉跎三憾止望梅。
塞北油灯岭南石，
还将逸兴写余晖。

倏忽间我已七十周岁了。清夜抚扪，身体是春夏秋冬，亦健亦弱，神仍清，腿尚健，胆全切，齿半落；人生是阴阳圆缺，有成有憾。

读书日久，遂染著文之好；把盏浮白，多在品咂世事。从贫寒人家考入清华，成为贫困县新中国成立后之第一人，当年曾谬有"博士"之名；与一位容貌佳心眼好待人善做事勤的小学初中高中同学结为终身伴侣，"室有芝兰气味别，胸无城府天地宽"，晚年子孝孙聪，书香绵绵；以家属身份零星调入，以水利专业毕业而成为航天大厂厂长且业绩口碑人格颇佳，"无心插柳柳成荫"；1994年春突发恶疾险象环生几度病危，而终于化险为夷。可以自慰者此四章也。

回顾往事，所"被"多多，毕业后未从事过一日本专业工作；此生未能从事心所向往的学术研究工作；历经大病转危为安是生命之一大胜，然盛年事业夏然中断，心有不甘。此乃我生之三大憾事也。

回想起读初中二三年级时，晚上和在炕上忙针线活儿的母亲共用一盏煤油灯，伏在炕沿上演习平面几何习题的情景，仍清晰如昨，却已是五十多年前的事了。"最是人生留不住"啊！好在当下，尽日相亲且有石，长年可乐莫如书，亲情融融，晚年亦仍有诗兴焉。

2012年1月1日恰逢农历辛卯年腊八余七十岁生日